U0112450

八閩文庫

要籍選刊

60

文選旁證

上

［清］梁章鉅　撰

穆克宏　點校

二〇一九年八閩文庫出版工程領導小組

組　長　梁建勇

副組長　楊賢金

成　員　施宇輝　馮潮華　賴碧濤　陳熙滿
王建南　黄　誌　卓兆水　葉飛文
陳　强　林守欽　王秀麗　蔣達德

二〇二〇年八閩文庫出版工程領導小組

組　長　邢善萍

副組長　郭寧寧

成　員　施宇輝　馮潮華　賴碧濤　陳熙滿
肖貴新　王建南　黄　誌　卓兆水
葉飛文　陳　强　林守欽　王秀麗
林義良

二〇二一年八閩文庫出版工程領導小組

組　長　張　彦

副組長　鄭建閩

成　員　林端宇　鄭家紅　顔志煌　黄國劍
許守堯　肖貴新　林　生　黄　誌
卓兆水　吴宏武　陳　强　張立峰
鄭東育　林義良　林　彬

八閩文庫總序

葛兆光　張　帆

一

在傳統中國的文化史上，福建算是後來居上的區域。經歷了東晉、中唐、南宋幾次大移民潮，浙、閩之間的仙霞嶺，早已不是分隔内外的屏障，而成了溝通南北的通道。歷史使得福建越來越融入華夏文明之中。唐宋兩代，特别是在「背海立國」的宋代，東南的經濟發達，海洋的地位凸顯，福建逐漸從被文明中心影響的邊緣地帶，成爲反向影響全國文明的重要區域。在七世紀的初唐，詩人駱賓王曾説「龍章徒表越，閩俗本殊華」（《駱臨海集箋注》卷二《晚憩田家》，陳熙晋箋注，上海古籍出版社一九八五年，第三六頁），前一句説的是華夏的衣冠對斷髮文身的越人没有用，後一句説的是閩地的風俗本來就與華夏不同，意思都是瞧不起東南。但是，到了十五世紀的明代中期，黄仲昭在弘治《八閩通志序》裏却説，八閩雖爲東南僻壤，但自唐以來文化漸盛，「至宋，大儒君子接踵而出」，實際上，它的文明程度已經「可以不愧於鄒魯」

（《四庫全書存目叢書》史部一七七册，齊魯書社一九九六年，第三六四頁）。

的確，自從福建在唐代出了第一個進士薛令之，而且有了晉江歐陽詹、福清王棨、莆田徐夤和黄滔這些杰出人物之後，到了更加倚重南方的宋代，福建出現了蔡襄（一〇一二—一〇六七）、陳襄（一〇一七—一〇八〇）、游酢（一〇五三—一一二三）、楊時（一〇五三—一一三五）、鄭樵（一一〇四—一一六二）、林光朝（一一一四—一一七八）、朱熹（一一三〇—一二〇〇）、蔡元定（一一三五—一一九八）、陳淳（一一五九—一二二三）、真德秀（一一七八—一二三五）等一大批著名文人士大夫。這些出身福建或流寓福建的士人學者，大大繁榮和提升了這裏的文化，甚至使得整個中國的文化重心逐漸南移，也許，就像程頤説的那樣「吾道南矣」（《宋史》卷四二八《道學·楊時傳》，中華書局一九七七年，第一二七三八頁）。也就是説宋代之後，原本偏在東南的福建，逐漸成了中國重要的文化區域。

不過，習慣於中原中心的學者，當時也許還有偏見。以來自中心的偏見視東南一隅的福建，那時福建似乎還是「邊緣」。雖然人們早已承認福建「歷宋逮今，風氣日開」（黄虞稷《閩小紀序》，撰於康熙五年，《續修四庫全書》史部七三四册，上海古籍出版社二〇〇二年，第一二七頁），但有的中原士人還覺得福建「僻在邊地」。像北宋樂史的《太平寰宇記》，一面承認「此州（福州）之才子登科者甚衆」，一面仍沿襲秦漢舊説，稱閩地之人「皆蛇種」，并引《十道志》説福建「嗜欲、衣服，别是一方」（樂史《太平寰宇記》卷一〇〇《江南東道》一二，中華書局二〇〇七年，第一九九一頁）。所以，歷史上某些關於福建歷史、文化和風俗的著作，似乎還在以中原或者江南的眼光，特别留心福建地區與核心區域不同的特异之處，筆下一面凸顯异域風情，一面鄙夷南蠻鴃舌。但是從大的方面説，我們看到宋代以降，實際上福建與中原的精英文化越來越趨向同一，正如宋人祝穆《方輿勝覽》所説，「海濱幾及洙泗，百里三狀元」。前一句裏所謂「洙泗」即孔子故鄉，這是説福建沿海文風鼎盛，幾乎趕得上孔子故里；後一句裏「三狀元」是指南宋乾道年間福建登第的三個狀元，即乾道二年（一一六六）的蕭國梁、乾道五年的鄭僑和乾道八年的黄定，他們都是福建永福（今永泰）這個地方的人（祝穆《新編方輿勝覽》卷一〇，施和金點校，中華書局二〇〇三年，第一六三頁）。

文化漸漸發達，書籍或者文獻也就越來越多，福建文獻的撰寫者中不僅有本地人，也有流寓或任職於閩中的外地人。日積月累，這些文獻記録了這個多山臨海區域千年的文化變遷史。而「八閩文庫」的編纂，正是把這些文獻精選并彙集起來，爲現代人留下唐宋以來有關福建的歷史記憶。

福建鄉邦文獻數量龐大，用一個常見的成語説，就是「汗牛充棟」。那麽多的文獻，任何歸類或叙述都不免挂一漏萬。不過，我們這裏試圖從區域文化史的角度，談一談福建文獻或書籍史的某些特徵。

二

毫無疑問，中國各個區域都有文獻與書籍，秦漢之後也都大體上呈現出華夏同一思想文化的底色，但各區域畢竟有其地方特色。如果我們回溯思想文化的歷史，那麽，唐宋之後福建似乎也有一些特點。恰恰因爲是後來居上的文化區域，所以福建積累的傳統包袱不重，常常會出現一些越出常軌的新思想、新精神和新知識。這使得不少代表新思想、新精神和新知識的人物與文獻，往往先誕生在福建。衆所周知的方面之一，就是宋代儒家思想的變遷。應當説，宋代的理學或者道學，最初乃是一種批判性的新思潮，一些儒家士大夫試圖以屬於文化的「道理」鉗制屬於政治的「權力」，所以極力强調「天理」的絶對崇高。人們往往稱之爲道學或理學，也根據學者的出身地叫作「濂洛關閩之學」。其中，「閩」雖然排在最後，却應當説是宋代新儒學的高峰所在，以至於後人乾脆省去濂溪和關中，直接以「洛閩」稱之（如清代張夏《雒閩源流録》），以凸顯道學正宗恰在洛陽的二程與福建的朱熹，而道學最終水到渠成也正是在福建。因爲宋代道學集大成的代表人物朱熹，雖然祖籍婺源，却出生在福建，而且相當長時間在福建生活；他的學術前輩或精神源頭，號稱「南劍三先生」的楊時、羅從彦（一〇七二—一一三五）、李侗（一〇九三—一一六三），也都是南劍州即今福建南平一帶人；他的提攜者之一陳俊卿（一一一三—一一八六）則是興化軍即今莆田人；而他最重要的弟子黄榦（一一五二—一二二一）是閩縣（今福州）人，陳淳是龍溪（今龍海）人。

正是在這批大學者推動下，福建逐漸成爲圖書文獻之邦。慶元元年（一一九五），朱熹在《福州州學經史閣記》中説，一個叫常濬孫的儒家學者，在福州地方軍政長官詹體仁、趙像之、許知新等資助下，修建了福州府學用來藏書的經史閣，即「開之以古人敎學之意，而後爲之儲書，以博其問辨之趣」（《朱文公文集》卷八〇，《朱子全書》第二四册，上海古籍出版社、安徽教育出版社二〇一〇年，第三八一四頁）。宋代之後，經由近千年的日積月累，我們看到福建歷史上出現了相當多的儒家論著，也陸續出現了有關儒家思想的普及讀物。大家從「八閩文庫」中可以看到，這裏收録的不僅有朱熹、真德秀、陳淳的著述，也有明清學者詮釋理學思想之作，像明人李廷機《性理要選》、清人雷鋐《雷翠庭先生自恥録》等。應當説，這些論著構成了一個歷經宋元明清近千年的福建儒家文化史。

三

說到福建地區率先出現的新思想、新精神和新知識，當然不應僅限於儒家或理學一系。更應當記住的是，從宋代以來，中國政治、經濟和文化的重心，逐漸從西北轉向東南。一方面中原文化南下，被本地文化激蕩出此地的异端思想；另一方面海洋文明東來，同樣刺激出東南濱海的一些更新的知識。

我們注意到，在福建文獻或書籍史上，呈現了不少過去未曾有的新思想、新精神和新知識。比如唐宋之間，福建不僅出現過譚峭（生卒年不詳）《化書》這樣的道教著作，也出現過像百丈懷海（約七二〇—八一四）、潙山靈佑（七七一—八五三）、雪峰義存（八二二—九〇八）那樣充滿批判性的禪僧，還出現過禪宗史上撰於泉州的最重要禪史著作《祖堂集》。又如明代中後期，那個驚世駭俗而特立獨行的李贄（一五二七—一六〇二），有人説他的獨特思想就是因爲他生在各種宗教交匯融合的泉州，傳説他曾受到伊斯蘭教之影響，當然更重要的是佛教與心學的刺激，使他成了中國傳統思想世界的反叛者。而另一個莆田人林兆恩（一五一七—一五九八），則乾脆開創了三一教，提倡「三教合一」，也同樣成爲正統的政治意識形態的挑戰者。再如明清時期，歐洲天主教傳教士

「梯航九萬里」，也把天主教傳入福建；明末著名傳教士艾儒略（一五八二—一六四九）應葉向高（一五五九—一六二七）之邀來閩傳教二十五年，從而福建纔會有「三山論學」這樣的思想史事件，也産生了《三山論學記》這樣的文獻。無論是葉向高，還是謝肇淛，這些思想開明的福建士大夫，多多少少都受到外來思想的刺激。最後需要特别提及的是，由於宋元以來福建成爲向東海與南海交通的起點，所以各種有關海外的新知識似乎都與福建相關：宋代趙汝适撰寫《諸蕃志》的機緣，是他在泉州市舶司任職；元代汪大淵撰寫《島夷志略》的原因，則是他從泉州兩度出海。由於此後福州成爲面向琉球的接待之地，泉州成爲南下西洋的航綫起點，因而福建更出現了像張燮《東西洋考》、吴朴《渡海方程》、葉向高《四夷考》、王大海《海島逸志》等有關海外新知的文獻。這一有關海外新知的知識史，一直延續到著名的林則徐《四洲志》。老話説「草蛇灰綫，伏脉千里」，歷史總有其連續處，由於近世福建成爲中國的海外貿易和海上交通的中心，所以這裏會成爲有關海外新知識最重要的生産地；這纔能讓我們深切理解，何以到了晚清，福建會率先出現沈葆楨開辦面向現代的船政學堂，出現嚴復通過翻譯引入的西方新思潮。

甚至還可以一提的是，近年來福建霞浦發現了轟動一時的摩尼教文書。這些深藏在道教科儀抄本中的摩尼教資料，説明唐宋元明清以來，福建思想、文化和宗教在構成與傳播方面的複雜性和多元性。所以，「八閩文庫」不僅收録了譚峭《化書》、李贄《焚書》《續焚書》《藏書》《續藏書》、林兆恩《林子會編》等富有挑戰性的文獻，也收録了張燮《東西洋考》、趙新《續琉球國志略》等關係海外知識的著作，讓我們看到唐宋以來，福建歷史上新思想、新精神和新知識的潮起潮落。

四

在「八閩文庫」收録的大量文獻中，除了福建的思想文化與宗教之外，也留存了有關福建政治、文學和藝術的歷史。如果我們看明人鄧原岳編《閩中正聲》、清人鄭杰編《全閩詩録》收録的福建歷代詩歌，看清人馮登府編《閩中金石志》、葉大莊編《閩中石刻記》、陳棨仁編《閩中金石略》收録的福建各地石刻，看清人黄錫蕃編《閩中書畫録》中收録的唐宋以來福建書畫，那麽，我們完全可以同意歷史上福建的後來居上。這正如陳衍（一八五六—一九三七）在《閩詩録》的序文中所説「余維文教之開，吾閩最晚，至唐始有詩人，至唐末五代中土詩人時有流寓入閩者，詩教乃漸昌，至宋而日益盛」（《續修四庫全書》集部一六八七册，第四一一頁）。可見，《宋史·地理志》五所説福建人「多鄉學，喜講誦，好爲文辭，登科第者尤多」，「今雖閭閻賤品處力役之際，吟咏不輟」（杜佑《通典·

州郡十二》），真是一點兒不假。

清代學者朱彝尊（一六二九—一七〇九）曾説「閩中多藏書家」（《曝書亭集》卷四四《淳熙三山志跋》，《四部叢刊初編》集部二七九册，上海書店一九八九年，第六〇一頁）。千年以來的人文日盛，使得現存的福建傳統鄉邦文獻、經史子集四部之書都很豐富，翻檢「八閩文庫」，就可以感覺到這一點，這裏不必一一叙説。需要特别指出的是，福建歷史上不僅有衆多的文獻留存，也是各種書籍刊刻與發售的中心之一。福建多山，林木葱蘢，具備造紙與刻書的有利條件，從宋元時代起，福建就成爲中國書籍出版的中心之一。宋元時代福建的所謂「建本」或「麻沙本」曾經「幾遍天下」（葉夢得《石林燕語》卷八，侯忠義點校，中華書局一九八四年，第一一六頁），更有所謂「麻沙、崇安兩坊産書，號稱『圖書之府』」的説法（《新編方輿勝覽》卷一一，第一八一頁）。版本學家也許將它與蜀本、浙本對比，覺得它并不精緻，但是，從書籍流通與文化貿易的角度看，正是這些廉價圖書，使得很多文化知識迅速傳向中國四方，也深入了社會下層。淳熙六年（一一七九），朱熹在《建寧府建陽縣學藏書記》中曾説到，「建陽版本書籍行四方，無遠不至」，可當時嘉禾縣學居然藏書很少，「學於縣之學者，乃以無書可讀爲恨」，於是一個叫姚耆寅的知縣，就「鬻書於市，上自六經，下及訓傳、史記、子、集，凡若干卷以充入之」。當地刊刻的書籍，豐富了當地學者的知識，也增加了當地文獻的積累，甚至扭轉了當地僅僅重視「世儒所誦科舉之業」的風氣（《朱文公文集》卷七八，《朱子全書》第二四册，第三七四五頁），這就是一例。到了清代，汀州府成爲又一個書籍刊刻基地，近年特别受到中外學者注意的四堡，就是一個圖書出版和發行中心，文獻記載這裏「以書版爲産業，刷就發販，幾半天下」（咸豐《長汀縣志》卷三一《物産》）。所以，美國學者包筠雅（Cynthia J. Brokaw）《文化貿易：清代至民國時期四堡的書籍交易》（劉永華、饒佳榮等譯，北京大學出版社二〇一五年）就深入研究了這個位於汀州府長汀、清流、寧化、連城四縣交界處客家聚集區的書籍事業。繼承宋元時代建陽地區（如麻沙）刻書業，這裏再一次出現中國書籍出版史上占據重要位置的福建書商群體。

可以順便提及的是，福建刻書業也傳至海外。福建莆田人俞良甫，元末到日本，由九州的博多上岸，寓居在京都附近的嵯峨，由他刻印的書籍被稱爲「博多版」。據説，俞氏一面協助京都五山之天龍寺雕印典籍，一面自己刻印各種圖書，由於所刊雕書籍在日本多爲精品，所以被日本學者稱爲「俞良甫版」。

從建陽到汀州，福建不僅刊刻了精英文化中的儒家「九經」「三傳」、諸子百家以及《文選》《文獻通考》《賈誼新書》《唐律疏議》之類的典籍，也刊刻了很多大衆文化讀本，諸如《西厢記》《花鳥争奇》和話本小説。特别是在明清兩代書籍流行的趨勢和商品化書籍市場的影響下，蒙學、文範、詩選等教育讀物，風水、星相、類書等實用讀物，小説、戲曲等文藝讀物，在福建大量刊刻。如果我們不是從版本學家的角度，而是從區域文化史的角度去看，這種「易成而速售」（《石林燕語》卷八，第一一六頁）的書籍生産方式，使得各種文獻從福建走向全國乃至海外。特别是，這些既有精英的、經典的，也有普及的、實用的各種知識的傳播，是否正是使得華夏文明逐漸趨向於各地同一、同時也日益滲透到上下日常生活世界的一個重要因素呢？

五

「八閩文庫」的編纂，當然是爲福建保存鄉邦文獻；前面我們説到，保存鄉邦文獻，就是爲了留住歷史記憶。

「八閩文庫」擬分爲三個部分。第一部分是「文獻集成」，計劃選擇與收録唐宋以來直到晚清民初的各種閩人著述，以及有關福建的文獻，共一千餘種，這部分采取影印方式，以保存文獻原貌，這是「八閩文庫」的基礎部分，按傳統的經史子集四部分類，這是爲了便於呈現傳統時代福建書籍面貌，因而數量最多；第二部分是「要籍選刊」，精選一百三十餘種最具代表性的閩人著述及相關文獻，以深度整理的方式點校出版，不僅是爲了呈現歷代福建文獻中的精華，也是爲了便於一般讀者閱讀；第三部分則爲「專題彙編」，初步擬定若干類，除了文獻總目之外，還將包括書目提要、碑傳集、宗教碑銘、官員奏摺、契約文書、科舉文獻、名人尺牘、古地圖等。我們認爲，第三類是以現代觀念重新彙集與整理歷史資料的一個新方式，它將無法納入傳統的四部分類，却是對理解福建文化與歷史至關重要的文獻，進行整理彙集，必將爲研究與理解福建提供更多更系統的資料。

經歷幾年討論與幾年籌備，「八閩文庫」從二〇二〇年起陸續出版，力争用十年時間，經過一番努力，打下一個比較完備的福建文獻的基礎。

當然，不能説「八閩文庫」編纂過後，對於福建文獻的發掘與整理就已完成。「八閩文庫」僅僅是我們這一兩代人的工作，還有更多或更深入的工作，在等待着未來的幾代人去努力。無論從舊材料中發現新問題，還是以新眼光發現新材料，都是建立在前人的基礎上，而又對前人的工作不斷修正完善的過程。還是借用朱熹寫給陸九齡的那句廣爲流傳的老話：「舊學商量加邃密，新知培養轉深沉。」用舊的傳統融會新的觀念，整理這些縱貫千年的歷史文獻，也就無論「人間有古今」了。

要籍選刊出版説明

福建自唐代以降，名家輩出，著述繁興，流傳千載，聲光燦然。遺存之文獻，多可彰顯福建歷史發展脉絡，展示前賢思想學術及文學藝術成就，爲研究福建區域文化之基本典籍。「八閩文庫」之「要籍選刊」擇取重要之閩人著作及相關福建文獻百數十種，予以點校。其中具備條件者，將采用編年、箋注、校證等方式整理。諸書略依經史子集分部編次，陸續出版。

二〇二一年八月

再版前言

《文選旁證》的作者是清代梁章鉅。梁章鉅（一七七五—一八四九），字閎中，一字茝林，晚號退庵。原籍福建長樂縣，清初其祖遷居福州。乾隆五十九年（一七九四）二十歲鄉試中舉，嘉慶七年（一八〇二）二十八歲登進士第。歷任禮部員外郎、荆州知府、山東按察使兼布政使、廣西巡撫、江蘇巡撫、兩江總督等職。著作頗豐，有《論語集注旁證》二十卷、《孟子集注旁證》十四卷、《三國志旁證》三十卷、《文選旁證》四十六卷、《夏小正經傳通釋》四卷、《倉頡篇校證》三卷、《稱謂録》十卷、《退庵隨筆》二十四卷、《楹聯叢話》十二卷、《浪迹叢談》十一卷、《浪迹續談》八卷、《浪迹三談》六卷、《歸田瑣記》十卷、《藤花吟館詩鈔》十二卷等六十餘種，其中《三國志旁證》《文選旁證》爲其心力所萃，具有較高的學術價值。

《文選》之研究，當始于隋代蕭該《文選音》，以及隋唐之際曹憲《文選音義》十卷，二書已佚。唐代爲《文選》研究之盛世。唐高宗顯慶年間，李善上《文選注》六十卷，蜚聲士林，乃選學之瑰寶。唐玄宗開元年間，工部侍郎吕延祚集吕延濟、劉良、張銑、吕向、李周翰五人注《文選》，名曰「五臣注」。此注精審不如李善，但「其疏通文意，亦間有可采」（《四庫全書提要·六臣注文選》），于後世流傳甚廣。有宋一代，有價值的《文選》研究著作闕如。但宋代活字印刷術的發明，對《文選》的傳播起了極大的作用。今天我們還可以見到的宋刊本《文選》主要有：李善注《文選》六十卷，南宋孝宗淳熙八年（一一八一）尤袤刊本；五臣注《文選》三十卷，南宋陳八郎刊本；六臣注《文選》六十卷，南宋明州、贛州刊本等。金、元二代，選學衰落，唯方回《文選顏鮑謝詩評》四卷、劉履《選詩補注》八卷較有價值。明代選學佳作極少，根據《明史·藝文志》和《四庫全書總目》的著録，明代有關《文選》的著作有十餘種。其中如張鳳翼《文選纂注》、林兆珂《選詩約注》、陳與郊《文選章句》等，詮釋皆較簡約，罕有灼見；鄒思明《文選尤》、閔齊華《文選瀹注》、凌濛初《合評選詩》等，或注或評，亦少新意；凌迪知《文選錦字》，供習作詩文者飣餖浮藻之用，不足道也；至于《廣文選》《續文選》之類更是不必多説了。清代選學復興。張之洞《書目答問》附録《國朝著述諸家姓名略》列有選學家十五人，即錢陸燦、潘耒、何焯、陳景雲、余蕭客、汪師韓、嚴長明、孫志祖、葉樹藩、彭兆蓀、張雲璈、張惠言、陳壽祺、朱珔、薛傳均。比較重要的《文選》研究著作有何焯《義門讀書記》、余蕭客《文選音義》《文選紀聞》、汪師韓《文選理學權輿》、孫志祖《文選理學權輿補》《文選考異》《文選李注補正》、張雲璈《選學膠言》、朱珔《文選集釋》、薛傳均《文選古字通疏證》、胡克家《文選考異》、胡紹煐《文選箋證》等。而梁章鉅《文選旁證》旁徵博引，訂正闕失，阮元序謂其「沉博美富，又爲此書之淵海」，朱珔序稱其「於是書能集大成者」，皆給予很高的評價。

關于《文選旁證》之特點，我在二〇〇〇年版《點校説明》中概括爲「校勘認真細緻，注釋確切詳贍，考證細密審慎，評論深刻精湛」四端，如今看來，這一論斷是經得起時間檢驗的。梁氏除對校《文選》李善本和六臣本外，引用胡克家、何焯、陳景雲、姜皋、林茂春、余蕭客、朱珔七家之説最多，還吸收了張雲璈、段玉裁、孫志祖、金甡、王念孫、梁玉繩、孫義鈞、劉履、顧千里等人的成果，其中姜皋、段玉裁、金甡、紀昀等評校《文選》和林茂春《文選補注》未見刊本，皆藉此書得以傳世。

除了彙聚諸家成説，梁氏自身也有認真細緻的校勘。如宋玉《神女賦》中夢見神女的是楚王還是宋玉，因《文選》「王」「玉」互誤，引起後世的誤解，沈括《夢溪筆談》、姚寬《西溪叢語》已揭其秘，本書云「按六臣本第一『王曰』作『王對曰』，此處存『對』字已可尋『王』與『玉』互誤之迹矣；第二『王曰』六臣本校云善作『玉』，然則李與五臣『王』『玉』互換此又其明驗也。今尤本『王曰：狀何如也？玉曰：茂矣美矣』二處尚不誤。」從字裏行間推尋出「王」「玉」互換之迹，使歷來的誤解得到根本糾正。

此外，梁氏的考證亦頗稱細密審慎。如陶淵明《辛丑歲七月赴假還江陵夜行塗口》一詩，李善注引沈約《宋書》説陶淵明作品在晋猶書年號、入宋唯云甲子，本書云「今按陶集中《祭程氏妹文》書義熙三年，《祭從弟敬遠文》則云歲在辛亥。《自祭文》則云歲在丁卯，在宋元嘉四年。辛亥亦在安帝時」，證明吴師道「一時偶記，非有意也」之説得之而沈約、李善之説牽强，很有説服力。

《文選旁證》有道光間梁章鉅原刊本和光緒八年（一八八二）其子梁恭辰覆刊本，二者款式全同，覆刊本跋稱「是正千有餘字」。因此本次點校以光緒覆刊本爲底本，校以李善注《文選》（尤本、胡本）、《六臣注文選》（四部叢刊本）、《藝文類聚》《太平御覽》等書，清代避諱字如「玄」改「元」、「胤」改「允」、「禛」改「禎」「正」、「弘」改「宏」、「琰」改「炎」、「丘」改「邱」、「孔丘」改「孔某」等直接復原。《文選旁證》引書達一千三百餘種，我在點校過程中查閱了其中大部分引書，糾正其引文等錯誤三百餘處，但疏忽和錯誤仍然在所難免，敬希專家和讀者批評指正。本書初版承蒙福建人民出版社李瑞良、祝閩影、賴炳偉諸先生認真審閲，謹此表示衷心的謝意。本次再版復經該社編輯認真審訂，納入「八閩文庫」，對此我感到非常高興。

穆克宏　二〇二二年八月于福州

文選旁證目録

卷第十四

卷第十五

卷第十六

卷第十七

卷第十八

卷第二十一

卷第二十二 ……六五七

卷第二十三

卷第二十六……七九六

卷第二十七

卷第三十二……九九三

卷第三十三……一〇二三

卷第三十六

卷第三十七

卷第三十八

卷第三十九

文選旁證序

阮元

《文選》一書，總周秦漢魏、晉宋齊梁八代之文而存之。世間除諸經、《史記》《漢書》之外，即以此書爲重。讀此書者，必明乎《倉》《雅》《凡將》《訓纂》、許、鄭之學，而後能及其門奧。淵乎浩乎，何其盛也！夫豈唐宋所謂潮海者所能窺乎？蕭《選》之文，漢即有注。昭明之時，注者更多。至於隋代，乃有江都曹、李之學，書探萬卷，壽及百年；且有公孫羅、許淹諸説，是以沉博美富，學守師傳也。唐開元後，有六臣之注，五臣自欲掩乎李注，然實事求是處少，且多竊誤雜糅之譏。《文選》刻板最早初刻必是六臣注本，而李注單本幾於失傳。宋人刻單李注本，似從六臣本提掇而出，是以五臣之名尚有删除未盡之處。今世通行單李注板本，最初則有宋淳熙尤延之本。尤本今有兩本，一本余所藏以鎮隋文選樓者也，一本即嘉慶間鄱陽胡果泉中丞據以重刻者也。我朝諸儒學術淹雅，難者弗避，易者弗從，爲此學者已十餘家，而遺義尚多，可謂難矣。閩中梁茝林中丞乃博采唐宋元明以來各家之説，計書一千三百餘種，旁搜繁引，考證折衷，若有獨見，復下己意，精心鋭力，捨易爲難，著《文選旁證》一書四十六卷，沉博美富，又爲此書之淵海矣。余昔得宋本，即欲重刻之，且欲彙萃諸本爲校勘記，以證晉府、汲古之誤，而胡中丞已刻尤本，是以輟作。今又讀梁中丞此書刻本，得酬夙願。使元爲校勘記，亦必不能如此精博也。欣然爲序，與海内共之。

道光十八年春三月望，節性齋老人阮元序。

文選旁證序

朱珔

同年梁茝林方伯揚歷中外，勤職之暇譔《文選旁證》，蓋取唐李善之注而加參覈焉。余觀李氏書，體製最善，纖文軼事，反覆曲暢，遇字差互，必曰某與某通，深得六書同音假借之旨，雖裴駰等弗逮。至其徵引經語不盡齊一，由唐初寫本流傳，各據所見，即孔穎達《正義》與陸德明《釋文》已難免僢僢，而《釋文》更多出別本，此如鄭司農注《禮》每云「故書作某」，《尚書》今文古文乖異者累累，後儒兩備其説，正足資研覃而明詁訓也。其餘典籍或今世亡佚，蒐采者尤稱淵藪。惜當時單行原帙業就湮廢，汲古閣毛氏僅輯自六臣注内，非本來面目，惟宋晉陵尤氏本較勝。鄱陽胡果泉中丞得之，影板以行，兼著《考異》，嘉惠藝林，顧第辨彼此之歧淆，他未遑及。君獨博綜審諦，梳櫛疑滯，並校勘諸家一一臚列。且李氏偶存不知蓋闕之義，閱代綿邈，措手倍艱。然郭璞注《爾雅》，殫精數十年，動有未詳；近人邵二雲、郝蘭皋間爲補遺，用相翊助。君亦沿厥例，斯真於是書能集大成者矣。嘗謂注書之失有三：仍訛襲謬，罕識訂正，其失也陋；求新竄舊，半係臆造，其失也妄；拘繩守墨，罔復兼晐，其失也隘。若君書網羅富有，悉平心稱量而出，以視前明陳與郊之《章句》、張鳳翼之《纂注》、林兆珂之《約注》、閔齊華之《瀹注》，豈可同日而論哉！昔李善胸藏萬卷，而不工屬詞。君則具魁偉之才，詩若文皆援筆立就，而茲編又閎覽如是，方之曩哲，奚必多讓！矧虛懷善下，屢易稿，欿然不自信，尚期良朋重與討究，最後猥及余。余寡昧人也，涓流增海，末議思效，苦塵跡牽纏，久始竣役。承命序簡端，聊闡君意，竊欲告世之讀此書者。

道光癸巳，涇年愚弟朱珔謹撰。

文選旁證自序

《文選》自唐以降，乃有兩家：一李注，一五臣注。李固遠勝五臣，而在宋代五臣頗盛，抑且並列爲六臣，共行於世，幾將千年。近者何義門、陳少章、余仲林、段懋堂輩，先後校勘，咸以李爲長，各伸厥説。但閲時已久，顯慶經進原書竟墜，淳熙添改重刊孤傳，居乎今日，將以尋繹崇賢之緒，不綦難哉！伏念束髮受書，即好蕭《選》。仰承庭訓，長更明師。南北往來，鑽研不廢。歲月迄兹，遂有所積。最後得鄱陽師新翻晉陵尤氏本，乃汲古之祖。其中異同，均屬較是。合觀諸刻，竊謂李氏斯注引用繁富，爲之考訂校讎者，亦宜博綜詳哉言之。爰聚群籍，相涉之處悉加薈萃，上羅前古，下搜當今，期於疑惑得此發明，未敢託爲抱殘守闕自限。至於五臣之注，亦必反覆推究，雖似與李無關，然可以觀之益見李注精核，正一助也。歸田後，重加校勘，釐爲四十六卷，名之曰《文選旁證》。願用區區，就正有道，仍恐見聞非周，遺落豈免，補而正之，實深幸焉。

道光甲午九秋，梁章鉅撰於三山城中之榕風樓。

文選旁證凡例

一、注義以李爲主，五臣有可與李相證者入之。其史傳各注爲李所未采而小有異同，及他書所論足以補李之不及者，亦附焉。間有鄙見折衷，則加按字以別之。

一、校列文字異同，亦以李本爲主，次及五臣注，次及六臣本，又次及近人所校及他書所引。

一、六臣本中文字異同，實係濟、向等注明白可證者，始標五臣作某。其五臣注無可證，而但文字異同者，則標六臣本作某，不復分別袁本、茶陵本[一]，以歸簡易。

一、所據校本，何義門、陳少章、余仲林、段懋堂四家之説最多，除首見標何氏焯、陳氏景雲、余氏蕭客、段氏玉裁外，以下但標何、陳、余、段各姓，以省繁複。

一、章鉅少習是書，先大夫及先叔父九山公時有講解，至今不忘。編中稱先通奉公者，謹述庭訓也。稱太常公者，先叔父九山公緒論也。

一、是編叙述師説爲多。侯官林暢園師有《補注》，稱林先生。鄱陽胡果泉師有《考異》，稱胡公《考異》。大興翁覃溪師，稱翁先生。河間紀曉嵐師，稱紀文達公。儀徵阮芸臺師，稱阮先生。此外所采古書及近儒各説，則一概標名，以清眉目。

一、李注中有載明「未詳」二字，悉以所見他書及所聞近人之説證之。無可證者，亦按次虛列一條，注明「俟考」字，以待博雅者訂補焉。

一、每篇正文有以他書所載校勘字句異同者，如《西都賦》首條引《後漢書·班固傳》，其餘但標後漢書三字；《甘泉賦》首條引《漢書·揚雄傳》，其餘但標漢書二字。餘仿此。

一、是編創始於嘉慶甲子，丹黄矻矻已三十餘年，中間凡八易稿，而舛互漏略之處愈勘愈多。外宦以來，趨公鮮暇，每延知交之通此學者助我旁蒐，如元和顧澗蘋明經千里、孫子和茂才義鈞、朱酉生孝廉綬、吴縣鈕匪石布衣樹玉、歙縣朱蘭坡侍讀珔、華亭姜小枚明經皋，皆於各條詳列姓名，亦不敢掠美云爾。

一、是書初成三十卷，後因卷頁太多，析爲四十六卷。所采書籍凡一千三百餘種，姜小枚明經爲輯《文選旁證引用書目》一編，付梓時因梨棗繁重，遂置不刻。惟所采用《文選》本書各刊本亦有三十餘種，别録其目於後，以便讀者瞭然，庶無炫博之誚。

校記

〔一〕六臣本不復分别袁本茶陵本　按袁本注先五臣、正文從五臣，今稱六家本；茶陵本注先李善、正文從李善，今稱六臣本。二本不同，胡克家别之，而本書不分，書中「六臣本」往往偏指其一、左右摇擺。凡「六臣本甲作乙」特指袁本時，今檢六家本同五臣作乙，而六臣本同李善作甲。又書中「各本」往往僅指元槧本、毛本、胡本而不含六臣本。對此不再一一説明。

引用各部文選書目

李注文選　宋尤延之校本、國朝胡克家重刊

六臣注文選　元張伯顔刊本〔一〕

六臣注文選　明袁氏刊本

六臣注文選　明茶陵陳氏刊本〔二〕

六臣注文選　明洪楩刊本〔三〕

文選注　明晉府刊本

汲古閣文選　明毛晉刊本

文選瀹注　明閔齊華撰、孫鑛校本

文選纂注　明張鳳翼撰

文選章句　明陳與郊撰

文選約注　明林兆珂撰〔四〕

文選集成　國朝方廷珪撰

文選集評　國朝于光華撰

文選音義　國朝余蕭客撰

何氏評文選　國朝何焯撰、葉樹藩校本

陳氏評文選　國朝陳景雲撰

段氏評文選　國朝段玉裁撰

文選理學權輿　國朝汪師韓撰

文選理學權輿補　國朝孫志祖撰

文選考異　國朝孫志祖撰

文選李注補正　國朝孫志祖撰

文選考異　國朝胡克家撰

文選補注　國朝林茂春撰

以上二十三種皆專校《文選》之書

文選類林　宋劉攽撰

文選句圖　宋高似孫撰

文選雙字類要　宋蘇易簡撰

文選顔鮑謝詩評　元方回撰

選詩補注　明劉履撰

文選尤　明鄒思明撰

文選錦字　明凌迪知撰

選詩定論　國朝吴湛撰

古詩十九首解　國朝張庚撰

昭明文選越裁　國朝洪若皋撰

文選課虚　國朝杭世駿撰

選學膠言　國朝張雲璈撰

阮籍詠懷十七首注　國朝蔣師爚撰

離騷箋　國朝龔景瀚撰

以上十四種非全書校本，而有可資引證者，亦並列之

校記

〔一〕六臣注文選元張伯顔刊本　「六臣注」當作「李注」。

〔二〕六臣注文選明茶陵陳氏刊本　「明」當作「元」。

〔三〕六臣注文選明洪楩刊本　書中未引此本，「洪本」均指洪興祖《楚辭補注》。

〔四〕文選約注明林兆珂撰　「文選」當作「選詩」。

文選旁證卷第一

文選卷一上

梁昭明太子撰　六臣本「太子」下多「蕭統」二字。按《廣雅·釋詁》「撰，定也」，古人編集詩文皆謂之撰。魏文帝《與吴質書》曰「撰其遺文，都爲一集」，徐陵《玉臺新詠》自序曰「撰録豔歌，凡爲十卷」，並同此例。

《兩都賦》二首　注**自光武至和帝都洛陽，西京父老有怨。班固恐帝去洛陽，故上此詞以諫，和帝大悦也**　《後漢書·班固傳》云：顯宗召詣校書部，除蘭臺令史，遷爲郎。又云：自爲郎後，遂見親近，乃上《兩都賦》。據此則《兩都賦》明帝時所上，此注云和帝者誤。此一節注恐是後來竄入，觀李注下《後漢書》「顯宗時除蘭臺令史，遷爲郎，乃上《兩都賦》」，不得有此注甚明；即銑注亦言明帝云云，然則並非五臣注也；且此是卷首所列子目，其下本不應有注〔一〕。

校記

〔一〕此一節注恐是後來竄入云云　此上當補「胡公《考異》曰」。

班孟堅　**兩都賦序**

班孟堅　注**北地人也**　《後漢書》以班彪爲扶風安陵人。又《叙傳》歷數班氏之先，無居北地事。班固本傳亦無「北地人也」四字。固附父彪傳，彪爲扶風安陵人，則固傳無北地四字是也。或謂班氏之先壹居樓煩，然樓煩前後漢《地理志》〔一〕均屬雁門，不屬北地。惟固作《叙傳》載班伯事有云「家本北邊」，又曰「北州以爲榮」，然亦非確指爲北地。注引范書未知何本。

内設金馬、石渠之署　《三輔黄圖》云：金馬門在未央宫宦者署，武帝以銅鑄大宛馬像立於署門，因以爲名，東方朔、主父偃皆待詔金馬門。又云：石渠閣，蕭何造，其下礱石爲渠以導水，若今御溝，因爲閣名，所藏入關所得秦之圖籍，至於成帝又於此藏秘書焉。

注**《論語》子曰：興滅國，繼絶世**　本書《求爲諸孫置守冢人表》注引同，《逸民傳論》注引「舉逸人」上亦冠「子曰」二字。按《公羊傳·宣十七年》注引此節文、《昭三十二年》注及《漢書·律曆志》引上節文、《説苑·君道》《敬慎》兩節引「興滅國，繼絶世，舉逸民」、《漢書·藝文志》引「所重民食」，亦並冠以「孔子曰」。

若司馬相如、虞丘壽王、東方朔、枚皋、王褒、劉向之屬　又**御史大夫倪寬、太常孔臧、大中大夫董仲舒、宗正劉德、太子太傅蕭望之等**　《後漢書》云：「固感前世相如、壽王、東方之徒造構文辭，終以諷勸。」注云：「相如作《上林》《子虛》賦、吾丘壽王作《士大夫論》及《驃騎將軍頌》、東方朔作《客難》及《非有先生論》，其辭並以諷諭爲主。」按《漢書·藝文志》詩賦家有司馬相如賦二十九篇、吾丘壽王賦十五篇、枚皋賦百二十篇、王褒賦十六篇、劉向賦三十三篇、倪寬賦二篇、太常蓼侯孔臧賦二十篇、陽城侯劉德賦九篇、蕭望之賦四篇，恰與此序相證，惟未及董仲舒耳，仲舒百二十三篇列在儒家。虞丘，《漢書》作吾丘，「虞」與「吾」通，王氏應麟《詩考》引劉芳義疏云「騶虞，或作吾」是也。

注 **虞丘壽王** 至 **遷爲侍中中書** 《漢書》作「遷侍中中郎」，《百官公卿表》「中郎秩比六百石」，無「中書」字，各本皆誤。

注 **射策爲掌固** 《史記·魯世家》「洛於固實」，徐廣「固一作故」〔二〕，蓋二字古通用。《漢書·王貢兩龔鮑傳》注云「諸司亭長掌固之屬」，《唐六典》尚書省「掌固十四人」，皆即掌故也。

抑亦雅頌之亞也 六臣本「抑」下有「國家之遺美」五字。朱氏珔曰：下文云「先臣之舊式，國家之遺美」，則此處五字當是誤入，詞亦未順，六臣本非也。

蓋奏御者千有餘篇 《漢書·藝文志》凡詩賦百六家、千三百一十八篇，何氏焯校曰七十八家、一千四篇，蓋不數歌詩二十八家、三百一十四篇。

奚斯頌魯 注**《韓詩·魯頌》曰：新廟奕奕，奚斯所作。薛君曰：奚斯，魯公子也，言其新**

廟奕奕然盛。是詩，公子奚斯所作也　顧氏千里曰：「顏師古《匡謬正俗》云：『「新廟奕奕，奚斯所作」言奚斯造此廟，而王延壽《靈光殿賦》、陳思王《承露盤銘序》謂此詩奚斯所作，既無所據，與本義乖矣。』《困學紀聞》論《法言》『公子奚斯』而引《後漢書·曹褒傳》注、《韓詩》薛君傳爲證，又言『《詩正義》云「奚斯作新廟，而漢世文人班固、王延壽謂《魯頌》奚斯作」，時《毛詩》未行也』。今按韓作『詩』、毛作『廟』，此自來定論也，惟段氏玉裁《毛詩故訓傳》改毛『作是廟也』之『廟』爲『詩』，而曰與《節南山》《巷伯》《崧高》《烝民》末章文法皆同，不依定論，謂毛與韓説同，其實非也。凡毛作詩之人皆見於序，《節南山》以下四句正其例也，而此序止言頌僖公，無作詩之人，安得云同？序既無作詩之人，安得於傳中獨用韓改，而與序不相應，自乖其例也？益足見李注分别之當矣。」

先臣之舊式　孫氏鑛《瀹注》校云：先臣當指司馬相如以下諸臣也，濟注以先臣爲皋陶恐非。

注　**或曰朝廷亦皆依違尊者，都舉朝廷以言之**　六臣本及汲古閣毛本「都」上並有「所」字，「舉」上並有「連」字。

注　**諸釋義，或引後以明前，示臣之任不敢專。他皆類此**　此李注自述凡例，特標出之。

有陋雒邑之議　六臣本及《後漢書》「雒」作「洛」。按賦正文及注俱作「洛」，下「有意乎都河洛」亦作「洛」，知此「雒」字爲後人追改也。近人段氏玉裁謂豫州之「雒」從隹，雍州之「洛」從水，本是兩字，後人混而一之耳。姜氏皋曰：「按《初學記》六引魚豢《典略》云：洛字或作雒，漢火行忌水，故洛去水而加隹。戴侗《六書故》曰：漢都長安，不改涇渭，且國號曰漢，從水，不聞有改，魚説非也。《漢書·地理志》顔師古注以爲光武以後改爲『雒』字，然《史記·秦本紀》『東徙雒邑』、《淮南子·墬形訓》『雒水輕利宜禾』皆已作『雒』，非因後漢而始改也。段説豫從雒、雍從洛者，蓋以《周官》豫州『其川滎、雒』、雍州『其浸渭、洛』也，然《春秋·宣十五年傳》『晉侯立黎侯而還，及雒』注『雒，晉地』，則雍州之洛亦從雒矣。且陸氏《釋文》及《初學記》『滎洛』皆不作雒，其出冢嶺山東、至洛陽者《水經注》亦不作雒。楊氏錫觀《六書辨通》以爲漢人同音互用以至竄亂，如《魯頌》『有駱有雒』借作『駱』、《莊子》『刻之雒之』借作『絡』，其説頗長。方氏以智《通雅》舉水以洛名者凡十一，亦未分雒、洛也。」

其辭曰　六臣本無「其」字。

校記

〔一〕前後漢地理志　《後漢書》無《地理志》，此下當補「《郡國志》」。

〔二〕徐廣固一作故　「一」據《史記集解·魯世家》補。

西都賦

嘗有意乎都河洛矣，輟而弗康　《後漢書》注：高祖五年，婁敬説上都關中，上疑之。左右大臣皆山東人，多勸都洛陽，此爲「有意都河洛」；張良曰「洛陽四面受敵，非用武之地。關中金城千里，天府之國也」，於是上即日都關中，此爲「輟而弗康」。

作我上都　孫氏志祖《文選李注補正》引《資暇録》云「上都者，君上所居，人所都會，秦地厥田上上，居天下之上」也。今按《山海經·西山經》「崑崙之丘，實惟帝之下都」，郭曰「天帝之都邑，在下也」；《穀梁·僖十六年傳》曰「民所聚曰都」；《史記·項羽本紀》立諸將爲侯王每云「都某地」；《釋名》曰「國城曰都」。此蓋以天子之所居，故曰上都耳。

注　**《尚書》曰：厥既得吉卜，乃經營**　此與《後漢書》注引同。今《書》無「吉」字，「乃」作「則」。

注　**《穀梁傳》曰：「葬我君桓公」，我君，接上下也**　按此注不知所釋。又按《春秋·桓十八年》「葬我君桓公」，《穀梁傳》「葬我君，接上下也」，此所引亦脱「葬」字。

實曰長安　余氏蕭客《文選音義》云：《漢書音義》：長安本秦之鄉名，高祖都焉。

衆流之隈，汧湧其西　《後漢書》無此八字。陳氏景雲校曰：善此八字無訓釋，疑與范書同，有者恐係五臣本。按此以「西」字與上「川」字非韻而疑之耳。何曰：「西」古讀如「先」，江氏永《古韻標準》云《漢郊祀歌》「西」與泉、員爲韻，又云「先零羌，亦作西零」也。

注　**《尚書》曰：導河自積石**　今《書》無「自」字。《史記·夏本紀》亦無「自」字。而《史記·河渠書》《漢書·溝洫志》皆有之。

則天地之隩區焉　《後漢書》「地」作「下」，「隩」作「奥」。朱氏珔曰：隩與奥通，《爾雅·釋丘》「隩，隈」，《詩·淇奥》毛傳亦曰「奥，隈」，《尚書》「厥民隩」鄭注作「奥」，「四隩既宅」《史記》及《漢志》並作「奥」。

注**《説文》曰：隩，四方之土可定居者也**　今《説文》：墺，四方土可居也；隩，水隈崖也。朱氏珔曰：《説文》「隩」與「墺」異部異音，而「四隩既宅」《玉篇》引作「墺」，《廣韻》同。古從𨸏之字亦或從土，如《爾雅·釋地》「陂者曰阪」《説文》則「坡者曰阪」，「芮鞫」之「鞫」《漢書》作「阬」、《字林》作「垙」是也。《漢書·郊祀志》「上神明之隩」，顔注「土之可居者曰隩」，與此處李注皆以「隩」爲「墺」矣。

是故横被六合　注**闗西爲横**　張氏雲璈《選學膠言》云：《堯典》「光被」字漢儒傳授本作「横」，《釋言》「桄、熲，充也」，桄即「横」字。古文「光」爲「炗」，與「黄」似，故「横」或爲「桄」。《孔傳》出魏晉閒，「横」已作「光」，而訓「光」爲「充」猶存古義。朱氏珔曰：張氏謂漢儒傳授本作「横」，《孔傳》出魏晉閒作「光」，語似未的。漢人亦多作「光被」者，如《宣帝紀》《蕭望之傳》並曰「聖德充塞天地，光被四表」、高誘注《淮南·俶真訓》云「被」讀「光被四表」之「被」即是，書中《典引》「光被六幽」蔡邕注引《書》「光被四表」，則出班固一人之手，知漢時原横、光並用。段茂堂謂《古文尚書》「光被」今文作「横被」當是也。光與桄、横字同聲相通，故漢人稱横門爲光門，後世猶沿其舊。至鄭注「言堯德光耀及四海之外」，並已不訓「充」矣。然則作「光」非由《孔傳》也。

注**《樂稽嘉耀》曰**　「嘉耀」當作「耀嘉」，各本皆倒。

仰悟東井之精　《後漢書》「悟」作「寤」。

注**《漢書》曰：漢元年十月，五星聚於東井，沛公至霸上。又曰：以歷推之，從歲星也，此高祖受命之符**　按《漢書·志》及荀悦《漢紀》皆云「漢元年冬十月，五星聚於東井」，《史記·天官書》《張耳傳》亦言星聚事，惟《漢高紀》不載，司馬氏《通鑑》亦缺焉。劉攽《漢書天文志刊誤》云：「太白、辰星去日率不能一兩次，今十月而從歲星於東井，非其理也。然則五星以秦之十月聚東井耳。秦之十月今七月，日當鶉尾，故太白、辰星得從歲星也。」今考攽説實本《魏書·高允傳》：允謂崔浩曰：「案《星傳》，太白、辰星常附日而行，十月日在尾箕，昏没於申南，而東井方出於寅北，二星何得背日而行？是史官欲神其事，不復推之於理。」浩曰：「天文欲爲變者，何所不可耶！」允曰：「此不可空言争，宜更審之。」後歲餘，浩謂允曰：「先所論者，本不經心，及更考究，果如君言。五星乃以前三月聚東井，非十月也。」衆皆嘆服。〔一〕

注**然則成功在西**　「則」字不當有。鄱陽胡公《考異》曰：凡「然則」善例祇云「然」，全書盡同，其或衍者，當依此求之。

睋北阜，挾灃灞　《後漢書》注：北阜即今三原縣，北有高阜，東西横亘者是。灃灞，《後漢書》作酆霸。朱氏珔曰：灃水本作「豐」，見《詩·大雅》，即文王所都；亦只作「豐」，見《書·召誥》，此處李注引張揖《上林賦注》「豐水出鄠南山豐谷」是也。因豐爲邑名而作酆，水名亦遂從邑。《説文·邑部》有酆，《水部》無灃，後人凡水名多加水旁，故今《禹貢》「灃水攸同」「東會于灃」皆已作「灃」，而《漢志》引仍作「酆」也。何曰：據《水經注》「灞水古曰滋水。秦穆霸世，更名爲霸水，以顯霸功」，然則不當加水也。

度宏規而大起 注**《小雅》曰：羌，發聲也。度與羌，古字通。度或爲慶也** 按注則正文之「度」及注中兩「度」字並當作「慶」，「慶」字當作「度」。「慶與羌古字通」者，謂正文之「慶」與《小雅》之「羌」通也；「慶或爲度」者，今《後漢書》作「度」是也。銑注云「度，大規矩」，是五臣本亦改「慶」爲「度」，後來合並，因誤倒此注以就之耳。《小雅》係《小爾雅》，此所引《廣言》篇文。凡李注引《小爾雅》並作《小雅》，後倣此。

肇自高而終平 注**高，高祖。《漢書》張晏曰：爲功最高，而爲漢帝太祖，故特起名焉** 六臣本注「高高祖漢書」五字作「漢書高祖」四字，「爲」上有「以」字，「太」作「之」。毛本「太」亦作「之」。

故窮泰而極侈 《後漢書》「泰」作「奢」。鈕氏樹玉曰：泰字，范蔚宗家諱，故避改。

建金城而萬雉 六臣本「而」作「之」，王氏應麟《玉海》一百七十三引亦作「之」，《後漢書》作「其」。

注**《字林》曰：呀，大空貌** 《説文》：呀，開口貌。

披三條之廣路　《三輔黃圖》引《漢舊儀》云「長安城中，八街九陌」。《玉海》一百七十三引《三輔決録》云：「長安面三門，四面十二門，皆通達九逵以相經緯，衢路平正，三塗洞闢。」

立十二之通門　《水經·渭水注》云：「渭水又東逕長安城北，漢惠帝元年築，六年成，即咸陽也。秦離宮無城，故城之。十二門：東出北頭第一門本名宣平門，王莽更名春王門正月亭，一曰東都門，其郭門亦曰東都門，即逢萌挂冠處也；第二門本名清明門，一曰凱門，王莽更名宣德門布恩亭，內有籍田倉，亦曰籍田門；第三門本名霸城門，王莽更名仁壽門無疆亭，民見門色青，又名青城門，或曰青綺門，亦曰青門。南出東頭第一門本名覆盎門，王莽更名永清門長茂亭，其南有下杜城，應劭曰『故杜陵之下聚落也，故曰下杜門，又曰端門，北對長樂宮』；第二門本名安門，亦曰鼎路門，王莽更名光禮門顯樂亭，北對武庫；第三門本名平門，又曰便門，王莽更名信平門誠正亭，一曰西安門，北對未央宮。西出南頭第一門本名章門，王莽更名萬秋門億年亭，亦曰光華門也；第二門本名直門，王莽更名直道門端路亭，故龍樓門也，張晏曰門樓有銅龍，《三輔黃圖》曰長安西出第二門即此門也；第三門本名西城門，亦曰雍門，王莽更名章義門著義亭，其水北入有函里，民名曰函里門，亦曰突門。北出西頭第一門本名橫門，王莽更名霸都門左幽亭，如淳曰音光故曰光門，其外郭有都門、有棘門，徐廣曰棘門在渭北，孟康曰在長安北，秦時宮門也，如淳曰《三輔黃圖》曰棘門在橫門外，按《漢書》徐厲軍於此備匈奴，又有通門、亥門也；第二門本名厨門，又曰朝門，王莽更名建子門廣世亭，一曰高門，蘇林曰『高門，長安城北門也，其內有長安厨官在東，故名曰厨門也』，如淳曰今名廣門也，第三門本名杜門，亦曰利城門，王莽更名進和門臨水亭，其外有客舍，故民曰客舍門，又曰洛門也。凡此諸門，皆通逵九達，三途洞開，隱以金椎，周以林木，左出右入爲往來之徑，行者升降有上下之別。」孫氏義鈞曰：「按《三輔黃圖》亦載十二門，北出東頭第一門曰洛城門又曰高門，而《水經注》以北出第二門爲高門，惟此門指稱互異，餘皆相符也。」姜氏臯曰：「按《三輔黃圖》西出第二門曰直城門，《水經注》曰直道門，皆以爲龍樓門也。顧氏炎武《歷代宅京記》曰：《漢書·成帝紀》：『帝爲太子，居桂宮，上嘗急召，太子出龍樓門，不敢絶馳道，西至直城門，得絶乃度，還入作室門。上遲之，問其故，以狀對，上大悦，乃著令太子得絶馳道。』然則龍樓當别是一門，非直城門也。」

閭閻且千　《三輔黃圖》云：長安閭里一百六十，室居櫛比。

九市開場，貨别隧分　《玉海》一百七十三引「隧」作「遂」。又引《漢宮闕疏》曰：長安立九市，其六市在道西，三市在道東。

注**《説文》曰：街，四通也**　今《説文》：街，四通道也。

鄉曲豪舉，游俠之雄　《後漢書》「舉」作「俊」，注謂朱家、郭解、原涉之類。

浮游近縣　《後漢書》注：浮游，謂周流也。

七相五公　注**《漢書》：韋賢爲丞相，徙平陵。車千秋爲丞相，徙長陵。黃霸爲丞相，徙**

平陵。平當爲丞相，徙平陵。魏相爲丞相，徙平陵　又《漢書》曰：**張湯爲御史大夫，徙杜陵。杜周爲御史大夫，徙茂陵。蕭望之爲前將軍，徙杜陵。馮奉世爲右將軍，徙杜陵。史丹爲大將軍，徙杜陵**　《後漢書》注：「七相謂：丞相車千秋，長陵人；黄霸、王商，並杜陵人；韋賢、平當、魏相、王嘉，並平陵人。五公謂：田蚡爲太尉，長陵人；張安世爲大司馬、朱博爲司空，並杜陵人；平晏爲司徒、韋賢爲大司馬，並平陵人。」與李注互異。李注七相但列五人，當是並數韋賢子元成、平當子晏也。

三選七遷　《後漢書》注「選」或爲「徙」，義亦通。

隆上都而觀萬國也　六臣本及《後漢書》並無「也」字。許氏慶宗曰：《爾雅》：觀，示也。

注**雒陽、邯鄲、臨淄、宛、城都市長安**　陳曰「長」下衍「安」字，是也，各本皆衍。「城」當依六臣本作「成」，《後漢書》注可證。

逴躒諸夏　注**逴躒，猶超絶也**　五臣「逴躒」作「卓犖」，翰注可證。《後漢書》「躒」亦作「犖」。

陸海珍藏　《水經·江水注》：「《益州記》曰：『江至都安，堰其右，撿其左，其正流遂東，郫江之右也。』因山頹水，坐致竹木，以溉諸郡。又穿羊摩江、灌江，西於玉女房下白沙郵作三石人立水中，刻要江神，水竭不至足，水盛不没肩，是以蜀人旱則藉以爲溉，雨則不遏其流。故《記》曰『水旱從人，不知饑饉，沃野千里，世號陸海，謂之天府』也。」

注**《韓詩》曰「在彼空谷」，薛君曰：穹谷，深谷也**　何校「空」改「穹」，陳同，是也，各本皆誤。本書陸機《苦寒行》注引正作「穹」。臧氏琳《經義雜記》云：賢者乘白駒而去，「在彼穹谷」正有入山惟恐不深之意，薛夫子《章句》以爲深谷，當矣，《説文》云「穹，窮也」亦爲深遠之義，「空」當爲「穹」；毛訓爲大，如字讀，不如《韓詩》義長。

注**北謂天下陸海之地**　陳校「北」改「此」，據《後漢書》注，是也。

商洛緣其隈　注**《漢書》弘農郡有商縣、上雒縣**　惠氏棟《後漢書補注》云「盛弘之《荊州記》云：上洛有商山，班孟堅所謂上洛緣其隈，《高士傳》謂地肺即此」〔二〕，是以商爲商山也。又宋敏求《長安志·總叙》引東方朔曰「三輔之地，南有江淮，北有河渭，汧隴以東，商洛以西，厥壤肥饒」，似亦指商山洛水而言。

注**《説文》曰：隈，水曲也**　今《説文》：隈，水曲隩也。按本書《海賦》注引《説文》亦作「隈，水曲也」。又《琴賦》注及《列子》釋文並同，當亦本《説文》。疑今本《説文》「隩」爲衍字。〔三〕

號爲近蜀　《後漢書》「爲」作「曰」。

陪以甘泉，乃有靈宮起乎其中　注**《漢宮闕疏》曰：甘泉林光宮，秦二世造**　《後漢書》注：甘泉山在雲陽北，秦始皇於上置林光宮，漢又起甘泉宮。按《雍録》引《關輔記》云：甘泉宮一曰雲陽宮，一曰林光宮，一曰甘泉宮，秦所造，今在池陽縣西。故甘泉山宮以山爲名。孫氏義鈞曰：按

《史記》始皇二十七年作信宮於渭南〔四〕，通驪山，作甘泉前殿，是二世前已有甘泉宮矣。孫氏志祖曰：《三輔黄圖》云：甘泉宮，秦始皇二十年作，漢武帝增廣之；林光宮，秦二世作。

注 **舉插爲雲，決渠爲雨** 又 **億萬之口** 荀悦《漢紀》亦載此歌，「爲雲」作「成雲」，「決渠爲雨」下多「水流竈下，魚跳入釜」兩句，「億萬之口」作「百萬餘口」。

提封五萬 注 **「提封百萬井」，臣瓚按：舊説云「提，撮凡也」，言大舉頃畝也。韋昭曰：積土爲封限也** 六臣本及《後漢書》「提」並作「隄」。《廣雅·釋訓》：堤封，都凡也。王氏念孫《廣雅疏證》云：「提封亦大數之名，猶今人言通共。《漢書·刑法志》『提封萬井』，蘇林注云『提音祇，陳留人謂舉田爲祇』，李奇注云『提，舉也，舉四封之内也』，顔師古注云『李説是，提讀如本字，説者或以爲積土爲封謂之提封，既改字又失義也』，按諸説皆非也，提封萬井猶言通共萬井耳，《食貨志》『提封九萬頃』、《地理志》『提封田一萬萬四千五百一十三萬六千四百五頃』、《匡衡傳》『樂安鄉本田提封三千一百頃』義並同。若訓提爲舉、訓封爲四封，而云舉封若干井、舉封若干頃，則甚爲不辭。又《東方朔傳》『舉籍阿城以南，盩厔以東，宜春以西，提封頃畝及其賈直』，亦謂舉籍其頃畝之大數及其賈直，若云舉封頃畝則尤爲不辭，且上言舉籍下不當復言舉封也。」按此所辨與臣瓚所據舊説合，然此賦但言提封五萬，則韋昭與李奇之説並可通。

五穀垂穎 注 **韋昭曰：黍、稷、菽、麥、稻也** 按此《管子·地員》篇説，鄭注《周禮·職方》、高誘注《淮南子·修務訓》並同。而鄭注《天官·疾醫》之五穀，又據《月令》以麻、菽、稷、麥、豆爲五；王逸注《楚辭·大招》之五穀，又以稻、稷、麥、豆、麻爲五。則不知究以何説爲確也。

桑麻鋪棻 注**棻與紛，古字通** 五臣「鋪棻」作「敷紛」，翰注可證。《後漢書》作「敷棻」，注：棻，茂盛也。

繚以周牆 《説文·土部》：㙩，周垣也。《繫傳》引此作「㙩以周垣」〔五〕。

三十六所 《後漢書》注引《三輔黄圖》：上林有建章、承光等一十一宫，平樂、繭觀等二十五，凡三十六所。姜氏皋曰：「宋氏《長安志》載上林諸宫之名曰建章、承光、儲元、包陽、尸陽、望遠〔六〕、犬臺、宣曲、昭臺、蒲萄凡十；別列長楊宫，注云秦時宫，以非漢建也；而《三輔黄圖》則曰上林有長楊宫，如是適得一十一宫。又《三輔黄圖》載昆明觀，武帝置；又有繭觀、平樂、遠望、燕昇、象觀、便門、白虎、三爵、陽禄、陰德、鼎郊、樛木、椒唐、魚鳥、元華、走馬、柘觀、上蘭、郎池、當路等觀，皆在上林；又載豫中觀，武帝造，『中』當是『章』字，在昆明池中，亦曰昆明觀；又載飛廉觀在上林、白楊觀在昆明池東、涿木觀在上林苑，除豫中即昆明外祇得二十四所。考《玉海》引《外戚傳》云上林有涿沐觀、雲林觀，涿沐當即涿木，加以雲林則適得二十五觀也。」

注**《漢書》有蜀都漢中郡** 六臣本、毛本「都」並作「郡」，是也。

條支之鳥 六臣本及《後漢書》「支」並作「枝」。《後漢書》注：條枝與安息接，武帝時，安息國發使來獻之。又《拾遺記》：章帝時，條支國貢異瑞，有鳥名鳷鵲，形高七尺，解人語，其國太平則群翔。

至於三萬里　《後漢書》無「於」字。

倣太紫之圓方　《後漢書》「倣太」作「放泰」，毛本「圓」作「園」。按《西京賦》「園闕竦以造天」注引字書曰園亦圓字也。《後漢書》注：「劉向《七略》曰：明堂之制，内有太室象紫宫，南出明堂象太微。《春秋合誠圖》曰：太微其星十二，四方。《史記·天官書》曰：環之匡衛十二星，藩臣，皆曰紫宫。是太微方而紫宫圓也。」

注**揚雄《司命箴》曰：普彼坤靈，侔天作制**　何校「命」改「空」，據《後漢書》注，陳同，是也，各本皆誤。《後漢書》注引「制」作「合」。

注**又曰：翼，屋榮也**　今《説文》無此訓。朱氏珔曰：《説文》「翼」在《飛部》，作「⿱飛異」，重文爲翼，無「屋榮」之訓。惟《儀禮·士冠》《鄉射》等篇屢見「東榮」字，注並云「榮，屋翼也」，本書《甘泉賦》注引韋昭同。榮可訓屋翼，則翼即可訓屋榮，豈今《説文》有佚脱歟？或此處連引《説文》，於「又曰：橑，椽也，梁道切」之下當但云「翼，屋榮也」別自爲説，而因與上文相涉誤衍「又曰」二字。

左墄右平　《三輔黄圖》「左墄右平」注云：「右乘車上故使之平，左以人上故爲之階。墄，階級也。」濟注本此。張氏雲璈曰：「《鶴林玉露》云四方以西爲尊，今朝廷之上群臣皆自東階而升，不敢升自西階，非特嫌若賓主敵體，亦以西爲尊也。《西都賦》『左墄右平』，左，東也，東則爲墄，群臣所由登降之階也；右則西也，西則爲平不爲墄也。」

仍增崖而衡閾 《説文繫傳》「厓」字注引作「仍曾厓而爲閾」。

徇以離宮别寢 又 **焕若列宿** 《後漢書》「宮」作「殿」，「宿」作「星」。

注 **宣室殿** 許氏穆清曰：《淮南子》「武王破紂，殺之于宣室」許慎注「宣室在朝歌城外」，《西溪叢語》云「宣室，殷宮名，一曰宣室獄也」，《説文·宀部》「宣，天子宣室也」段注「謂大室如璧，璧大謂之瑄也」，然則宣室不始於漢。《賈誼傳》「孝文受釐宣室」，蘇林曰「宣室，未央前正室」。《東方朔傳》：「宣室，先帝之正處也，非法度之政不得入焉。」若《刑法志》云「上常幸宣室齋居決事〔七〕，刑獄號爲平」，此或附會獄名所始耳。王氏士禛曰：殷之「宣室」音如宣帝之宣，漢之「宣室」音如負暄之暄，見《集韻》，名同而音異。

注 **温室殿** 《三輔黄圖》云：武帝建，冬處之温暖也。按《玉海》百六十一云：未央宮建於高帝七年，作延清以避隆暑、温室以禦祁寒，翼奉亦云孝文時未央宮獨有前殿曲臺、漸臺、宣室、温室、承明，然則非武帝建也。

注 **長年亦殿名** 《三輔黄圖》引《三輔決録》云未央宮有延年殿，畢氏沅校本云《玉海》作「延平」，然《黄圖》又引《漢宮閣記》云未央宮有宣明、長年、温室、昆德四殿也。

增盤崔嵬 《後漢書》作「增槃業峩」，注：增，重也；槃，屈也。濟注以增盤爲閣名，按《三輔黄圖》引《漢宮閣記》云未央宮有玉堂、增盤閣、宣室閣，是濟注所本也。

後宫則有掖庭椒房，后妃之室。合歡增城，安處常甯，茝若椒風，披香發越，蘭林蕙草，鴛鸞飛翔之列　《後漢書》「增城」作「增成」，何校從之。《西京賦》亦作「增成合驩」。《三輔黄圖》云：椒房殿在未央宫，以椒和泥塗，取其温而芬芳也。武帝時後宫八區有昭陽、飛翔、增成、合歡、蘭林、披香、鳳皇、鴛鴦等殿，後又增修安處、常甯、茝若、椒風、發越、蕙草等殿爲十四殿。

絡以綸連　六臣本「綸」作「編」。《後漢書》注云「綸」或作「編」。

注 **《説文》曰：釭，轂鐵也**　又 **《説文》曰：褭，纏也**　今《説文》：釭，車轂中鐵也；裹訓纏；褭訓書囊。孫氏義鈞曰：按《後漢書》注及本書《琴賦》注所引同此，今《説文》本恐譌。

注 **《説文》曰：綸，糾青絲綬也**　今《説文》「青」上無「糾」字。孫氏義鈞曰：《急就篇》顔注亦引有「糾」字，恐係今《説文》誤脱。

注 **漢中國姬姓諸侯也**　陳校「中」改「東」，是也，各本皆誤。

翡翠火齊　注 **張揖《上林賦注》曰：翡翠大小如爵，雄赤曰翡，雌青曰翠**　林暢園先生曰：《續博物志》「翡翠屑金」，蓋石也。翡翠有二，一鳥名、一石名，此與火齊對舉，則石名也，李注引《上林賦》注恐非。孫氏義鈞曰：《西京賦》「翡翠火齊」李注亦云「翡翠，鳥名」；此賦上承「藻繡綸連」，《西京賦》亦上承「采飾纖縟」。古人多以翡翠爲飾，凡可采飾之物皆得稱舉，似不必玉石爲類也。

注《韻集》曰：火齊，珠也　《南史·海南諸國列傳》云：中天竺國出火齊，狀如雲母，色如紫金，有光曜，别之則如蟬翼，積之則如紗縠之重沓也。又《拾遺記》云：周穆王時，渠國獻火齊鏡，是火齊亦無定訓也。

釦砌　《後漢書》「砌」作「切」。王氏觀國《學林》云：「砌，當依范書作切。切，户限也。以銅沓冒之，黄金塗之，故云釦切。若以爲砌，則既有白玉階，又安用金砌乎？」按本書《西京賦》「設切厓隒」注：切與砌，古字通。

玉階彤庭　本書曹子建《贈丁儀》詩「凝霜依玉除」注引《西都賦》「玉除彤庭」，而傅長虞《贈何劭王濟》詩「攜手陞玉階」注引此賦仍作「階」字。今考《西京賦》「金戺玉階，彤庭煇煇」李注引《西都賦》曰「玉階彤庭」，則曹詩注「除」字恐偶誤。

珊瑚碧樹　《後漢書》注引《漢武故事》云：武帝起神堂，植玉樹，葺珊瑚爲枝，以碧玉爲葉。

注《説文》曰：釦，金飾器　今《説文》「器」下有「口」字。

注《説文》曰：碝，石之次玉也　今《説文》作「石次玉者」。

後宫之號，十有四位　《後漢書·皇后紀》云：自武、元之後，世增淫費，至乃掖庭三千，增級十四。注云：婕妤一，娙娥二，容華三，充衣四，已上武帝置；昭儀五，元帝置；美人六，良人七，七子八，八子九，長使十，少使十一，五官十二，順常十三；舞涓、共和、娱靈、保林、良娣使〔八〕、夜者十四，此六官品秩同爲一等也。

注 **傛華視真二千石** 又 **充依視千石** 六臣本及《後漢書》注「傛」並作「容」，「依」並作「衣」。

注 **良使、夜者** 《後漢書》注「者」作「君」，《皇后紀》注「良使」作「良娣使」。按《外戚傳》注亦作「良使、夜者」，師古曰：良使，使之善者也；夜者，主職夜事。

蕭曹魏邴 《後漢書》注引《前書》云：近觀漢相，高祖開基，蕭、曹爲冠；孝宣中興，邴、魏有聲。

盪亡秦之毒螫 《後漢書》「盪」作「蕩」。

注 **《說文》曰：螫，行毒** 今《說文》：螫，蟲行毒。

揚樂和之聲 《後漢書》「樂和」作「龢樂」。

功德著乎祖宗，膏澤洽乎黎庶 《後漢書》上「乎」作「於」，下「乎」作「于」。

注 **天祿閣在大殿北** 何校「大」下添「秘」字。《水經·渭水注》云：未央殿東有天祿、石渠、麒麟三閣。

命夫惇誨故老 《後漢書》「惇」作「諄」，注引《詩》「誨爾諄諄」。

講論乎六藝 倪氏思寬《二初齋讀書記》云：六藝謂六經也，注謂禮、樂、射、御、書、數恐非。

著作之庭 又 **元元本本，殫見洽聞** 六臣本「庭」作「廷」。《後漢書》「殫」作「周」。《漢書·敘傳》云：元元本本，數始于一。

周以鉤陳之位　姜氏皋曰：鉤陳不載於史。《漢書・志》注引《樂緯》曰「鉤陳，後宫也」，與晉、隋《志》同。而《觀象玩占》：句陳六星在紫微宫中華蓋之下，巫咸曰「句陳者，天子護軍將軍，水官也；六星爲六軍」，《荊州占》曰「句陳，天子之司馬也」〔九〕。《水經注》又以爲「紫微有句陳之宿，主鬥訟兵陣，故遁甲攻取之法，以所攻神與句陳並氣，下制所臨之辰，則秩禽敵」徐氏文靖曰：秩，常也。此與「更衛」並列，似從二説爲長。

衛以嚴更之署　《顔氏家訓・書證》篇云：或問一夜何故五更，答曰：漢魏以來，謂爲甲夜、乙夜、丙夜、丁夜、戊夜，又云鼓一、鼓二、鼓三、鼓四、鼓五，亦云一更、二更、三更、四更、五更，皆以五爲節。《西都賦》亦云「衛以嚴更之署」。所以爾者，假令正月建寅斗柄，夕則指寅，曉則指午矣，自寅至午凡歷五辰；冬夏之月雖復長短參差，然辰間遼濶，盈不至六，縮不至四，進退常在五者之間。更，歷也，經也。故曰五更爾。

注《公羊傳》曰：贅，猶綴也　今《公羊・襄十六年傳》云「公若贅旒然」，無「贅猶綴也」四字。孔氏廣森注云：疑別本有自釋贅旒之義，如《僖九年傳》「震而矜之」下復出「震之者何」也。

各有典司　《後漢書》「典」作「攸」。

自未央而連桂宫，北彌明光而亘長樂　注《方言》曰：亘，竟也　《後漢書》「亘」作「絙」。《水經・渭水注》云：「未央宫北即桂宫，周十餘里，內有明光殿、走狗臺、柏梁臺，舊乘複道，用相逕通，故張衡《西京賦》曰：「鉤陳之外，閣道穹隆，屬長樂與明光，逕北通乎桂宮。」

凌隥道而超西墉，掍建章而連外屬。設璧門之鳳闕，上觚稜而棲金爵 注**掍，音義與混同** 六臣本「凌」作「陵」，「隥」作「墱」，《後漢書》亦作墱。五臣「掍」作「混」，翰注可證。《後漢書》亦作混，無「連」字，「觚稜」作「柧棱」。《水經·渭水注》曰：「《三輔黃圖》曰：建章宮，漢武帝造，周二十餘里，千門萬户。其東鳳闕，高七丈五尺。《漢武帝故事》云闕高二十丈。《關中記》曰：建章宮圓闕臨北道，有金鳳在闕上，高丈餘，故號鳳闕也。」又曰：「建章宮南有璧門三層，高三十餘丈，中殿十二間〔十〕，堦陛咸以玉爲之。鑄銅鳳，高五丈，飾以黃金，棲屋上〔十一〕。椽首薄以玉璧，因曰璧玉門也。」

注**《說文》曰：稜柧** 「稜」當作「棱」。今《說文》：柧，棱也，從木，瓜聲；又柧棱，殿堂上最高之處也。又云：棱，柧也，從木，夌聲。

内則別風之嶕嶢 六臣本無「之」字。《三輔黃圖》云建章宮北有鳳皇闕，亦名別風闕，又云嶕嶢闕。

眇麗巧而聳擢 六臣本及《後漢書》「聳」並作「竦」。

經駘盪而出馺娑，洞枍詣以與天梁 《後漢書》無「以」字。《三輔黃圖》云：「駘盪宮，春時景物駘蕩滿宮中也；馺娑，馬行疾貌，馬行迅疾一日之間徧宮中，言宮之大也；枍詣，木名，宮中美木茂盛也；天梁宮，梁木至於天，言宮之高也。四宮皆在建章宮。」

注**《爾雅》曰：蓋戴，覆也**　胡公《考異》曰：「爾」當作「小」，各本皆誤，此所引《小爾雅·廣詁》文，今《後漢書》注引亦作「爾」。

神明鬱其特起　《三輔黄圖》云：神明臺在建章宮中，上有九室。《水經·渭水注》云：神明臺高五十餘丈，皆作懸閣，輦道相屬。

雖輕迅與僄狡，猶愕眙而不能階　《後漢書》「迅」作「信」，「能」作「敢」。

目眴轉而意迷　六臣本「眴」作「眩」。《説文繫傳》「瞏」字注引「目瞏轉而意迷」，而誤作《靈光殿賦》。

注**《説文》曰：縈紆，猶回曲也**　今《説文》「紆」字注：詘也，從系，于聲，一曰縈也。又「縈」字注：收韏也，从系，熒省聲。此注不知所出。

注**又曰：杳，杳窱也**　上「杳」字當作「窱」。今《説文》：窱，杳窱也。

注**《廣雅》曰：窈窕，深也**　陳校「窕」改「窱」，是也，各本皆誤。

似無依而洋洋　《後漢書》「而」作「之」。

前唐中　《漢書·郊祀志》「唐」作「商」，注：商，金也，於序在秋，故謂西方之庭爲商庭。據此則作「唐中」爲非。然《西京賦》「前開唐中」、《史記·封禪書》「其西則唐中」固皆用「唐中」字也。《三輔黄圖》云：唐中池周迴二十里，在建章宫太液池南。朱氏珔曰：唐中當即《詩·陳風》之「中唐」。《逸周書·作雒解》「堤唐山廧」，孔晁注「唐，中庭道也」。中唐之爲唐中，猶中庭之爲庭中也。此注引《漢書》「其西則有唐中數十里」下又引如淳曰「唐，庭也」，是以唐爲庭。邵氏晉涵《爾雅正義》云：漢宫室有唐中，亦取庭之廣直爲義，故《西京賦》云「前開唐中，彌望廣潒」，愚謂廣潒但狀庭道之形，非竟言水。惟《三輔黄圖》所載以唐中爲池名，殆因古池塘之塘祇作唐其從土旁者《説文》在《新附》，《國語·周語》「陂唐污庳，以鍾其美」遂謂唐爲池，果爾則唐即池矣，何又稱唐中池耶？

覽滄海之湯湯　《後漢書》「覽」作「攬」。

激神岳之嶈嶈　注《毛詩》曰：**應門將將**　按注引《詩》「將將」，似正文之「嶈嶈」當作「將將」。然六臣本及《後漢書》亦皆作「嶈嶈」。先通奉公曰：濟注以嶈嶈爲水激山之聲，恐望文生義，無所據也。

注**臺梁，象海中仙山**　何校「臺」改「壺」，陳同，是也，各本皆誤。按「仙」當作「神」，《後漢書》注可證。

巖峻嶕崒　《後漢書》「嶕崒」作「崔崒」。

注《説文》曰：**峻，峭高也**　今《説文》：陖，高也。重文峻，陖或省。

抗仙掌以承露 孫氏志祖曰：本書曹子建《又贈丁儀王粲》詩「承露概太清」注引《西都賦》曰「抗仙掌以承露」。今按唯毛本作「抗」，實即「抗」字之誤。蓋上引《西都賦》止注「承露」也，下引《廣雅》始以「抗」注「概」也，毛本誤相涉耳。觀此賦注絕不及「抗」，可見各本皆作「抗」無誤也。

軼埃堨之混濁 注 **許慎《淮南子注》云：堨，埃也，堨與壒同** 六臣本及《後漢書》「堨」並作「壒」，是也，各本皆誤。

非吾人之所寗 《後漢書》「非」作「匪」。

奮泰武乎上囿 《後漢書》「泰」作「大」，注：大武，謂大陳武事。

耀威靈而講武事，命荆州使起鳥，詔梁野而驅獸 《後漢書》無「靈」「武」二字。張氏雲璈曰：「《禹貢》荆州之貢羽、毛、齒、革，梁州之貢熊、羆、狐、狸織皮。《周禮·職方》亦云：荆州其畜宜鳥獸。」

水衡虞人 《後漢書》注引《前書》曰：上林苑屬水衡都尉。

脩其營表 六臣本及《後漢書》「修」並作「理」。

於是乘鑾輿 胡公《考異》曰：「鑾」字衍，注引《獨斷》以解「乘輿」，中間不得有「鑾」字甚明。《後漢書》章懷注引《獨斷》與此同，亦不得有「鑾」字，今本皆衍耳。《上林賦》曰「於是乘輿弭節徘徊」，《甘泉賦》曰「於是乘輿乃登夫鳳皇兮」，句例相似，孟堅之所出也。六臣本「鑾」作「鸞」，詳濟注仍言「乘輿」，是其本初無「鑾」字，各本皆衍當在其後。又《東都賦》「乘輿，已見上文」即當指此。

備法駕　余曰：胡廣《漢制度》：天子出，有大駕、法駕、小駕。大駕則公卿奉引，大將軍驂乘，太僕御，屬車八十一乘，備千乘萬騎；法駕，公卿不在鹵簿〔十二〕，河南尹、執金吾、洛陽令奉引，侍中驂乘，奉車郎御，屬車三十六乘；小駕，太僕奉駕〔十三〕，侍御史整車騎。

六師發逐　《後漢書》「逐」作「冑」。

注**《廣雅》曰：塗，污也**　今《廣雅·釋詁》「污也」節無「塗」字。

佽飛　余曰：《漢書音義》：佽飛本秦左弋官，武帝改爲佽飛官，有一令九丞，在上林中結矰繳〔十四〕、弋鳧雁，歲萬頭以供宗廟。

矢不單殺　《後漢書》「不」作「無」。

注**《說文》曰：匈奴名引弓曰控**　今《說文》「曰控」作「控弦」。

注**《說文》：颮，古飈字也**　今《說文》「飈」重文「颮」云：飈或从包。

注**《蒼頡篇》曰：狖似狸**　又**《淮南子》：猨狖顛蹶而失木**　今《淮南子·覽冥訓》云「猨狖顛蹶而失木枝」，高注「狖，猨屬也，長尾而昂鼻」。按《爾雅·釋獸》「蜼卬鼻而長尾」，郭注「蜼似獼猴而大」，《廣雅·釋獸》「狖，蜼也」，猨、狖本同類，故《楚詞·九歌》云「猨啾啾兮狖夜鳴」，《文子·尚德》篇云「猨狖之捷來格」，此賦亦云「猨狖失木」，皆兩物並舉也。若《蒼頡篇》所謂似狸者，則字當作「貁」。《爾雅》釋文引《字林》云〔十五〕貁謂之貄。《廣雅》：貄，貁也。《大菩薩藏經》卷十音義亦引《蒼頡篇》云：貁似貍，搏鼠，出河西〔十六〕。據此則似貍之貁乃貍屬，與猨狖別；猨狖自似獮猴，不似貍。此與《後漢書》注恐皆誤引也。

注 **許少、秦成，未詳** 《後漢書》注亦未詳。錢氏大昕《養新録》云：《漢書·古今人表》下中有許幼，許少豈即許幼乎？

注 **何休《公羊傳》曰** 陳校「傳」下添「注」字。按本書中似此者不一而足，校者皆以爲脱字。然古人引書不甚拘，如《説文》引《易》「地可觀者莫可觀於水」，引《虞書》「仁覆閔下」又「怨匹曰逑」，皆係説經之語，非經正文，或李注亦用此例，則非脱文也。

曳犀犛，頓象羆，超洞壑 又 **蹷嶄巖** 《後漢書》曳、頓二字上下互易，「洞」作「迥」；「嶄」作「巉」，五臣作「磛」，翰注可證。

注 **《歐陽尚書説》曰：螭，猛獸也** 《説文·内部》「离」字下引歐陽喬説「离，猛獸也」即此。《歐陽尚書》，今文家説也。离、離古通用。《史記》載《牧誓》作「如離」，《集解》引徐廣曰「離」與「螭」同。

注 **嶄巖，高峻之貌也** 六臣本「高」上有「石」字，是也。

登屬玉之館 注 **《漢書·宣紀》曰：行幸長楊宮屬玉觀** 《三輔黄圖》云屬玉觀在右扶風。《西京雜記》：天子以栢梁災爲厭勝，故上林諸觀多以水鳥爲名。林先生曰：按《宣紀》甘露二年幸萯陽宫屬玉觀，李注引「萯陽」作「長楊」誤也。胡公《考異》亦曰：「長楊」別注在下，各本皆誤。晉灼曰：屬玉，水鳥，似鵁鶄，以名觀。

注**《三輔黄圖》曰：上林有長楊宫**　按賦言「歷長楊之榭」。此注應引《三輔黄圖》云：長楊榭在長楊宫，秋冬校獵其下，命武士搏射禽獸，天子登此以觀焉。

注**閣謂之臺**　何校「閣」改「闍」，陳同，是也，各本皆誤。

注**三軍忙然**　何校「忙」改「芒」，是也，各本皆誤。

騰酒車以斟酌　《後漢書》「以」作「而」。

舉烽命釂　《後漢書》「烽」作「燧」，「釂」作「爵」。六臣本亦作「爵」。

注**毛萇曰：以毛曰炰**　今《毛傳》脱「以」字，當據此訂補。

若摛錦布繡　六臣本「錦」下有「與」字。

注**《説文》曰：曄，草木白華貌**　今《説文》：曄，光也。徐鍇曰：曄然象草木之盛。

鳥則玄鶴白鷺　《後漢書》無「鳥則」二字，是也。

注**《説文》曰：鵠，黄鵠也**　今《説文》「黄」作「鴻」。

澹淡浮　鄧氏伯羔《藝彀》引此證澹、淡爲兩字，是也。本書《高唐賦》注「澹淡，水波水文也」、《七發》注「澹淡，摇蕩之貌」同此。惟潘安仁《金谷集詩》注云「澹」與「淡」同。

注　**桓子《新論》曰：乘車、玉爪、華芝**　《續漢書·輿服志》注引「乘車」作「輿輦」，「玉爪」作「玉蚤」。

招白鵰　《後漢書》「鵰」作「閒」，注「招猶舉也。弩有黄閒之名，此作白閒，蓋弓弩之屬」。《困學紀聞》十三曰《御覽》引《風俗通》「白閒，古弓名」，按今本《風俗通》無此語。「白閒」與「文竿」對舉，則從閒義長。古弓有稱黄閒者，《南都賦》「黄閒機張」、《射雉賦》「捧黄閒以密彀」是也；有稱紫閒者，陸機《七導》「操紫閒之神機，審必中而後射」是也；白閒亦其類耳。〔十七〕張氏雲璈曰：以「鵰」爲「閒」究屬牽強，「招」之訓「舉」別無所見，《後漢書》注又云白閒「本或作白鵰，謂鳥也」。

揄文竿　又　**撫鴻罿**　五臣「揄」作「投」，良注可證。《後漢書》「罿」作「幢」。

遂乃風舉雲搖　《後漢書》無「乃」字。《廣雅·釋詁》：搖，上也。《爾雅·釋天》「扶搖謂之猋」，李巡注：暴風從下升上。《管子·君臣》篇：夫水波而上，盡其搖而復下。《楚辭·九章》：願搖起而横奔兮。《漢書·禮樂志》：將搖舉，誰與期。義皆可互證。〔十八〕

注　**《漢書》曰：宣帝頗好儒術**　《後漢書》注「儒術」作「神仙」。

商循族世之所鬻　六臣本及《後漢書》「循」作「脩」。

注　**而處士循其道**　何、陳校「循」改「脩」。《後漢書》注引《淮南子》亦作「修」。朱氏珔曰：循、修二字傳寫往往淆混，如《繫辭傳》「損德之修也」釋文「脩，馬本作循」、《莊子·大宗師》篇「以德爲循」釋文「循，本亦作脩」、《晉語》「矇瞍修聲」《王制》正義引作「循聲」，義皆可通。

徒觀迹於舊墟　《後漢書》「於」作「乎」。

什分而未得其一端　六臣本無「而」字。

校記

〔一〕按漢書志云云　本段除「司馬氏通鑑亦缺焉」外均摘自梁玉繩《史記志疑·天官書》。

〔二〕盛弘之荆州記云云　惠棟引自《太平寰宇記》卷一四一，《太平御覽》卷四三引「上洛」作「商洛」。

〔三〕按本書海賦注云云　此當爲朱珔語，見《文選集釋》卷一。按《七發》注引亦無「陝」字。

〔四〕始皇二十七年作信宫於渭南　「二」原作「三」，「信」上衍「長」，據《史記·秦始皇本紀》改。所引《太平御覽》一七三及卷八六衍「長」字。

〔五〕墩以周垣　「周」原作「同」，據《説文繫傳》卷二六改。

〔六〕望遠　《長安志》畢沅本、《長安縣志》同，《長安志》四庫本作「望庭」。

〔七〕上常幸宣室齋居决事　「常」原作「帝」，或襲浙局本《玉海·宫室·漢宣室》之誤，據《漢書·刑法志》改。

〔八〕舞涓共和娱靈保林良娣使　《後漢書·皇后紀》汲本、殿本同，百衲宋本同《漢書·外戚傳》「舞」作「無」、無「娣」字。

〔九〕荆州占曰云云　「占」據《觀象玩占》卷二三補。

〔十〕中殿十二間　「間」原作「門」，據《水經注·渭水》改。

〔十一〕高五丈飾以黄金棲屋上　「高」據《初學記》卷二四、《太平御覽》一七八等補；「棲」原作「樓」，據《初學記》及明刻本、楊守敬本《水經注·渭水》改，全祖望、趙一清、戴震等本均有誤脱。

〔十二〕公卿不在鹵簿　此引自《後漢書·儒林傳》注，「卿」據《班彪傳》注引蔡邕《獨斷》、《公孫述傳》注、錢大昭《續漢書辨疑》卷九、《史記索隱·文帝紀》引《漢官儀》等補；《後漢書·輿服志》作「八卿」、百衲宋本作「八公卿」。

〔十三〕太僕奉駕　「太」原作「大」，據《後漢書·輿服志》及《儒林傳》注改。

〔十四〕在上林中結矰繳　「結矰」原作「紡繒」，據《漢書注·宣帝紀》改。

〔十五〕爾雅釋文引字林云云　此下摘自王念孫《廣雅疏證》卷十下，「據此則」以下爲王氏按語。

〔十六〕搏鼠出河西　「西」原作「南」，據《廣雅疏證》卷十下、玄應《一切經音義》卷二一改。

〔十七〕古弓有稱黄間者云云　此段摘自桂馥《札樸》卷八，詳本書《射雉賦》「捧黄間以密彀」條。

〔十八〕廣雅釋詁摇上也云云　此段摘自王念孫《廣雅疏證》卷一下，唯變换句序，「義並同也」改「義皆可互證」。

文選旁證卷第二

文選卷一下

東都賦

東都主人　《後漢書》無「東都」二字。

矜夸館室　六臣本「館室」作「宫館」。

注**《漢書》：田肯曰：秦帶河阻山**　六臣本「田肯」作「婁敬」。胡公《考異》曰：六臣本非也。此所引《高帝紀》文，非《婁敬傳》之「秦地被山帶河」也。下注所云婁敬，已見上文者，謂見《西都》「奉春建策」注。六臣本蓋因下注致誤。何、陳皆據之改爲「婁敬」，失之。

夫大漢之開元也，奮布衣以登皇位，由數期而創萬代　《後漢書》「元」作「原」，「位」作「極」，「代」作「世」。

前聖靡得言焉　六臣本及《後漢書》「得」下並有「而」字。

功有横而當天，討有逆而順民　六臣本「功」作「攻」，「討」作「計」。《後漢書》亦作「計」，注云：

「高祖入關，秦王子嬰降，而五星聚於東井，此『功有橫而當天』。逆謂以臣伐君。高祖入關，秦人争獻牛酒，此爲『計有逆而順民』。」何曰：二語言其不得已，《後漢書》注非〔一〕。

蕭公權宜而拓其制　六臣本「拓」作「托」。《後漢書》「而」作「以」。

監于太清，以變子之惑志　《後漢書》「于」作「乎」，「惑」作「或」。

書契以來未之或紀　《後漢書》「以」作「已」，「紀」下有「也」字。

乃致命乎聖皇　《後漢書》無「乃」字，「乎」作「于」。

赫然發憤　又**霆擊昆陽**　《後漢書》「然」作「爾」，「擊」作「發」。

注**《爾雅》曰：疾雷爲霆**　今《爾雅》作「疾雷爲霆霓」。按《說文》霓爲「屈虹」，與霆無涉。郭注「雷之急擊者謂霹靂」亦無霓字義。考《初學記》一、《白氏六帖》二、《北堂書鈔》一百五十二、《事類賦》三引皆無霓字，與此同。足訂今本《爾雅》之誤。

體元立制　注**杜預《左氏傳注》曰：凡人君即位，欲其體元以居正**　何曰：「體元」字乃杜注用班語，不當引後注前。按《後漢書》注亦同此，正前序注所謂「諸釋義或引後以明前」也。其實「體元」二字義當本《易·文言》。

事勤乎三五　注**《史記》曰：孔子述三五之法**　今《史記·孔子世家》作「述三王之法」。然本書劉越石《勸進表》「三五以降」注、王元長《曲水詩序》「邁三五而不追」注、《三國名臣贊》「三五迭隆」注、《運命論》「仲尼見忌於子西」注並引《史記》作「三五之法」，與此同，則今本《史記》誤也。

蹈一聖之險易云爾哉　六臣本「爾」下有「而已」二字。

斯乃伏犧氏之所以基皇德也　《白虎通·號》篇：伏犧因夫婦正五行，始定人道。

龔行天罰　注**《尚書》：武王曰：今予惟龔行天之罰**　今《書》「龔」作「恭」，《史記》作「共」。此注與《後漢書》注同，三字並通。姜氏皋曰：《説文》「龔，給也」，《玉篇》「奉也，亦作供」，段氏玉裁曰：龔行謂奉行也，漢魏晉唐無不作龔者，自衛包始改作恭耳。

有殷宗中興之則焉　注**盤庚爲宗，班之誤歟**　殷三宗不數盤庚，故李注云然。

不階尺土一人之柄　孫氏志祖曰：「一人」當作「一民」，避唐諱改。案注引《孟子》「一人莫非其臣」，則人字不誤〔二〕，本書《九錫文》「一人尺土，朕無獲焉」與此正同，非李改明矣。凡本書中如「世」作「代」，「民」作「人」，「治」作「理」，皆避唐諱改。亦有避改未盡，致與他書參差，無關考據者不悉具。

眇古昔而論功　《後漢書》「眇」作「妙」，注：妙猶美也，或作眇；眇，遠也。

而帝王之道備矣　《後漢書》無「而」字。

至乎永平之際　六臣本及《後漢書》「乎」並作「于」。

鋪鴻藻，信景鑠　《後漢書》「鋪」作「敷」。五臣「信」作「申」，銑注可證。《後漢書》注亦讀曰申。

正雅樂　《後漢書》「雅」作「予」，注：正予樂，謂依讖文改大樂爲大予樂也。《困學紀聞》十三云：李善注亦引「大予」，五臣本乃改爲「雅」耳。孫氏志祖曰：《後漢書·章帝紀》有「作登歌，正雅樂」之語，此五臣所本。顧氏千里曰：《困學紀聞》論最確，孫氏之説，考諸《章帝紀》首，永平十八年十二月癸巳，有司奏言孝明皇帝「作登歌，正予樂」。章懷不注正予樂，因已詳見上《明帝紀》永平三年，故不須復見也。今各本皆是「予」，無作「雅」者，不知孫氏何所據而以爲五臣有本也。

群臣之序既肅　《後漢書》「群」作「君」。

注**《東觀漢記》：孝明詔曰「《璇璣鈐》曰：有帝漢出，德洽作樂名雅」，會明帝改其名，郊廟樂曰大予樂，正樂官曰大予樂官，以應圖讖**　「名雅」當作「名予」，《後漢書·明帝紀》注引亦作「予」。「會明帝」三字衍，「改其」當作「其改」，四庫本《東觀漢記》可證。「正」下當有「大」字，本書顏延年《曲水詩序》注可證。

躬覽萬國之有無　五臣「躬」作「窮」，翰注可證。《後漢書》亦作「窮」。姜氏皋曰：按《群經音辨》卷三「鞠窮，容謹也。窮音弓。鄭康成説《禮》『鞠窮如也』」，今本作躬〔三〕，蓋古聲借字。若「躬覽」似宜作「躬」。

考聲教之所被　注**《尚書》曰：東漸於海，西被於流沙，朔南暨聲教**　《漢書》賈捐之曰「朔南暨聲殺」，《後漢書·杜篤傳》「朔南暨聲，諸夏是和」，《晉書·地理志叙》朔南暨聲教，蓋《尚書》

古讀皆以「聲教」斷句。武氏億謂《史記·禹本紀》從「暨」字斷句，胡氏渭亦曰：裴駰《史記集解》其注在「暨」字下，則自劉宋時已不從《孔傳》，而以「聲教」屬下句。證之本書，薛綜注《東京賦》引《書》曰「聲教訖於四海」斷句頗合。然李注自以「聲教」斷句，後注應吉甫詩引《書》同。

扇巍巍，顯翼翼　《後漢書》作「翩翩巍巍，顯顯翼翼」。

總八方而爲之極　六臣本無「之」字。

於是皇城之内　六臣本及《後漢書》「於是」並作「是以」〔四〕。

填流泉而爲沼　注**昭明諱順，故改爲填**　五臣「填」作「順」，濟注可證。《後漢書》亦作「順」。先通奉公曰：《梁書·武帝紀》武帝考諱順之，則昭明之祖也，然下節「順時節以蒐狩」却又不改。

制同乎梁鄒　《後漢書》「鄒」作「騶」。王氏士禛《居易録》云「鄒平縣，漢梁鄒地」。錢氏坫曰梁鄒在今鄒平縣北四十里孫家嶺。

注**《毛詩傳》曰：古有梁鄒**　何校「毛」改「魯」，是也，各本皆誤，《後漢書》注及本書《魏都賦》注引並作「魯詩」可證。

覽駟鐵　五臣「駟鐵」作「四驖」，銑注可證。《後漢書》亦作「驖」。

禮官整儀　《後漢書》「整」作「正」。

注**薛綜《西京賦注》曰：海中有大魚曰鯨，海邊又有獸名蒲牢。蒲牢素畏鯨，鯨魚擊蒲

牢，輒大鳴。凡鐘欲令大聲者，故作蒲牢於上，所以撞之者爲鯨魚。鐘有篆刻之文，故曰華也　先通奉公曰：《初學記·鐘部》引此文小有異同，亦作《西京賦》薛綜注。今《西京賦》無此注，《東京賦》「發鯨魚，鏗華鐘」注只存「華鐘謂有篆刻文故言華也」十一字，想係李注删以避複耳。

登玉輅　林先生曰：漢無玉輅，《宋志》：《禮論》：周玉輅最尊，漢制乘輿金根車，如周玉輅之制。姜氏皋曰：《後漢書·輿服志》列玉輅於乘輿金根之前，《宋書·禮志五》引應劭《漢官鹵簿圖》：乘輿大駕則御鳳皇車，以金根爲副。

乘時龍　注**《周易》曰：時乘六龍**　何曰：《後漢書》注云：《爾雅》曰馬高八尺以上曰龍，《月令》「春駕蒼龍」，各隨四時之色，故曰時也。李注引《周易》恐非本義。

鳳蓋棽麗　《後漢書》「棽麗」作「颯灑」，《說文繫傳·木部》引作「棽麗」。

注**《說文》曰：棽，大枝條**　六臣本「條」下有「棽灑也」三字，當亦《說文》語。今《說文·木部》：「棽，木枝條棽儷貌。」此誤「木」爲「大」耳。

天官景從　注**百官小吏曰天官**　張氏雲璈曰：《史記·自叙》「學天官於唐都」，《天官書》注「星有尊卑〔五〕，若人之官曹列位，故曰天官」。又《周禮·天官冢宰》鄭《目録》云「象天所列之官」，釋曰「周天三百六十餘度，天官亦總三百六十官，故曰象天也」。賦言帝王之行，百官扈從，必有天星拱衛。與下文雨師風伯一例也。

寢威盛容　注**寢威，寢其威武也。寢或爲祲**　五臣「寢」作「祲」，翰注「祲，盛也」。《後漢書》亦作「祲」，注「祲亦盛也」。義並與李注異。尤本注「祲」誤作「侵」〔六〕。

元戎竟野　余曰：毛萇《詩注》：「元，大也。夏后氏曰鉤車，先正也。殷曰寅車，先疾也。周曰元戎，先良也。」

羽旄掃霓　《後漢書》「霓」作「電」。

吐爓生風，欱野歕山　《後漢書》「爓」作「爛」，「欱」作「吹」，「歕」作「燎」。

中令三驅　《後漢書》「中令」作「旨命」。向注「三驅之法，背己及左右馳者皆逐之〔七〕，向己捨之」，與李注引《易》義異。余曰：馬融《易注》「三驅者，一曰乾豆，二曰賓客，三曰君庖」，按此説本《穀梁傳》，《後漢書》注已引之。

輶車霆激　《後漢書》「輶」作「輕」，「激」作「發」。六臣本亦作「輕」。

由基發射　《後漢書》「由」作「游」，注「游基，養由基也」。按《路史·國名三》又稱「繇基」，皆以音同通用。又按養由基姓養，見《淮南子·説山訓》注。《襄公十三年·左氏傳》稱養叔，班孟堅《幽通賦》又單稱養，皆舉其姓。此作「由基」則舉其名也。若張茂先《勵志詩》及《北史·楊播傳》、《抱朴子·知止》篇並稱「養由」，是誤以爲複姓矣。蓋養爲邑名，其地見《水經·汝水注》。由基以邑爲氏，其後乃有養由氏，而《通志·氏族略》因以養由氏爲養由基之後耳。

范氏施御 注 **吾爲範我馳驅** 六臣本注作「吾爲之範我馳驅」。《後漢書》注引作「吾爲范氏馳驅」。按《孟子音義》「範我」或作「范氏」。范氏，古之善御者。《左傳》范宣子曰：昔匄之祖在夏爲御龍氏。《括地圖》云：夏德盛，二龍降之，禹使范氏御之，以行經南方。世稱善御爲范氏之御，由此也。此賦范氏，李注前已引《括地圖》，則後引《孟子》雖係注「詭遇」語，而「範我」云云亦當用《後漢書》注所引之本，方與賦語相應也。《宋書·樂志·君馬篇》〔八〕「願爲范氏驅，雍容步中畿。豈效詭遇子，馳騁趣危機」亦用此事。

弦不睼禽，轡不詭遇 《後漢書》「睼」作「失」，「轡」作「彎」。《説苑·修文》篇「不抵禽，不詭遇」、《廣雅·釋天》「不題禽，不垝遇」義並同。《毛詩·車攻》傳「面傷不獻，剪毛不獻」，正義「面傷謂當面逆射之，剪毛謂在旁而逆射之，不獻者嫌誅降」，此亦「不睼禽，不詭遇」之謂也。〔九〕

飛者未及翔，走者未及去 六臣本兩「未」字作兩「不」字。

注 **經南方** 何校「經」改「程」，據《玉海》所引也。

注 **《説文》曰：睼，視也** 今《説文》：睼，迎視也。

士怒未渫 翰注：渫，散也。《後漢書》「渫」作「泄」，注引《方言》曰「泄，歇也」。姜氏皋曰：渫，《集韻》以爲「渫」，除去也。

注 **大駕，車八十一乘** 「車」上當有「屬」字。《後漢書》注可證。

覲明堂，臨辟雍　**又登靈臺**　《後漢書》「覲」作「御」。余曰：楊衒之《洛陽記》：「平昌門直南，大道東是明堂，大道西是靈臺。」又曰：《漢宮闕疏》：「靈臺高三丈，十二門，天子曰靈臺，諸侯曰觀臺。」〔十〕

注**永平三年正月**　「三」當作「二」，各本皆誤。

注**《漢書》：詔曰：投諸四裔**　按此宜引《左傳》。

東澮海濱　《後漢書》注云：《前書》「威稜澮乎鄰國」，《音義》：澮，猶動也。

南燿朱垠　《後漢書》「燿」作「趯」，注：趯，躍也。

自孝武之所不征，孝宣之所未臣　《後漢書》作「自孝武所不能征，孝宣所不能臣」。林先生曰：《後漢書》語殊失體，當是昭明改筆。謹按：濟注「自孝武孝宣帝以來，不能征討臣服者」云云，疑五臣本亦同《後漢書》也。

綏哀牢，開永昌　《通鑑》：永平十二年春，哀牢王柳貌内附，置哀牢、博南二縣；永平十七年，益州刺史朱輔宣漢威德，遠夷自汶山以西，白狼、槃木等百餘國皆舉種稱臣。注云：益州部犍爲、牂柯、永昌等郡。

外綏百蠻　《後漢書》「綏」作「接」。

爾乃盛禮興樂　《後漢書》無「爾」字、「興」字。

供帳置乎雲龍之庭　余曰：戴延之《記》：端門東有崇賢門，次外有雲龍門。

列金罍　林先生曰：《士冠禮》疏「金罍亦漢制」，黄香《天子冠頌》「咸進爵乎金罍」〔十一〕。又按《漢書·禮樂志》〔十二〕「朝賀置酒陳殿下」，《匡衡傳》亦云「朝賀置酒，以饗萬方」。

布絲竹　又**管絃爗煜**　「絲竹管絃」四字，《蘭亭序》連用，爲人所嗤。《野客叢書》謂本之《前漢·張禹傳》，今此賦亦疊用矣。

鐘鼓鏗鎗　《後漢書》「鎗」作「鎗」。

注　**一，天子樂**　何校「天子」改「大予」，陳同，是也，各本皆誤，《後漢書》注引可證。

韶武備　五臣「武」作「舞」，翰注可證。〔十三〕

注　**《左氏傳》曰：子曰**　上「曰」字當作「晏」，各本皆誤。

僸佅兜離　《後漢書》「僸」作「伶」，注「《周禮》伶作禁、佅作韎、兜作株也」。「兜離」即「株離」，《後漢書·列女傳》「言兜離兮狀窈停」注「兜離，匈奴言語之貌」，又《南蠻傳》「語言佅離」注「蠻夷語」〔十四〕，其義一也。

罔不具集　六臣本「具」作「俱」。

注　**《孝經鈎命决》曰：東夷之樂曰佅，南夷之樂曰任，西夷之樂曰株離，北夷之樂曰僸。**

毛萇《詩傳》曰：東夷之樂曰韎，南夷之樂曰任，西夷之樂曰朱離，北夷之樂曰禁。然説

樂是一，而字並不同。蓋古音有輕重也　本書《魏都賦》「韎、昧、任、禁之曲」注亦引《鉤命決》，「佅」作「昧」，「㒔」作「禁」。《毛詩·鼓鐘》傳「任」作「南」與此注異，「株離」作「朱離」與此注同。《禮記·文王世子》及《明堂位》正義引「任」亦作「南」，云「南一名任」。《詩·鼓鐘》正義云「南者物懷任也」。以南訓任，故或名任，其實一也。《明堂位》正義引「佅」作「昧」，《文王世子》正義引「株離」作「朱離」。《周禮·旄人》及《鞮鞻氏》正義並引「佅」作「韎」，「株離」作「侏離」。按「韎師掌教韎樂」注「舞之以東夷之舞」，則東夷之樂作「韎」是也。《詩·鼓鐘》正義云：「言昧者物生根也，南者物懷任也。秋物成而離其根株，冬物藏而禁閉于下，故以爲名焉。」則作「株離」亦是也。惟《明堂位》正義載《白虎通》引樂元語曰：「東夷之樂曰朝離。萬物微離地而生，樂持矛舞，助時生也。南夷樂曰南。南，任也，任養萬物，樂持羽舞，助時養也。西夷樂曰昧。昧，昧也，萬物衰老，取晦昧之義也，樂持戟舞，助時殺也。北夷樂曰禁，言物禁藏，樂持干舞，助時藏也。」此與《鉤命決》東西夷之名互倒。《明堂位》正義云：「以春秋二方俱有昧、株離之義[十五]，故《白虎通》及此各舉其一。」《鞮鞻氏》正義：「又據《虞傳》云『陽伯之樂舞侏離』，則東夷之樂亦名侏離；鄭注『侏離，舞曲名，言象萬物生株離，若《詩》云彼黍離離』，是物生亦曰離。」《太平御覽·樂部五》又引《五經通義》曰「東夷之樂曰佅離，南夷之樂曰任，西夷之樂曰禁，北夷之樂曰昧」，文更歧互，不可究詰矣。汪氏師韓以注闕「兜」字未釋。按盧氏文弨校定《白虎通》云舊本作「南夷之樂曰兜，西夷之樂曰禁，北夷之樂曰昧，東夷之樂曰離」也。

覩萬方之歡娛，又沐浴於膏澤　又**而怠於東作也**　《後漢書》「覩」作「親」，「又」作「久」，「於」作「乎」。六臣本無「也」字。

注　**分命羲叔**　六臣本「叔」作「仲」，是也。

抑工商之淫業，興農桑之盛務　《後漢書》「抑」作「除」，「盛」作「上」。

賤奇麗而弗珍，捐金於山，沈珠於淵　六臣本及《後漢書》「弗」並作「不」。余曰：陸賈《新語》：聖人不用珠玉而寶其身，故舜棄黃金於嶄巖之山，捐珠玉於五湖之川，以杜淫邪之欲也。

注　**織紝，紃繒布也**　六臣本「紃」作「織」，是也。

耳目弗營　六臣本及《後漢書》「弗」並作「不」。

嗜欲之源滅，廉恥之心生　《後漢書》「源」作「原」，「恥」作「正」。

注　**《尚書傳》曰：天下諸侯**　何校「傳」上添「大」字，是也。

讜言弘説　注　**《字林》曰：讜，美言也**　惠氏棟曰：《説文》：讜，直言也。又趙岐《孟子注》引書作「禹拜讜言」。

注　**下跣而上坐者謂之宴**　段氏玉裁校曰「下」字衍。按《初學記》十四引亦無「下」字，而王應麟《詩考》引有，是宋時本如此。

注　**蘇秦説孟嘗君曰**　何校「孟嘗君」改「秦惠王」。胡公《考異》曰：何校誤也，章懷注所引亦是孟嘗君，此《齊策》「孟嘗君將入秦」章文，今本高注具存。姚宏跋《戰國策》曾指此條爲今本所無，其失檢與何正同。

曷若四瀆五嶽，帶河泝洛，圖書之淵　《後漢書》注：《河圖》曰：天有四表以布精魄，地有四瀆以出圖書。

翼翼濟濟也　又**而不知京洛之有制也**　又**而不知王者之無外也**　六臣本並無「也」字。

注**《説文》：矍，驚視貌也**　今《説文》：矆，大視也，徐鍇以「驚視」釋之；又矍，視遽貌也，徐鍇以「左右驚顧」釋之。

今將授予以五篇之詩　六臣本無「以」字。《後漢書》亦無，「授」作「喻」。

注**臨攝以威面氣慄**　何校「面」改「而」。《後漢書》注引無「氣」字。

匪惟主人之好學　又**請終身而誦之。其詩曰**　六臣本及《後漢書》「匪」並作「非」。《後漢書》無「而」字。六臣本「詩」作「辭」。

聖皇宗祀　《後漢書》注謂祭光武於明堂。銑注：聖皇謂明帝。

注**《河圖》曰：蒼帝**　至**汁光紀**　姜氏皋曰：《古微書》：帝命驗作，蒼曰靈府，赤曰文祖，黄曰神斗，白曰顯紀，黑曰元矩。唐虞謂之五府，夏謂之世室，殷謂之重屋，周謂之明堂。宋均注以靈府等名爲五帝之府，然則釋五位似當取五府之説。

注 **子産若死，其誰嗣之**　今《左氏·襄三十年傳》「若」作「而」，「其誰」作「誰其」。段校云此可訂《左傳》也。

注 **率土之濱**　六臣本「濱」作「賓」。

注 **《説文》曰：皤，老人貌也**　今《説文》：皤，老人白也。朱氏珔曰：按「皤，老人貌也」與《易》釋文同，今《説文》作「老人白」，當由古「貌」字作「皃」，脱去下「儿」即爲「白」，正可據此注及《易》釋文以正今本之誤。段茂堂乃謂老人之色白與少壯之白皙不同，故以次於皙，殊屬強辭。老人色不應白，故稱黎老；若是白字，則宜云頭白也。故「皤」字重文從頁作顲，段氏亦以爲白髮稱皤矣。

抑抑威儀　五臣「威」作「皇」。翰注：皇儀，天子威儀也。

於赫太上　注 **如淳曰：太上，天子也**　《漢書·匡衡傳》云「太上者，民之父母」，又王褒《四子講德論》云「太上聖明」，皆以太上稱天子。翰注以太上爲天，《後漢書》注又以太上爲太古立德賢聖之人，皆非。

洪化惟神　《後漢書》「洪」作「鴻」。

祁祁甘雨　注 **《毛詩》曰：興雨祁祁**　《顔氏家訓·書證》篇云：《詩》「有渰萋萋，興雲祁祁」，毛傳：「渰，陰雲貌。萋萋，雲行貌。祁祁，徐貌。」箋云：「古者陰陽和，風雨時，其來祁祁然，不暴疾也。」渰已是興雲，何勞復云「興雲祁祁」耶？「雲」當爲「雨」，俗寫誤耳，班固《靈臺詩》云「習習祥風，祁祁甘雨」此其證也。按《詩正義》云經「興雨」或作「興雲」，誤也，定本作「興雨」，釋文「興雨如字，本或作興雲，非也」，《開成石經》亦作「興雨」。臧氏琳曰：《吕覽·務本》篇、《漢書·食貨志》《隸釋·無極山碑》、《韓詩外傳》八引《詩》並作「興雲」，知唐以前無作「興雨」者，陸之釋文、孔之正義及《石經》並據顔説改之耳。

百穀蓁蓁　注 薛君曰：穀類非一，故言百也　《後漢書》「蓁蓁」作「溱溱」，注「溱溱，盛貌」。按百穀之訓祇合如此。楊泉《物理論》：「粱稻菽三穀各二十種，爲六十；蔬果之實助穀各二十，凡爲百穀。」並蔬爲穀，恐不盡然。《魯語》《祭法》稱百穀、百蔬必實其數，則蔬又豈止二十乎？

庶草蕃廡　《後漢書》「草」作「卉」，「廡」作「蕪」，注引《爾雅》「蕃蕪，豐也」。按《尚書孔傳》「廡，豐也」，正義以爲《釋詁》文，今《爾雅》作「蕪」，郭注「繁蕪，豐盛」，彼疏云：《洪範》「庶草蕃廡」，蕪、廡音義同。姜氏臯曰：楊氏錫觀《六書辨通》云：無，《説文》：豐也，篆從大、從卌、從林。大、卌，數之積也；林，木之多也。爲「蕃無」字，會意。隸作𣞤、橆，又省作「無」，借爲「有無」字。其「有無」字篆本於大、卌、林下加「亾」字，隸難以下筆，故省從「無」，或借「亾」，皆非本聲也。廡，《説文》：堂下周屋也，从广、無。《書》「庶草蕃廡」注「廡，豐茂」，此借「無」字，皆隸文變亂，石經沿襲之譌。

注 《韓詩》曰：蓁蓁者莪　今《詩》作「菁菁」，毛傳「盛貌」，與薛君訓「蓁蓁」同。但《桃夭》已云「其葉蓁蓁」，何不引前而引後也？

注《説文》曰：歊，氣上出貌。今《説文》：歊歊，氣出貌。

寶鼎見兮色紛緼 五臣「緼」作「紜」，濟注可證。

焕其炳兮被龍文 濟注：龍文，謂鼎上鏤爲龍文。《後漢書》注引《史記》曰：秦武王與孟悦舉龍文之鼎。

注 **太常其以初祭之日** 何、陳校「初」改「礿」，是也，各本皆誤，《後漢書》注可證。

獲白雉兮效素烏 《後漢書》注：《固集》此篇題曰《白雉素烏歌》，故兼言「效素烏」。

嘉祥阜兮集皇都 《後漢書》無此句。

容絜朗兮於純精 六臣本及《後漢書》「純」並作「淳」。

校記

〔一〕何曰後漢書注非 「後」據上文引《後漢書》注及《義門讀書記》卷四五補。

〔二〕注引孟子一人莫非其臣則人字不誤 「人」字《孟子》各本及下引《九錫文》注均作「民」。

〔三〕今本作躬 「躬」原作「弓」，據《禮記·曲禮下》鄭注、《群經音辨》卷三改。

〔四〕後漢書於是並作是以 「後」據《後漢書·班固傳》補，《漢書》未載《兩都賦》。

〔五〕天官書注星有尊卑 「天官書」據《史記》補，《自叙》注無此語。

〔六〕尤本注祲誤作侵 今國圖藏尤本不誤，乃胡翻尤本作「侵」。

〔七〕背己及左右馳者皆逐之　「己及」原作「以」，據《文選注》改。

〔八〕君馬篇　原作「君馬黄篇」，據《宋書·樂志四》改。

〔九〕説苑修文云云　此段摘自王念孫《廣雅疏證》卷九上，唯變换句序。「題」原作「提」，據王書及《廣雅·釋天》改。

〔十〕余曰洛陽記漢宫闕疏云云　各引自《後漢書·桓譚傳》注、《光武帝紀》注。

〔十一〕咸進爵乎金罍　爵乎，《通典》卷五六作「爵于」，《初學記》卷十四、《古文苑》卷十二、《太平御覽》五四〇作「酌于」。

〔十二〕漢書禮樂志　「禮」據《漢書》補。

〔十三〕五臣武作舞翰注可證　陳八郎本亦作「武」。

〔十四〕語言侏離注蠻夷語　「侏」原作「兜」，「注」脱，據《後漢書·南蠻傳》改補。

〔十五〕春秋二方俱有昧株離之義　「義」原作「異」，據《禮記·明堂位》孔疏改。沈廷芳《十三經注疏正字》于本句即舉「義誤異」。

文選卷二上

張平子

西京賦上

薛綜注　何曰：「此注謂出薛綜，疑其假託。綜赤烏六年卒，安得引王肅《易注》？又孫叔然始造反切，未必遂行於吴。綜傳有『述《二京解》』之語，恐亦不謂此賦。」按《隋書·經籍志》有薛綜注張衡《二京賦》二卷、《唐書·藝文志》有薛綜《二京賦音》二卷，是此賦確有薛注，但未知即今注否耳。又按李用舊注皆題本名〔一〕，而補注則别稱「善曰」，如《子虚》《上林》用郭璞注、《思玄賦》用舊注、《魯靈光殿賦》用張載注、《射雉賦》用徐爰注、《詠懷詩》用顔延年沈約注、《楚辭》用王逸注皆是。乃於揚雄《羽獵賦》用顔師古注之類竟漏本名，於班固《幽通賦》用曹大家注之類則散標句下；《三都賦》明云劉逵注《蜀都》《吴都》、張載注《魏都》，乃三賦俱題劉淵林字。豈後來排纂已非原書，故體例互殊耶？

心奓體忲　胡公《考異》曰：「忲」當作「泰」，注「奓、忲」同。薛注云「體安驕泰」者，其本作「泰」而如字解之也。又云「泰」或謂「忲習」之「忲」者，讀泰爲忲，又一解也。善引《小雅》曰「狃，忲也」者，爲薛後解申説也。然則善本必同薛作「泰」，今各本作「忲」，蓋不知者誤改之。

化俗之本　六臣本作「俗化之本」。

注**揚雄《河東賦》曰：河靈矍踢，掌華蹈襄**　今《漢書·揚雄傳》下四字作「爪華蹈衰」。按：爪，古掌字；衰山即襄山，《史記·封禪書》可證，《水經·河水注》引《河東賦》亦作「襄」。王氏念孫曰：余靖初校《漢書》監本作「衰」，是也。蕭該所見一本作「嶤」者雖非正體，然加山作「嶤」則其字之本作「衰」明矣。《郊祀志》作「襄」者傳寫誤耳，未可引以爲據。宋祁所引《封禪書》及《西京賦》並作「衰」，而今本皆作「襄」，則又後人據《郊祀志》改之也。《封禪書》正義尚作「衰」，音色眉反，則「襄」字爲後人所改無疑。《義門讀書記》云從汲古後人得小字宋本《史記》「襄」字正作「衰」。《水經注》引《封禪書》《河東賦》並作「襄」，恐亦後人所改也。

注**《説文》曰：隔，塞也**　今《説文》：隔，障也。

注**《説文》曰：岐山在長安西美陽縣界，山有兩岐，因以名焉**　今《説文》無此語。此係舊注所引，當是《説文》正本。

於前則終南、太乙　注**二山名也**　六臣本薛注作「終南、太一，二名也」。胡公《考異》曰：二名也者，謂一山有二名耳。謹按潘岳《西征賦》云「背終南而面雲陽」又云「太乙巃嵸」，則終南、太一判然，故李注云不得爲一山也。姜氏皋曰：按《太平御覽》三十八辛氏《三秦記》：太一在驪山西，去長安二百里，中有石室、靈芝。太一既在長安西，似非終南山矣。

隆崛崔崒，隱轔鬱律　注**山形容也**　五臣「崛」作「窟」，濟注可證。六臣本薛注作「隆崛之類，皆山形容也」。

抱杜含鄠　《廣韻》引《西京記》「抱土含䣊」即此句也。朱氏珔曰：按古土、杜字通用，《毛詩》「桑土」《韓詩》作「桑杜」是也。《廣韻》「䣊，侯古切，音户」，《字彙補》謂與「鄠」同，據姚察《史記訓纂》云户、扈、鄠三字一也，其从虎者音相近耳。姜氏皋曰：《詩傳》：桑土，桑根也。《方言》三「荄，杜根也，東齊曰杜，或曰芨」，郭注：《詩》曰「徹彼桑土」是也。臧氏琳曰：《漢書·地理志》「右扶風杜陽」，師古引《詩》「自土沮漆」，云《齊詩》作「自杜」，尤足爲此賦杜、土通用之確證。

歛灃吐鎬　五臣「鎬」作「滈」。向注：灃水流入故言歛，滈水流出故言吐。

注**《爾雅》曰：爰有寒泉**　六臣本以此七字爲薛注。按此七字上下不相承接，疑有誤。孫氏義鈞曰：此注疑在下節「九嵕甘泉，涸陰沍寒」之下。玩薛注「其處常陰寒」之語，可見或誤以承「爰有」之文耳。《爾雅》亦當爲《毛詩》之譌。

其遠則九嵕甘泉　六臣本「則」下有「有」字。

實惟地之奥區神皋　六臣本「惟」作「爲」。按《史記·封禪書》云「自古以雍州積高，神明之隩」，蓋取精誠上通之意，登高封禪者皆是也。若陳寶之「來集於祠城，其聲殷云」又「從官在山下聞若有言萬歲」者，正義引《漢官儀》曰：有稱萬歲，可十萬人聲〔二〕。此注「接神之聲」義或本此。注**神皋，接神之聲**

昔者大帝説秦繆公而覲之，饗以鈞天廣樂。帝有醉焉，乃爲金策，錫用此土，而翦諸鶉首　《史記·封禪書》及《趙世家》《扁鵲傳》俱載此事。葉適《習學記言》謂此醫師語不足信。《山海經·海内東經》注引《墨子》曰：秦穆公有明德，上帝使勾芒賜壽十九年。陶宗儀《説郛》本《尚書中候》云：穆公出狩，天大雷，有火化白雀銜緑文丹書集於車，書言穆公之霸訖胡亥事，其誕正同。〔三〕

注**《山海經》曰：閬風之山，或上倍之，是謂玄圃。或上倍之，是謂大帝之居**　今《山海經》無此語。此出《淮南子·墬形訓》，恐李誤耳。

五緯相汁　六臣本「汁」作「叶」。按《爾雅》《淮南子》歲在未皆作「協洽」、《史記·天官書》作「叶洽」、《漢隸字源·樊敏碑》作「汁洽」、《周禮注·鄉士》「汁日」、《禮·大傳》疏「黑帝汁光紀」〔四〕，皆汁與叶、協相通之證。

天啟其心　孫氏志祖曰：《鄭語》：是天啟之心也。又《晉語》：非天誰啟之心。

天命不滔　注**天命不滔**　五臣「滔」作「謟」，良注可證。胡公《考異》曰：注「滔」當作「謟」，下注言「滔與謟音義同」可見，各本皆誤。姜氏皋曰：注引子高曰「天命不謟」是《左氏·哀十七年傳》，釋文云「謟」本又作「滔」，然則李引自作「滔」，故曰「滔與謟音義同」也。

於是量徑輪　注**南北爲徑，東西爲廣。善曰：《説文》曰：南北曰袤**　六臣本「徑輪」作「經綸」。汪氏師韓《文選理學權輿》云：李引《説文》與薛解異，竊思徑其中也、輪其外也、廣言横也、衺言直也，凡物圓則有徑輪、方則有廣衺，此注似猶未允。

注 **洫，域池也** 又 **域外大郭也** 元槧本兩「域」字均作「城」字，是也。

豈啟度於往舊 六臣本「啟」作「稽」。

乃覽秦制 六臣本「乃」上有「爾」字。

疏龍首以抗殿 《三輔黃圖》：「營未央宮，因龍首山以制前殿。」注云：「山長六十里，秦時有黑龍從南山出飲渭水，其行道因成土山。疏山爲臺殿，不假板築，高出長安城。」

亘雄虹之長梁 余曰：《京房易傳》：蜺，四時有之，惟雄虹見藏有月。蔡邕《月令章句》：雄曰虹，雌曰蜺。

注 **芬橑，已見《西京賦》** 何、陳校「京」改「都」，是也。

流景曜之韡曄 六臣本「韡」作「暐」。

雕楹玉碣 注 **《廣雅》曰：碣，礩也。碣與舄，古字通** 據注則正文「碣」當作「舄」，注謂正文之「舄」與《廣雅》之「碣」通也，碣之言藉也。履之爲舄，義與此同，故《墨子·備城》篇云「柱下傳舄」。今《廣雅·釋宮》「礎，磌礩也」，無碣字。而本書《景福殿賦》注及《集韻》《類篇》引並有之，是今本《廣雅》脱也。

設切厓隒 六臣本「切」作「砌」。

坻堮鱗眴，棧齴巉嶮　葉氏樹藩校本云：坻堮、棧齴，蓋坻之堮、棧之齴也。

注**《廣雅》曰：山坻，除也**　六臣本無「山」字，是也。

注**《文字集略》曰**　《隋書·經籍志》：《文字集略》六卷，梁文貞處士阮孝緒撰。

注**《埤蒼》曰：眴音荀**　又**鱗眴，無涯也**　鈕氏樹玉曰：「瞵眴」即「嶙峋」。《漢書·揚雄傳》「岭巆嶙峋」，顔師古：「嶙峋，節級貌。」宋祁引李善云《埤蒼》曰「岭巆嶙峋，深無厓之貌」，《刊誤》云據史館本改作「嶙峋」，然則原並不作「嶙峋」。此賦注引《埤蒼》，與前引《埤蒼》訓合，是《埤蒼》亦不作「瞵眴」也。

修路陖險　六臣本「陖」作「峻」。

仰福帝居　何校「福」改「福」。《匡謬正俗》六云：副貳之字本作「福」，從衣、畐聲，《西京賦》「仰福帝居」，傳寫譌舛，轉衣爲示，讀者便呼爲福禄之福，失之遠矣。案《東京賦》「順時服而設副」，「副」亦應作「福」。《廣雅·釋詁》貳、福、簉、倅並訓爲盈，今本「福」亦誤作「福」。《史記·龜策傳》「邦福重寶」，徐廣注：福音副，藏也。《漢尹宙碑》「位不福德」，《魏上尊號奏》「以福海内欣戴之望」，字並從衣不從示。

注**縣鐘格曰筍，植曰虡**　案《考工記·梓人》注：樂器所縣，横曰簨，植曰虡。《禮記·檀弓》注：横曰簨，植曰虡。《詩·靈臺》毛傳：植者曰虡，横者曰栒。簨、簨、栒俱與筍同。又《有瞽》傳：植者爲虡，衡者曰栒。「衡」亦即「横」字也。後《東京賦》「崇牙張」下、「設業設虡」下兩引皆「横」字，知此處「格」字亦當作「横」。

注**《說文注》曰**　胡公《考異》曰：「注」字不當有，各本皆衍。

叛赫戲以煇煌　注**赫戲，炎盛也**　六臣本「赫」下有「盛」字，誤衍。《離騷》「陟陞皇之赫戲兮」王逸注云：赫戲，光明貌。

注**《三輔三代故事》曰**　按下屢引《三輔三代舊事》，其書今不可考。或校去「三代」二字，恐非。

注**蕢，積也。薛君曰：蕢**　胡公《考異》曰：當作「薛君曰：蕢，積也」六字，各本皆誤。張氏雲璈曰：蕢字或誤從竹。

高門有閌　注**《毛詩》：皋門有伉。與閌同**　《詩》釋文「伉本又作亢，《韓詩》作閌」。《說文》：伉，閬也〔五〕；閬，門高也。

蘭臺金馬　六臣本句首有「外有」二字。

虎威章溝　注**未聞其意**　此薛注也，李注未及。按《三輔黄圖》虎威、章溝皆署名，濟注本此，然仍未聞其意也。姜氏皋曰：虎威、章溝，《三輔黄圖》與長水、中壘、屯騎、虎賁、越騎、步兵、射聲、胡騎八營同列，謂皆宿衛王宫，周廬直宿處也。本書《蜀都賦》「武義、虎威」劉注二門名也。《思玄賦》「右素威以司鉦」舊注「素威，白虎威也」，似虎威者繪虎於門，如《禮》云右白虎也。《古今注》

「長安有御溝謂之楊溝」，則章溝或亦相同。

衛尉八屯　濟注：屯，營也，八營謂長水、中壘、屯騎、武賁、越騎、步兵、射聲、胡騎，言此八營皆衛尉掌之。葉氏樹藩曰：《後漢書·百官志》長水等屬北軍中侯，不屬衛尉，衛尉所屬：「南宮南屯司馬主平城門，宮門蒼龍司馬主東門，玄武司馬主玄武門，北屯司馬主北門，北宮朱爵司馬主南掖門，東明司馬主東門，朔平司馬主北門，凡七門。」又云「中興省旅賁令，衛士一人丞」，據此則西京於七門外復設旅賁令，是爲八屯。按濟注以八校尉爲八屯，蓋漢以南北軍相統，八校尉雖屬北軍中侯，而衛尉亦得統之。若《後志》之七門司馬，已屬東京制度，且旅賁是令丞，不與諸屯之列，葉説恐非。顧氏千里曰：薛注「周宮外於四方四角立八屯」，李注引《漢書》曰衛卿掌門衛屯兵，二注相承，數八屯者以宮外四方四角而已，皆衛尉所帥吏士，故《百官公卿表》謂之屯兵，《魏都賦》所云「宿以禁兵，司衛閑邪」與此同義，最爲確當。五臣別以校尉當之，後來又有變七門司馬者，考之於《表》，彼八校尉不掌巡警，七門司馬與八屯更不相合，莫如袪紛紛無當之論，守薛、李八屯舊説爲長也。

警夜巡晝　「晝」字與上「處」「署」「附」及下「虞」爲韻。按《易林·井之復》「晝」與「據」、《井之渙》「晝」與「故」、《渙之蠱》「晝」與「懼」皆韻，是古音「晝」不作陟救切也。

注**《説文》曰：鎩，鈹有鐔也。一曰鋋，似兩刃刀**　今《説文》無「一曰」以下七字。段曰：此恐是薛綜解語。

嗟内顧之所觀　注**《小雅》曰：嗟，發聲也**　胡公《考異》曰：「嗟」當作「差」，注同，善引《小雅·

廣言》「羌，發聲」爲注，是其本作「羌」甚明。六臣本所載良注云「嗟，歎聲」，是其本改作「嗟」亦甚明。各本以五臣亂善，又並注中改爲「嗟」，益不可通矣。

注**《說文》曰：縟，繁采飾也**　今《說文》「飾」作「色」，而本書《月賦》注、《景福殿賦》注、《答盧諶》詩注引並同。此惟《景福殿賦》注、《答盧諶》詩注引無「繁」字。

屬長樂與明光　程氏大昌《雍録》云：漢有明光宮三：一在北宮南，與長樂相連者，武帝太初四年起；一在甘泉宮中；一爲尚書奏事之所。按《三輔黃圖》「明光宮，武帝太初四年秋起，在長樂宮後，南與長樂宮相連屬」即此也。

注**《漢書武帝故事》**　何、陳校去「書」字，是也。胡公《考異》曰：「漢」上當有「善曰」二字。六臣本有分此下至末爲善注者，是也。又下文「結重欒以相承」注「《廣雅》曰」上亦當有「善曰」二字，與此同。

後宮不移　六臣本句首多「於是」二字。

官以物辨　六臣本、毛本「辨」作「辦」。

獲林光於秦餘，處甘泉之爽塏　六臣本「之」作「而」。趙氏曦明曰：《關輔記》云「甘泉宮一曰林光宮，秦所造，在甘泉山，宮以山爲名」，賦似主此說。按《三輔黃圖》：林光宮，胡亥所造，從廣各五里，在雲陽縣界。

通天訬以竦峙　六臣本「訬」作「眇」。

注**《漢書舊儀》云**　陳校去「書」字，是也。

上辨華以交紛　五臣「辨」作「瓣」，音葩。良注：瓣華交紛，言文綵交錯。楊氏慎《丹鉛録》引梁元帝《纂文》云：辨華〔六〕，文麗也。

注**刻陗，升高也**　六臣本「升」作「斗」，是也。

伏櫺檻而頫聽　注**頫，古字，音府**　六臣本「頫」作「俯」。陳曰注中「古」字下當有「俯」字，是也，各本皆脱。

越巫陳方　《漢書·武帝紀》「太初元年二月，起建章宫」，文穎注：越巫名勇，謂帝曰越國有火災即復大起宫室以厭勝之，故帝作建章宫。

鳳騫翥於甍標，咸遡風而欲翔　注**《説文》曰：騫，飛貌也**　「騫」當作「鶱」，在《鳥部》。本書《魏都賦》張注引「鶱翥」作「翥鶱」，「咸」作「感」。

注**以函屋上**　六臣本「函」作「臿」，是也。

交綺豁以疏寮　六臣本「交」作「文」。

注**《廣雅》曰：曲枅**　段校「廣」字上添「善曰」二字。

注**《山海經》曰**　陳校「經」下添「注」字，是也。

非都盧之輕趫　《呂氏春秋·悔過》篇「氣之趫與力之盛」，高誘注：趫，壯也。本書《赭白馬賦》：捷趫夫之敏手。

注　**《説文》曰：趫，善緣木之士也**　今《説文》：趫，善緣木走之才。

橧桴重棼　又**反宇業業**　六臣本「橧」作「增」，「反」作「及」。

飛檐䡾䡾　注　**䡾䡾，高貌**　《説文》：䡾，載高貌也。《毛詩·碩人》「庶姜孽孽」，《韓詩》作䡾，云長貌。《呂氏春秋·過理》篇注引亦作䡾䡾，云高長貌。皆與薛注合。向注「偃起貌」恐無據。

轢輻輕鶩　六臣本「轢」作「櫟」，是也。此尤本誤，毛本亦因之。兩本注尚不誤也。

途閣雲蔓　五臣「途」作「連」，銑注可證。《匡謬正俗》引同。

注　**《説文》曰：詭，違也**　今《説文》：詭，責也。本書《海賦》注引作「詭，變也」。朱氏珔曰：「詭，違也」之訓見《淮南·主術》篇，而《漢書》顔注屢用之，非《説文》語，此處與《海賦》注兩歧，則必有誤，訓「變」亦不知何據。姜氏臯曰：本書《辨亡論》「古今詭趣」李注：《説文》曰「詭，變也，詭與恑同」。今《説文》：恑，變也，從心，危聲。《海賦》「瑕石詭暉」句注即本此，偶失「詭與恑同」四字耳。

望窌窱以徑廷　《廣雅·釋詁》：窈窱，深也。《集韻》窌同窈。按窌窱即《西都賦》之杳窱，故李不重注。

珍臺蹇産以極壯，墱道邐倚以正東　何校「壯」改「北」。六臣本「墱」作「隥」。按「極壯」二字各注未及。此與「正東」爲偶句，作「北」爲是。

注**蹇産，形貌也**　此薛注未晰。按《楚辭·九章》「思蹇産而不釋」王逸注：蹇産，詰屈。本書《上林賦》「蹇産溝瀆」張注亦云詰曲也。

前開唐中，彌望廣潒　五臣「唐」作「堂」、「潒」作「象」，良注可證。按《廣雅·釋訓》：潢潒，浩盪也。本書《上林賦》「灝溔潢漾」、《長笛賦》「曠瀁敞罔」、《七發》「浩瀇瀁兮」音義並相近。

長風激於别隯　五臣「隯」作「島」，濟注可證。按薛注隯音島，則正文不宜作島矣。《集韻》：島一作隯。

濯靈芝以朱柯　六臣本「以」作「於」。

注**海若，海神**　《莊子·秋水》篇：望洋向若。司馬彪注：若，海神也。

注《**廣雅**》**曰：蹉跎，失足也**　今《廣雅》無此五字。按《楚辭·九懷》「中坂蹉跎」補注云：蹉跎，失足。

注**凡人姓名及事易知而别卷重見者，云見某篇，亦從省也。他皆類此**　此李注自述凡例，特標出之。

想升龍於鼎湖　何曰：漢武作鼎湖宫於藍田，見揚雄《羽獵賦》注。按《三輔黄圖》鼎湖宫在湖城縣界。

參塗夷庭 注**庭，猶正也** 孫氏志祖曰：《爾雅》：庭，直也。

注**以廛任國中之地** 胡公《考異》曰：「廛」下當有「里」字，各本皆脱。此載師職文也。

北闕甲第 孫氏志祖曰：《漢書·夏侯嬰傳》：賜嬰北第第一，曰「近我」以尊異之。師古曰：北第者，近北闕之第，嬰最第一也，故張衡《西京賦》云「北闕甲第，當道直啓」。

注**《説文》曰：陁，落也** 「陁」當作「陊」，各本皆誤。

注**劉逵《魏都賦注》** 「劉逵」當作「張載」。

校記

〔一〕又按李用舊注皆題本名云云　此下摘自《四庫全書提要·文選注》，唯變换句序。

〔二〕正義引漢官儀云云　上脱「武帝紀」三字，《封禪書》正義無此語。

〔三〕史記封禪書云云　本段摘自梁玉繩《史記志疑·封禪書》，唯「無妄甚矣」改「不足信」、「山海經」句移至「陶宗儀」句上却遺落「其誕正同」四字。玉繩此四字本在「賜壽十九年」下，此顛倒割裂致不可通。又《説郛》「籙」字玉繩誤「緑」，此添「文」字愈失。

〔四〕禮大傳疏黑帝汁光紀　《禮記·大傳》孔疏無「黑帝汁光紀」，《周禮·天官·大宰》《天官·掌次》《春官·神仕》賈疏、《儀禮·喪服》賈疏、《禮記·曲禮下》孔疏均有。其中《儀禮·喪服》

「其始祖之所自出」，鄭注「始祖者感神靈而生，若稷、契也」，賈疏「案《大傳》云『王者禘其祖之所自出，以其祖配之』，是后稷感東方青帝靈威仰所生，契感北方黑帝汁光紀所生」，引者蓋誤以末二句爲《大傳》疏。

〔五〕説文伉閬也　「伉」當作「阬」，上脱「段曰伉當作阬」之語。《説文》「伉，人名」「阬，閬也」，「閬」字段注云《詩》「伉」當是「阬」之訛。詳本書《魏都賦》「高門有閌」條。

〔六〕丹鉛録引梁元帝纂文云辮華　「辮」原作「瓣」，據《升菴集》卷五二改，《丹鉛總録》無此語。

文選旁證卷第三

文選卷二下

西京賦下

爾乃廓開九市，通闤帶闠，旗亭五重，俯察百隧　《三輔黄圖》云：長安市有九，各方二百六十六步。六市在道西，三市在道東。凡四里爲一市，致九州之人在突門。夾横橋大道，市樓皆重屋。又有旗亭樓〔一〕，在杜門大道南。又有當市樓，有令署以察商賈貨財買賣貿易之事，三輔都尉掌之。直市在富平津西南二十五里，即秦文公造，物無二價，故以直市爲名。張衡《西京賦》云「郭開九市，通闤帶闠，旗亭重立，俯察百隧」是也。

注　**崔豹《古今注》曰：市牆曰闤，市門曰闠。善曰**　按「善曰」二字當在「崔豹」上，今在「曰闠」下非也。崔豹晉人，非薛注所得引。

周制大胥，今也惟尉　注　**《周禮》曰：司市胥師二十人**　翰注：《周禮》市制大胥職，今但屬三輔都尉。胡公《考異》曰：「十」下當有「肆則一」三字，各本皆脱，此《地官·序官》文也。

褌販夫婦　此與下「鄙」「恃」「史」爲韻，故楊氏慎《古音叢目·四紙》引此句「婦」作房詭切。然《易·象傳》「父父子子，兄兄弟弟，夫夫婦婦」，子、弟、婦已爲韻，顧氏《易音》云「婦古音房以反」，《詩·氓》同。

注**夕時爲市**　「爲」當作「而」，各本皆誤。

注**《蒼頡篇》曰：蚩，侮也。《廣雅》曰：眩，亂也**　按《廣雅·釋詁》「蚩」與「眩」同訓亂。《方言》「蚩，愮悖也」，注謂悖惑也。

何必昏於作勞　注**昏，勉也**　《書孔傳》「昏，強也」，鄭注「昏讀爲暋，暋勉也」，按「暋」當爲「敃」。《説文》「敃，彊也」，「彊」與「勉」義同。朱氏珔曰：按《孔傳》「昏，強也」蓋本《爾雅》昏暋皆訓強，強與彊同。《説文》暋字云「冒也」，與敃異訓。《玉篇》則謂敃暋同字，又曰「昏」從氏省、宜從氏不從民。姜氏皋曰：張參《五經文字》「愍」字下云「緣廟諱，偏旁準式省從氏，凡泯、昏之類皆從氏」，是也。然則《玉篇》所云宜從氏不從民者疑非。

麗美奢乎許史　孫氏志祖曰：《爾雅》：奢，勝也。

注**今大官以十日作**　胡公《考異》曰：「日」當作「月」，各本皆誤。

睚眦蠆芥　楊氏伯嵒《臆乘》云：世稱芥蔕或芥蒂往往字音皆未詳，按此五臣注「怒貌」，李注引張揖《子虛賦注》曰「蔕芥，刺鯁也。蠆與蔕同」，郭象《莊子注》亦云蠆芥。

注 **武陵** 何校「武」改「茂」。六臣本亦有作「茂」者。

注 **《蒼頡》曰** 何、陳校「頡」下添「篇」字。按本書注所引各書或闕「篇」字、「傳」字、「注」字、「序」字，多類此。

注 **五十里爲之郊** 六臣本「之」作「近」，是也。

注 **《毛詩》曰：封畿千里** 《公羊·桓九年傳》疏引作「封圻」。按改「邦」爲「封」，此當是漢人避諱，而後人因之。翟氏灝《四書考異》云：《尚書大傳》引作「邦圻千里」，《公羊》疏亦引作「圻」，是「畿」本作「圻」也。又《書·酒誥》「圻父薄違」鄭注「圻父謂司馬主封畿之事」，蓋本《周禮·大司徒》「制其畿疆而溝封之」，故曰封。

繚垣綿聯 注 **今並以亘爲垣** 陳曰：據此注，則正文及薛注中「垣」皆當作「亘」。孫氏志祖曰：薛本作「繚亘」故以「繞了」解之，李本自作「垣」，故云「今並以亘爲垣」。且引《西都賦》「繚以周牆」爲證。楊慎《丹鉛録》譏李善以「垣」爲「亘」，殊誤。

群獸駓騃 注 **薛君《韓詩章句》曰：趨曰駓，行曰騃** 《後漢書·馬融傳》「鄙騃譟讙」注云「鄙騃，獸奮迅貌也」，引《韓詩》「駓駓騃騃，或群或友」。今《毛詩·吉日》作「儦儦俟俟」，傳云「趨則儦儦，行則俟俟」。《魯頌·駉》「以車伾伾」，傳云「伾伾，有力也」，釋文云《字林》作「駓，走也」。《説文》「俟」字注引《詩》「伾伾俟俟」。《楚辭·招魂》「逐人駓駓些」，王注「駓駓，走貌也」。是駓與伾、鄙、儦，騃與俟，並以聲近通用矣。孫氏義鈞曰：騃，《説文》「馬行仡仡也」，此《韓詩章句》訓「行」之正義，毛傳亦作「趨則伾伾，行則俟俟」。按《韓詩》之「駓騃」正字也，毛、許作「伾俟」假借字也；儦者伾之轉，爲雙聲字。

櫹爽櫹槮　《説文》：櫹，長木貌。本書《吴都賦》「櫹矗森萃」李注：櫹，長直貌。宋玉《九辨》：櫹槮之可哀兮。

注**《爾雅》曰：芃，東蠡。郭璞曰未詳**　《集韻》：芃，葉似蒲，叢生。

注**《爾雅》曰：瘣，懷羊。郭璞曰未詳**　今《爾雅》「瘣」作「蒐」，《玉篇》作「瘣」，《類篇》云芋之惡者曰瘣，《漢書》稱芋曰芋魁。魁與蒐音近。翟氏灝謂「懷羊」之羊，「芋」字之誤。然此上下與芃、罔爲韻，自應作「羊」。

苯蓴蓬茸　《説文》：蓴，叢草也。《玉篇》：苯蓴，草叢生也。《晉書·衛恒傳》「禾卉苯蓴以垂穎」、韓愈詩「草木森苯蓴」皆本此。

篠蕩敷衍　注**《尚書》曰：瑶琨篠蕩既敷**　「瑶琨」二字衍。

黑水玄阯　五臣「阯」作「沚」，濟注可證。林先生曰：玄阯，本黑水所渚，遠在三危地。《漢書》特擬其形耳。

注**謂昆明靈沼之水沚也**　胡公《考異》曰：「沚」當作「阯」，各本皆誤。姜氏皋曰：本書潘安仁

《河陽縣》詩注「《韓詩》曰宛在水中沚，薛君曰大渚曰沚」，則從沚是也。《釋名》釋水者从沚、釋丘者从阯，此僅以薛綜曰「小渚曰阯」故曰當從阯耳。

樹以柳杞 注《**山海經**》**曰：杞，如楊，赤理** 今《東山經》云：東始之山有木焉，其狀如楊而赤理，其汁如血，其名曰芑。芑字當依此改，第李注又以杞爲「即梗木」所未詳也。

注《**淮南子**》**曰：日出暘谷** 又《**楚辭**》**曰：出自陽谷** 暘、陽並當作「湯」。說詳後《東京賦》下。

鯋 注**鮀也** 六臣本「鯋」作「魦」。按魦即鯊字，鮀即鮀字。《爾雅》「鯊，鮀」注「今吹沙小魚」，若鯋乃大魚。《說文》：「魦，出樂浪潘國，从魚，沙省聲。」與鱨鯋之鯋，判然兩物也。

注**鱣，似鱏，知連切** 黃氏生《字詁》云：《山海經》注鱓魚似蛇，《書大傳》注鱣或爲鱓：似蛇之鱓，既借徒河切之「鱓」，又借張演切之「鱣」[二]，而皆轉爲常演切。《顏氏家訓》亦云「鸛雀銜鱓」多借鱣鮪之鱣。姜氏皋曰：似鱓之鱣，《爾雅》本作鱏，不作鱓。《字林考逸》云：鱏，長鼻魚也。自以形近誤鱏爲鱓，遂以鱓爲鱣，相承者蓋已久，此注尚引作「鱏」可證也。

注《**爾雅**》**曰：鱧，鮦也，音童。毛萇**《**詩傳**》**曰：鮪，似鮎；鮪，乎軌切；鮎，奴謙切。又曰：鱨，揚也** 胡公《考異》曰：「鮦」上當有「郭璞曰」三字，此引《釋魚》注也。「毛萇詩傳曰」五字當作「又曰」二字。「鮪似鮎」當作「鮪，鱣屬；鯢，似鮎」六字，此引《釋魚》也。「又曰」當作「毛萇詩傳曰」五字，此引《魚麗》首章傳也。今脱落錯互，絶不可通。段校於「曰鮪」下添「鮥也郭璞山海經注曰鯢」十字，「又曰」上添「毛萇」二字。

注孟春鴻來　「鴻」下當有「雁」字，各本皆脱。〔三〕

奮隼歸鳧　六臣「奮」作「集」。胡公《考異》曰：「集隼」與「歸鳧」對文，猶揚子雲以「雁集」與「鳧飛」對文也。薛與李必亦作「集」，傳寫譌「奮」耳。謹按：薛注「奮，迅聲也」，則正文作「奮」不作「集」。「奮隼」與「歸鳧」正對，一「奮」一「歸」，與揚子雲以「集」對「飛」亦相合。六臣本似非。

沸卉軿訇　五臣「軿」作「砰」，濟注可證。

注邊上慘烈　「上」當作「土」。本書所載李陵書「烈」作「裂」。

剛蟲搏摯　六臣本「摯」作「鷙」。

衍地絡　《玉篇·手部》：掞，余忍切，《西京賦》「掞地絡」，掞謂申布也。

在彼靈囿之中　六臣本「彼」作「於」。

前後無有垠鍔　注《淮南子》曰：出於無垠鍔之門。許慎曰：垠鍔，端崖也　今《淮南子·原道訓》作「出於無垠之門」，而《俶真訓》有「形埒垠堮」語，許注當繫彼處，「堮」與「鍔」通。《漢書·揚雄傳》作「鄂」，《後漢書·張衡傳》作「咢」，並同。以「鍔」爲「堮」，猶荀子《成相》之以「銀」爲「垠」也。

柞木翦棘　注**柞與槎同**　六臣本「柞」作「槎」。金氏甡曰：《詩》「載芟載柞」傳「除木曰柞」，《周禮》柞氏掌攻草木，何必借「槎」字作解乎？

注**賈逵《國語》曰**　何校「語」下添「注」字，是也，各本皆脱。

麀鹿麌麌　注**《毛詩》曰：麀鹿攸伏**　金氏甡曰：《詩·吉日》「麀鹿麌麌」，何以成句不引而引「攸伏」句耶？

駕雕軫　林先生曰：《隋志》：輿，漢室制度以雕玉爲之，故王符《羽獵賦》云：天子乘碧瑶之雕軫。

六駿駮　注**天子駕六馬**　下篇《東京賦》「六玄虬之奕奕」薛注「六，六馬也，天子駕六馬」，又《甘泉賦》「駟蒼螭兮六素虬」李注「《春秋命歷序》曰皇伯駕六龍」，又《上林賦》「六玉虬」張注「六玉虬謂駕六馬，郭璞曰《韓子》曰黄帝駕象車六蛟龍〔四〕」，又《羽獵賦》「六白虎」李注「杜業奏事曰輚車駕白虎，白虎馬名」，皆與此注合。按《書·五子之歌》「凛乎若朽索之馭六馬」，正義云：「經傳之文惟此言六馬。漢世此經不傳，餘書多言駕四者。《春秋公羊》説天子駕六，《毛詩》説天子至大夫皆駕四，許慎案《王度記》云天子駕六；鄭玄以《周禮》校人養馬，乘馬一師四圉，四馬曰乘〔五〕，《康王之誥》云皆布乘黄朱，以爲天子駕四，漢世天子駕六非常法也。然則此言馬多懼深，故舉六以言之。」此説本《五經異義》及鄭《駁》。證以《史記·秦本紀》《李斯列傳》、《漢書·禮樂志》《續漢書·輿服志》《白虎通》及蔡邕《獨斷》，皆言六馬皆秦漢諸儒所述，與鄭《駁》相符。惟《逸周書·王會解》云天子車立馬乘六。《石鼓文》云趍趍六馬。《荀子·勸學》篇云六馬仰秣，又《修身》篇云六驥不致，又《議兵》篇云六馬不和。《莊子》逸篇云：金鐵蒙以大緤〔六〕，載六驥之上。此則皆出周人之書，疑周代即有天子駕六之制。但如《五子之歌》所云移之夏初，恐係僞古文之謬，別無證據也。

注**《說文》曰：較，車輢上曲鉤也**　今《說文》：較，車騎上曲銅也。惟徐鍇本作「輢」，與此同。

璿弁玉纓　注**弁，馬冠也。又髦**　六臣本「璿」作「瓊」。案《左傳》「瓊弁玉纓」，《說文》引亦作「璿」。此處專言車馬，故薛注以弁爲馬冠，雖用《左傳》之語，不必同其本義也。胡公《考異》曰：「又」當作「義」，各本皆誤。

建玄弋　何曰：《史記·天官書》：「杓端有兩星：一內爲矛，招摇；一外爲盾，天鋒。」晉灼曰：「外，遠北斗也，在招摇南，一名玄戈。」此言玄弋疑誤，杜牧詩「已建玄戈收相士」似即用此。姜氏臯曰：《後漢書》馬融《廣成頌》「棲招摇與玄弋，注枉矢于天狼」，章懷注「招摇、玄弋、天狼並星名」，是古本作「弋」，或牧之誤用也。

注**玄弋，北斗第八星名，爲矛頭，主胡兵。招摇，第九星名，爲盾**　按《史記·天官書》北斗七星「用昏建者杓。杓端有兩星：一内爲矛，招摇；一外爲盾，天鋒」，孟康曰斗第七星杓，《索隱》引《說文》云：杓，招摇也。《禮記》「招摇在上」，鄭注云「招摇星在北斗杓端，主指者」，孔疏：《春秋運斗樞》云「北斗七星：第一天樞，第二旋，第三璣，第四權，第五衡，第六開陽，第七瑶光。第一至第四爲魁，第五至第七爲杓，瑶光即招摇也」，是杓其總名。招摇爲北斗第七星名，在斗内不在斗外，故《天官書》云「一内爲矛，招摇」；在斗外名玄戈，即《天官書》所謂「一外爲盾，天鋒」者也。至北斗本係九星，《索隱》引徐整《長曆》云其二陰星不見，則玄戈、招摇之可見者必非斗之八九星也。薛注並誤。

曳雲梢 「梢」當作「旓」。

注 **弧旌枉矢，以象牙飾** 「牙飾」當作「弧也」，各本皆誤。

屬車之簉 注 **簉，副也** 「簉」當作「䔋」。《廣雅·釋詁》貳、福、䔋、倅、憒，盈也〔七〕。《左傳·昭十一年》「僖子使助薳氏之䔋」，杜注「䔋，副倅也」，釋文云《説文》䔋从艸，是。

載獫獥獢 六臣本「獥」作「猲」。

注 **豹尾車，同制也** 何、陳校「同」改「周」，各本皆誤。

注 **《漢書》曰：虞初《周説》九百四十三篇。初，河南人也** 六臣本「虞初」下十五字作「虞初者，洛陽人，明此醫術」十字。按今《漢書》顔注引《史記》云「虞初，洛陽人」，而無「明此醫術」云云，六臣本注不知所據。

注 **《説文》曰：儲，具也** 今《説文》：儲，偫也。本書《羽獵賦》注引作「儲，偫待也」，《海賦》注引作「儲，積也」，左太冲《詠史詩》注又引作「儲，畜也」。朱氏珔曰：案「儲」字之訓引《説文》以《羽獵賦》注「儲，偫也」爲正，彼處「待」字當是誤衍。此「具也」及後「積也」「畜也」又曹子建《贈丁翼》詩注謂「蓄積之以待無也」皆兼舉演《説文》語，非原文也。

蚩尤秉鉞　注《**山海經**》**曰：蚩尤作兵，伐黄帝**　林先生曰：《漢書》：祠黄帝，祭蚩尤於沛亭而釁鼓旗。應劭曰：蚩尤，古天子，好五兵，故祭之。臣瓚曰：蚩尤，庶人之貪者。吴氏仁傑《兩漢刊誤補遺》云：《天文志》「蚩尤之旗，類彗而後曲，象旗，見則王者征伐四方」，則所祭者天星也。《封禪書》祠八神，一主兵，爲蚩尤星。若李注所引則虓亂之鬼耳，奚足禁禦不若哉！

注**毛萇曰：鬣**　「萇」當作「長」，各本皆誤。

螭魅魍魎　注《**説文**》**曰：螭，山神，獸形**　六臣本「螭」作「魑」。今《説文·内部》：离，山神，獸也。「也」字蓋誤。《説文》無「魑」字，《蟲部》有「螭」字，訓若龍而黄。鈕氏樹玉曰：「魑」即「离」之俗字，《宣三年傳》作「螭魅罔兩」，杜注「螭，山神，獸形」，是亦借「螭」爲「离」也。

睢盱拔扈　注**畔援猶拔扈**〔八〕，**拔與跋古字通**　六臣本「拔」作「跋」。按正文當作「拔扈」，注當作「跋扈」。

光炎燭天庭　六臣本「炎」作「焰」。

失歸忘趨　注**趣，向也**　據注「趨」當作「趣」。六臣本亦作「趣」。

飛罕潚箾　五臣「潚」作「摍」。向注：摍箾，著物貌。

流鏑擂擫　向注：鏑，箭鏃。按《漢書·匈奴傳》「頭曼子冒頓作鳴鏑」注應劭曰：髐，箭也。

注**《説文》曰：鋋，小戈也**　今《説文》：鋋，小矛也。本書《東都賦》注引亦作「矛」。

當足見碾　注**足所蹈爲碾**　又**碾，女展切**　「碾」當作「蹍」，六臣本不誤，尤本蹍、碾錯見，毛本則盡誤爲碾矣。

叉簇之所攙捔　林先生曰：「簇」與「簎」同。殷敬順《列子釋文》曰：簎謂以竹木圍繞。

徒搏之所撞挫　注**撞挫猶揘畢也**　《方言》：挫，椎也，南楚凡相椎搏曰挫。《列子·黄帝》篇曰「攩挫挨抌」，釋文「攩，搥打也」。擋挫與撞挫、揘畢，皆聲近而義同。

白日未及移其晷　六臣本無「其」字。

若夫游鷮高翬　注**翬，翬飛也**　按《爾雅》「伊洛而南，素質，五采皆備成章曰翬」，郭注「翬亦雉屬」，而此與下「毚兔聯猭」爲偶句，故薛注以飛釋之。

毚兔聯猭　五臣「猭」作「遂」，良注可證。

乃有迅羽輕足　六臣本「有」作「使」。

注**鷹青脛者。善曰**　六臣本無「曰」字，是也。此節注有兩「善曰」，此「善」字應屬上讀。自此下至「不遠而獲」皆薛注也。

隅目高匡　又**莫之敢伉**　六臣本「匡」作「眶」，「伉」作「亢」。林先生曰：《相馬經》云：眼欲得高眶〔九〕。

中黃之士　翰注：中黃，國名，其俗多勇力。先通奉公曰：《文心雕龍·指瑕》篇云「《西京》稱中黃育獲之儔，而薛綜謬注謂之閹尹，是不聞執雕虎之人也」，今薛注無閹尹之説，蓋李删之。

朱鬘鬣髽　胡公《考異》曰：「鬣」當作「鬣」，《廣韻·十三祭》「鬣，露髻」即出此，善注引《通俗文》「露髻曰鬣」及善音「作計切」是也，各本皆傳寫誤。謹按《説文》：鬣，束髮少也，從髟，截聲。《繫傳》亦引此爲證。

注**《説文》曰：鬘，帶髻頭飾也**　今《説文》：鬘，帶結飾也。

奎踽盤桓　六臣本「奎」作「踛」。按《説文》：奎，兩髀之間。《莊子·徐無鬼》篇：奎蹄曲隈。則作「奎」自通。

鼻赤象，圈巨狿　金氏甡曰：頓其鼻即謂之鼻，猶《子虛賦》「脚麟」即謂持其脚也。《羽獵賦》「斮巨狿」服虔但曰獸名，《子虛賦》「蟃蜒」郭璞曰「蟃蜒，大獸，長百尋」，下文亦云「巨獸百尋，是爲曼延」，字雖互異，即此一物。大指謂象之赤者則頓其鼻而執之，狿之巨者亦盛之圈牢耳。薛注似迂。

注**巨狿，麠也**　又**又穿麠以著圈**　顧氏千里曰：按字書皆無麠字，當俟考。姜氏皋曰：疑即「麆」字，徂古切，《集韻》：大也。

注《説文》曰：圈，畜閑也　今《説文》：圈，養畜之閑也。而本書《赭白馬賦》注引同此。

摣狒猬，批窳狻　五臣「狒」作「髴」、「窳」作「貐」，翰注可證。朱氏珔曰：狒，薛注作𧰴。案《説文》引《爾雅》：𥜒𥜒如人，被髮，讀若費。今《爾雅》作「狒狒」。《集韻》或作𧰴，即《説文》之𥜒字也。

注虎亦食人　「亦」當作「爪」，各本皆誤。

陵重巘　《毛詩·皇矣》正義引此「巘」作「甗」。孫氏義鈞曰：《爾雅·釋山》「重甗，隒」，郭注：謂山形如累兩甗。甗，甑山，狀似之〔十〕，因以名。與李注山上大下小之義通，作「甗」者是也。

杪木末　注杪，猶表也　《説文》：杪，木標末也；標，木杪末也。二字音義相近。賦以「杪」爲「標」，故訓爲表。

擭獑猢　注獑猢，猨類而白，腰以前黑　《説文》：獑𪕮鼠〔十一〕，黑身，白腰若帶，手有長白毛，似握版之狀，類蝯蜼之屬。《繫傳》引此作「獲獑胡」。《廣韻》：𪕬𪕮似猨，黑身白腰，手有長白毛，善超坂絶巖也。《玉篇》《集韻》並作𪕬𪕮，《史記》又作螹胡，音義並同。本書《上林賦》張揖注云：獑胡似獮猴，頭上有毛，腰以後黑。按諸家或云腰以前黑，或云黑身白腰，或云腰以後黑，未知孰得其實。

常亞於乘輿　余曰：《漢武故事》凡諸宫美人可有七八十，與上同輦者十六人，員數恒使滿。

注**其樂只且，辭也**　六臣本「辭」上重「且」字，是也。

注**《高唐賦》曰**　《高唐賦》當作《神女賦》。此偶誤。

收禽舉胔　金氏甡曰：《詩》「助我舉柴」，「柴」《說文》作「㧘」，謂積禽也。

置互擺牲　《周禮·牛人》：凡祭祀共其牛牲之互。

頒賜獲鹵　注**鹵與虜同**　六臣本「鹵」作「虜」。

注**空，減無也**　六臣本「減」作「滅」，下同。

清酤𢼸　《左氏·襄二十九年傳》正義云「古人多、祇同音，施與多爲韻」，引此「𢼸」作「多」。邢昺《論語疏》同。

注**《廣雅》曰：𢼸，日多也**　「日」字不當有，各本皆衍。

皇恩溥，洪德施　注**皇，皇帝。普，博施也**　六臣本校云善本無此二句。按本書《魏都賦》注引《西京賦》曰「皇恩溥」則有者。是《左傳·襄二十九年》正義引亦有此六字，其注七字乃尤本所添，不知何所出。且正文「溥」，注作「普」，亦似有誤也。

相羊乎五柞之館　六臣本「相羊」作「儴佯」。

聯飛龍　注**飛龍，鳥名也**　顧氏千里曰：案《楚世家》有鸗，《集解》徐廣引呂靜曰「鸗，野鳥也（十二）」，《索隱》「鄒誕『鸗』音盧動反，劉氏音龍，是小鳥名」，當即薛注之「飛龍」也。古字假借，「龍」

與「鸗」通用。

注《説文》曰：磻，以石著繳也　今《説文》曰：磻，以石箸隿繳也。

注《琴道》：雍門周曰：水嬉則艕龍舟　據《後漢書・桓譚傳》注，《琴道》爲所著《新論》篇名。本書注引《琴道》者前後凡十一見。三十五卷《七命》注引《琴道》語與此同，此賦下「建羽旗」句及二十八卷陸士衡《樂府》注引作「水嬉則建羽旗」。又十六卷《恨賦》注引《琴道》雍門周説孟嘗君曰：「幼無父母，壯無妻子。若此人者，但聞秋風鳴條則傷心矣。」又引《琴道》雍門周曰：「高臺既已傾，曲沼又已平，墳墓生荆棘，狐兔穴其中。」又《别賦》注引《琴道》曰：雍門周以琴見孟嘗君，孟嘗君曰：「先生鼓琴亦能令悲乎？」周曰：「臣之所能令悲者，無故生離，遠赴絶國，無相見期，臣爲一揮琴而太息，未有不悽愴而流涕者。」又十八卷《笙賦》注引《琴道》曰：雍門周見孟嘗君，孟嘗君曰：「先生鼓琴亦能令人悲乎？」對曰：「臣之所能令悲者，先貴而後賤，故富而今貧。」於是雍門揮琴，而孟嘗君流涕。又二十一卷虞子陽《詠霍將軍》詩注引《琴道》雍門周説孟嘗君曰：「千秋萬歲後，高臺既已傾，曲池又已平。」又二十八卷陸士衡《樂府》注引《琴道》雍門周曰「廣厦兮邃房」，又三十卷謝玄暉《和王主簿》詩注引《琴道》雍門周曰「一赴絶國」。此外别有引雍門周語，雖不標《琴道》篇名而可以互證而知者，又凡十二見。如六卷《魏都賦》注引雍門周説孟嘗君「以強秦之勢伐弱薛，猶磨蕭斧以伐朝菌也」，又四十三卷丘希範《與陳伯之書》、六十卷陸士衡《弔魏武文》引並同。又二十三卷張孟陽《七哀詩》注引雍門周以琴見孟嘗君曰：「臣竊悲千秋萬載後，墳墓生荆棘，狐兔穴其中，樵兒牧豎躑躅而歌其上，行人見之悽愴，孟嘗君之尊貴如何成此乎！」孟嘗君喟然嘆息，淚下承睫。又二十八卷陸士衡《樂府》注引雍門周曰「秋風鳴條則傷心矣」。又三十一卷劉休玄《擬古》詩注引雍門周説孟嘗君「今君下羅帳來清風」。又三十五卷《漢武帝詔》注引雍門周曰「遠赴絶國，相見無期」。又三十九卷任彦昇《爲卞彬謝啟》注引雍門周以琴見孟嘗君曰：「臣竊悲千秋萬歲後，墳墓生荆棘，狐兔穴其中，樵兒牧豎躑躅而歌其上也。」又四十一卷李少卿《答蘇武書》注引雍門周鼓琴見，孟嘗君曰：「先生鼓琴亦能令悲乎？」對曰：「所能令悲者，遠赴絶國，無相見期，若此人者，但聞飛鳥之號、秋風蕭條則心傷矣。」又四十二卷魏文帝《與吴質書》注引雍門周曰「身材高妙，懷質抱真」。又四十六卷陸士衡《豪士賦序》注引雍門周以琴見，孟嘗君曰：「先生鼓琴亦能令文悲乎？」對曰：「臣竊爲足下有所悲，千秋萬歲後，墳墓生荆棘，游童牧豎躑躅其足而歌其上，曰孟嘗君之尊貴亦猶若是也！」於是孟嘗君喟然太息，涕承睫而未下。雍門周引琴而鼓之，徐動宫徵，揮角羽，初終而成曲。孟嘗君遂歔欷而就之。又五十八卷《褚淵碑文》注引雍門周説孟嘗君曰「有識之士莫不爲足下寒心酸鼻」。按以上所引，章法錯互，字句差池，要皆一事也。今惟裴松之《三國志注》引《新論》此節首末獨爲完整，備録於左，以資考校云：《蜀志·郤正傳》注引桓譚《新論》曰：雍門周以琴見，孟嘗君曰：「先生鼓琴亦能令文悲乎？」對曰：「臣之所能令悲者：先貴而後賤，昔富而今貧，擯壓窮巷，不交四鄰〔十三〕；不若身材高妙，懷質抱真，逢讒罹謗，怨結而不得信；不若交歡而結愛，無怨而生離，遠赴絶國，無相見期；不若幼無父母，壯無妻兒，出以野澤爲鄰，入用掘穴爲家，困於朝夕，無所假貸。若此人者，但聞飛鳥之號、秋風鳴條則傷心矣。臣一爲之援琴而長太息，未有不悽惻而涕泣者也。今若足下居則廣厦高堂，連闥洞房，下羅帷，來清風，倡優在前，諂諛侍側，揚激楚，舞鄭妾，流聲以娱耳，練色以淫目。水戲則舫龍舟，建羽旗，鼓釣乎不測之淵；野游則登平原，馳廣囿，強弩下高鳥，勇士格猛獸，置酒娱樂，沉醉忘歸。方此之時，視天地曾不若一指，雖有善鼓琴，未能動足下也。」孟嘗君曰：「固然。」雍門周曰：「然臣竊爲足下有所常悲。夫角帝而困秦者君也，連五國而伐楚者又君也，天下未嘗無事，不縱即衡，縱成則楚王，衡成則秦帝。夫以秦楚之強而報弱薛，猶磨蕭斧而伐朝菌，有識之士莫不爲足下寒心。天道不常盛，寒暑更進退，千秋萬歲之後，宗廟必不血食，高臺既已傾，曲池又已平，墳墓生荆棘，狐兔穴其中，游童牧豎躑躅其足而歌其上，曰孟嘗君之尊貴亦猶若是乎！」於是孟嘗君喟然太息，涕淚交睫而未下。雍門周引琴而鼓之，徐動宫徵，叩角羽，終而成曲。孟嘗君遂歔欷而就之曰：「先生鼓琴，令文立若亡國之人也。」〔十四〕按《新論》遺文見於各書者莫古於此節，亦莫詳於此節，而未標《琴道》篇名。今先綜緝本書注所引《琴道》各條，而殿以此節，證其同異，校若列眉矣。故於各卷注下不復散贅。至本書注有引《琴道》而非雍門周事者又凡十三見，别詳《蕪城賦》注下。亦有引《新論》而不標篇名，然皆與琴事相涉，疑亦《琴道》中語者，凡四見，别詳《月賦》注下。

校鳴葭 顧氏千里曰：案此「葭」字即从竹之假借，从竹之𥱼《説文》所無也。孫氏志祖謂「𥱼」誤「葭」，非矣。姜氏皋曰：《玉篇》亦無𥱼字，而笳字注云「卷葭葉吹之」。《廣韻》：葭，葭蘆也；

笳，捲蘆葉吹之也。則「葭」之爲「笳」，其義已見。

注《漢書》曰：有淮南鼓員　「曰」字不當有，各本皆衍。

感河馮　注《莊子》曰：馮夷得道，以潛大川　姜氏皋曰：《竹書》：洛伯用與河伯馮夷鬥〔十五〕。《後漢書·張衡傳》注〔十六〕：馮夷服八石，得水仙，爲河伯，故曰河馮。按馮夷之名，傳記所載各異。本書《思玄賦》注引《書傳》曰姓馮名夷，又引《太公金匱》曰姓馮名修。《穆天子傳》稱無夷。《山海經》稱冰夷。《淮南子·原道訓》注稱馮遲。《後漢書·張衡傳》注又引《龍魚河圖》云河伯姓吕名公子、夫人姓馮名夷，而所引《聖賢冢墓記》及《莊子·大宗師》篇釋文引《清泠傳》並云華陰潼鄉隄首里人，鑿鑿有據，其信有之歟？

注《相貝經》曰　張氏雲璈曰：《相貝經》，嚴助撰。見《初學記》。

布九罭　段校云：賦文本是「緎」字，後人因詩改之。

注《國語》：里革曰：罝禁罜麗　罝字不當有。胡公《考異》曰：此蓋有依《國語》記「罝」字於「罜」旁者，而誤添在「禁」上也。

注《説文》曰：魰，捕魚也　今《説文》「魰」作「漁」，在《鰲部》。姜氏皋曰：即《周禮》「𩵋人」之省，《華嚴經音義》云《聲類》有𩵋、魰二體。

大駕幸乎平樂，張甲乙而襲翠被　六臣本「平樂」下多「之館」二字，「張」作「帳」。

注 李尤《樂觀賦》曰 「樂」上當有「平」字，各本皆脱。

烏獲扛鼎 段校云：正文作舡，故注引《説文》而曰舡與扛同。《魏大饗碑》「舩鼎緣橦」，舩、舡同也。

注《説文》曰：扛，横開對舉也 今《説文》「開」作「關」，此誤。

注 羆豹熊虎 「熊」當作「龍」，各本皆誤。

聲清暢而蜲蛇〔十七〕 洪氏邁《容齋五筆》云：「委蛇」字凡十二變：一曰委蛇，二曰委佗，三曰逶迆，四曰倭遲，五曰倭夷，六曰威夷，七曰委移，八曰逶移，九曰逶虵，十曰蜲蛇，十一曰[illegible]迤，十二曰威遲。按吴玉搢《金石存》歷舉《衛尉卿衡方碑》作禕隋，《唐扶碑》作逶隨，《劉熊碑》作委隨，枚乘《兔園賦》作崣䅶。《博雅》：隇陕，險也。《文選》薛注：周道威夷，險也。則「隇陕」亦「委蛇」之别體，而字書尚有蝺虒、隝陭之異，是此二字固不止十二變矣。

注 襳衣毛形也 「衣」當作「襹」，各本皆誤。

度曲未終 注 班固《漢書》曰：元帝自度曲 嚴氏有翼《藝苑雌黄》云：世言度曲者謂歌曲也，《兩京賦》「度曲未終」、杜詩「翠眉縈度曲」皆當作徒故切。若「元帝自度曲」，應劭注「自隱度作新曲」，師古注「度音大各切」，其義自别。

複陸重閣 六臣本「複」作「覆」。何曰「陸」當作「陛」。朱氏珔曰：「複陸」注釋爲複道，陛則階級之名，「陸」字未必誤。

礔礰激而增響，磅礚象乎天威　注**增響，重聲也**　六臣本「響」作「音」，「磅」作「砰」。尤本「重」誤作「委」。

是爲曼延　六臣本「曼」作「蔓」。按「曼延」即「曼衍」，作「蔓」無據。

垂鼻轔囷　五臣「囷」作「輑」，良注可證。

海鱗變而成龍　余曰：《漢官典職》：正旦御陽德殿，作九賓樂。舍利從西來〔十八〕，戲於庭，入殿前，激水化成比目魚，跳躍漱水作霧，化成黄龍，長八丈〔十九〕，出水戲於庭，以兩大絲纏繫兩頭，中間相去數丈，兩倡女對舞，行於繩上，道逢切肩不傾，又踏踊屈身，藏形於斗中，鐘磬普唱〔二十〕，樂畢，作魚龍曼延，黄門吹三匝。

驪駕四鹿　胡公《考異》曰：驪，當作「麗」。薛注「驪猶羅列駢駕之也」「驪」亦當作「麗」，惟薛正文作「麗」故如此注之，若作「驪」不可通。善必與薛同。濟注云「仍以驪馬駕之」，則是五臣作「驪」耳。

畫地成川　余曰：《漢武故事》：未央庭中，設角抵戲。三百里内，觀其雲雨雷電，無異於真。畫地爲川，聚石成山。

盤樂極　注**《孟子》曰：盤游飲酒，馳騁田獵**　今《孟子》作「般樂飲酒，驅騁田獵」。

微行要屈 濟注：行出不法駕謂之要，自上雜下謂之屈。按此語不知所本。《漢書·揚雄傳·河東賦》有「萬騎屈橋」句，顔注「屈橋，壯健貌。屈音其勿反，橋音其召反」，與「要屈」二字義恰相反。

便旋閭閻 錢氏大昕《潛研堂集》三十一云：「《廣雅·釋訓》：便旋，徘徊也。張平子《西京賦》『便旋閭閻』薛注云：盤桓，便旋也。盤與徘、桓與徊皆聲之轉，文異而義不殊。」按此句下無薛注，見上文「奎踽盤桓」句下。

注 **掖庭今官** 陳校「今」改「令」，是也，各本皆誤。

促中堂之陿坐 六臣本「陿」作「狹」。

妖蠱艷夫夏姬 注 **音古** 六臣本「蠱」音「也」。按「蠱」蓋與「冶」通，《南都賦》「侍者蠱媚」五臣作「冶媚」。桂氏馥《札樸》云：《易》「冶容誨淫」《太平廣記》引作「蠱容」，《一切經音義》云《聲類》「蠱，弋者反，《周易》作冶」，「冶容誨淫」劉瓛曰「冶，妖冶也」。

增嬋娟以此豸 又 **若鷩鶴之群罷** 五臣「此」作「跐」、「罷」作「羆」，濟注可證。楊氏慎《丹鉛總録》云曾見化類書引「此豸」作「猗靡」、「群羆」作「群起」，豸注音雉，猶近似；羆字音義不可強合，「起」字是也〔二二〕。孫氏志祖曰「之」字當作「與」，亦據濟注爲説耳。

振朱屣於盤樽 五臣「朱屣」作「珠履」，銑注可證。

昈藐流眄 五臣「藐」作「邈」，銑注可證。《丹鉛總録》云：《詩》「猗嗟名兮」《玉篇》引「名」作

「覭」，眉目之間也，字从冥、見，言美人眉目流眄使人冥迷也，眳、覭同。

誰能不營　注《説文》曰：營，惑也　「營」當作「瞥」。今《説文·目部》：瞥，惑也。李即引此。今各本皆誤作「營」，遂以爲《説文》無此訓矣。《漢書·叙傳》下集注引鄧展又《吕氏春秋·尊師》篇注、《淮南子·原道訓》注、《精神訓》注引並作「營」，誤與此同。

逞志究欲，窮身極娱　六臣本「志」作「至」，「身」作「歡」。

鑒戒《唐》詩，他人是媮　《毛詩·山有樞》「他人是愉」，傳云「愉，樂也」，箋云「愉讀偷，偷取也」。按《説文》：愉，薄也；恌，愉也。《詩·鹿鳴》篇「示民不恌」，傳云「恌，愉也」，釋文云「愉，他侯反，又音踰」。是愉與偷本屬一字。而《國語·晉語》「媮以幸」，賈山《至言》「媮合從容」，又皆以媮爲偷。則愉與媮、偷三字並可通，特訓樂與訓薄義異耳。《漢書·地理志》下引《詩》「它人是媮」，與此賦合，蓋三家説也。

注　**君作故事**　「事」字不當有，各本皆衍。

許趙氏以無上　六臣本「以」作「之」。

注《論語》：**無爲而治，其舜也歟**　今《論語》「治」下有「者」字，「歟」作「與」。

傳聞於未聞之者　六臣本「者」作「口」。

曾髣髴其若夢　注《説文》曰：**彷佛，相似，見不諦也**　髣髴、彷佛，並當作「仿佛」。今《説文·

人部》：仿，相似也；佛，見不審也，《繫傳》作「見不諟也」。本書《甘泉賦》注、《魯靈光殿賦》注並引作「仿佛，相似，視不諟也」，《海賦》注引作「彷佛，見不審也」，惟《悼亡詩》注引與此同。《甘泉賦》注云諟即諦字，《魯靈光殿賦》注云諟與諦同。

注《論語》曰：舉一隅而示之　今《論語》無下三字，皇侃《義疏》本、高麗國《集解》本並有。日本山井鼎《七經考異》云足利本「示之」無「而」字，晁公武《蜀石經考異》云「舉一隅」下有「而示之」三字與李鶚本不同，知古本《論語》皆如是也。

此何與於殷人屢遷，前八而後五　六臣本「與」作「異」。《書序》：自契至於成湯八遷，湯始居亳，從先王居，作《帝告》《釐沃》。疏云：《商頌》云「帝立子生商」是契居商也，《世本》云昭明居砥石，《左傳》稱相土居商丘，及今湯居亳，事見經傳者有此四遷，其餘未聞。按《竹書》載夏少康十一年使商侯冥治河，至帝杼十三年商侯冥死於河，中間計三十四年，《魯語》及《祭法》所謂冥勤其官而水死者，冥爲相土之曾孫，計此時必離商丘往河治水也。《竹書》又載帝芒三十三年商侯遷於殷，此殷侯即冥之子振，字子亥，實始遷殷，計居殷三十七年，而爲有易之君綿臣所殺，國統幾絶。振生微，字上甲，乃殺綿臣，而以殷興，仍居殷地，《竹書》所載帝泄十六年殷侯微以河伯之師伐有易，殺其君綿臣是也。至《竹書》又載帝孔甲九年殷侯復歸於商丘，此殷侯不知何名。蓋上距微殺綿臣之歲凡一百有三年，自歸商丘之後又二十五年，則爲桀在位之十五年，實成湯爲商侯之元年，《竹書》所載帝癸十五年商侯履遷於亳是也。統前計之，契始居商一也，昭明居砥石二也，相土居商丘三也，冥治河四也，子亥遷殷五也，孔甲之時復歸商丘六也，湯遷亳七也。然古今相傳皆謂偃師、穀熟皆湯所都，而景亳則湯會諸侯之處，是爲三亳。皇甫謐謂南亳爲穀熟，北亳爲蒙，蒙即景亳，與穀熟相近，西亳爲偃師，果湯曾都二亳，則適合八遷之數。惟二亳遷居之前後，經傳無文。嚴粲謂湯自南亳遷西亳似爲可信，蓋三亳中南亳北亳相去最近。《竹書》既載湯於桀十五年遷亳，又載二十八年昆吾氏伐商，商會諸侯於景亳，是景亳實在商封内。否則國既被伐，何得越境以會諸侯？湯始遷之亳既與蒙相近，則再遷之亳其在偃師無疑。而皇甫謐乃疑《水經注》引闞駰言湯都偃師云云爲失實。今即以《書序》證之，序言從先王居，孔安國以先王爲帝嚳。按《書》篇名曰《帝告》《釐沃》，「告」當通作「嚳」，「釐」之言來，蓋謂從帝嚳而來，居於沃土耳。《水經注》言帝嚳之墟在禹貢豫州河雒間，今河南偃師城西二十里尸鄉亭是也。使湯不都偃師，何得云從先王居乎？然則成湯以前六遷，成湯兩遷，合爲八遷，《書序》固不差也。惟梁氏玉繩《史記志疑》又以《水經注》十九引《世本》云契居蕃爲遷之一，並湯爲八也，其説亦通。至《書·盤庚》「於今五邦」疏引鄭康成説謂湯自商徙亳，數商、亳、囂、相、耿爲五，釋文載馬融説同。然湯居商丘特沿上代之舊，不得謂之遷。《孔傳》不數商丘而數盤庚，是未遷時作，豈得逆數遷殷爲五？此賦明言前八後五，今既以成湯兩遷屬前，則後五不應復數成湯。以《竹書》考之，自成湯之後，歷外丙、仲壬、太甲、沃丁、太庚、小甲、雍己、太戊八君皆仍居亳，至仲丁始遷於囂，歷外壬而河亶甲自囂遷於相，繼之祖乙元年自相遷於耿，二年圮於耿，自耿遷于庇，歷祖辛、沃甲、祖丁皆居庇，及南庚三年遷於奄，歷陽甲而盤庚，至十四年乃自奄遷於北蒙，曰殷。是「於今五邦」當合囂、相、耿、庇、奄而言。且此賦下乃言盤庚作誥，則後五之不應數盤庚愈明矣。

注**《尚書》曰：自契至成湯八遷。《尚書序》曰：盤庚五遷**　「尚書」下當添「序」字，「尚書序曰」當作「又曰」，各本皆有脱誤。

注**盤庚遷於殷**　陳曰「盤」上脱「尚書曰」三字。按所校非也，此李注述《書》意耳。若以爲引《書》詞，則不應云「殷人弗適有居」也。

注**《漢書注》曰：齷齪**　胡公《考異》曰：六臣本「漢」上有「善曰」二字，是也。或連上作薛注，誤。

校記

［一］又有旗亭樓　《三輔黃圖》卷二「有」作「曰」。

［二］張演切之鱣　《字詁》「鱣」作「張連切」。

［三］雁字各本皆脱　六臣本均有「雁」字，乃尤本、元槧本、毛本、胡本脱。

［四］黃帝駕象車六蛟龍　「車」據《文選注》及《韓非子·十過》補。

［五］四馬曰乘　「曰」原作「四」，或襲王鳴盛《尚書後案》卷二五之誤，據《尚書·五子之歌》孔疏改。《周禮·夏官司馬·序官》「圉師」鄭注、清人輯鄭玄《駁五經異義》作「四馬爲乘」，《管子·乘馬》「一乘者四馬也」，俱可證。

〔六〕金鐵蒙以大緤　「金」原作「六」，據《太平御覽》八一三改。

〔七〕憤盈也　「憤」原作「犢」，據《廣雅·釋詁》改。

〔八〕畔援猶拔扈　《詩·大雅·皇矣》「畔援」，《文選注》明州、贛州、建州、元槧本、毛本同；《漢書·叙傳》顔注引作「畔換」，《文選注》秀州本、尤本、袁本、胡本同。

〔九〕眼欲得高眶　「得」據《齊民要術》卷六、《初學記》卷二九等引《相馬經》補。

〔十〕甗甑山狀似之　「甗」據《爾雅·釋山》郭璞注補，注疏本、義疏本「狀」上有「形」。

〔十一〕説文鼸鼳鼠　徐鍇《繫傳》本「鼸」，大徐本、段注本作「鼸」，見「鼳」字注。

〔十二〕鷰野鳥也　「鷰」下原衍「鳥」，據《史記集解·楚世家》改。

〔十三〕不交四鄰　「鄰」原作「都」，據《三國志·蜀書十二·郤正傳》注改。

〔十四〕令文立若亡國之人也　「立」下原衍「聽」，據《三國志·郤正傳》注改。

〔十五〕洛伯用與河伯馮夷鬥　「用」原在「河伯」下，據《水經注·洛水》、清人輯《竹書紀年》等改。

〔十六〕後漢書張衡傳注　「傳」據《後漢書》補。

〔十七〕聲清暢而蝼蛇　「聲」原作「擊」，據《文選》改。

〔十八〕舍利從西來　「西」原作「東」，《藝文類聚》卷四一、《太平御覽》五六九誤，據《宋書·樂志一》、《後漢書·禮儀志》《安帝紀》注改。又《西京賦》下句「含利颬颬」，薛綜注「獸名，性吐金」，則「舍」或當作「含」。

〔十九〕長八丈　原作「高八十丈」，《藝文類聚》卷四一誤，《太平御覽》五六九改作「高丈八」，茲據《宋書·樂志一》、《後漢書·禮儀志》《安帝紀》注改。

〔二十〕鐘磬普唱　「普」原作「晉」，余蕭客誤，據《藝文類聚》卷四一改。《後漢書·禮儀志》注引作「鐘磬並作」。

〔二一〕丹鉛總録云曾見化類書云云　今《丹鉛總録》《升菴集》均無此語。

文選旁證卷第四

文選卷三上

東　京　賦上

於是似不能言　六臣本、毛本「言」下并有「者」字。

注**夷子憮然爲間也**　今《孟子》「也」作「曰」。

乃莧爾而笑曰　六臣本、毛本「莧」并作「莞」。按《論語》「莞爾」釋文作「莧爾」，即此字也。《易·夬》「莧陸夬夬」，《虞氏易》曰：莧，説也，讀如「夫子莧爾而笑」之莧。

注**貴耳，謂東京**　陳校「耳」下添「謂西京賤目」五字，各本皆脱。

注**《史記》曰：由余本晉人**　至**於是穆公大歎**　金氏甡曰：《史記》載由余語但有勞神、苦民四句，無土階、茅茨等語，且但云示以宫室、積聚〔一〕，未嘗有登三休臺事，此所引自别有出處。孫氏志祖曰：賈誼《新書·退讓》篇載「翟王使使至楚，楚王饗客於章華之臺，三休而乃至其上」，此事似參引彼文，此賦下文「猶謂爲之者勞，居之者逸」注亦引《賈子》可證。

注　**悝，猶嘲也**　《説文》：悝，謿也。徐鍇曰：今人言恢，恢諧也〔二〕。

其以温故知新，研覈是非，近於此惑　六臣本「故」下有「而」字，「惑」下有「也」字。

卒於金虎　《丹鉛總録》云：「昴，西方白虎之宿；太白，金之精。太白入昴，金虎相薄，主有兵亂」，按此語本《甘石星經》。或曰金屬西方指秦，白虎，西方之神。孫氏志祖曰：金虎指戰國，合上「宫隣」指褒姒，始卒纔具，與下文「嬴氏」脈絡亦貫矣。陸士衡《答賈長淵》詩中「金虎習質」句亦引《星經》，此獨援應劭説，何耶？

注　**摶翼，謂著翼也**　六臣本此下有「摶與附同」四字。按字書「摶」有附音，無附義。孫氏志祖曰疑當作「傅」，是也。

趙建叢臺於後　注**《史記》曰：趙武靈王起叢臺**　何曰：《史記·趙世家》無武靈王起叢臺之事，應從《漢書·鄒陽傳》注以爲趙幽王友所建。案此賦上承七雄并争説、下明係戰國時事，薛注復明言於前在春秋之時、於後在六國之時，則以爲武靈王所建必别有據。至《鄒陽傳》云「全趙之時，武力鼎士袨服叢臺之下者，一旦成市，而不能止幽王之湛患」，顔注「叢臺，趙王之臺也，在邯鄲。幽王謂趙幽王友」，上下各爲詞氣，何嘗言臺爲幽王所建也？或引《新序》卷九有「韓魏殺知伯瑶於叢臺之上」語，以爲趙襄子時已有叢臺，然此事《史記》《戰國策》并作「鑿臺」，《史記》注鑿臺在榆次，即上文所云「智氏見伐趙之利而不知榆次之禍」也。若叢臺在邯鄲城内，非一地也。姜氏皋曰：《趙世家》趙武靈王十七年「爲野臺以望齊中山之境」，徐廣曰「野一作望」，正義曰《括地志》云野臺一名義臺，竊疑野字《漢書》或作壄，亦作埜，叢字《漢書》亦作藂，二字相近，當有一誤。

注 **秦襄王子**　「秦」下當有「莊」字，各本皆脱。

冠南山　五臣「冠」作「觀」。濟注：起觀於南山巔也。

注 **杜預曰**　顧氏千里曰：杜預晉人，非薛注所引，恐有誤。

注 **《春秋命歷引》曰**　「引」當作「序」。

注 **徵符合膺**　六臣本、毛本「膺」作「應」，是也。

所推必亡　注 **所椎擊者**　張氏雲璈曰：依注，「推」當作「椎」。朱氏珔曰：李注引《書》「推亡固存」，則正文宜作「推」。薛注「所椎擊者」，「椎」尤本作「推」，他本或作「椎」，誤也。《説文》「推，排也」，《禮記·月令》釋文「推，伐也」，排、伐皆有擊義，不必爲「椎」字也。

掃項軍於垓下，紲子嬰於軹塗　張氏雲璈曰：二句使事顛倒，若乙轉，則「下」字正與上「固」字、「下」「庫」字爲韻。陸德明謂《毛詩》「下」字皆讀如户。朱氏綬曰：按《荀子·成相》篇「途」與度、故叶，張衡《思玄賦》「塗」與「輅」叶，張説恐非。

注 **如制禮也**　六臣本「制禮」作「禮制」，是也。

注 **《漢書》曰：梧齊侯，陽城人，名延**　何校「城」改「成」、去「人名」二字，各本皆誤，此所引《功臣表》文。

損之又損之　六臣本無第二「之」字。

帝已譏其泰而弗康　六臣本「弗」作「不」。

注**《毛詩》曰：文王**　陳曰「詩」下當有「序」字，是也，各本皆脱。

紀禪肅然之功　注**肅，敬也**　《漢書・武帝紀》：元封元年登泰山，至於梁父，升禮肅然。服虔曰：肅然，山名，在梁父。《郊祀志》亦云「丙辰禪泰山下阯東北肅然山，如祭后土禮」。此薛注語混。

注**戎、狄、呼韓，并國名也**　金氏甡曰：呼韓是單于之號，非國名。

咸用紀宗存主　翰注：高皇帝爲太祖廟，文皇帝爲太宗廟，武皇帝爲代宗廟，宣皇帝爲中宗廟，此四廟代代不遷毁其主。按此注是也。薛注單舉文帝，李注偏舉高、文，皆非。

注**勒銘於宗廟之器于鐘鼎**　六臣本無「于」字，是也。

宜無嫌於往初，故蔽善而揚惡　五臣「往初」作「故舊」，向注可證。六臣本「蔽」上無「故」字。

則是黄帝合宫，有虞總期　注**舜之明堂，以草蓋之，名曰總章**　又**善曰：章、期一也**　六臣本「則是」作「是則」。姜氏皋曰：《孔子三朝記・少閒》篇「作八政，命于總章」，盧辯注云「總章，重屋之西堂」也。《禮・月令》：孟秋，天子居總章左个。高誘注《吕覽・孟秋紀》云：總章，西向堂也〔三〕，西方總成萬物章明之也，故曰總章。《御覽》引《明堂陰陽録》亦曰「西出總章」。諸書説總章無有與「期」之義相涉者，且博稽經籍訓詁亦未有「章」與「期」可通者。疑「期」字與「明」字相近，或者傳寫之譌，而李氏所見尚是「明」字，故云然也。按阮先生曰：明堂者，上古天子所居之初名。故黄帝曰合宮，謂各禮皆合行於此也；堯舜曰總章，又曰總期，總章者以各禮總於此表章，總期者以各禮總於此期會，字異而義同也。

湯武誰革而用師哉　注**革，改也。言誰遣革改殷紂、夏桀而用師哉**　朱氏珔曰：此解未免費辭，古多以「革」爲「亟」，《詩·大雅》「匪亟其欲」《禮記·禮器》引作「匪革其猶」，《檀弓》「若疾革」釋文「革本作亟」，是「亟」與「革」通也。誰，何也，言何必亟亟於用師也。語似較順。

且天子有道，守在海外，守位以仁　六臣本「且」下有「夫」字。五臣「守在」作「狩在」，濟注可證。《周易》「何以守位曰仁」釋文「人，王肅、卞伯玉、桓玄、明僧紹作仁」，是王弼本《周易》自作「人」也。此薛注云人謂衆庶也，則正文之「仁」亦應作「人」。守位以人，蓋所謂「非衆罔與守邦」意，故下文以「民志不諒」言之。

注**綜作人**　胡公《考異》曰此六臣本校語而誤存也。

注**人，謂衆庶也**　尤本改「人」爲「仁」，非。六臣本、毛本不誤。下李注「何以守位曰仁」，此「仁」字亦當作「人」，以與薛注相應，説詳前。

注**何用周固反易守乎**　胡公《考異》曰「反」當作「及」。

注 **土，度也** 何校「土」改「測」。胡公《考異》曰疑「土」下有脱。姜氏皋曰：《周禮》鄭注云「土圭所以致四時日月之景也，測猶度也」，此賦注所引「土，度也」當是脱「圭」以下十三字；「縮，短也。盈，長也」六字是薛注，「謂圭長一尺五寸」以下是鄭説，薛參綜而節引之。

鐔以大岯 注《尚書》曰：**導河至於底柱，東過大岯** 案今《書》「岯」作「伾」，釋文「伾又作岯」，此「岯」字正釋文「又作」之本也。《書》本云「東過洛汭，至于大伾」，此約舉其文耳。

黑丹石緇 《丹鉛總録》云：《水經注》：商州黄水北，有黑山，石悉黑，繢采奮發，黝烏如墨，即黑丹也。《山海經》：女床之山，其陰多石涅，即石緇也。

注《山海經》曰：**陽狂水西南流，注於伊水，中有三足鼈** 今《中山經》：大𦬆之山，其陽狂水出焉，西南流，注於伊水，其中多三足鼈。案《水經·伊水注》云「伊水北逕當階城西，大狂水入焉，水東出陽城縣之大𦬆山」，引《山海經》云云與今本合。此注合「陽狂」二字爲水名，誤也。

注《尚書傳》曰：**伏羲氏王天下，龍馬出河，遂則其文，以畫八卦，謂之河圖。又曰：天與禹，洛出書。謂神龜負文而出，列於背** 案此引《顧命》及《洪範》二篇孔傳，似晉人已見《古文尚書》之證。今考薛綜卒於赤烏六年，不應見僞《孔傳》，此《尚書傳》上當脱「善曰」二字。今本「善曰」二字在「列於背」句下，非也。

漢初弗之宅 六臣本「宅」下有「也」字。

注**北爲參、墟分野**　何校「北」上添「河」字。胡公《考異》曰「北」字疑衍。

注**昭明有融**　「昭」上當添「又曰」二字，各本皆脱。

乃新崇德　六臣本「乃」作「既」。余曰：《洛陽記》南宮有崇德殿，《漢官典職》德陽殿周旋容萬人、激洛水于殿下。《後漢書補注》云：「東京有南北宮，相去七里，中央作大屋，複道三道行，天子從中道，從官夾左右，十步一衛。南宮有玉堂前後殿、卻非殿、宣室殿、嘉德殿、崇德殿、雲臺殿、九龍殿、廣德殿、安福殿、龢歡殿、銅馬殿、敬法殿、清涼殿、鳳凰殿、翔平殿、竹殿、黄龍殿、千秋萬歲殿，又侍中寺、中黄門寺、畫室署、丙署及雲臺、謻臺，皆在南宮。北宮有德陽殿、章德殿、德前殿、宣明殿、温明殿、含德殿、天禄殿、壽安殿、迎春殿、永盜殿、温飭殿、章臺殿、章臺下殿，又蠶室、掖庭、永巷署、朔平署、增喜觀、九子坊，皆在北宮。東觀在南宮，白虎殿在北宮，尚書闥在南宮，尚方在北宮。兩宮各有衛士主之。尚書省在神仙門内，太尉、司徒、司空府，開陽門内。司徒府中有百官朝會殿。五營校尉、前後左右將軍府皆在城中。」按此所列多可爲賦中證據。蓋參考《太平御覽》《玉海》諸書爲説，頗詳於顧氏《歷代宅京記》也。

注**爲水獸**　六臣本「水」作「木」，是也。

濯龍芳林　注《洛陽圖經》曰：濯龍，池名。故歌曰：濯龍望如海，河橋渡似雷。芳林，苑名　《後漢書·桓帝紀》「飭芳林而考濯龍之宫」注引薛綜注《東京賦》云：濯龍，殿名；芳林，謂兩旁樹木蘭也。

鶻鵃春鳴 六臣本、毛本「鵃」并作「鵰」。邵氏晉涵曰：《左傳》杜注亦以「鶻鳩」爲「鶻鵰」，與毛傳同，皆因字形相涉而誤分爲二名也；《詩·小宛》釋文及《字林》并云：鶻鵃，小種鳩也〔四〕。故賦云春鳴。《野客叢書》以爲「鷹鶻」之鶻，誤矣。

注**《爾雅》曰：鷽斯** 何校「爾」上添「善曰」二字，陳同。下節注「《爾雅》曰」上亦然。爲所引《爾雅》郭注，實薛綜所不及見也。

注**匹鳥** 又**頭尾青黑也** 又**雎，鶻鵃類也** 「匹」當作「雅」。今《爾雅》郭注作「雅鳥」，古文「雅」作「疋」，轉誤爲「匹」耳。六臣本「頭」作「短」，「鶻鵃」作「鳩鵰」，皆是也。

前殿靈臺 六臣本「靈」作「雲」。胡公《考異》曰：此南宫雲臺也，「靈」字蓋傳寫誤，德陽殿東有靈臺，别在下文，薛有注可見。

謻門曲榭 《爾雅·釋宫》「連謂之簃」，「簃」通作「誃」。《説文》「周景王作洛陽誃臺」徐鍇曰：誃臺猶别館也。《趙策》「出誃門」高注：誃，别也。孫氏義鈞曰：《水經注》十六：「洛陽諸宫名曰南宫，有謻臺、臨照臺，《東京賦》謻門即宣陽門也，門内有宣陽、冰室。」是「謻」者「誃」之異體，《説文》止作「誃」，「簃」又「謻」之變體。案《夢溪筆談》云：「歷代宫室有謻門，字訓『謻，别也』，《東京賦》但言别門耳，非有定處也。」《石林燕語》云：「東華門直北有東向門，西與内東門相直，俗謂之誃門而無膀，《東京賦》薛注『誃，曲屈斜行，依城池爲道』，今循東華門牆而北轉，東面爲北門，亦可謂斜行依牆矣。凡宫禁之言，相承必有自也。《集韻》『誃』以爲宫室相連之稱。」是亦無定處矣。

注　**鉤盾，今官**　陳校「今」改「令」，是也，各本皆誤。

九龍之内，實曰嘉德　《困學紀聞》十云：《漢袁良碑》：帝御九龍殿，引對飲宴。《集古録跋》謂：九龍，殿名，惟見於此。按張平子《東京賦》及注云云，非但見於此碑也。

則洪池清籞　注**洪，池名也**　《續漢書·百官志》「鴻池，池名」也。《水經·穀水注》穀水東注鴻池陂，《困學紀聞》三云即洪池。案張載《魏都賦注》引張衡《東京賦》作「淵池清籞」。注中「池」下當重「池」字。

注　**《説文》曰：澮澮，水摇貌也**　下「澮」字衍。今《説文》：澮，水摇也。

注　**《周禮》曰：加籩豆之實**　「曰」字、「豆」字不當有，各本皆衍。

注　**故儉不至陋也**　六臣本無「故」字，是也。

注　**《説文》曰：茅茨，蓋屋也**　今《説文》：茨，以茅葦蓋屋。

八達九房　《後漢書·光武紀》：中元元年，初起明堂、靈臺、辟雍。章懷注引《禮圖》曰：建武三十一年作明堂，上員下方，十二堂法日辰，九室法九州，室八、牕八九七十二法一時之王室，有十二户法陰陽之數。《續漢書·祭祀志》〔五〕劉昭注引《東京賦》曰「復廟重屋，八達九房」，薛綜注曰「八達謂室有八牕也，堂後有九室，所以異於周制也」。《魏書·袁翻傳》亦引《東京賦》薛綜注云「房，室也，謂堂後有九室」。今薛注無此語，蓋袁翻議已駁之，故爲李所删。案三代以上明堂皆五室，《考工記》有明文，鄭注「堂上爲五室，象五行也」，許君《五經異義》引古《周禮》《孝經》説亦云周人明堂五室。惟《大戴禮·盛德》篇曰：「明堂者古有之也，凡九室，一室而有四户八牖，凡三十六户，七十二牖。」《明堂位》正義引鄭君説云：「九室三十六户、七十二牖似秦相吕不韋作《春秋》時説者，蓋非古制也。」《玉藻》正義引鄭君説云：「《孝經·援神契》説宗祀文王於明堂以配上帝，曰明堂者上圓下方，八牕四闥，布政之宫，在國之陽；帝者諦也，象上可承五精之神，五精之神實在太微，於辰爲巳，今漢立明堂於丙巳由此爲也。水木用事交於東北，木火用事交於東南，火土用事交於中央，金土用事交於西南，金水用事交於西北。周人明堂五室、帝一室合於數。」《魏書·袁翻傳》引鄭君説云：「周人明堂五室，是帝各有一室也，合於五行之數，《周禮》依數以爲之室，施行於今〔六〕，雖有不同，時説炳然，本制著存。」又《李謐傳》引鄭君説云：「五室之位，土居中，木火金水各居四維。」《藝文類聚》三十八引《三禮圖》云：「明堂者，周制五室，東爲木室，南火西金北水，土在其中，秦爲九室十二階，各有所居。」與鄭説合。然則周以前五室無可疑，《大戴禮》所云爲漢制亦無可疑也。《續漢志》注又引《新論》曰：「天稱明，故曰明堂。上圓象天，下方法地，八牕法八風，四達法四時，九室法九州，十二坐法十二月，三十六户法三十六雨，七十二牖法七十二風。」蔡邕《明堂月令論》曰：「八闥以象八卦，九室以象九州，十二宫以應辰，三十六户、七十二牖以四户八牖乘九室之數也。」此亦專言漢制，足與薛注相證。

注 **言頒政賦教，常**　六臣本無「教」字，是也。

造舟清池　注 **以舟相比次爲橋也**　《方言》「艁舟謂之浮梁」，郭注「即今浮橋」。《説文》：艁，古文「造」。《爾雅》「天子造舟」，李巡注「比其舟而渡曰造舟」，釋文引《郭氏圖》云「天子并七船」。

左制辟雍，右立靈臺　《隋書·牛弘傳》云《東京賦》注引《黄圖》曰「大司徒宫奏曰：明堂、辟雍其實一也」。此當係薛注，爲李所删。

注 **謂於其上班教令者曰明堂，大合樂射鄉者曰辟雍**　《續漢書·禮儀志》注引薛注「於」作「之」，無「令」字，「鄉」作「饗」。

注 **《尸子》曰：治國有四術：一忠愛，二無私，三用賢，四簡能**　《太平御覽·皇王部》引《尸子》曰：治天下有四術：一曰忠愛，二曰無私，三曰用賢，四曰度量。與此注所引異。

注 **鄭玄《周禮》曰**　何校「禮」下添「注」字，陳同，各本皆脱。

於是孟春元日　注 **正月一日**　王氏引之曰：元日，善日也，吉日也。《王制》「元日習射上功，習鄉上齒」，正義以元日爲善日。《月令》「孟春，天子乃以元日祈穀于上帝」，盧植、蔡邕并曰「元，善也」，鄭注曰「謂以上辛郊祭天」，上辛謂上旬之辛，不必在朔也。「仲春，擇元日命民社」，注曰「祀社用甲申日」，亦不必在朔也。《太平御覽·時序部》引《尚書大傳》曰「上日元日」，亦謂上旬之善日，非謂朔日。自張衡《東京賦》始以元日爲朔日，而漢以前無之。

注 **綜曰** 朱氏珔曰：篇内凡未標「善曰」即皆綜語，不應獨此處出「綜曰」字，蓋誤衍。

注 **魏相上封曰** 何校「封」下添「事」字，各本皆脱。

注 **萬邦黎獻** 何、陳校「萬」上添「尚書曰」三字，各本皆脱。

當覲乎殿下者 六臣本「乎」作「於」。

注 **韋昭曰九賓，則《周禮》曰** 「則」當作「即」。

注 **作劍鎝者** 孫氏義鈞曰：《説文》《玉篇》無「鎝」字。姜氏皋曰：「劍鎝」他無所證，考《説文》「業，大版也，所以飾縣鐘鼓，捷業如鋸齒，以白畫之，象其鉏鋙相承也」，疑劍鎝二字爲「鉏鋙」之譌。

注 **庭，朝廷** 六臣本「廷」作「也」。

注 **謂有雕飭也** 六臣本「飭」作「飾」。

左右玉几而南面以聽矣 六臣本「几」下有「穆穆」二字。孫氏志祖曰：下文「穆穆焉，皇皇焉」又「穆穆之禮殫」注兩引《禮記》「天子穆穆」，此處無注，則善本應無「穆穆」二字。《漢書》淮南王安《諫伐閩越書》云：負黼扆，憑玉几，南面聽斷。

注 **百辟其刑之** 何校「百」上添「毛詩曰」，陳同，各本皆脱。

登自東除　六臣本「除」作「塗」。

訪萬機　注**《尚書》曰一日二日萬幾，言幾微之事**　尤本注二「幾」字亦作「機」。案「萬幾」作「機」，見《漢書·王嘉傳》。

注**今憂恤之也**　陳校「今」改「令」，是也，各本皆誤。

注**不與被堯舜之澤者，若已推而納之於溝中也**　今《孟子》「不」字上有「有」字，「納」作「内」，無「於」字、「也」字。

注**《毛詩》曰：不敢追遑**　「追」當作「息」，各本皆誤。

發京倉　注**京，大也**　何曰：「京倉」與「禁財」對舉，蓋京師之倉。按注訓「禁」爲「藏」，亦虚字，則「京倉」引《詩》「坻京」正合。何説非也。

注**《毛詩》曰：牲牢饔餼**　「詩」下當有「序」字，各本皆脱。

已事而踆　注**有司已事而踆。踆與竣同也**　今《齊語》「有司已於事而竣」，韋注「竣，退伏也」，《爾雅·釋言》注引作「逡」，音義并通。

懋乾乾　五臣「懋」作「茂」，良注可證。

注**《老子》曰：爲而不持，長而不宰**　六臣本無「而不持長」四字。今《老子》「持」作「恃」。

注**招，明也。有道**　「明也」二字似衍。

注《周易》曰 又王肅云 至委積之貌也 何曰：綜以赤烏六年卒，安得見王肅注？案此必李注，「周易」上脱「善曰」二字耳。本書《謝平原内史表》注及《演連珠》注并引王肅語與此同可證。

注《墨子》曰：古者，聖王惟能審以尚同，是故上下通情 今本《墨子·尚同》篇作「故古者惟而以尚同，以爲正長，是上下情請爲通」。字多脱衍，當據此增删。

曰：允矣，天子者也 六臣本無「者」字。

乃整法服，正冕帶 《後漢書·明帝紀》永平二年「宗祀光武皇帝於明堂，帝及公卿列侯始服冠冕、衣裳、玉佩、絇屨〔七〕以行事」，章懷注引董巴《輿服志》「顯宗初服冕衣裳以祀天地」，又引徐廣《車服注》「漢明帝案古禮備其服章」。《續漢書·輿服志》：永平二年初詔有司采《周官》《禮記》、《尚書·皋陶》篇，乘輿服從歐陽氏説，公卿以下從大小夏侯説。

珩紞紘綖 林先生曰：「珩」當作「衡」，衡所以維持冠，若珩則所佩之玉矣，當從《左傳》。謹按：賦引作「珩」，李注引《左傳》亦作「珩」，蓋衡必用玉。《周禮》「追師掌王后之首服，爲副、編、次，追衡、笄」，鄭司農注「衡笄皆以玉爲之」是也。本書《思玄賦》「雜技藝以爲珩」李注云「珩」與「衡」音義同，此故以「衡」作「珩」。

注琪如綦 胡公《考異》曰：「如」上當有「讀」字，各本皆脱。按《周禮·弁師》「王之皮弁會五采玉堪」，鄭司農注云「沛國人謂堪讀如綦，車轂之綦」，玄謂琪讀如「薄借綦」之綦，釋文云「堪本作琪」。

注　**如雲飛也**　《續漢書・輿服志》注引薛注作「如雲龍矣」。

六玄虬之奕奕　注《**甘泉賦**》**曰：六玄虬**　金氏甡曰：《甘泉賦》「六素虬」，玄素既不相合，當推本於《上林》之「六玉虬」也。

注　**當顱刻金爲之**　陳曰「當」上脱「鍚」字，是也，各本皆脱。按《周禮・巾車》注：鍚，馬面當盧刻金爲之，所謂鏤鍚也。是「當」字上并應有「鄭玄曰鍚馬面」六字。《續漢書・輿服志》注亦引鄭説可證。

注　**以五寸鐵鏤鍚**　陳曰「鍚」字疑衍。按「鏤」字亦疑衍，此當因《輿服志》「象鑣鏤鍚，金鍐方釳」之文而誤也。

注　**《毛詩》曰：鑾聲噦噦，和鈴鉠鉠**　案「鑾」，今《詩》作「鸞」。《説文》「鑾」字注云：鈴，象鸞鳥之聲。崔豹《古今注》云：鸞口銜鈴，故謂之鑾。是「鑾」正從「鸞」得義。《毛詩》凡「鑾」字皆作「鸞」。「鉠鉠」今《詩》作「央央」，亦以同聲通用。又毛氏《詩傳》：在軾曰和，在鑣曰鸞。《韓詩內傳》：鸞在衡，和在軾。《周禮・大馭》注、《禮記・經解》注、《吕覽・孟春》注、《後漢・班彪傳》注皆同。《左氏・桓二年傳》服注、杜注并云：鸞在鑣，和在衡。《敬齋古今黈》云：軾乃車内所憑之物，和在於軾，車動未必能鳴，衡軛之間，與馬相比，動則有聲。當以服、杜説爲正。

重輪貳轄，疏轂飛軨 《續漢書·輿服志》「乘輿、金根、安車、立車，輪皆朱班重牙，貳轂兩轄」，又「重牙班輪，升龍飛軨」。

注 **蔡雍《獨斷》曰** 陳曰：此注及下注凡三引蔡雍説，其上疑并脱「善曰」二字，以「然重輪即重轂」語觀之，自是李氏文體，與薛注不類。胡公《考異》曰：當以正文「重輪貳轄」别爲節，而注「善曰」至「重轂也」於下。

注 **飛軨，以緹紬廣八尺，長柱地……繫軸頭** 《續漢書·輿服志》注引薛注「尺」作「寸」、「柱」作「注」，段校「紬」改「油」，皆是。

注 **取兩邊飾** 段校云四字《後漢書》無。

順時服而設副 「副」字應作「福」，説詳《西京賦》。《續漢書·輿服志》：「乘輿、金根是爲德車。五時車，安、立亦皆如之，各如方色，馬亦如之。所御駕六，餘皆駕四，後從爲副車。」蔡邕《獨斷》云：五路之外，復設五色安車、立車各一乘，皆駕四馬，是爲五時副車。惠氏棟曰：臧榮緒《晉書·鹵簿志》：青立車、青安車、赤立車、赤安車、黄立車、黄安車、白立車、白安車、黑立車、黑安車，合十乘，并駕駟，建旗十二，如車色。

注 **五時之服，各隨其車** 林先生曰：漢制五時變服，《禮儀志》：立春京師百官衣青，立夏衣赤，先立秋十八日衣黄，立秋衣白，立冬衣皂，迎氣衣絳，求雨衣皂。《漢雜事》曰：高祖時，令群臣議天子所服，謁者趙堯舉春、李舜舉夏、兒湯舉秋、貢禹舉冬。

注 **謂木勾矛戟也** 又 **農輿無蓋** 又 **言耕稼於籍田** 《續漢書·輿服志》注引薛注無「木」字，「矛戟」作「孑戟」，「無蓋」作「三蓋」，恐此有衍誤。又「言耕稼於籍田」作「東耕于籍」，亦小異。

注 **副車曰屬，言相連也屬** 「也屬」當作「屬也」，各本皆倒。《續漢書·輿服志》注引薛注作「屬之言相連屬也」可證。

注 **《説文》曰：琿，車蘭間皮筐，以安其弩也** 今《説文·玨部》「琿」字注云：車笭間皮篋，古者使奉玉以藏之，讀與服同。按「以安其弩也」應是李説，以訓琿弩之義，非《説文》本文。「車蘭間」「蘭」字當是「籣」字。《説文》：籣，所以盛弩矢。是李之參綜《説文》而爲注也。

鸞旗皮軒，通帛綪旆 五臣「鸞」作「鑾」，「綪」作「蒨」。銑注可證。

闟戟轇輵 五臣「闟」作「鈒」，向注可證。《續漢書·輿服志》「鳳凰闟戟」注引薛注「闟之言函也，取四戟函車邊」，今注無之。

注 **《説文》曰：斿，旍施流也** 朱氏珔曰：「今《説文》無斿字，惟游字云旌旗之流也，與此異。游或省作斿耳。流，《集韻》《類篇》作旒，俗字也。」姜氏皋曰：《説文》游字、⿰方攸字皆曰旌旗之流也。⿰方攸，《集韻》同「斿」，《周禮》及《考工記》已有斿字。《匡謬正俗》云：斿者旌旗之斿，字从㫃，訓與旒同。《詩·長發》「爲下國綴旒」，箋「旒，旗之垂者也」，釋文「旒本又作流」。是斿、旒皆通。

注**後宮蒲梢**　陳校「後」上添「漢書曰」三字，各本皆脱。

注**謂北軍五營兵**　張氏雲璈曰：五營謂長水、步兵、射聲、胡騎、車騎等五營校尉也。見《後漢書·順帝紀》注。

注**隤銅丸以摑鼓**　何校「摑」改「擿」，是也，各本皆誤。

旆已反乎郊畛　五臣「反」作「迴」，濟注可證。

爰敬恭於明神　注《**毛詩**》**曰：恭敬明神也**　六臣本「敬恭」作「恭敬」。案《詩·雲漢》篇「敬恭明神」，此引誤倒。《詩》釋文「明祀，本或作明神」，考鄭箋「肅事明神如是，明神宜不恨怒於我」云云，「恨怒」正承「明神」言之，若作「明祀」則「恨怒」字不可通（八）。本書《答張士然》詩注引作「明祀」，或别有一本。臧氏鏞堂謂「『明祀』承上『祈年方社』言之，『明神』字涉箋而誤，張賦易字以韻句」，亦一偏之見也。

注《**論語**》**曰：惡衣服而致美於黻冕，菲飲食而致孝於鬼神**　此引《論語》文倒，然《尚書·大禹謨》正義引亦作「惡衣服」「菲飲食」「卑宫室」。今《論語》「於」皆作「乎」。

注《**毛詩**》**：鼓鼘鼘**　案今《詩》作「鼓咽咽」，釋文：本又作鼘。

列舞八佾　林先生曰：《後漢書·東平王蒼傳》：中興三十餘年，蒼與公卿議定光武廟八佾舞數。

致高煙乎太一　六臣本「乎」作「於」。林先生曰：《漢書》「惟泰元尊，媪神蕃釐」，師古注：「泰元，天也；媪神，地也。」吴氏仁傑曰：「泰元者泰一也，泰一與天地并，而非天也。《郊祀志》載天子祠三一，天一、地一、泰一；媪神之媪作熅，熅神者鬱煙以祀神，《東京賦》所謂致高煙乎泰一是已。《禮》祭天以煙爲歆神始〔九〕，祀泰一之禮同於祀天，故『燎熏皇天，皐搖泰一』并舉之云。」按《郊祀志》「亳人謬忌奏祠泰一方，曰：天神貴者泰一，泰一佐曰五帝。古者天子以春秋祭泰一東南郊」「五年十一月癸未始立泰一祠於甘泉」，泰一即太一也。朱氏珔曰：《周禮·大宗伯》「禋祀」鄭注：禋之言煙，周人尚臭，煙氣之臭聞者。《尚書》「禋于六宗」，《大傳》「禋」作「煙」，袁準《正論》曰禋者煙氣烟熅也。是「禋」與「煙」義通，故此處言「高煙」而注未之及。

注**《説文》曰：致，送也**　今《説文》：致，送詣也。

感物曾思　朱氏珔曰：「曾」與「增」通。《孟子》「曾益其所不能」，《荀子注》「曾」作「增」。又《孟子音義》引丁音云：依注「曾」讀當作「增」，依字訓義亦通也。故《離騷》「曾歔欷余鬱邑兮」注：曾，累也。《廣雅·釋詁》亦曰：增，累也。此「曾思」蓋謂「增思」，注闕讀。

注**《廣雅》曰：蒸蒸，孝也**　胡公《考異》曰：「廣雅曰」三字不當有，此非薛注所得引，乃或記於旁而竄入者。

注**《尚書》曰：虞舜蒸蒸**　此撮舉《書》詞。今《書》作「烝烝」。漢人多讀「烝烝」爲句。《孔傳》連下「乂」字句絶，非也。

躬追養於廟祧　六臣本「廟」作「宗」。

注 **鄭玄曰《周禮注》曰：毛炰者，豚胉去其毛** 又**飲食之豆，其實豚胉。杜子春曰：以胉爲膊** 胡公《考異》曰：「周」上衍「曰」字，「者豚」當作「豚者」，「胉」當作「爓」，此所引《地官·封人》注。「飲食」當作「饋食」，此所引《天官·醢人》文。「春」下「曰」字亦衍。今《周禮》「豚胉」作「豚拍」。

注 **太史順時視土** 「視」當作「覛」，各本皆誤。

乘鑾輅而駕蒼龍 注 **有鑾和之飾** 《續漢書·輿服志》注引《東京賦》云「鸞輅蒼龍」賀循曰：春獨鸞路者，鸞鳳類而色青，故以名春路也。按「鸞」古通作「鑾」，鑾、和皆鈴也。本書《上林賦》「鳴玉鸞」郭注：鸞，鈴也。賀循語聊備一説耳。

介馭間以剡耜 注 **天子車，帝在左，御在中，介處右** 《續漢書·輿服志》注引薛注：耜，耒金也，廣五寸，著耒端而載之，天子車參乘，帝在左，御在中，介處右，以耒置御之右。與此注小異。

修帝籍之千畝 《説文》：耤，从耒，借聲。案韋昭《國語注》「耤，借也，借民力爲之」，則從竹者非矣。

注 **《東觀漢記》曰：永明四年** 「永明」當作「永平」。下文「執鑾刀以祖割」李注引《東觀漢記》「永明二年詔曰」，又「致恭祀乎高祖」李注引《東觀漢記》「永明二年十月」，二「明」字亦當作「平」。

注 **禘郊，謂祭天於南郊也**　朱氏珔曰：《國語》「禘郊不過繭栗」，故此以禘郊皆謂祭天，薛氏蓋猶知用鄭君説而不從王肅。

感懋力以耘耔　何曰「感」疑「咸」。案六臣本作「感」，又一别本作「咸」，恐是李本作「感」、五臣本作「咸」。

宫懸金鏞　注 **以施設懸之宫中也**　按此承上言「合射辟雍」，則非在宫中，李注引《周禮》「王宫縣」是也。

并夾既設　六臣本「設」作「飾」。

注 **皇輿夙駕**　何、陳校「皇輿」改「星言」，各本皆誤。

以須消啟明　楊氏慎曰：「以須」二字，當連上「東階」爲句。

注 **何休《公羊傳》曰**　何校「傳」下添「注」字。

注 **《毛詩》曰：決拾既次**　案今《詩》「次」作「佽」，《毛詩傳》「佽，利也」，宜加人傍。然《周禮·繕人》注引已作「次」，蓋以同聲通用。

滌饕餮之貪欲　金氏甡曰：薛注於《射義》未切，《困學紀聞》謂：「《儀禮·鄉射》《燕禮》并有『豐』，注『豐，形似豆而卑』，《三禮圖》云『罰爵，作人形。豐，國名，坐酒亡國，戴盂戒酒』。崔駰《酒箴》：豐侯沈酒，荷罌負缶，自戮於世，圖形戒後。」賦意或取諸此。姜氏皋曰：薛尚功《鐘鼎款識》於《饕餮鼎》論云：縉雲氏有不才子，貪于飲食，冒于貨賄，天下之人謂之饕餮。古者鑄鼎象物以知神姦，鼎有此象蓋示飲食之戒云。《宣和博古圖》商周鼎尊卣觶之屬，爲饕餮之形者凡二十有八，亦義存乎戒。若豐侯之事不足信，亦於饕餮之義無關也。

日月會於龍狵　六臣本、毛本「狵」并作「⿰豕尨」。顧氏千里曰：《説文》無狵字，亦無⿰豕尨字。《廣韻·五十候》作⿰豕尨。今《楚語》「龍⿰豕尨」，韋注「⿰豕尨，龍尾也」，皆作⿰豕尨。《集韻·四覺》〔十〕云「⿰豕尨、狵、豝，龍尾，或從犬，通作豚」，下引《廣雅》「臀也」。考此賦薛注「尾也」，與《廣雅》之「豚」義正同。作「⿰豕尨」爲是。

注 **春酒惟淳**　何校改作「爲此春酒」。案上「春醴惟醇」句李已引「爲此春酒」，此必校者旁注因復竄入也。

注 **《毛詩》曰：執其鑾刀**　今《詩》「鑾」作「鸞」。按鸞、鑾通。《禮記·經解》注：鸞、和皆鈴也。《周禮·大馭》注：鑾在衡，和在軾，皆以金爲鈴。《公羊·宣十二年傳》「右執鸞刀」注「環有和，鋒有鸞」，是鸞刀即鑾刀也。

示民不偷　注 **視民不佻**　今《詩》作「視民不恌」，鄭箋「視，古示字也」，孔疏云：「古之字以目視物，以物示人同作視字。後世字異，視物作示旁見、示人物作單示字。由是經傳之中視與示字多相雜亂。此云視民不恌，謂以先王之德音示下民，當作單示字。而作視字是其與今字異義，故鄭辨之。」《漢書·高紀》「視項羽無東意」，《史記》「視」作「示」，師古曰：《漢書》多以「視」爲「示」，古字通用。然則賦之「示民」正合于古。《爾雅·釋言》「佻，偷也」與注引毛傳同，邵氏晉涵曰：「《小雅·鹿鳴》毛傳『恌，愉也』，二字皆從心，今本《爾雅》俱从人。《說文》徐鍇本引《詩》作『不佻』。佻，愉；愉，薄也。佻字从人，愉字从心，當從之。《左氏·昭十年傳》『佻之謂甚矣』疏引李巡云『佻，偷薄之偷也』，《論語》『則民不偷』包咸曰『不偷，薄也』，俱訓爲薄。」《說文·人部》「佻，愉也」，段注云：「偷者，愉之俗字。今人曰偷薄、曰偷盜，皆从人作偷，他侯切；而愉字訓爲愉悅，羊朱切。此今義今音今形，非古義古音古形也，古無从人之偷。愉訓薄，音他侯反。愉愉，和氣之薄發于色也。盜者，澆薄之至也。偷盜字古只作愉。」又《心部》注云：「偷字絶非古字，許書所無。」然自《山有樞》鄭箋云「愉讀爲偷，偷取也」，則亦不可謂其字不古矣。

注 **先期，謂期曰**　六臣本無「謂期」二字，是也。

注 **囿，謂集禽獸于靈囿之中**　胡公《考異》曰：上「囿」字不當有。

注 **《禮》曰：告備於王**　「禮」上當有「周」字，此所引「小宗伯」職文。

撫輕軒　《續漢書·輿服志》云：輕車，古之戰車也。洞朱輪輿，不巾不蓋，建矛戟幢麾，𨎌輒弩箙。《孫吳兵法》云：有巾有蓋謂之武剛車，武剛車者爲先驅又爲屬車，輕車爲後殿焉。

中畋四牡　林先生曰：《左傳》「渾良夫乘衷甸兩牡」，衷甸者，一轅車也，《說文》引作「中畋」，「畋」與「甸」同，薛注以爲「調良馬」恐非。謹按：《左氏·哀十七年傳》「乘衷甸」，孔疏「甸即乘也，四丘爲佃，出車一乘，故以佃爲名」也、「蓋四馬爲上乘，二馬爲中乘」也。《説文·人部》：佃，中也，《春秋傳》曰「乘中佃」，一轅車也。

牙旗繽紛 注**兵書曰：牙旗者，將軍之旌。謂天子出，建大牙旗，竿上以象牙飾之，故云牙旗** 姜氏皋曰：《周禮·司常》鄭注云「巡守、兵車之會，王乘戎路，皆建其太常」，《三禮集注》云「旌旗之杠皆注旄與羽於竿首，故夏采注以旄牛尾綴於橦上，阮氏、梁正等圖旗首爲金龍頭」，并無用象牙爲飾之説。《後漢書·袁紹傳》「拔其牙門」，章懷注引《真人水鏡經》云：「『凡軍始出，立牙竿，必令完堅，若有折，將軍不利。』牙門旗竿，軍之精也，即《周禮》司常職云『軍旅會同置旌門』〔十二〕是也。」此當爲「牙旗」之的注。

迄上林，結徒營 六臣本作「迄于上林，結徒爲營」，是也。《匡謬正俗》引同。此傳寫偶脱耳。

次和樹表 注**和，軍之正門爲和也。表，門表也** 此薛注也，《匡謬正俗》引「次」作「叙」。李注引《周禮》「以旌爲左右和門」下尚有「群吏各帥其車徒以叙和出，左右陳車徒」句，鄭注：「軍門曰和，今謂之壘門，立兩旌以爲之。叙和出，用次第出和門也。左右，或出而左，或出而右也。」惠氏士奇曰：《戰國策》「韓、齊、魏共攻燕，魏軍其西、齊軍其東，楚軍不得還，景陽乃開西和門〔十二〕，通使於魏」，是軍門有東西和也；《韓非子》「李悝與秦人戰，謂左和曰：速上，右和已上矣。又馳而至右和曰：左和已上矣」，左右和争上，是軍壘有左右和也；《唐禮》「仲冬講武，四出爲和門，建旗爲之〔十三〕，如其方色」，是軍之四面皆有和門也，《東京賦》注「軍之正門」失之。按：孔疏謂軍門曰和者，《左傳》云「師克在和不在衆」，故其門曰和門；曰樹表者，《周禮》「虞人萊所田之野爲表〔十四〕。百步則一，爲三表。又五十步爲一表。田之日，司馬建旗于後表中」，鄭注「表，所以識正行列也」。賦言田獵似宜引此，薛注但云「門表也」亦非。

注《毛詩》曰：火列具舉　今《詩》「列」作「烈」。案鄭箋「列人持火俱舉」，故「烈」可作「列」也。

軌塵掩远　《説文》：远，獸迹也。《廣雅·釋詁》：远，迹也。

注鴈、鶂、鵠、雉、鳩、鴿也　今《周禮注》有「鶂」無「鵠」，此「鵠」字恐誤。

注《列女傳》曰：好奢必樂，窮樂者亂之所興　「必」下亦當有「窮」字。今《列女傳》作「樂色必好奢，窮欲亂之所興也」。與此小異。

注《吕氏春秋》曰：湯見罔置四面，湯拔其三面　又欲高者高，欲下者下　又湯德至禽獸，三十國歸之　今《吕氏春秋·異用》篇「拔」作「收」，校云「收一作放」。又「欲高者高」上有「欲左者左，欲右者右」八字不宜删。又「至」作「及」、「三十」作「四十」。

注《史記》曰：所獲非龍非彲，非虎非羆　本書《答賓戲》注引《史記》作「非龍非虎，非熊非羆」。《後漢書·崔駰傳》注引《史記》作「非龍非螭，非熊非羆」。按今《史記·齊世家》作「非虎非羆」，獨無「非熊」字。古人述此事，皆兼舉熊羆，并有單舉非熊者，知今本《史記》作「非虎非羆」誤，而此注所引亦有誤也。又案《六韜》亦作「非熊非羆」，説詳後《非有先生論》。

薄狩于敖　注《詩》曰：建旐設旄，薄獸于敖　按注「獸」字當作「狩」。此後人依今本《毛詩》改也。如注引作「獸」，下當云「獸與狩同」矣。臧氏琳曰：《水經》「濟水又東逕敖山北」，酈注云《詩》所謂「薄狩于敖」者，據此知古本《詩經》作「薄狩于敖」。然狩、獸古字通。《書序》：「武王伐殷，往伐歸獸，識其政事，作《武成》。」《史記·周本紀》云：「罷兵西歸〔十五〕，行狩，記政事，作《武成》。」是司馬子長以「獸」爲「狩」矣。考《唐石經》作「搏獸于敖」，釋文云「搏獸音博，舊音傅」，是釋文亦作「搏獸」；正義云「往搏取禽獸於敖地」，是孔氏亦作「搏獸」也。

注**成王有岐陽之蒐**　何校去「王」字，是也。

校記

〔一〕示以宮室積聚　「示」原作「亦」，據孫志祖《文選李注補正》卷一、《史記·秦本紀》改。

〔二〕說文悝謿也云云　徐鍇《繫傳》本「謿」，大徐本、段注本作「啁」，段注：啁即嘲，悝即詼。

〔三〕總章西向堂也　「堂」原作「室」，據《呂氏春秋·孟秋紀》高誘注、《淮南子·時則訓》許慎注改。

〔四〕小種鳩也　「鳩」原作「鳥」，據《爾雅正義·釋鳥》《經典釋文·詩·小宛》改。

〔五〕續漢書祭祀志　「祭」原作「郊」，據《後漢書》改。

〔六〕施行於今　《魏書》《北史·賈思伯傳》「施」，《魏書·袁翻傳》作「德」。

〔七〕絇屨　「絇」原作「鉤」，據《後漢書·明帝紀》改。

〔八〕恨怒字不可通　「恨」原作「悔」，據上文改。下文「臧氏鏞堂謂」當移上文「考鄭箋」上，語見《經義雜記》卷二三：「余案箋云『肅事明神如是，明神宜不悔怒于於我』，則下文『宜無悔怒』正承此『明神』言之，若言『明祀』，『無悔怒』似不可通。」案《詩·大雅·雲漢》「宜無悔怒」，鄭箋「宜不恨怒於我」，臧琳誤改鄭箋從正文，此既改回鄭箋，却改二遺一，致歧异錯出。

〔九〕祭天以煙爲歆神始　「爲」據吴仁傑《兩漢刊誤補遺》卷四、《禮記·郊特牲》孔疏補。

〔十〕集韻四覺　「覺」原作「角」，據《集韻》卷九改。

〔十一〕軍旅會同置旌門　《周禮·春官·司常》作「凡祭祀，各建其旗，會同賓客亦如之，置旌門」。

〔十二〕景陽乃開西和門　「開」原作「門」，據惠士奇《禮説》卷十、《戰國策·燕策三》改。

〔十三〕建旗爲之　「旗」原作「樹」，據惠士奇《禮説》卷十、《大唐開元禮》卷八五、《通典》一三二等改。

〔十四〕虞人萊所田之野爲表　「野」原作「表」，據《周禮·夏官·大司馬》改。

〔十五〕罷兵西歸　「西」原作「而」，臧琳《經義雜記》卷二二引誤，據《史記·周本紀》改。

文選旁證卷第五

文選卷三下

東京賦下

爾乃卒歲大儺 注《漢舊儀》曰：昔顓頊氏之有三子，已而爲疫鬼。一居江水爲瘧鬼；一居若水爲罔兩蜮鬼；一居人宫室區隅，善驚人，爲小鬼。於是以歲十二月，使方相氏蒙虎皮，黄金四目，玄衣丹裳，執戈持盾 《太平御覽·禮儀部九》引《禮緯稽命徵》文與此略同。惟「罔兩」下無蜮字，「驚人」下多「小兒」二字，無「爲小鬼」三字，「歲」上有「正」字，「虎皮」作「熊皮」，「丹裳」作「纁裳」，「持盾」作「揚盾」。《續漢書·禮儀志》引「已」作「亡」，「區隅」下有「漚庾」二字。

注**侲子，童男童女也** 《續漢書·禮儀志》注引薛注：侲之言善，善童，幼子也。

剛癉必斃 何曰：《漢書·王莽傳》晉灼注曰：《剛卯銘》曰：庶役剛癉，莫我敢當。

煌火馳而星流 注**煌，火光也。馳，競也** 《續漢書·志》注引《東京賦》注：「煌，火光。逐，驚走。煌然火光如星馳。」與此小異。

注《續漢書》曰：儺持火炬，送疫出端門外，騶騎傳炬出宮，五營騎士傳火棄洛水中　《續漢書·志》「端門」下重「門」字，「騶」作「騶」，「出宮」下多「司馬闕門門外」六字。

凌天池，絶飛梁　《續漢書·志》注引《東京賦》注云：「衛士千人在端門外，五營千騎在衛士外，爲三部，更送至雒水，凡三輩，逐鬼投雒水中，仍上天池，絶其橋梁，使不得度還。」今注無之。

斮獝狂，斬蜲蛇　注獝狂，惡戾之鬼名　《續漢書·志》注「蜲」作「委」，又引《東京賦》注作「獝狂，惡鬼」，又引注「委蛇，大如車轂」，今注無之。

囚耕父於清泠，溺女魃於神潢　《續漢書·志》注引《東京賦》注：「耕父、女魃皆旱鬼惡水，故因溺於水中，使不能爲害。」今注無之。《説文繫傳》「妭」字引此作「女妭」。

注清泠，水名，在南陽西鄂山上　《續漢書·郡國志·南陽郡西鄂》注引《山海經》郭注「清泠水在西鄂縣山上」，《莊子》釋文引《山海經》云「在江南，一云在南陽郡西鄂山下」，蓋亦郭注語。今《中山經》注作「清泠水在西虢郊縣山上」，「虢郊」二字當爲「鄂」字誤衍。《吕氏春秋·離俗》篇「自投于蒼領之淵」，高注：「『蒼領』或作『清泠』」。

注神潢，亦水名，未知所在　姜氏皋曰：《山海經》：蚩尤作兵伐黄帝，黄帝乃命應龍攻之冀州之野，應龍畜水，蚩尤請風伯雨師縱大風雨，黄帝乃下天女曰魃，雨止遂殺蚩尤，魃不得上，所居不雨，叔均言之帝，後置之赤水之北。吴氏任臣《山海經廣注》云《魏書》「昌意之裔始均逐女魃于弱水之北」，又《大荒西經》「西海之南，赤水之後，黑水之前，有大山名曰昆侖之丘，其下有弱水環之」，是弱水與赤水相近。《水經》酈注以崑崙之丹水、河水、赤水、洋水四水爲帝之神泉，其即「神潢」之説與？

殘夔魖與罔像 注**夔，木石之怪，如龍有角，鱗甲光如日月，見則其邑大旱** 又**罔像，木石之怪** 六臣本「像」作「象」，是也，《續漢書·志》注引亦作「象」。案《山海經·大荒東經》：流波山有獸，狀如牛，蒼身而無角，一足出入水則必風雨，其光如日月，其聲如雷，其名曰夔。又《説文》云：夔，神魖也，如龍，一足，从夊，象有角、手、人面之形。其説夔，皆與此小異。又案《魯語》水之怪曰龍罔象，而此注以罔象爲亦「木石之怪」，未知其審。

殪野仲而殲游光 注**野仲、游光，惡鬼也。兄弟八人，常在人間作怪害** 郝氏懿行《山海經補注》云：《山海經》羽民國「有神人二八，連臂，爲帝司夜於此野」，疑即《東京賦》之野仲、游光也。野仲、游光二人兄弟各八人，正合二八之數。

况鬾蟚與畢方 注**畢方，老父神，如鳥兩足一翼者，常銜火在人家作怪災也** 六臣本「鳥」作「烏」。按「兩足一翼」當作「一足兩翼」。《山海經·西山經》：章莪之山有鳥焉，其狀如鶴，一足，赤文青質而白喙，名曰畢方，其鳴自叫也，見則其邑有譌火。《淮南子·氾論訓》「木生畢方」高注：畢方，木之精也，狀如鳥，青色，赤腳，一足。

度朔作梗　注**謂爲人作梗病者**　王氏觀國《學林》云：「《戰國策》言土偶人與桃梗語，桃梗即木偶人。謂之梗者，削桃爲人形，以其粗爲人形，大略而已。李注以梗爲病，誤。」孫氏義鈞曰：《續漢書·禮儀志》「設桃梗」注「梗者更也，歲終更始，受介祉也」，是又一解。倪氏思寬曰：作梗當即百鬼無道理妄爲人禍害之意，不然善、向之注并引《風俗通》神荼故事，桃梗云云即在其下，豈有不見而舍此取彼者？古人注書蓋自有斟酌也。

注**《左氏傳》曰：先王卜征五年，而歲卜其祥**　案此爲《襄十三年傳》文。下「卜」字當作「習」。

注**《毛詩》曰：終然允臧**　今本《毛詩》「然」皆作「焉」，惟《唐石經》作「然」。

注**至於岱宗，柴**　六臣本無「柴」字。

注**謀恒寒若**　六臣本、毛本「謀」并作「急」，是也。

注**豫恒燠若**　案「豫」當作「舒」。今《書》作「豫」，孔疏云鄭、王本作「舒」。而《史記》《漢書》及各史志引多作「舒」。此正文作「舒」，注如作「豫」當云「豫與舒通」，既無此語，知亦作「舒」矣。

注**《毛詩》曰：豐年多稌**　「多稌」上應添「多黍」二字。

行致賚于九扈　注**春扈頒鶥**　六臣本「行」作「勤」，「頒」作「鳻」，是也。

左瞰暘谷　胡公《考異》曰：「暘」當作「湯」，注同，《蜀都賦》「汩若湯谷之揚濤」注云「湯谷已見《東京賦》」即指此，可證也。《吳都賦》「包湯谷之滂沛」，善「湯」五臣「暘」，此賦亦然。朱氏珔曰：

《西京賦》注引《楚辭》作陽谷，與《說文·土部》、《後漢書》注并同。彼處及此兩引《淮南子》作暘谷，蓋本之《尚書》。《說文·日部》引書亦作暘。今《淮南·天文訓》《墬形訓》皆作暘谷。但《史記索隱》云暘谷舊本作湯谷，《淮南子》「日出湯谷，浴於咸池」，則「湯谷」亦有他證明矣。據此是舊本《淮南》固作「湯谷」也，《論衡·說日》篇亦作「湯谷」，乃相傳之各異耳。《蜀都賦》注引《淮南》作「湯谷」，無「已見《東京賦》」語。

圉林氏之騶虞　注**林氏，山名也**　案：林氏，國名，《逸周書·史記解》曰「昔有林氏召離戎之君而朝之」即此國。又《六韜》「紂囚文王，閎夭之徒詣林氏國求得騶虞獸獻之」，此賦語似本此。

注**《山海經》曰：丹穴之山有鳥焉，其狀如鵠，五采，名曰鳳皇。是鳥也，飲食自歌自舞**　今《南山經》「鵠」作「鷄」，「食」下有「自然」二字。本書顏延年《贈王太常》詩注引又作「鶴」，說詳彼。

植華平於春圃，豐朱草於中唐　先通奉公曰：《東觀漢紀》「章帝時，華苹朱草連理，日月不絕，載于史官，不可勝紀」可入此注。

惠風廣被　《魏都賦》注引「廣被」作「橫被」。案《西都賦》「橫被六合」，《聖主得賢臣頌》「橫被無窮」，孫氏義鈞曰：古光、黃同部，故偏旁字多通用，如《尚書》「光被四表」亦作「橫被四表」也。

注**《說文》曰：譯，傳四夷之語者**　今《說文》：譯，傳譯四夷之言者。

注**禹拜稽首，四夷來王**　今《尚書》二句不相連屬。

思仲尼之克己，履老氏之常足　林先生曰：西京尚黄老始於曹參，盛於竇后，故終東漢之世與孔氏并稱。

注《**說文》曰：抵，側擊也**　今《說文》：抵，擠也。

注**不叉蔟取之**　段校云《一切經音義》引作「叉䂎取之」。

漢帝之德　叉**方將數諸朝階**　注**方，直也**　六臣本「德」下有「馨」字，「將」作「當」。陳校「直」改「且」，是也，各本皆誤。

聲與風翔，澤從雲游　本書王褒《聖主得賢臣頌》云：恩從祥風翔，德與和氣游。

狹三王之趢起，軼五帝之長驅　余曰：按韻，「趢起」句當在「長驅」句下。倪氏思寬曰：此文由三王而五帝，由五帝而二皇，以逆溯爲順也。若依余説，協韻則有之，順則未也。孫氏義鈞曰：案古人矦、虞同韻，與入聲之屋、沃、燭、覺爲一部。故《小戎》以「驅」合續、轂、馵、玉、曲，屋爲韻，《角弓》以「附」合木、猷、屬爲韻，《楚茨》以「奏」合「禄」爲韻，《桑柔》以「垢」合谷、穀爲韻，《離騷》以「屬」合「具」爲韻。是本屬同韻，無待叶也，余説恐非。按顧氏炎武《詩本音》於《小戎》首章「續」云當轉爲平聲，「轂」云轉音姑，「玉」云轉音魚，「屋」云轉音烏，「曲」云轉音袪。然則此賦之柔、游、求、驅與燭、屬相間爲韻，亦可如顧説《小戎》首章之法讀之矣。

注《孟子》曰：人有放心，不知求學問之道也　末五字應删。

注《論語》曰：一言可以喪邦乎　今《論語》作「一言而可以喪邦，有諸」。《五代·唐六臣傳論》引亦多「可以」二字。

瞻仰二祖　注言瞻望高祖　六臣本「仰」作「望」。按注「高祖」下當添「光武」二字，銑注可證。

注鄧析曰　「析」下當添「子」字。

見困豫且　《困學紀聞》十云「豫且事有二：一見《東京賦》注所引《説苑》，一見《史記·龜策傳》褚先生曰：宋元王二年，江使神龜使於河，至於泉陽，漁者豫且舉綱，得而囚之」，是也。

猶怵惕於一夫　胡公《考異》曰：「怵惕」當作「惕戒」。善引《尚書》以注「惕」，引《方言》以注「戒」，引《過秦論》以注「一夫」，循其次序，有「戒」字在「惕」下「一夫」上甚明。又其下「惕，驚也」三字乃薛注，當在「善曰」之上。若如今本，不容去「怵」注「惕」，可見正文無「怵」字但有「惕」字亦甚明。不知何人誤認善注中「怵惕」以爲正文如此而改之。

終日不離其輜重　六臣本「其」作「於」。

黈纊塞耳　注《大戴禮》：孔子曰：黈纊塞耳，所以塞聰也　今《大戴禮·子張問入官》篇作「統絖塞耳，所以弇聰也」，盧辯注：統，黄色。按《玉篇》黇音充，又音統，引《大戴禮》：黇纊塞耳，飾聰也。《穀梁·莊二十三年傳》「士黈」，范甯注「黈，黄色」也。黇與黈，音義并同，知今本《大戴禮》「統」字當爲「黈」字之誤也，「紞」即「纊」字。又《淮南子·主術訓》：黈纊塞耳，所以掩聰。《漢書·東方朔傳》：黈纊充耳，所以塞聰。此注引《大戴禮》兩「塞」字複，亦必有一誤也。

車中不内顧 注**内顧，謂不外視臣下之私也** 又**《魯論語》曰：車中不内顧。崔駰《車左銘》曰：正位授綏，車中不顧** 案正文及注引《論語》「不」字皆不當有，此或因今本《論語》而誤加也。《論語》釋文云：「車中不内顧」，《魯論》「車中内顧」。是今本「不」字皆衍也。此賦上下并四言爲句，其無「不」字甚明。薛注亦無「不」字，皆及見古本《論語》之證。又李注引《車左銘》「不」字當作「内」。盧氏文弨曰：崔駰銘共三章，其《車右銘》云「箴闕旅賁，内顧自勑」，《車後銘》云「望衡顧軌，允慎兹容」，觀此二章益可證《車左銘》之爲「内顧」。胡公《考異》曰：此注引作「車中不顧」，而《古文苑》傳此銘作「車不内顧」，「不」當作「中」，皆或記「不」字於旁，此誤以改「内」，彼誤以改「中」，可互訂也。《漢書·成帝紀贊》注曰：今《論語》「車中内顧」，内顧者，説者以爲前視不過衡軛，後視不過輪轂。

注**《老子》曰：天下無道，戎馬生於郊；天下有道，却走馬以糞** 今《老子》四句上下互易。傅奕本「糞」作「播」。何曰：《文子》云「夫召遠者使無爲焉，親近者言無事焉，惟夜行者能有之，故却走馬以糞，車軌不接於遠方之外，是爲坐馳陸沉」，李注偶未及此。

常畏生類之殄也 六臣本「畏」作「懼」。

替 注**音鐵，叶韻** 案《説文》「替」作「普」，从竝，白聲。

注《毛詩》曰：致王業之艱難　何校「詩」下添「序」字。

注不知人好共怨己　陳校去「好」字，是也，各本皆衍。

焉能改裁　注去聲，叶韻　此與上聯「後世猶怠」爲韻也。據《匡謬正俗》則上「怠」讀作苔，「裁」如字，亦通。孫氏義鈞曰：顧亭林云「古人平仄通押，去入通押」，是顧氏猶守陸德明、吴棫協韻之説。實則古四聲不同今韻，如戒音亟、慶音羌、饗音香，至音質之類皆有韻，注必叶「裁」爲去，是泥於今讀以律古疏矣。

故函谷擊柝於東，西朝顛覆而莫持　孫氏志祖曰：「西」字屬下句讀，觀注自明。六臣本「朝」下有「廷」字，誤也。

注《尚書》曰：夫常人安於俗學，溺於所聞　胡公《考異》曰：「尚書」當作「商君」二字，各本皆誤，此所引在《更法》篇也。

而衆聽或疑　六臣本「聽」下有「者」字，「或疑」作「疑惑」。朱氏珔曰：觀薛注「而衆聽者乃有疑惑」，惑亦韻，則六臣本是也，下文「能不惑者」語正相應。

注以喻安處先生也　案當云「安處先生自喻」。

罔然若醒　又奪氣褫魄之爲者　六臣本「罔」作「惘」，「者」下有「也」字。

注《説文》曰：褫，奪也　今《説文》：褫，奪衣也。

注《論語》曰：鄙夫不可以事君　本書《西征賦》注引同。惟「以」作「與」。

注帝魁，神農名　以神農名帝魁僅見於此。《路史·後紀》云：炎帝後有帝魁，黄帝後又有帝魁。

文選卷四上

南都賦

居漢之陽　《續漢書·郡國志·隴西郡》注引《南都賦》注「漢水源出隴西，經武都至武關山，歷南陽界出沔口入江」，今注無之。

注郁郁京河　六臣本「京」作「荆」，是也。

武闕關其西　注武闕山爲關　《續漢書·志·南陽郡》注引作「武關在其西」。按諸書言「武關」，未有言武闕山者。《水經·丹水注》云「丹水歷少習出武關」，應劭曰秦之南關也，文穎曰武關在析縣西百七十里弘農界。此注引文穎云云亦疑有脱誤。

流滄浪而爲隍　注《尚書》曰：漢水又東爲滄浪之水　《續漢書·志·南陽郡》注引《南都賦》曰「漢水至荆山東，別流爲滄浪之水」，與此小異。按《水經·沔水注》：「武當縣西北四十里漢水中有洲名滄浪洲，庾仲雍《漢水記》謂之千齡洲，非也。」劉熙《孟子注》：「滄浪，水色也。」故胡氏渭謂滄浪者漢水之色，非因洲得名。

淯水盪其胸　注《山海經》曰：**攻離之山，淯水出焉，南流注于漢。郭璞曰：今淯水在淯陽南**　今《中山經》「支離之山，濟水出焉，南流注於漢」，郭注：今濟水出酈縣西北山中，南入漢。案「攻」作「支」、「淯」作「濟」皆誤。《説文》云：淯水出弘農盧氏山，東南入沔，或曰出酈山西〔一〕。《漢書·地理志》「淯」并作「育」，「盧氏」注云育水南至順陽入沔，「育陽」注云育水出弘農盧氏、南入於沔，「酈」注云育水出西北、南入漢，并與此注合，足訂今本《山海經》之譌。

注《説文》曰：**九江謂鐵爲鍇**　《繫傳》云：南陽與九江雖遥，俱爲楚地。按《史記·高祖功臣表》索隱引《三倉》語同。本書《吴都賦》「銅鍇之垠」，劉注：鍇，金屬也。

注《山海經》曰：**陸郈之山，其下多堊**　又**郭璞曰：堊似土，白色也**　今《西山經》「大次之山，其陽多堊」，郭注「堊似土，色甚白」。按古書皆以堊爲白，惟《穀梁·莊二十三年傳》曰「天子諸侯黝堊」，范注「黝堊，黑色」，臧琳《經義雜記》譏其以白爲黑。然今據《山海經·北山經》賁聞之山、孟門之山并多黄堊，《中山經》「葱聾之山多白堊、黑、青、黄堊」，是堊亦非一色，專執爲白者轉嫌所見之未宏也。許氏穆清曰：《廣雅·釋室》「堊，塗也」，《六書正譌》「堊，塗飾牆也，象圬者縱横塗飾之狀」，《周禮注》「素車以白土堊車，藻車以蒼土堊車」，然則凡塗飾皆得言堊耳。

注《山海經》曰：**景山之西曰驕山，其下多青雘。郭璞曰：雘，黝屬，音瓠**　今《中山經》：荆山之首曰景山，東北百里曰荆山，又東北百五十里曰驕山。此注作景山之西，恐誤。又所引郭注五字，今景山注無之，見《南山經》「青丘之山」注。

注《山海經》曰：**荆山之首曰景山，睢水出焉，其中多丹粟。郭璞曰：細沙如粟**　此所引郭注四字，今《中山經》「景山」注無之，見《南山經》「柜山多丹粟」句下注。林先生曰：《周書·王會解》「卜人以丹砂」疑即丹粟也。

注《**襄陽耆舊記**》曰：**神陂在蔡陽縣界，有松子亭，下有神陂也**　《續漢書·志·南陽郡·蔡陽侯國》注引《襄陽耆舊傳》曰：有松子亭，下有神陂，中多魚，人捕不可得，《南都賦》所稱。又《路史·餘論·赤松石室》篇云：炎世赤松，迹在襄陽，習鑿齒《襄陽傳》蔡陽界有赤松子亭、下有神陂，即《南都賦》所謂松子神陂者也。

赤靈解角　注**赤靈，赤龍也。解角，脱角也。事未詳**　姜氏臯曰：《水經·丹水注》「丹水出丹魚，先夏至十日夜伺之，魚浮水側，赤光上照如火，綱而取之，割其血以塗足，可以步行水上，長居淵中」云云，疑赤靈之説或謂此也。

耕父揚光於清泠之淵　何曰：《山海經》「耕父見則其國爲敗」，非佳典也，《東京賦》亦云「囚耕父於清泠」，此賦夸飾漫用之耳。

游女弄珠於漢皋之曲　《水經·沔水注》云：沔水又東逕萬山北，山下水曲之隈，云漢女昔遊處也，故張衡《南都賦》曰「游女弄珠於漢皋之曲」，漢皋即萬山之異名也。

注《山海經》曰：有神耕父　《續漢書·志·西鄂》注引《南都賦》注「耕父，旱鬼也」，今注無之。

注《韓詩外傳》曰：鄭交甫將南適楚，遵彼楚皋臺下，乃遇二女，佩兩珠，大如鷄卵　今《韓詩外傳》無此語。本書阮嗣宗《詠懷詩》注引此事作《韓詩内傳》。按本書《蜀都賦》「娉江婓與神遊」注云云即此事，云語在《列仙傳》。《事類賦·寶貨部》亦引作《列仙傳》。

嵣㟐嶚刺　六臣本「㟐」作「𡾰」。

岝峉嶵嵬　注岝峉，山不齊也　杭氏世駿《文選課虛》曰：《海賦》「啓龍門之岝嶺」注云高貌，與此解異。

注《説文》曰：嶵嵬，山石崔嵬，高而不平也　今《説文》無嶵字，嵬字注云高而不平也。段校「嶵嵬」二字在「《説文》曰」上。

幽谷嶜岑　注揚雄《蜀都賦》曰：玉石嶜岑　案「岑」當作「崟」。「玉石嶜崟」係《羽獵賦》李注偶誤耳。

或峮嶙而纚連　五臣「連」作「聯」，良注可證。毛本誤作「運」。

天封大狐　注天封，未詳。或曰山名。《南郡圖經》曰：大胡山，故縣縣南十里。張衡云：天封，大胡也〔二〕　翰注：天封、大狐皆山名。按《水經·比水注》云：太胡山在比陽北如東三十餘里，廣圓五六十里，張衡賦《南都》所謂天封太胡〔三〕者也。又《後漢書·方術·樊英傳》「隱於壺山之陽」注：山在今鄧州新城縣北，即張衡《南都賦》云天封大狐是也。二者未知孰當。

注**《爾雅》曰：楔曰荆桃**　「楔」下「曰」字衍。

注**郭璞《山海經注》曰：櫻似松柏有刺**　今《西山經》注：櫻似松，有刺，細理，音即。案《玉篇》《廣韻》㮨字用此注并無「柏」字，此誤衍。

注**又曰：杻似桑而細葉**　「桑」當作「棣」，下節「檍」字注引同。朱氏珔曰：《爾雅·釋木》、《唐風》毛傳皆云「杻，檍」，詩疏引舍人説及陸璣疏并同，是「杻」即「檍」也。此賦前舉「杻」後舉「檍」既複，而注内引《山海經》《爾雅》兩處郭注分屬，亦殊未晰。《説文》無「杻」字，其「檍」字云杶也，古文「杶」似「杻」，段氏以爲即「杻」之譌。又有樀字，「啻」即「意」，亦不必分兩篆。物類本未易别，古書經後人淆亂益難明矣。

楈枒栟櫚　注**《上林賦》注：楈枒似栟櫚**　朱氏珔曰：彼賦及注「楈枒」作「胥邪」，《史記》作「胥餘」，餘、邪以雙聲通用，《蜀都》《吴都賦》單曰「枒」。《説文》：枒，枒木也，从木，牙聲。《南方草木狀》又作椰。「栟櫚」字《上林賦》亦俱無木旁。

注**柍，未詳**　《説文》：柍，梅也，從木，央聲，一曰江南橦材，其實謂之柍。徐鍇謂即《爾雅》之英梅也。

注**嬋媛，枝相連引也**　《離騷》「女嬃之嬋媛兮」，王逸注：嬋媛猶牽引也。《九歌》「女嬋媛」、《九章》「心嬋媛」注并同。《廣雅·釋訓》：撣援，牽引也。「撣援」與「嬋媛」同。撣之言蟬連，援之言援引，皆有相牽引之義。憂思相牽謂之嬋媛，故樹枝相牽亦得謂之嬋媛也。

注**《蜀都賦》注曰：蘂，一曰花頭點也**　「花」下脱「鬚」字，彼賦注可證。

森蓴蓴而刺天　《説文》：蓴，叢草也。《廣雅》：蓴蓴，聚也。《離騷》「紛總總其離合兮」王逸注：總總猶僔僔，聚貌也。本書《甘泉賦》「齊總總以撙撙，其相膠轕兮」，并字異而義同。

注**《説文》曰：豰類犬，腰以上黄，以下黑**　「豰」當依《説文》作「豰」，在《犬部》，「類犬」作「犬類」。若「豰」則小豚也。

注**《爾雅》曰：玃父喜顧**　今《爾雅》「喜」作「善」。

注**張載《吴都賦》注**　胡公《考異》曰：「張載」當作「劉逵」，各本皆誤。

騰猨飛蠝棲其間　六臣本「蠝」作「猵」或作「玃」。胡公《考異》曰：猵字是，注云「蠝與猵同」謂正文之「猵」，可證也。

䈪箠　注**二竹名，未詳**　戴凱之《竹譜》：䈪箠竹生於漢陽，時獻以爲輅馬策，見《南都賦》。姜氏皋曰：案《竹譜》云「䈪箠誕節，内實外澤，作貢漢陽，以供輅策」，據此則䈪箠是竹箠，當作馬策解。

注**竹堇皮白如霜**　胡公《考異》曰：「竹堇」當作「箽」，蓋一字誤分爲二。六臣本或改「堇」爲「箽」，非。

注**孔安國曰：篾，桃枝也**　朱氏珔曰：《説文》無从竹之「篾」。孫氏星衍曰：「篾」俗字當爲「筤」，即「篡」假音字。《説文》曰：篡，筡也；筡，析竹筤也；筤，竹膚也。筤、篾聲相近，據此則不以篾爲竹名。惟《顧命》「篾席」，孔傳「篾，桃竹」，正義云：「此篾席與《周禮》『次席』一也，鄭注彼云『次席，桃枝席』，鄭不見《孔傳》，亦言是桃枝席，則此席用桃枝之竹必相傳有舊説。」此賦作「篾」亦可證。注中「也」字當作「竹」。

注**篠，出魯郡山**　「山」字恐衍。本書《笙賦》「鄒魯之珍，有汶陽之孤篠焉」注引《竹譜》曰：篠出魯郡，堪爲笙。

注**宋玉《笛賦》曰：奇簳**　胡公《考異》曰：《古文苑》載此賦云「奇篠異幹」，此疑脱，彼「幹」即「簳」字耳。

阿那蓊茸　注**《説文》曰：蓊，竹貌也**　「蓊」當作「篛」，今在《説文·竹部》。徐鍇曰：翁然并出也。《吴都賦》之「蓊茸蕭瑟」同。

注**《韓詩外傳》曰：漻，清貌也**　胡公《考異》曰：「外」字不當有，各本皆衍，凡本篇引「《韓詩外傳》曰鄭交甫云云」一條，「《韓詩》曰醴甜而不净也」一條，「《韓詩外傳》曰逍遥也」一條，及此一條，皆當作「《韓詩傳》曰」。如《東都賦》注引「《魯詩傳》曰」之例，蓋所謂「内傳」也。「漻」今《毛詩》作「瀏」。《莊子·天地》篇：漻乎其清也。《説文》：漻，清深也。

注**《山海經注》曰：鮫，鮨屬也，皮有斑文而堅**　今《中山經》「荆山，漳水出焉，其中多鮫魚」，注：鮫，鮒類也，皮有珠文而堅。按「鮒」字疑誤，當依此注作「鮨」；此注「斑」字亦疑誤，當依今本《中山經》作「珠」。《初學記》三十引劉欣期《交州記》云「鮫魚出合浦，長三尺，背上有甲珠，文堅彊，可以飾刀」。本書《子虛賦》張揖注云「蛟狀魚身而蛇尾，皮有珠」，「蛟」或作「鮫」。皆可證「珠」字爲是也。

於其陂澤，則有鉗盧玉池　何曰「於」字疑衍。六臣本亦無「於」字。《續漢書·郡國志·南陽郡朝陽》注引「《南都賦》陂澤有鉗盧，注云匡縣」，今注無之。洪氏亮吉曰：「鉗盧陂在鄧州東南五十里，一名玉池陂，今名迪陂，南北八里，東南三里，接唐堵堰〔四〕，引刀河水，又接柳渠、賈家堰諸水入陂内，有東西中三渠。張衡《南都賦》『其陂澤則有鉗盧玉池』，李吉甫云『漢召信臣造，累石爲隄，旁開六石門以節水勢，後漢杜詩復修之』。」

赭陽東陂　姜氏皋曰：李於此句未注。按《史記·張釋之傳》「堵陽人也」，《索隱》曰韋昭「堵音赭」，《漢志》作「堵陽」，《宋書·志》「南陽太守」下云永初郡國有赭陽等八縣，然則赭陽即堵陽也。《水經·㵐水注》：堵陽，「《地理志》曰縣有堵水，王莽曰陽城也。堵水於縣堨以爲陂，東西夾岡，水相去五六里，南北十餘里，水決南潰，下注爲灣，灣分爲二，西爲堵水，東爲榮源，堵水參差，流結兩湖〔五〕，故有東陂、西陂之名也」。

注**舊説曰：玉池在宛也**　舊説，汪氏師韓以爲皇甫謐注。孫氏志祖曰：《南都賦》「立唐祀乎堯山」注引皇甫謐曰「堯始封于唐，今中唐縣是也」，蓋李采《帝王世紀》語。

其草則蘪芓　六臣本「則」下多「有」字。

注《**說文》曰：蘪，蒯之屬**　今《說文》：蘪，鹿藿也，一曰蔽屬。按「蒯」當作「蒯」，蒯即蔽字也。

注《**說文》曰：芓可以爲索**　今《說文》有芧字，無芓字，芧字注云「可以爲繩」。案本賦下文别有「麻芓」，注引《說文》「芓，麻屬」，則此「芓」字疑當作「芧」。段曰：芧音同宁，芓者芧之别字。

蔣蒲　注**孤**　「孤」字當去。六臣本有「蔣，字祥切。菰，音孤」七字在注中。蔣，菰蔣也。下菰音孤。李自音注中字，或因此於正文「蒲」下增「孤」字，或又改正文「蒲」作「菰」以合注，并誤。

斐披芬葩　五臣「斐」作「菲」，向注可證。

鶄鶂鸛鵜　注《**說文》曰：鶄鶂，鳧屬**　六臣本「鶂」作「鵁」。今《說文》「鶄」字注云鶄鵁也，徐鍇「按字書，鳧屬也」。又「鵁」字注云鶄鵁也。又「鸛」字注云鸛鷈也，又「鶂」字注云鳥也〔六〕，徐鍇按《爾雅》「鸛鷈也，似鳧而小」。又「鶂」字注云鳥也，徐鍇按字書「鶂，水鳥」〔七〕。無「鵜」字，疑此「鵜」即「鷈」字也。

爲溉爲陸　孫氏志祖曰：「陸」字疑「淕」字之譌，《蜀都賦》「灑滮池而爲淕澤」注引蔡邕曰「凝雨曰淕」是也，五臣注「水入爲溉，水出爲陸」語意究不甚明。

注《**說文》曰：渫，去除也**　又**溉，灌也**　今《說文》「渫，除去也」，無溉字，漑字注云溉灌也。

注《説文》：苧，麻屬　今《説文》無苧字，《絲部》：紵，檾屬。案「苧」與「紵」同，六臣本正文及注「苧」并作「紵」是也。《説文》：芓，麻母也，一曰芓即枲也。《爾雅》作「荸」，郭注「苴麻盛子者」，錢氏坫曰「今《爾雅》譌爲荸，非」。然則麻屬之「苧」當亦是「芓」字之譌。

藷蔗薑䕾　六臣本「蔗」作「柘」，「䕾」作「蕃」。

注**蕋，香菜**〔八〕　胡公《考異》曰：「蕋」當作「蘧」，下同，各本皆誤，《集韻·二十六緝》云「蘧，香菜」即本此。

注《説文》曰：**蘘荷，葍蒩也**　今《説文》：蘘，蘘荷也，一名葍蒩。

侯桃　六臣本「侯」作「㬋」。

注《廣雅》曰：**石留，若榴也**　今《廣雅》無此文，而有「楉榴，奈也」四字。王氏念孫曰：「楉」與「若」同，若、石聲近，故若榴謂之石榴，各本脱「石榴」二字，應據《藝文類聚》《太平御覽》、《南都賦》注校補。

注《説文》曰：**樗棗，似柹**　今《説文》：樗，棗也，似柹。本書《子虚賦》注又引《説文》：樗棗似柹而小，名曰梬。徐鍇曰：此亦出《上林賦》，即今之輭棗也。朱氏珔曰：《一切經音義》「梬棗，《説文》曰似柹而小」，《廣韻》及《齊民要術》皆可證，則李注所引「似柹」下五字當爲今本《説文》之佚脱。

注**蓀楚，銚戈也**　何校「蓀」改「萇」，是也。「戈」當作「弋」，各本皆誤。

注**《説文》曰：晻，不明貌**　今《説文》「貌」作「也」。

注**《子虚賦》曰：芍藥之和具而後進也。文穎曰：五味之和**　本書《子虚賦》「進也」作「御之」。案以芍藥爲調和，此賦之外如《子虚賦》引服虔、文穎、晉灼注及《七發》引韋昭注皆同，而師古《漢書·司馬相如傳注》以勺藥爲藥名，二説迥異。王氏引之曰：師古説非，揚雄《蜀都賦》「乃使有伊之徒，調夫五味，甘甛之和，勺藥之羹」、《論衡·譴告》篇「時或鹹苦酸淡不應口者，由人勺藥失其和也」、嵇康《聲無哀樂論》「大羹不和，不極勺藥之味」、張協《七命》「味重九沸，和兼勺藥」皆其證矣。

注**《説文》曰：甜，美也**　今《説文》「甜」作「甛」。

注**《韓詩》曰：醴，甜而不沸也**　「詩」下應添「傳」字，説詳上。

注**不脱履升堂**　胡公《考異》曰：此下當有「曰宴」二字。

琢琱狎獵　注**玉謂之琱**　六臣本「琢琱」作「彫琢」。按注「琱」當作「彫」，下云與「琱」古字通可見，各本皆誤。

受爵傳觴　五臣「受」作「授」，銑注可證。

祓於陽瀕　姜氏宸英《湛園札記》四云：《宋書·禮志》：「舊説有郭虞者有三女，以三月上辰産二女，上巳產一女，二日之中而三女俱亡，俗以爲大忌，至此月此日不敢止家，皆於東流水上爲祈禳，自爲潔濯，謂之禊祠，分流行觴，遂成曲水。史臣按《周禮》女巫掌歲時祓除釁浴，如今三月上巳如水上之類是也。釁浴謂以薰草葉沐浴也。《韓詩》曰：『鄭國之俗，三月上巳，之溱洧兩水之上招魂續魄，秉蘭草，拂不祥。』此則其來甚久，非起郭虞之遺風、今世之度水也。《月令》『暮春天子始乘舟』，蔡邕《章句》曰：『陽氣和暖，鮪魚時至，將取以薦寢廟，故因是乘舟禊於名川也。《論語》暮春浴乎沂，自上及下，古有此禮，今三月上巳祓於水濱蓋出此也。』邕之言然。《南都賦》『祓於陽濱』又是也。或用秋：《漢書》『八月祓於灞上』，劉楨《魯都賦》『素秋二七，天漢指隅，民胥祓除，國子水嬉』又是用七月十四也。自魏以後但用三日，不用巳也。」沈約此段乃是用摯虞、束皙之對，而不載洛水浮觴故事，殊不可解。秋祓特新，從來未經拈出。但所引祓除無關宋事，志禮及此，直是黃車小說耳。

朱帷連網 又**蛾眉連卷** 六臣本「網」作「綱」，「卷」作「蜷」。

注《吕氏春秋》曰：**禹行水** 又**候人猗兮** 今《吕氏春秋·音初》篇「行水」作「行功」，「猗兮」作「兮猗」。案本書《吳都賦》注及《太平御覽》一百三十五皆引作「行水」，疑今本《吕氏春秋》誤也。

白鶴飛兮繭曳緒 注**皆舞人之容** 潘氏耒曰：「白鶴飛，舞態；繭曳緒，歌聲。注誤。」

注**咸以折盤爲七盤** 「咸」當作「或」，各本皆誤。

寡婦悲吟 注**寡婦曲，未詳** 案蔡邕市寡女絲製琴，彈之有憂愁哀慟之音，見賈氏《說林》，賦語或本此。姜氏皋曰：《列女傳》：魯陶嬰少寡，或聞其義，將求焉，嬰乃作歌明己之不更二庭。《漢橫吹曲》中《黃鵠曲》者是。

騄驥齊鑣　又**浮清池**　六臣本「騄驥」作「驥騄」，「清」作「青」。

汰瀺灂兮　注**《上林賦》曰：瀺灂隕墜**　金氏甡曰：《高唐賦》「巨石溺溺之瀺灂兮」〔九〕更在前。

怖蛟螭　注**《說文》曰：蛟螭若龍而黃**　朱氏珔曰：今《說文》無「蛟」字，段氏玉裁以爲李注「蛟」字誤衍。按本賦前有「潛龍伏螭」句注亦引《說文》此語無蛟字，則段說是。

於是日將逮昏　又**夕暮言歸**　又**焉足稱舉**　又**真所謂漢之舊都者也**　六臣本「將」作「既」，「逮」作「遥」，「言」作「而」，「舉」作「歟」，無「者」字。

視魯縣而來遷　五臣「視」作「覜」，翰注可證。

立唐祀於堯山　皇甫氏枚《三水小牘》云：汝之魯山縣二十里有魯山，民謡曰路山，即堯山也，邑有唐堯廟。

近則考侯思故　注**考或爲孝，非也**　五臣「考」作「孝」，濟注可證。按《東觀漢紀》亦作「孝」，而《後漢書·城陽恭王祉傳》作「考」與此合。

察茲邦之神偉　又**於其宮室**　六臣本「邦」作「都」，「其」作「是」。

注《説文》曰：崔，高大也　今《説文》：崔，大高也。

注《韓詩外傳》曰：逍遥也　「外」字不當有，説詳上。何曰「遥」下當有「遊」字，陳同。

章陵鬱以青葱　《後漢書·光武紀》「望氣者蘇伯阿爲王莽使，至南陽，遥望見舂陵城郭，唶曰：氣佳哉！鬱鬱葱葱然」，即章陵也。

皇祖歆而降福　銑注：皇祖，高祖也。何曰皇祖似謂考侯。

詠南音以顧懷　許氏慶宗曰：此當用《吕覽·音初》篇「禹始制爲南音」，注引鍾儀囚晉事與上句帝王意不貫。

弘懿明叡　五臣「明叡」作「睿哲」，濟注可證。

方今天地之睢剌，帝亂其政，豺虎肆虐，真人革命之秋也　注**帝謂高祖也。真人，光武也**　朱氏超之曰：建始以來，黄霧四塞，青蠅集殿，星貫紫宫，鐵飛沛郡，地震山崩，江竭河溢，史不絶書，正天地睢剌之時。其時趙氏亂内，外家擅朝，所謂帝亂其政實指成帝而言。降及哀平，新莽肆亂，遂爲真人革命之秋。李注誤解「方今」兩字，以上二句屬高祖、下二句屬光武，恐非。

爾其則有謀臣武將　何曰：「爾其」「則有」連用，疑衍。

注**《説文》曰：楗，距門也**　今《説文》「距」作「限」。案《老子》釋文亦作「距門」，似今本《説文》誤。

視人用遷　注**謂觀人所安而設教**　孫氏志祖曰：此用《盤庚》「視民利用遷」語，「民」字避諱改。

周召之儔，據鼎足焉　張氏雲璈曰：是時鄧禹等爲三公，故以周、召爲比。

注**周奇曰**　陳校「周」改「李」，是也，各本皆誤。

賦納以言　注**《尚書》曰：敷納以言**　案此《尚書·皋陶謨》文。《左氏·僖二十七年傳》引「敷」作「賦」，敷、賦蓋以音同通用。

齯齒眉壽　五臣「齯」作「兒」，銑注可證。《毛詩》「黄髮兒齒」釋文：字或作齯。按《爾雅·釋詁》作「齯」。《説文·齒部》：齯，老人齒也。《太平御覽》三百六十八引《字林》云：齯，老人齒如臼也。

皇祖止焉　注**皇祖，高祖也**　何曰：此即所謂「考侯思故」，注恐非。

光武起焉　注**《周易》曰：庖犧氏没，神農氏作**　胡公《考異》曰：案此當連引注「作，起也」以注正文「起焉」二字，各本并脱去耳。

注**《毛詩》曰：文王子孫，本枝百世**　「子孫」當作「孫子」。今《詩》「枝」作「支」。

懷桑梓焉　張氏雲璈曰：洪容齋謂《小雅》「維桑與梓，必恭敬止」并無鄉里之説。顧氏炎武謂漢人之文必有所據，齊魯韓三家之詩不傳，未可知其説也，近所能引者如陳琳《爲袁紹檄》、左思《魏都賦》、陸機《贈弟》詩、袁宏《三國名臣贊》則皆後于此賦耳。

校記

〔一〕説文云云　「説文」原誤作「水經」，此乃《説文》「淯」字注，《水經·淯水》「淯水出弘農盧氏縣支離山，東南過南陽西」「南過鄧縣東，南入于沔」與此迥异。

〔二〕天封大胡也　「胡」原作「狐」，光緒版據《文選注》改。

〔三〕天封太胡　「天封」據《水經注·比水》補。本句兩處「太胡」，光緒版依《文選注》改「大胡」，兹據《水經注》改回。

〔四〕接唐堵堰　「接」原作「按」，據康熙《大清一統志》一二五、乾隆《府廳州縣圖志》卷十九等改。

〔五〕流結兩湖　「兩」原作「西」，據《水經注·淯水》改。

〔六〕又鴠字注云鳥也　此句衍，下句徐鍇乃注上句「鶌」字。此當是本欲改下行「又鶌字注云鳥也」之「鶌」爲「鴠」，却誤增新句于此。

〔七〕又鴠字注云鳥也云云　「鴠」原作「鶌」，據《説文》《説文繫傳》改。

〔八〕蕊香菜　「香」原作「音」，下引《集韻》同，光緒版據《文選注》、《文選考異》卷一等改。

〔九〕巨石溺溺之瀺灂兮　「之」據《文選·高唐賦》補。

文選旁證卷第六

文選卷四下

左太冲　**三都賦序**

注 **徵爲秘書**　「書」下當有「郎」字。

注 **三都者**　六臣本以此下四十六字爲向注。

注 **《三都賦》成，張載爲注《魏都》，劉逵爲注《吴》《蜀》**　六臣本以此注爲臧榮緒《晉書》文。楊氏慎曰：凡諸注解，按《世説注》，皆思自注，欲重其文，故假借名姓耳〔一〕。

然相如賦《上林》而引「盧橘夏熟」，揚雄賦《甘棠》而陳「玉樹青葱」　徐氏文靖曰：李尤《七歎》：「梁土青麗，盧橘是生，白花緑葉，扶疏冬榮。」當相如時，武帝新開上林苑，群臣八方競獻名果珍樹，種之上林，安必所獻者無盧橘也？又曰《西京雜記》：「初修上林苑，群臣遠方各獻名果異樹，亦有製爲美名，以標奇麗〔二〕。白銀樹十株，黄銀樹十株，琉璃樹七株。」則槐樹之名玉樹，從可知矣。《丹鉛總録》云：玉樹非謂自然生之，猶下句馬犀金人也。

張衡賦《西京》而述以遊海若 張氏雲璈曰：《西京賦》「海若」乃極言清淵之大，將使海若亦來遊也，上文神山瀛洲、方丈、蓬萊皆屬形容之辭，太冲譏之似過。

注 **面相序罪也** 「序」當作「斥」，各本皆誤。

讚事者宜本其實。匪本匪實 六臣本「本」作「准」，兩「匪」皆作「非」。

注 **《虞書》曰** 「書」下當有「序」字。按《禹貢》釋文作《夏書》，此或據古本，孔疏謂初在《虞書》而夏史抽入或仲尼退第，是也。

校記

〔一〕楊氏慎云云 「世説注」原作「晉陽秋」，「文」原作「名」，據《丹鉛餘録》卷一、《升菴集》卷七二、《世説新語·文學四》注改。

〔二〕以標奇麗 「麗」原作「異」，據《西京雜記》卷一改，乃《三輔黄圖》卷四引《漢舊儀》作「異」。

蜀都賦

崤函有帝皇之宅 六臣本「皇」作「王」。

請爲左右揚搉而陳之 注 **許慎《淮南子注》曰：揚搉，粗略也** 《莊子·徐無鬼》篇「則可不謂有大揚搉乎」，釋文引許慎注：揚搉，粗略法度也。《淮南子·俶真訓》「物豈可謂無大揚搉乎」，高誘注：揚搉猶無慮，大數名也。《漢書·叙傳》「揚搉古今，監世盈虚，述《食貨志》第四」，揚搉古今猶言約略古今，上文云「略存大綱，以統舊文，述《禮樂志》第二」，下文云「略表山川，彰其剖判，述《地理志》第八」皆是此意，《續漢書·律曆志》〔一〕云「其可以相傳者，惟大搉常數而已」、《廣雅·釋訓》「揚搉，都凡也」義并同。然則郭象《莊子注》謂搉而揚之、王叔之《義疏》謂搉略而揚顯之、顔師古《漢書注》謂「揚搉者，舉而引之，陳其趣也」皆失之矣。

帶二江之雙流　《水經·江水注》云：江水又東逕成都縣，縣有二江雙流郡下，故揚子雲《蜀都賦》曰「兩江珥其前」也。「雙流」二字本此。《漢地理志》云：郫，《禹貢》「江沱在西，東入大江」。錢氏坫《斠注地理志》云：今曰郫江也，蜀中水自李冰鑿離碓穿二江以後，已變禹舊迹，其原無可復考，今自灌縣分江至瀘州復合者此也。又曰：大江自灌縣西分爲二，一流東循灌城曰北江，一流東南逕崇慶州至新津縣曰南江也。又《隋地理志》仁壽元年蜀郡置雙流縣〔二〕，以此。

注**積三萬四千歲**　何曰：李白《蜀道難》作「三萬六千歲」。

注**靈關，山名，在成都西南漢壽界**　胡公《考異》曰：「壽」當作「嘉」，謂漢嘉郡也，各本皆誤。下所言「在成都西北岷山界」謂岷山郡，《晉書·地理志》之汶山郡也。岷、汶二字古每通用。所言「在成都南犍爲界」謂犍爲郡，句例正同。

水陸所湊　五臣「湊」作「臻」，良注可證。

枕輢交趾　五臣「輢」作「倚」，向注可證。

注**牂牁郡**　案「牁」當作「柯」，見《漢書·地理志》，注「係船杙也」。葉氏夢得《玉澗雜書》曰：牂柯本繫船杙名，今人但云是郡名耳。

注**翠微，山氣之輕縹也**　《爾雅·釋山》「未及上翠微」郭注：近上旁陂。而《初學記》引舊注一説山氣青縹色曰翠微，與此注合。

注**嚴夫子《哀時命》曰**　《漢書·藝文志》：莊夫子賦二十四篇，名忌。吴人顧氏千里曰：王逸《楚辭注》十四：《哀時命》者，嚴夫子之所作也，夫子名忌。洪興祖補注：忌，會稽吴人，本姓莊，當時尊尚號曰夫子，避漢明帝諱曰嚴；一云名忌，字夫子。

漏江伏流潰其阿　六臣本「伏」作「洑」。案《水經·葉榆水注》云：葉榆水又東逕漏江縣伏流山下，復出蝮口，謂之漏江。左思《蜀都賦》曰「漏江洑流」云云亦作「洑」也。

注**龍池在朱提南十里**　陳校「堤」改「提」，下注「生朱堤南廣縣」句同，各本皆誤。

旁挺龍目　《涪翁雜説》云：龍眼惟閩中及南越有之，太冲自言作《三都賦》所有皆責土物之貢，至言龍目，亦不自知其失。按宋張世南《游宦紀聞》亦云：歷徧蜀道，風俗方物，靡不質究，所謂龍目，未嘗見之。然《蜀志》有建寧太守遥領交州之文，《御覽·果部》載交趾七郡獻龍眼，則賦《蜀都》而及之亦未爲失矣。

注　**邛竹出興古盤江以南**　《水經·葉榆水注》云：盤水又東逕漢興縣，山溪之中多生邛竹，桄榔樹出麪，而夷人資以自給，故《蜀都賦》曰「邛竹緣嶺」又曰「麪有桄榔」。按《晉書·地理志》「興古郡，蜀置，統縣十一」，漢興即其屬縣。洪氏亮吉曰「興古，蜀漢建興三年分建寧、牂柯郡置」。故此賦注中屢見興古也。

注　**蒙霜雪而不攣**　「攣」當作「變」。

金馬騁光而絶景，碧鷄儵忽而曜儀。火井沈熒於幽泉，高爓飛煽於天垂　梁氏玉繩曰：「火井」二句是一事，案《世説五》注載太沖初作賦云「金馬電發於高岡，碧鷄振翼而雲披，鬼彈飛丸以礌礉，火井騰光以赫曦」，似鬼彈、火井偶對爲勝。

注　**群翔興古十餘**　又**可以醮祭而置也**　陳校：「餘」下疑脱「日」字，「置」改「致」。是也，各本皆有脱誤。

注　**欲出其火，先以家火投之。須臾許，隆隆如雷聲，爓出通天，光輝十里，以筩盛之，接其光而無炭也**　《續漢書·郡國志·蜀郡》〔三〕注引此賦注「爓出」作「爛然」，「輝」作「耀」，「筩」上有「竹」字。

注　**《説文》曰：爓，火焰也**　今《説文》：爓，火門也。席氏世昌曰：火門不可解，當從李引，惟「焰」字當作「燄」。段曰：「焰」俗字當作「爓」，「門」爲「爓」之壞字；若「燄」字在《炎部》，云「火行微餤餤也」，與「爓」異解。

其間則有虎珀丹青 注 **虎珀，一名江珠** 孫氏志祖曰：此賦下句又云「江珠瑕英」，則非一物而二名也。

江珠瑕英 洪氏亮吉曰：「珠字从玉，古人之珠皆以玉爲之。《續漢書·輿服志》：冕『系白玉珠爲十二旒。三公、諸侯七旒，青玉爲珠；卿大夫五旒，黑玉爲珠』。所謂白玉珠、青玉珠、黑玉珠皆琢小玉之白青黑者爲之，此歐陽、大小夏侯皆承周秦以來先儒舊説，明三代之制，冕旒垂珠皆琢玉爲之，非蚌珠也。珠亦有天然不須琢者：《蜀都賦》所云『江珠瑕英，青珠黄環』，及《子虛賦》之『玫瑰』注引《倉頡篇》『玫瑰，火齊珠』，又《山海經》之數歷山〔四〕楚水多白珠，皆玉珠之天然不須琢者，亦皆非蚌珠也。蚌珠亦名珠者，以其形之似名之，古人不單呼爲珠，必加字於上以區別之，則《禹貢》之蠙珠是矣。」按《周書·王會解》伊尹爲四方令曰正西「請令以丹青、白旄、紕罽、江歷、龍角、神龜爲獻」〔五〕，孔晁注「江歷，珠名」，江珠殆即江歷，蜀係西方之國，故得有是歟？

阻以石門 《水經·沔水注》云：褒水又東南，歷小石門，門穿山通道六丈有餘，刻石言：「漢明帝永平中，司隸校尉犍爲楊厥之所開。逮桓帝建和二年，漢中太守同郡王升嘉厥開鑿之功，琢石頌德，以爲石牛道。」《蜀都賦》「阻以石門」其斯之謂也。門在漢中之西，褒中之北。

注 **劍閣，谷名** 按《水經·漾水注》云白水「又東南逕小劍戍北，西去大劍三十里，連山絕嶮，飛閣通衢，故謂之劍閣也」，似不當作谷名，大劍、小劍皆山名，漢劍門縣、唐劍門關置於此也。

嘉魚出於丙穴　《水經·江水注》云：江水東，右合陽元水口，出高陽縣〔六〕西南高陽山東，丙水注之。水發縣東南柏枝山，山下有丙穴，穴方數丈，中有嘉魚，常以春末游渚，冬初入穴，抑亦褒漢丙穴之類也。

注**有鱗曰蛟螭。蛟螭，水神也。一曰雌龍也，一曰龍子也**　段曰：劉説似以蛟螭爲一物。然《上林賦》「蛟龍赤螭」，文穎曰「龍子爲螭」，張揖曰「赤螭，雌龍也」，皆劉所本。此賦與《南都賦》之「怖蛟螭」，張、左皆不謂一物。案螭爲龍屬，或稱螭龍，《後漢書·張衡傳》注「無角曰螭龍」是也；蛟亦龍屬，或稱蛟龍，《楚辭·天問》注「有鱗曰蛟龍」、《淮南·墬形訓》注「蛟龍，有鱗甲之龍」是也；又或稱蛟螭，此處劉注及《吴都賦》「蛟螭與對」注「螭，龍子也」是也。析言之，則蛟與螭固別矣，《説文·虫部》分列是也。

注**枚乘《七發》曰：波湧而濤起，横奔似雷行**　本書《七發》此二語上下相隔四十餘句。

㮨枒楔樅　六臣本「枒」作「梛」。孫氏義鈞曰：「楔」疑「㮨」之誤。本書《南都賦》「檉松楔㮨」注引《爾雅》「楔曰荊桃」郭璞曰「櫻桃也」、郭璞《山海經注》「㮨似松柏有刺」，此注云似松有刺，當是釋㮨之語，賦注俱譌爲「楔」耳。《説文》：㮨，細理木也。

羲和假道於峻岐，陽烏迴翼乎高標　何曰：高標疑即高望山，古名高標，在嘉州郡；峻岐未詳，疑亦地名。按此説似鑿。濟注「岐樹，奇枝也；高標，高枝也」，承上「修幹長條」言之，似尚近理，然以歧樹爲奇枝則不知所出矣。

左緜巴中　向注：緜，歷也。余曰：緜州，涪水所出，涪居其右，綿居其左，故曰左緜。

注**宕縣在巴西**　「縣」當作「渠」，各本皆誤。

巴菽巴戟，靈壽桃枝　《華陽國志》：其藥物之異者有巴戟、天椒。又云竹木之璝者有桃枝、靈壽。

注**出巴東北新井縣，水出地**　胡公《考異》曰：「新」字當在「縣」字下；北井當連文，縣名也，晉太康以前屬巴東郡，見《華陽國志》。

蝌蟆山棲　六臣本「蝌蟆」作「鶩鶈」。《玉篇》作「蠍蟆」，山鷄也。

黿龜水處　注**黿，大龜也**　六臣本「黿」作「元」，注中「黿」作「元龜」，是也。胡公《考異》曰：各本作「黿」者，皆因劉注「元龜」二字誤爲「黿」字，因改正文；又正文下有「元」字，乃割裂所見之校語以爲音耳。

注**其緣中又似瑇瑁，俗名曰靈叉**　兩「叉」字皆當作「叉」，見《華陽國志》「涪陵郡」下。

注**李尤《七歎》**　胡公《考異》曰：「歎」當作「欵」，或作「難」作「疑」皆非。

丹沙赩熾出其坂　注**《尚書·禹貢》曰：厥土赤埴**　按《禹貢》釋文徐、鄭、王皆讀埴曰熾，故劉注引書以赤解赩、以埴解熾耳。下李注引《尚書》注「熾，赤也」亦當是《禹貢》注。

注**《廣雅》曰：悍，勇也**　本書《江賦》注引同。而今《廣雅·釋詁》「勇也」節無「悍」字。朱氏琦曰：《一切經音義》引《廣雅》亦有「悍」字，蓋今本因「悍憷」二字相連，傳寫佚脱，故王氏《疏證》即據此以補。

注**武帝樂府**　何校「帝」下添「立」字，陳同，各本皆脱。

注**在漢壽西界**　「壽」當作「嘉」，各本皆誤，説見前。下注「九折坂，在漢壽嚴道縣」云云，「壽」亦當作「嘉」。

注**驛傳其詩奏之**　胡公《考異》曰：「驛」當作「譯」，各本皆誤，事在范書《西南夷傳》也。

蹲鴟所伏　《漢書·貨殖傳》「蹲鴟」作「踆鴟」。《華陽國志》汶山郡都安縣有大芋如蹲鴟。《水經·江水注》云：江原縣有青城山，山上有嘉穀，山下有蹲鴟，即芋也，所謂「下有蹲鴟，至老不饑」。

注**出岷山，在安都縣**　胡公《考異》曰：「在」字衍，「安都」當作「都安」，下注「金堤在岐山都安縣西」又「岷山都安縣有兩山相對立如闕」皆可證。《晉書·地理志》汶山郡有都安縣。

青珠黄環　《本草綱目》：青琅玕，一名石闌干，又名青珠。李時珍引《别録》曰：石闌干生蜀都平澤，陶弘景云此《蜀都賦》之青珠黄環也。按《太平御覽》九百九十三《藥部》有黄環，引《本草經》云「一名陵泉，一名大就，生蜀郡」，又引吴普《本草》云黄環一名生葛，亦可訂今《本草綱目》「一名生芻」之誤。

風連莚蔓於蘭皋　段曰：陳藏器《本草拾遺》引《南都賦》「風衍蔓延於蘅皋」，蓋即引此賦而誤也。

注 **生越巂郡無會縣** 又 **出岷山替陵山** 又 **一曰出廣都山** 胡公《考異》曰：「無會」當作「會無」，「替」當作「蠶」，「陵」下、「都」下并不當有「山」字。《晉書・地理志》汶山郡有蠶陵縣，又廣都屬蜀郡也。

注 **岷山特多藥草，其椒尤好，異於天下** 《續漢書・郡國志・蜀郡》注引《蜀都賦》注「岷山特多藥，其椒特多好者，絶異於天下之好者」，與此少異。

注 **沲潛既道。有水從漢中沔陽縣南流至梓橦漢壽縣，入穴中，通岡山下，西南潛出，今名複水** 六臣本「橦」作「潼」，是也。胡公《考異》曰：「漢中」二字不當有，「沔」當作「江」，「漢」當作「晉」。《續漢書・郡國志・犍爲郡江陽》劉昭注引賦此注「從縣南流至漢嘉縣」云云，當據之訂正。江陽，《晉書・地理志》屬江陽郡。或「漢中」亦「江陽」之誤。段曰：江陽者，今之瀘州，雒水入江之處。潛水在今重慶府入大江。重慶者，古之巴郡江州縣，上距瀘州約四百里。《水經》所謂江至巴郡江州縣東，強水、涪水、漢水、白水、宕渠水五水合南流注之者也。酈注云宕渠水即潛水、渝水矣。倘云江陽至漢壽，則須由今瀘州逆流至今廣元縣，自南而北，水將何入乎？《水經》「潛水出巴郡宕渠縣」，酈云：潛水蓋漢水支分潛出，故受其稱。此注漢中沔陽云云即酈説所本，「漢中沔陽」字本不誤，不可删改作「江陽」也。今《續漢書・郡國志・犍爲郡江陽縣》下引此注，删去「漢中沔陽」四字，「漢壽」作「漢嘉」，「西南」作「因南」，既誤引又誤改，而不知其於地理斷不可通矣。又案《水經・漾水注》云劉澄之云「有水自沔陽縣南至梓潼漢壽，入大穴，暗通岡山」，又邢昺《爾雅疏》

引郭璞《爾雅音義》云「有水從漢中沔陽南流至梓橦漢壽，入大穴中，通峒山下，西南潛出，一名沔水」云云，此皆足爲「漢中沔陽」四字不誤之證。

注 **過漢壽南流** 「壽」當作「嘉」，各本皆誤。《水經・沬水注》云：沬水出岷山西，東流過漢嘉郡。

注 **雒水在上雒縣，出桐柏山** 《水經・江水注》云：雒水出雒縣漳山，亦言出梓潼縣柏山。劉注當即引此而誤衍「上」字，「出」下脱「漳山一曰在梓潼縣出」九字，又衍「桐」字耳。

粳稻莫莫 五臣「莫莫」作「漠漠」，銑注可證。

灑滮池而爲陸澤 注 **蔡邕曰：凝雨曰陸** 「陸」當作「洓」，見《南都賦》「爲溉爲陸」下，《廣韻・一屋》「洓，凝雨澤也」可爲證。

注 **李冰於湔山下造大堋以壅江水，分散其流，溉灌平地** 《水經・江水注》云：「江水又歷都安縣，縣有桃關、漢武帝祠，李冰作大堰於此。壅江作堋，堋有左右口，謂之湔堋。《益州記》曰：『江至都安，堰其右，撿其左，其正流遂東，郫江之右也。』因山頽水，坐致竹木，以溉諸郡。又穿羊摩江、灌江，西於玉女房下白沙郵作三石人立水中，刻要江神，水竭不至足，盛不没肩，是以蜀人旱則藉以爲溉，雨則不遏其流。故《記》曰『水旱從人，不知饑饉，沃野千里，世號陸海，謂之天府』也。郵在堰上，俗謂都安大堰，亦曰湔堰，又謂之金隄，左思賦云西踰金隄者也。」乃宋史志言李冰於離堆都江口置大堰，疏北流爲三，元史志言李冰鑿離堆分江以灌川，蜀民用富饒，是混冰之鑿堆、堋江爲一事矣。

注　**蜀都臨邛縣**　又**蜀都嚴道**　「都」并作「郡」，各本皆誤。

百果甲宅　又**朱櫻春熟**　五臣「宅」作「坼」，「熟」作「就」。良注可證。

注　**《周易》曰：百果草木皆甲坼**　六臣本「坼」作「宅」，是也。《易》「甲坼」，馬融、陸績本皆作「甲宅」。此注下文引「根曰宅，宅居也」云云，可知上引《易》正文亦當作「宅」，與此賦正文正合。

注　**皆讀如人倦之解**　胡公《考異》曰：「之解」當作「解之」。

注　**令櫻桃熟可嘗也**　陳曰「令」當作「今」，是也。按《叔孫通傳》云「方今櫻桃熟可獻」，非「嘗」字，各本皆誤。

蒲陶亂潰，若榴競裂　五臣「陶」作「桃」、「若」作「石」，良注可證。朱氏珔曰：蒲萄之萄或作陶，或作桃，并同聲通用，《説文》萄本訓草也，而今以爲「蒲萄」字，《一切經音義》引《通俗文》「西域出蒲萄」。餘多作「陶」者，如《史記·大宛傳》《漢書·西域傳》，本書則此處及《魏都》《上林》等賦皆然，不必從五臣本也。

芬芬酷烈　六臣本下「芬」字作「芳」，是也。

其園則有蒟蒻茱萸　六臣本「園」作「圃」。按上已有「其園」，此「園」當是傳寫之誤。孫氏志祖曰：園則賦果，圃則賦蔬。

注**蒟，蒟醬也**　又**蒻，草也，其根名蒻頭**　《華陽國志》：其果實之珍者，蔓有辛蒟，園有芳蒻。是蒟、蒻二物也。而《酉陽雜俎》云：蒟蒻，根大如椀。《爾雅翼》及《本草》并謂蒻頭生吴蜀，一名蒟蒻。是又以蒟蒻爲一物矣。蒟醬，《漢書·西南夷傳》作枸醬，劉德注不及此注之核，惟謂子長二三寸則兩注均誤，顔師古曾辨之。

曰往菲微　六臣本「微」誤作「薇」。

其沃瀛　段曰：《山海經》「是惟嬴土之國」，郭注「嬴，沃衍也」，是「瀛」當作「嬴」矣。

雜以藴藻　注《傳》曰：**蘋、蘩、藴、藻之菜**　今《左傳》「藴」作「薀」，注：薀藻，聚藻也。此正文及注亦當爲「薀」字。

注**爾殺既將**　又**維葉柅柅**　六臣本「將」作「時」，是也。此解時、味二字。今《詩》「柅柅」作「泥泥」，釋文云張揖作「苨苨」。

鸄鷺　注《毛詩》曰：**振鷺于飛**　《詩》毛傳「振，群飛貌」，正義云「此鳥名鷺而已」，則是非「振鷺」連文也。後人因振加鳥，《玉篇》乃有鸄字以爲鷺鳥别名。而此處劉注亦謂鸄鷺爲鳥名矣。然李注引《詩》不言「鸄與振通」，或李本不作鸄歟？

其深則有白鼉命鼈　林先生曰：焦贛《易林》：鼉鳴岐野，鼈應於泉。張氏雲璈曰：《埤雅》「鼈以鼉爲雄，鼉以鼈爲雌，鼉鳴而鼈應」，故注云：命，呼也。

注**鱣，䱜鰽也** 胡公《考異》曰：「鱣」當作「鮪」，各本皆誤，《吴都賦》「筌䱜鰽」善注「䱜鰽，鮪也」可借證。

注**張衡《應問》曰** 「問」當作「閒」，各本皆誤。

闢二九之通門 揚雄《蜀都賦》：其都門二九，四百餘閒。

注**漢武帝元鼎二年，立成都十八門** 《續漢書·郡國志·蜀郡》注引此注「都」下有「郭」字。段曰《臧宫傳》注引張注「十八門」下有「小雒郭門，蓋其數焉」八字。姜氏皋曰：元鼎二年，臧傳作三年，按《玉海》百六十九引《公孫述傳》「臧宫軍至咸門」注「成都北面有二門，其西者名咸門」、《成都志》曰「大城九門，少城九門，唯咸門、朔門秦漢舊名也」，是在當時十八門已不可考。

注**陽城，蜀門名也** 六臣本「城」作「成」。胡公《考異》曰：門名不俟更言城，必「成」字也。以此訂之，正文亦當作「成」。

武義虎威 六臣本「武」作「虎」。

當衢向術 「術」當讀作「遂」，與下「駟」韻。

匪葛匪姜，疇能是恤 何曰：此語強湊，當是此二人亦必治第。張氏雲璈曰：賦正言孔明、伯約乃心王室，不暇以居處爲懷，諸高門結駟者安能如葛、姜之是念，非謂二公有治第事也。濟注「恤，居也」，按《漢書·韋玄成傳》「恤我九列」顔注：恤，安也。

袨服靚粧　又**異物崛詭**　六臣本「粧」作「莊」，「崛詭」作「詭譎」。

邛杖傳節於大夏之邑　五臣「杖」作「竹」，良注可證。

注**張揖曰：靚謂粉白黛黑也**　段校云：此句是《上林賦》注，今《史記》《漢書》作郭璞語非也。

注**出番禺城下**　此下應再引《西南夷傳》「蒙歸至長安，問蜀賈人，獨蜀出枸醬，多持竊出市夜郎。夜郎者，臨牂柯江」云云。

注**曜靈，白日也**　「白」字不當有，各本皆衍。

注**黄潤纖美宜制襌**　六臣本「襌」作「禪」，是也。《説文》：禪，衣不重。

侈侈隆富　段曰：疑即詩之「哆兮侈兮」，上「侈」當作「哆」。

藏鏹巨萬　胡公《考異》曰：「鏹」當作「繦」，注同。《漢書·食貨志》作「繦」，劉注引之可證。《廣韻》云「繦」當作「鏹」，太冲時未必有此俗字也。《匡謬正俗》五云：「《食貨志》云臧繦，謂繩貫錢，故總謂之繦耳；而後之學者謂繦爲錢，乃改爲鏹字，無義可據。按孔子云四方之人繦負其子而至，謂以繩絡而負之，故謂繦褓耳，豈復關貨泉耶？」《正字通》云：「白鏹，金别名。《漢書·食貨志》『萬室之邑臧繦千萬』。繦、鏹音同義别〔七〕，錢謂之鏹，以索貫錢謂之繦。」

注**《漢書·貨殖傳》曰：蜀卓氏之臨邛，公擅山川銅鐵，上爭王者之利，下錮齊人之業，富至僮八百人。程鄭亦冶鑄，富埒卓氏**　此引《漢書》文，前後錯互。今《漢書·貨殖傳》曰蜀卓氏

「之臨邛，即鐵山鼓鑄，運籌算，賈滇蜀民，富至童八百人」，又云程鄭「亦冶鑄，富埒卓氏」，又云：至于蜀卓、宛孔、齊之刀閒，公擅山川銅鐵魚鹽市井之入，運其籌策，上争王者之利，下錮齊民之業。

注**《殖貨志》曰**　何校「殖」改「食」，陳同，是也。六臣本作「貨殖」并非。

注**藏鏹，管子之文也**　姜氏皋曰：《漢書·食貨志》「臧繦千萬」「臧繦百萬」即蒙《管子·輕重》等篇爲文。孟康注亦曰：繦，錢貫也。《管子》曰：凶歲糴釜十繦。

注**以持禄養**　胡公《考異》曰：「養」下當有「交」字，此引《臣道》篇文。

扼腕抵掌　胡公《考異》曰：「抵」當作「扺」，注同。《廣韻·四紙》「扺，扺掌，《説文》云側手擊也」〔八〕，與《十一薺》之「抵」迥然有别甚明。《西征賦》《爲蕭揚州作薦士表》《廣絶交論》用扺掌者倣此，今皆誤作「抵」。

注**《抵戲》篇**　段校云今《鬼谷子》作「抵巇」。

注**桓譚《七説》曰**　「譚」當作「麟」，各本皆誤。本書《七命》注、《祭屈原文》注并引桓麟《七説》。《後漢書·桓麟傳》注引摯虞《文章志》「麟文見在者《七説》一首」可證也。

注**吉日兮良辰**　陳校「良辰」二字乙轉，是也，各本皆倒。

肴槅四陳　六臣本「槅」作「核」。

注**猶衛之雅質**　「雅」當作「稚」，各本皆誤。

翩躚躚以裔裔　注《詩》曰：**屢舞躚躚**　五臣「翩躚」作「僊僊」，向注可證。今《詩》作「屢舞僊僊」，云「遷，徙；屢，數」也〔九〕，《莊子·在宥》篇「僊僊，坐起之貌」是也。《玉篇》「蹁躚，猶蹣跚也」，意皆相近。

注**楚徙宅西河，長公思故處，始作西音。長公繼是音以處西山。秦國之風，蓋取乎此。見《呂氏春秋》**　「楚」當作「整」，「長公」二字不當有。今《呂氏春秋·音初》篇作「殷整甲徙宅西河，猶思故處，實始作爲西音。長公繼是音以處西山。秦穆公取風焉，實始作爲秦音」云云，《竹書紀年》「河亶甲名整，自囂遷於相」即其事。

注**觀者萬堤**　「萬」當作「方」，各本皆誤。

西踰金隄　《水經·江水注》引此句，已見上。

朔别期晦　六臣本「期晦」作「晦期」，是也，注作「晦期」可證。

涉躐寥廓　五臣「躐」作「獵」，向注可證。

躡五屼之蹇滻　五臣「滻」作「産」，良注可證。

注**彭門鴻屼**　又**在漢壽嚴道縣**　「屼」當作「峴」，「壽」當作「嘉」。

注**五屼，山名也。一山有五重，在越嶲，當犍爲南安縣之南也**　《續漢書·郡國志·犍爲郡南安》注引《蜀都賦》注曰：縣之南有五屼山，一山而五里，在越嶲界。與此稍異。

鼂貙氓於葽草 注 **當爲拍** 五臣「鼂」作「拍」，翰注可證。段曰：《説文》「鼂，顯也」，《倉頡篇》曰「鼂，明也」，太冲用此字亦是「明顯」之意。貙人能化爲虎，幽怪難識，令不得遁其形也。改爲「拍」非是。

注 **魏完《南中志》所記也** 六臣本「完」作「宏」，是也。

彈言鳥於森木 《三國志·王朗傳》：牙獸屈膝，言鳥告歡。

注 **文立《蜀都賦》：虎豹之人** 六臣本「文」作「又」，無下八字，而與下節注相連。胡公《考異》曰：晉有文立，劉并時人，決非所引。

注 **《淮南子》曰：飛鳥鎩羽，走獸廢足。許慎曰：鎩，殘也** 今《淮南子·俶真訓》「廢足」作「擠腳」，《覽冥訓》作「廢腳」。又本書《五君詠》、謝宣遠《答靈運》詩、江文通《雜體詩》引許慎注并同，惟《辨命論》注引作「鎩羽，殘羽也」。《一切經音義》五又引作「鎩羽而飛」。

相與第如滇池 六臣本「第」作「弟」。按《史記·五帝紀》贊「顧弟勿深考」，徐廣注「弟，但也」，引此賦「弟如滇池」。則作「第」爲後人所改。

艤輕舟 五臣「艤」作「漾」，向注可證。

娉江婓，與神遊 注 **語在《列仙傳》** 五臣「婓」作「妃」，向注可證。按「婓」即「妃」字。《吴都賦》「江婓於是往來」，《曹全碑》「長女桃婓」，《真誥》「江妣登湄而解佩」又作「妣」，皆古「妃」字。

此事《北堂書鈔·衣冠部》《藝文類聚·靈異部》并引《列仙傳》與此注略同。惟《事類賦·寶貨部》引《列仙傳》曰「鄭交甫至漢皋臺下，見二女佩兩珠，大如荆鷄卵，二女解與之，既行反顧，二女不見，佩珠亦失」字句與此注大異，而與《南都賦》注所引《韓詩外傳》略同。今無以考之也。

注 **俗謂正船迴濟處爲艤**　胡公《考異》曰：「迴」當作「向」。

珠貝汜浮　又 **酌清酤**　又 **漫乎數百里間**　六臣本「汜」作「氾」，「清」作「醪」，「里」下有「之」字。

注 **善曰：既載清酤。毛萇《詩》曰**　六臣本無「詩」字，是也。陳校「善曰」下添「詩曰」二字，各本皆脱。

天帝運期而會昌　《三國志·秦宓傳》注引「帝」作「地」。

注 **《河圖括地象》曰：岷山之地，上爲井絡，帝以會昌，神以建福。上爲天井**　《水經·江水注》引下「地」字作「精」而無「上爲天井」句。《三國志·秦宓傳》曰：蜀有汶阜之山，江出其腹，帝以會昌，神以建福。裴注亦引《河圖括地象》與此同，惟「井絡」上多「東」字。

注 **上爲東井維絡**　六臣本無「絡」字。

注 **俗説云宇化爲子規……蜀人聞子規鳴，皆曰望帝也**　按《華陽國志》云：「蠶叢、魚凫之後，有王曰杜宇，稱帝號曰望帝。會有水災，其相開明決玉壘山以除水害。帝遂委以政事，禪位於開明，帝升西山隱焉。時適二月，子規鳥鳴，蜀人悲之。」故聞子規之鳴即曰望帝，其實非變化也。

羗見偉於疇昔 六臣本「羗」作「嗟」。

注 **善曰：降丘宅土** 何校「善曰」下添「尚書曰」三字，陳同，是也。

蔚若相如 五臣「蔚」作「鬱」，向注可證。

是故遊談者以爲譽 六臣本「譽」作「美」。

注 **漢靖王勝後也** 陳校「靖」上添「中山」二字，各本皆脱。

校記

〔一〕續漢書律曆志　「曆」據《後漢書》補。

〔二〕仁壽元年蜀郡置雙流縣　「蜀」據《隋書·地理志·蜀郡》補。

〔三〕續漢書郡國志蜀郡　「郡」原作「都」，據《後漢書·郡國志》改。

〔四〕山海經之數歷山　「數」據《山海經·西山經》補。

〔五〕請令以丹青云云　「請」原作「語」，據《逸周書》卷七、《後漢書·西南夷傳》注改。又《後漢書》注引無「江歷」二字。

〔六〕右合陽元水口出高陽縣　原作「右合陽元水，水出陽江縣」，光緒版據全祖望、趙一清本改。按明刻《水經注·江水》「右合陽元水口，水口出陽縣」，全、趙改下句作「水出高陽縣」，殿本删乙作「右合陽元水，水出陽口縣」；章鉅既從殿本删上「口」却訛下「口」，光緒版宜就殿本改「江」作「口」即可，似不當復依别本連改三字。

〔七〕臧緺千萬緺鑼音同義别　下「緺」據《正字通》卷十一補。「臧」原依《文選》及清本《匡謬正俗》作「藏」，光緒版據《漢書》改。

〔八〕説文云側手擊也　「擊」下原衍「聲」，據《廣韻》卷三及《説文》改。

〔九〕屢數也　「數」原作「敗」，據《詩·小雅·賓之初筵》毛傳改。

文選卷五上

吴都賦上

注吴都者，蘇州是也。後漢末，孫權乃都於建業，亦號吴　六臣本此一節不標注家姓名，疑非劉、李注，亦并非五臣注也。案此賦注往往有六臣本所無者，皆後人竄入，并非劉、李之舊，胡公《考異》已詳列之。兹採其有關考訂者，餘不悉具。

劉淵林注　何曰：《三國志注》云：晉衛權作《吴都賦序》及注，序粗有文辭，至於爲注，了無發明，直爲塵穢紙墨，不合傳寫。

䩶然而咍　何校「䩶」改「䩶」，陳同，是也，各本皆誤。

玉牒石記　五臣「牒」作「諜」，銑注可證。姜氏皋曰：今《説文·片部》牒，札也；《木部》札，牒也。

段曰《太史公書》借「諜」爲牒、札字。

注**《說文》曰：牒，札也**　胡公《考異》曰：「說文曰」三字不當有，後劉注「岊」引《說文》稱爲《許氏記字》，此非劉元文明甚。李注又引「札」作「記」，蓋因正文「記」字而誤耳。

瑋其區域　五臣「瑋」作「偉」，翰注可證。

徇蹲鴟之沃　注**吾聞岷山之野，下有蹲鴟**　按《史記·貨殖傳》云「岷山之下沃野〔一〕，下有蹲鴟」，引以注此，似不當删「下沃」二字。

齷齪而算　「齷」當作「握」。六臣本校云善作「握」。

顧亦曲氏之所歎也。旁魄而論都，抑非大人之壯觀也　六臣本「顧」作「固」，「都」下有「邑」字，「壯」上有「所」字。潘氏耒曰：「都」字衍，涉「論都」而誤耳。胡公《考異》曰：「旁魄而論」與上「齷齪而算」偶句，各四字，不當偏贅一字。

注**蜻蛉縣禺山**　「蜻」當作「青」，「禺」下當有「同」字，各本皆誤。《續漢書·郡國志·越嶲郡》及《水經注》「淹水」條可證。

注**《易·無妄》曰**　「無」當作「无」。《魏都賦》注引《漢書》「陽九厄」，今本《漢書》作「易九戹」，而此注又作「易无妄」，實一事也。漢獻帝禪位詔曰：遭无妄厄運之會，值炎精幽昧之期。

安可以儷王公而著風烈也　胡公《考異》曰：「儷」當作「麗」，「著」當作「奢」，劉注「麗，著也」

〔二〕引「麗王公」也、善注「奢靡」引「弊化奢麗」皆可證。銑注作「儷」作「著」，遂以五臣亂善，與注不相應矣。朱氏珔曰：儷、麗亦通，《公羊·莊廿一年傳》「士受儷皮」釋文「儷本作麗」，《荀子·正名》篇「名之麗也」注「麗與儷同」。

注 **麗王公也**　今《易》「麗」作「離」，釋文：音麗，鄭作「麗」。

而不覩上邦者　六臣本「覩」作「覿」。

注 **《說文》曰：磧，水渚有石也**　今《說文》「渚」作「陼」，「也」作「者」。

子獨未聞大吳之巨麗乎　六臣本校云五臣「巨」作「壯」。

蓋端委之所彰，高節之所興　注 **端委，至德，太伯也；高節，克讓，延陵也**　按此李注最爲分晰，而濟注乃云「太伯、延陵，端其志操，委棄其位，以存讓體」是「興高節」也，合兩人之事而混同注之，宜爲丘光庭之所譏矣。

由克讓以立風俗　又 **輕脱躧於千乘**　六臣本無「俗」字，「躧」作「屣」。

注 **袖長而裳齊**　段校「袖」上添「又曰」二字。

注 **《左傳》曰：吴子諸樊既除喪，將立季札。札曰：聖達節，次守節，下失節，爲君非吾節也。遂讓不受**　朱氏珔曰：「聖達節」云云爲《成十五年傳》曹子臧語，札讓國在《襄十四年傳》，但稱其述子臧事，無此數語，注乃誤合爲一。

故其經略　又**包括干越**　六臣本「故」作「固」，「干」作「于」，注同。胡公《考異》曰：案正文當作「干」，善引《漢書》及《音義》當作「干」，引《春秋》杜注當作「于」，「春秋曰」上當有「一曰」二字，今注皆有誤。

注　**《左傳》曰：天子經略土地，定城國，制諸侯。略，分界也**　今《左傳》惟昭七年有「天子經略」一語，其「土地」以下疑出《左傳》古注。

注　**《爾雅》曰：星紀斗，牽牛，吴分野。斗者，日月五星之所經始，故謂之星紀**　按《爾雅》：星紀斗，牽牛也。《春秋正義》三十八引孫炎注曰：星紀，日月之所終始也，故謂之星紀。此所引似亦是孫注，但多「吴分野」三字、「終始」作「經始」爲異耳。

注　**婺女越分，翼、軫楚分，非吴分，故言寄曜寓精也**　六臣本作「越、楚地皆割屬吴，故言婺女翼軫、寄曜寓精也」，似勝此注。

注　**《地理志》曰：餘姚縣蕭山，瀵水所出**　《漢書·地理志》「姚」作「暨」，「瀵」作「潘」。何、陳并據之校改，是也。《續漢書·郡國志·會稽郡》引《魏都賦》注有「蕭山，潛水出焉」即此文，但誤「吴」爲「魏」，復誤「潘」爲「潛」。

注　**武林水所出龍川**　六臣本作「武林龍川出其坰」。案今《漢書·地理志》錢塘「武林山，武林水所出」，注當依此改正，「龍川」字不當有，皆涉上節正文而誤耳。

注《説文》曰：泓，下深大也　今《説文》：泓，下深皃。

修鯢吐浪　段曰：《水經注·温水》篇引左思《吴都賦》「吐浪牂柯」，今此篇衹有「修鯢吐浪」句，蓋《三都》皆屢有改本不同也。

琵琶　袁氏文《甕牖閒評》云：《吴都賦》「蛟鯔琵琶」注云「琵琶魚，無鱗，其形似琵琶」，豈今所謂鯕魚乎？

鯸鮐　《山海經·北山經》：敦薨之山，其中多赤鮭。郭注：今名鯸鮐，爲鮭魚，鮭音圭。案《玉篇》「鮐」作「鮔」，云：鯸鮔，鮰也，食其肝殺人。《廣雅》：「鯸鮔，魨也，背青腹白，觸物即怒，其肝殺人。」[三]則正今之河豚耳。河豚俗又名鯢，蓋即鮭之或體字。王氏念孫曰「河豚善怒，鮭之言恚，鮰之言訶」皆其義也。

鮣龜鱕䱜　段校「鮣」作「印」、「鱕」作「鐇」，注同。云：《廣韻》「鐇，廣刃斧也」，《一切經音義》引薛氏《異物志》正作「鐇」。

烏賊　注**烏賊魚腹中有藥**　《證類本草》引蘇頌《圖經》云「腹中有墨可用，故名烏鰂」，然則腹中「有藥」疑「有墨」之譌。

䶂鼊　六臣本「䶂」作「勾」。

注**雄曰鯨，雌曰鯢。又一説曰：鯨猶言鳳，鯢猶言皇也**　案後説同前説。《左傳·宣十二年》正義引裴淵《廣州記》云：鯨鯢長百尺，雄曰鯨，雌曰鯢。王氏念孫曰：雌鯨之爲鯢，猶雌虹之爲霓。

注**《詩》曰：泝洄從之**　今《詩》「泝」作「遡」，字同。

注**《淮南子》曰：水濁則魚噞喁**　六臣本「淮南子」作「文子」，是也。今《淮南子·主術訓》有此語無「喁」字，《韓詩外傳》云「水濁則魚喁」又無「噞」字。《説文》「喁，魚口上見也」，《廣雅·釋言》「噞，喁也」，皆單釋之。惟《集韻》引《字林》云：噞喁，魚口出水皃。

鳥則鶡鵁鸀鳿　注**鸀鳿，水鳥也**　本書《上林賦》「駕鵞屬玉」即鸀鳿，音同而字異。《漢書·宣帝紀》注晉灼曰：屬玉，水鳥，似鵁鶄。

注**鶖如鷺**　毛本「鶖」作「鶩」。段曰：此三字當作「如鶩」二字，與《上林賦》注合。

胡可勝原　六臣本「原」作「源」。

迴眺冥蒙　又**洪桃屈盤**　六臣本「迴」作「迥」，「屈盤」作「盤屈」。

注**《水經》曰：東海中有山焉，名曰度索，上有大桃，屈盤三千里**　姜氏皋曰：桑欽《水經》無此文，《十洲記》有之，「桃」下有「樹」字，「三」作「數」，并散見於《神異經》《拾遺記》《漢武帝故事》《博物志》諸書。

注**生其華蘂，仙人所食**　又**《漢書》歌曰**　六臣本「生」作「食」，無「仙人所食」四字，無「書」字。別本或無「曰」字。毛本「華」作「葉」。

注　**朱稱《鬱金賦》曰**　「稱」當作「穆」，本書《魯靈光殿賦》注引可證。

江斐於是往來　五臣「斐」作「妃」，良注可證。

斯實神妙之響象　五臣「響」作「嚮」。翰注：嚮象，言未審也。

嗟難得而覼縷　六臣本「嗟」作「羌」，注同，是也，王元長《曲水詩序》「羌難得而稱計」引此賦作「羌」可證。

注　**《爾雅》曰：嗟，楚人發語端也**　胡公《考異》曰：《爾雅》無此文，疑「爾」當作「小」，即《西都賦》注所引之「《小雅》曰：羌，發聲也」。

異荂蓲蘛，夏曄冬蒨　段校云：「蓲」是譌字，當作「萿」，《廣韻》：萿蕍，花貌。六臣本「蒨」作「倩」。

注　**通曰冬生**　尤本「曰」字空格。胡公《考異》曰：疑「曰冬」當作「冬曰」。

注　**亦草之貌也**　「草」當作「華」，此引《爾雅》郭注。

注　**薑彙大如累**　又**彙，類也**　姜氏皋曰：《本草綱目》「廉薑，《釋名》薑彙也，李時珍曰：《異物志》：薑彙生沙石中，似薑，大如甕」，然則「累」當作「甕」〔四〕。又《通志》云「薑彙，似山薑而根大」，是「薑彙」乃其名也，似「彙」不當作「類」字解。疑彙者讀如刺猬。《爾雅·釋木》「櫟其實梂」郭注「有梂彙自裹也」，《埤雅》云栗「有莍蝟自裹」，《群芳譜》亦云「栗，苞生，外殼刺如蝟」，是可取以相證矣。

綸組紫絳　林先生曰：邵晉涵注《爾雅》，吴任臣注《山海經》，并以綸爲青苔、紫菜之屬。又《太平御覽》引吴普《本草》云：綸布，一名昆布。陸藏器《本草》云：昆布，葉如手大，似薄韋，紫赤色。據此則「紫絳」二字，或即言綸組之色耳。

食葛　林先生曰：劉注謂食葛蔓生，又云根大、美于芋，故何義門疑即今之蕃薯，其實非也。盛氏世佐曰：食葛理粗如首烏，大者若小兒形，亦名乾葛，予在嶺南惠、潮之間常食之。

東風扶留　《玉篇》「東風」作「菄風」。《説文繫傳》「扶留」作「浮流」。何曰：《廣韻》引《廣州記》云「東風菜，陸地生，莖赤，和肉作羹，味如酪，香如馬蘭」，《玉篇》作「菄風」。

注**豆蔻生交趾**　至**石榴辛且香**　此三十字依賦正文當移在「蒳草樹也」至「食之益美」三十四字之下。

注**乾之亦**　又**其華離婁**　六臣本「亦」作「赤」，「婁」作「樓」，是也。

注**味辛，可食。檳榔者，斷破之以合石賁灰**　按「可」字疑衍，「食」當連下「檳榔」讀。胡公《考異》曰：「石」當作「古」，見下注，各本皆誤。

曄兮菲菲　五臣作「曄曄菲菲」，翰注可證。

注**《許氏記字》曰：岊，陬隅，而山之節也**　此劉注引《説文》也，即今之《解字》，「而」當依《説文》改「高」。

注 **菲菲，花美貌也** 此六字當移在「方言曰」十二字下。

注 **蕃蔗艸，拔其心不死，江、淮間謂之宿莽。屈原嘉之以其志，故《離騷》曰：夕覽州之宿莽** 「其」字衍，六臣本「心」下衍「而」字。案《方言》「莽，草也，南楚曰莽」，爲草之總名。郭璞讚曰：「蕃蔗之草，拔心不死。屈平嘉之，諷詠以比。取類雖邇，興有遠旨。」

木則楓柙櫲樟 又**平仲桾櫏** 六臣本「櫲樟」作「豫章」，「桾櫏」作「君遷」，是也。此注中作「君遷」尚不誤。

松梓古度 庾信《枯樹賦》作「松子古度」。

楠榴之木 胡公《考異》曰：「楠」當作「南」，各本注皆作「南」。謹按六臣本「楠」下有「南音」，蓋五臣作「楠」。段曰：「楠」特「柟」之俗，「榴」乃「瘤」之誤，柟瘤之木猶今人云癭木也，癭木多柟樹所生，故曰柟瘤。

注 **楨、櫨二木名** 「櫨」當作「櫨」。

注 **劉成曰** 汪氏師韓曰：劉成說未詳何本。

重葩殗葉 五臣「殗」作「掩」，向注可證。

注 **殷仲文所謂幽律** 孫氏志祖曰：謂《南州桓公九井作》詩「爽籟警幽律」，即見本書二十二卷，非別有《吴都賦》注也。

注《説文》曰：筑似筝，五絃之樂也　今《説文》「似筝」作「以竹曲」。按「以竹曲」三字恐由「似筝」兩字轉寫致誤。

其上則猨父哀吟，貚子長嘯　又争接縣垂　注見人嘯　六臣本「則」下有「有」字，「猨」作「猿」，「争接縣垂」作「争縣接垂」，「嘯」當作「笑」，注引《山海經》可證。顧氏千里曰：案此注「嘯」上十一字不相照應，恐係尤本誤添。

注揚雄《方言》曰：透，驚也　《廣雅·釋詁》：透，嬈也。義可互證。

注《山海經》曰：獄法之山有獸，狀如犬，人面，見人則笑，名貚　此作「笑」，與今《北山經》合，惟《北山經》作「名山貚」。

注枚乘《兔園賦》曰：上湧雲亂，葉翬散　六臣本「上」作「騰」。陳校「葉」上添「枝」字，據《古文苑》也。

烏菟之族　六臣本「烏」作「於」，注中「菟」并作「塗」。姜氏皋曰：《左氏傳》「使營菟裘」，《公羊傳》作「塗裘」，是「菟」與「塗」通。

注《爾雅》曰：梟羊，一名萬萬，如人，面長脣黑，身有毛反踵，見人則笑，左手操管。《海南經》所云也　《爾雅》下當有「注」字。《爾雅·釋獸》「狒狒，如人，被髮，迅走食人」，郭注：「梟羊也。《山海經》曰：其狀如人，面長脣黑，身有毛及踵，見人則笑。」按《説文》引《爾雅》「狒狒」作「𪕰𪕰」。今《海内南經》「梟羊」作「梟陽」，「見人則笑」作「人笑亦笑」。

注《山海經》曰：南海之外有猰貐，狀如貙，龍首食人　今《海内南經》作「窫窳，龍首，居弱水中，其狀如龍首，食人」，又《北山經》言窫窳狀如牛而赤身人面馬足，又《海内西經》言窫窳蛇身人面，皆與此異，獨無所謂「狀如貙」者。而《爾雅》《説文》均有「猰貐類貙」之語，劉注蓋誤合之。

注穎，鋒也　胡公《考異》曰：「鋒」當作「鐶」，各本皆誤。

校記

〔一〕史記岷山之下沃野　岷，《史記·貨殖列傳》作「汶」，索隱音岷，正義音珉，《漢書·貨殖傳》作「岷」。此改以就《文選注》。

〔二〕劉注麗著也　此注尤本、元槧本、毛本、胡本「公孫述，王莽末時王蜀」至「麗著也」四十五字，六臣本作「公孫述王此土而亡，諸葛亮相此國而敗」十六字，胡克家《文選考異》卷一曰最是。

〔三〕廣雅云云　此乃《集韻》《類篇》「鮔」字引《博雅》文，今《廣雅》無。

〔四〕大如甕然則累當作甕　「甕」原作「贏」，據《本草綱目》卷十四改，乃《廣群芳譜》《佩文韻府》引作「贏」。

文選旁證卷第七

文選卷五下

吴都賦下

其竹則篔簹箖箊，桂箭射筒　六臣本「箖」作「林」。《初學記·竹部》引戴凱之《竹譜》曰竹之別類有六十一焉：有桂竹，甚毒，傷人必死；有箭竹，節間三尺，堅韌中爲矢。

柚梧有篁　胡公《考異》曰：「柚」當作「由」，注中作「由」，各本皆同；「柚」下注「由」字，乃五臣音以亂善耳。林先生曰：柚梧當即吴筠《竹賦》〔一〕之猶箬也。《説文》：篁，竹田也。

注 **始興以南，又多小桂，夷人績以爲布葛**　此十五字應移在「圍二尺，長四五丈」句下。或曰「夷人」七字應移在「射筒」注後。

注 **桂竹生於始興小桂縣**　段曰：「小桂」當作「桂陽」，晉始興有桂陽縣，「小桂」二字蓋涉下文而誤耳。

注 **射筒竹，細小通長，長丈餘，亦無節，可以爲射筒。筒及由梧竹皆出交趾、九真**　胡公

《考異》曰：下「射筒」當作「筒射」，各本皆倒；「筒」句絶，「射」下屬也。詳劉注意，篔簹也、林箊也、桂也、箭也、射筒也、由梧也、篥也、篣也，凡八竹。此但可以爲筒耳，非單名筒也。段曰：「通長」當作「通中」，兩「筒」字之中間當脱「射」字。戴凱之《竹譜》云「射筒，薄肌而最長，節中貯箭，因以爲名」，與劉注「無節」異。

檀欒蟬蜎　六臣本「蟬蜎」作「嬋娟」，是也，注中作「嬋娟」不誤。

注 **鸑鷟，鳳鶵也。鵷鶵，《周本紀》曰：鳳類也，非梧桐不棲**　六臣本無「鳳鶵也」及「周本紀曰」七字，「鳳」上有「皆」字，又無末五字。

注 **馴，擾善也**　胡公《考異》曰：當作「擾馴也」，各本皆誤。

注 **枚乘《兔園賦》曰：修竹檀欒，夾水**　「夾」下當有「池」字。

椰葉無陰　六臣本「陰」作「蔭」。

結根比景之陰　注 **比，方利反。一作北景云**　案此注以上皆《漢書音義》文，《地理志》「日南郡比景縣」如淳曰「日中於頭上，景在己下，故名之」即此注所引。《郡國志》無注，其字亦作「比」。兩漢有比景縣，無北景縣，惟程氏大昌《考古編》以爲《漢書》「比景」當依《舊唐書》作「北景」。又徐氏文靖《管城碩記》云：張衡《應間》曰日南則景北，《南越志》云「五月立表望之，日在表北，景居南」，則《漢志》「比景」疑是「北景」。然闞駰自讀比爲庇，以爲景在己下，爲身所庇也。

系紫房　又**孔雀絳羽以翱翔**　六臣本「系」作「係」，「以」作「而」。

注**鷲蛦也**　毛本「蛦」作「䗅」，誤。段校云《蜀都賦》作「蛦蛦」。

雜插幽屏，精曜潛穎　「屏」字與上下不叶韻，恐有誤。「穎」五臣作「熲」，翰注：雖在幽僻之處，常熲然有異光也。朱氏珔曰：「屏」字不叶韻誠然，但江氏永《古韻標準》所舉隔韻、遥韻之法，如《詩·楚茨》《生民》等章亦可通，則此處「谷」與上「樸」「玉」、下「黷」「緑」韻，中「屏」「穎」二句自爲韻，亦可姑存俟考。

林木爲之潤黷　《説文繫傳》引「木」作「麓」。

注**金華，采者**　此四字恐有譌脱。陳校於「金華」下添「金有華」三字，亦恐誤涉下李注耳。

注**張禄先生曰：宋有結緑**　顧氏千里曰：本書《魏都賦》孟陽注「范睢更名張禄先生」，此賦淵林注所引「宋有結緑」，睢獻書昭王中語也，見《戰國策》《史記》。

注**《説文》：哲，擿空青，珊瑚墮之**　今《説文》作「哲，上擿山巖空青，珊瑚墮之」。

陵鯉若獸　注**陵鯉，有四足，狀如獺，鱗甲似鯉，居土穴中，性好食蟻。《楚辭》曰：陵魚曷止。王逸曰：陵魚，陵鯉也**　《初學記·魚部》引山謙之《南徐州記》及此賦並作「鯪鯉」。按此注説，陵鯉蓋即今之穿山甲也。又所引《楚辭》今《天問》篇作「鱗魚何所」。

窊隆異等　《説文》：窊，汙邪下也。徐鍇引《吴都賦》曰「窊隆異等」，窊隆，卑高也。按「等」字與上「倍」下「在」似不韻。顧亭林據《廣韻》收「等」字於《十五海》，音多改切，而引昌黎《許國公神道碑銘》「上之宅憂，公讓太宰，養安蒲坂，萬邦絶等」又李庚《西都賦》「謐萬類，渟四海，遂開國以報功，差子男之五等」爲證，乃於此賦失引。

穱秀　翰注：穱，麥也。按本書《七發》及《大招》皆云「穱麥」，王逸云「擇麥中先熟者也」。《廣韻》穱者「稻處種麥」。皆早取之義。《説文》「穛，早取穀也」。《内則》「稰穛」注「生穫曰穛」。則穱、穛、穛字皆通。

國税再熟之稻　許氏慶宗曰：《水經·温水注》：名白田，種白穀，七月火作，十月登熟。名赤田，種赤穀，十二月作，四月登熟。所謂兩熟之稻也。

鄉貢八蠶之綿　《野客叢書》云：《廣記》「日南一歲八蠶」，以其地暖故爾，而《海物異名記》乃謂八蠶共作一繭，與前説異。《丹鉛總録》引《永嘉記》云「永嘉有八輩蠶：蚖珍蠶三月績，柘蠶四月初績，蚖蠶四月初績，愛珍五月績，愛蠶六月末績，寒珍七月末績，四出蠶九月初績，寒蠶十月績。凡蠶再熟者皆謂之珍」。按宋人《西溪叢語》已引《雲南志》云「風土多暖，至有八蠶，言蠶養至第八次，不中爲絲，衹可爲綿，故云八蠶之綿」也。

用累千祀　六臣本「祀」下有「也」字，是也。胡公《考異》曰：此與下文「焕炳萬里也」偶句，恐無者傳寫脱。

注**亦有水陸門，皆**　胡公《考異》曰：「皆」下當有「有樓」二字。

造姑蘇之高臺　林先生曰：按《吴地記》：吴王闔閭十一年起臺於姑蘇山，因名，夫差復因而飾之。

佩長洲之茂苑　《困學紀聞》十云：余仕於吴郡，嘗見長洲宰〔二〕，其圃扁曰茂苑，蓋取諸《吴都賦》。余曰長洲非此地。問其故，余曰：「吴王濞都廣陵，漢《郡國志》廣陵郡東陽縣『有長洲澤，吴王濞太倉在此』，東陽今盱眙縣。故枚乘説吴王云『長洲之苑』，服虔以爲吴苑，韋昭以爲在吴東，蓋謂廣陵之吴也。」曰：它有所據乎？曰：「隋虞綽作《長洲玉鏡》，蓋煬帝在江都所作也。長洲之名縣，始於唐武后時也。」閻氏若璩曰：萬歲通天元年，析吴縣置長洲，蓋取《越絶書》《吴越春秋》「走犬長洲」之文以名，非枚乘所説。姜氏臯曰：「《北史》《隋書·虞綽傳》並云晉王廣引爲學士，大業初轉爲祕書學士，奉詔與祕書郎虞世南、著作郎庾自直等撰《長洲玉鏡》等書十餘部。按大業初煬帝未幸江都也，史鑑具在，不足牽引爲長洲在江都之證。且《長洲玉鏡》二百三十八卷《隋書·經籍志》列於雜家，亦非誌地之書。竊疑《長洲玉鏡》者取東方朔《十洲記》之長洲耳，《漢武帝内傳》亦載長洲是也。《圖經續記》云吴郡西南七十里有長洲鄉，《吴郡志》亦無異辭，是吴之長洲舊矣。」錢氏大昕云：太冲所賦孫吴之都，其時廣陵不在吴境，則今人稱長洲爲茂苑未可厚非也。

起寢廟於武昌　張氏雲璈曰：《宋書·五行志》「權稱帝二十四年〔三〕，竟不於建業創七廟，但有父堅廟遠在長沙」，賦所云不知何據。姜氏臯曰：《吴志·孫亮傳》「五鳳二年十二月作太廟」，裴注「《吴歷》曰正月爲權立廟，稱太祖廟」，是吴有寢廟也；《魏志·諸葛誕傳》注「黄初末，吴人發長沙王吴芮冢，以其塼于臨湘爲孫堅立廟」，是廟並不在長沙也。

抗神龍之華殿　又飾赤烏之韡曄　六臣本「韡」作「暐」。《玉海》百五十九引《建康宫殿簿》云：太初宫中有神龍殿，去縣三里，左太冲《吴都賦》云「抗神龍之華殿」是也；赤烏殿在縣東北五里吴昭明宫内，制度上應星宿。

注**在丹陽。孫權自會稽**　至**不向武昌居**　六臣本無此三十三字，是也。何曰：「權」當作「皓」，「不樂徙」乃孫皓時事也。今案《三國志·吴主傳》「黄初二年辛丑四月，權自公安都鄂，改名武昌。黄龍元年己酉九月，權遷都建業」此一事也，《嗣主傳》「甘露元年乙酉九月，從西陵督步闡表，都武昌。寶鼎元年丙戌十二月，皓還都建業」此又一事也，二事相去三四十年，然前後並無自會稽徙治丹陽、建業之事，按《三國·吴主傳》「建安五年曹公表權爲討虜將軍，領會稽太守屯吴，十六年權徙治秣陵，明年城石頭，改秣陵爲建業」云云，何所言恐誤。其爲牽合舛錯明矣。何義門不悟尤本所添實非劉注，而有「不樂徙乃孫皓時事」之校語，其實即依何改權，仍無可通。又案《宋書·五行志》：孫皓初童謡曰「寧飲建業水，不食武昌魚。寧還建業死，不止武昌居」，皓尋還都武昌，民泝流供給，咸怨毒焉。尤本乃作「寧飲建業水，不向武昌居」，亦舛錯不可通。

注**皆建業吴大帝所太初宫**　六臣本無此十字，有「二」字屬下，是也。胡公《考異》曰：此與上文皆不知何人所謬記，尤本誤取以增多，既云吴大帝又云孫權，一人之稱乖剌如此，尤爲誤中之誤。姜氏臯曰：袁本作「臨海、赤烏皆建業初宫殿名也」，竊疑「建業初」三字亦屬不辭，建業是地名非年號，不得云初也，或是「神龍正殿名，臨海、赤烏皆建業吴大帝所居，太初宫中殿名也」云云，舊注或衍或脱，遂不可通耳。

注 **大夫種** 六臣本「種」下有「蠡」字。

房櫳對櫎 又**左稱彎碕** 五臣「櫎」作「榥」，濟注可證。「碕」作「崎」，翰注可證。

右號臨硎 《玉篇》作「臨硎，山，見吴郡」。段校云：《玉篇》誤，案《吴郡志》引《名山志》云：支硎山在龍池山東北，《吴都賦》云「右號臨硎」也，蓋山多平石，故以硎名。

注 **《説文》曰：櫳，房室之疏也** 今《説文》「櫳，房室之疏也」，别有「櫳檻」也。按《倉頡篇》：「櫳，疏也，亦作櫳。」段曰：「二字不嫌同偁，左木右龍之字恐淺人所增。」然《説文》「檻」亦曰櫳也，本書《長楊賦》注引《釋名》「檻車，上施闌檻以格猛獸，亦囚禁罪人之車也」，是則櫳之爲檻者，有籠字之義。《華嚴經音義》引《三倉》「櫳，所以盛禽獸也」〔四〕是已。《廣雅·釋室》「櫳，舍也；櫳，牢也」，則又互異矣。

注 **又曰：櫎，帷屏屬。然則門窻之廡通名櫎，櫎與榥音義同** 今《説文》：櫎，所以几器，一曰帷屏風之屬。錢氏坫曰：《玉篇》作「帷櫎，屏風屬」，《説文》似脱一字，《吴都賦》「房櫳對櫎」俗作「幌」，《文字集略》曰「幌，以帛明窻也」。按櫎、榥古今字，徐鍇《繫傳》引謝惠連《雪賦》曰「月承幌而通輝」，幌即櫎字。然皆與李注「門窻」云云不合。

注 **《汲郡地中古文册書》** 按此即《竹書紀年》。

朱闕雙立，馳道如砥　《方輿勝覽》引《宫城記》云：吴時自宫門南出至朱雀門凡七八里，府寺相屬。自大司馬門出者爲御街、夾街爲御溝，自端門出者爲馳道，自西掖門出者爲右御街。

注**《韓詩》曰：亹，水流進貌**　六臣本作「《韓詩》曰：亹，進也」。胡公《考異》曰：此當作「亹亹，進也」，六臣本脱重疊字耳，所引當是「亹亹文王」之傳，後來考《韓詩》者從而認爲「鳧鷖在亹」，益誤矣。

解署棊布　六臣本「解」作「廨」。孫氏志祖曰：古止有「解」字〔五〕，《玉篇·角部》「解」字注：又古隘切，署也，《吴都賦》云「解署棊布」。

其居則高門鼎貴，魁岸豪傑　六臣本「則」下有「有」字，「傑」作「桀」。

注**魁岸，大度也。《漢書》曰：江充爲人魁岸**　案依賦正文則「魁岸大度」以下十四字應移在「故曰鼎貴也」之下。

注**虞，虞文秀。魏，魏周。顧，顧榮。陸，陸遜。隆吴之舊貴也**　何曰：虞、魏《吴志》無傳；文秀當是文繡，則仲翔之父也；魏周當作魏周榮；顧榮當作顧雍。陳校亦同。胡公《考異》曰：六臣本作虞、魏、顧、陸，吴之舊姓也，最是，何、陳所校改云云皆未悟非劉注耳。

中酒而作　顧氏炎武《日知録》二十七云：《樊噲傳》「項羽既饗軍士，中酒」，中酒謂酒半也。《吕氏春秋》謂之中飲，「晉靈公發酒於宣孟，宣孟知之，中飲而出」。《戰國策》「楚王觴，張儀中飲，再拜而請」，凡事之半曰中。《左·昭二十八年傳》「中置」謂饋之半也，《史記·河渠書》「中作而覺」謂工之半也，《吕氏春秋》「中關而止」謂關弓弦正半而止也。中酒猶今人言半席，師古解以不醉不醒故謂之中，失之矣。《司馬相如傳》「酒中樂酣」，師古曰「酒中，飲酒中半也」。一人注書，前後不同如此。

注　**手搏爲拚**　張氏雲璈曰：甘延壽以良家子弟善騎射，試弁爲期門，孟康注「弁，手搏」即拚也。

開市朝而並納　六臣本「並」作「普」。

士女佇眙　《方言》眙，逗也。郭璞注：逗即今住字，眙謂注視也。《説文》眙，直視也。皆可與劉注「立視」相證。

雜沓從萃　五臣「從」作「縱」，良注可證。

流離　《漢書·西南夷傳》罽賓國出流離，顔注引《魏略》云：「大秦國出赤、白、黑、黄、青、緑、縹、紺〔六〕、紅、紫十種流離，此蓋自然之物，采澤光潤，踰於衆玉，其色不恒〔七〕，今俗所用皆銷溶石汁，加以衆藥，灌而爲之，虚脆不貞，實非真物。」按琉璃蓋即今之寶石，顔所謂非真物者乃今所謂琉璃耳。

注　**許慎《淮南子注》曰：坒，相連也**　今《淮南子》無「坒」字。顧氏千里曰：《淮南子·修務》篇「堀虚連比」，坒即比字，許、高兩家之不同也。《廣韻》「坒，相連」與「比，比次」皆毗必切，《集韻》

「坒，地相連次」與「比，次也」皆薄必切，皆在《入聲五·質》，可證。

金鎰磊砢　六臣本「鎰」作「溢」，「砢」作「珂」。

注**《史記》曰：趙孝成王一見虞卿**　六臣本「記」下有「虞卿傳」三字，「見」下無「虞卿」二字。

注**吴人謂簞爲笙**　《方言》：「簞，宋魏之間謂之笙，或謂之籧篨〔八〕，自關而西或謂之簞。」郭注「今江東通言笙」，與此合。王氏念孫曰：笙者精細之名，《方言》「自關而西」，秦晉之間凡細貌謂之笙，簞爲籧篨之細者，故有斯稱。段曰：笙者太簇之氣，象萬物之生故曰生，《釋名》「笙，生也」，初生之物必細，故《方言》云然。

蕉葛升越，弱於羅紈　注**蕉葛，葛之細者。升越，越之細者**　段曰：「升，當作竹。蕉、葛、竹、越畫然四事。蕉即芭蕉，《藝文類聚》引『《廣志》曰：芭蕉，其皮中莖，解散如絲，績以爲葛，謂之蕉葛。《南州異物志》曰：甘蕉，取其莖，以灰練之，績以爲練。《異物志》曰：取鑊煮之，如絲，可紡績爲絺綌』，《唐六典》『江南道建州貢蕉練，嶺南道端州調以蕉布』，此蕉布之證也。葛布則詳見於諸經傳，葛即絺綌艸也。竹布：一見王符《潛夫論·浮侈》篇曰『葛子竹越，筩中女布』，此亦四事：葛子一也，竹一也，越一也，筩中女布一也。《後漢書·王符傳》載此篇，李賢注引沈懷遠《南越志》云：『布之品有三，有蕉布，有竹子布，又有葛焉。雖精粗之殊，皆同出而異名也。』按《南越志》言蕉、竹、葛而不言越，李賢遂未釋越，疎也。今本《潛夫論》及《後漢書》亦譌竹爲升。一見《尚書·禹貢》『島夷卉服』，正義引《吴都賦》『蕉葛竹越，弱於羅紈』，孔仲遠〔九〕不言竹越爲何物。今注疏本亦譌竹爲升。一見《史記·夏本紀》『島夷卉服』張守節《正義》曰『東南草服，葛越蕉竹之屬』，此句全用《吴都賦》而獨作竹不誤作升，又錯互其辭，明竹與越不爲一事也。一見本賦『桂箭射筩』注云『始興以南又多小桂，夷人績以爲布葛』，小桂者桂竹之小者也，此竹夷人績爲布如葛，亦竹布之一證。一見嵇含《南方草木狀》『簞竹，葉疎而大，一節相去六七尺，出九真，彼人取嫩者硾浸紡績爲布，謂之竹疎布』〔十〕。一見《太平御覽》引顧微《廣州記》『平鄉縣有苞竹，可爲布』。一見《唐六典》『嶺南道貢竹布』。一見《元和郡縣志》『韶州貢竹布十五疋』也。越者紵布也，其字古作越，今作絨。《廣韻》『絨，紵布』，《集韻》同。張守節《夏本紀正義》云越即苧布。《唐六典》山南道、淮南道、劍南道賦貢皆以紵。按紵、苧截然二字。《説文》紵者枲屬，以爲布白而細曰紵，其字從系，俗作苧者誤也。賦云『弱於羅紈』者，謂四物以艸竹爲之，而膩於蠶絲所成。故王符以與『細緻綺縠，冰紈錦繡』并稱，而『葛子竹越』居首也。原注以蕉葛、竹越爲二事，恐非。」按此所辨訂甚精，然張、劉注本皆太冲自爲之，何以錯繆如此也？

儸譶澩猤　六臣本「儸」作「澀」。胡公《考異》曰：《琴賦》「紛儸譶以流漫」、《廣韻·二十六緝》「儸，言不止」皆可借證。又《集韻》「譅譶，言不止」，疑澀又譅之譌耳。《説文繫傳·言部》譶字下引作「颯𨇳伋譶」。

注**《方言》曰：諻，吁横切。諻，通也**　六臣本兩「諻」字皆作「喤」。胡公《考異》曰：《方言》有「諻」，音「也」，在十二卷，別無「諻，通也」。此當作「諻，音也，吁横切」。諻與喤通，今所誤不可讀。

注《説文》曰：呷，吸也　今《説文》：呷，吸呷也。

富中之甿　五臣「甿」作「氓」，銑注可證。

注《越絶書》曰：富中，大塘中也，勾踐治以爲田　六臣本「塘」下無「中也」二字，「田」上有「義」字，是也，此所引見《紀地傳》。

注富中之食，貨殖之選者各利　胡公《考異》曰：「食」當作「人」，「各利」似當云「各乘其時以射利」。

注《説文》曰：甿，田人也　今《説文》：甿，田民也。

扶揄屬鏤　五臣「扶揄」作「拔投」，良注可證。

注遂殺闔閭　六臣本「闔閭」作「王僚」，是也。

去戭自閶　「戭」當作「瞂」。《説文》：瞂，盾也，從盾，友聲。《繫傳》引此作瞂，扶月反。

純鈞湛盧　六臣本「鈞」作「鉤」，誤也，注同。顧氏千里曰：毛本亦誤作「鉤」，此賦下句言「純鈞湛盧」，上句言「吴鉤越棘」，不得複明矣。《越絶書·記寶劍》篇「純鈞」正作「鈞」，惟《道藏·淮南子·修務》篇作「鈞」，因南宋避嫌名缺筆，莊氏逵吉重刻本改作「鉤」亦誤。

戈船掩乎江湖　六臣本「乎」作「於」。

注**《國語》曰：奉父犀渠**　「父」當作「文」。此引《吴語》文，「犀」上當有「之」字。

注**組甲三千**　又**陳王卒，官帥擁鐸，建祀姑**　段校云：「千」《左氏傳》作「百」，《國語·吴語》「王」作「士」，「祀姑」作「肥胡」。祀姑，幡名，麾旗之屬，惠氏士奇以爲《東京賦》「戎士介而揚揮」薛綜云「揮爲肩上絳幟，如燕尾」〔十一〕，《説文》「以絳徽帛箸於背」者是也。

注**一校千二百九十六匹**　六臣本無「一」字，是也。胡公《考異》曰：按此節鄭注而引之，乃五種合之數，添「一」字誤。

注**夫南之外，有金鄰國**　段校云：《水經注》「金潾清逕」〔十二〕，張籍詩「銅柱南邊毒草春，行人幾日到金潾」〔十三〕，「鄰」皆作「潾」，古今字也。

注**又有象林郡**　胡公《考異》曰：「又」字不當有，「郡」當作「縣」，各本皆誤。按《漢書·地理志》《續漢書·郡國志》並言日南郡故秦象郡，縣五：朱吾、比景、盧容、西捲、象林。

俞騎騁路，指南司方　《隋書·禮儀志》云：指南車，大駕出爲先啟之乘。漢初，置俞兒騎，並爲先驅。左太冲曰：俞騎騁路，指南司方。後廢其騎而存其車。

出車檻檻　又**旍魚須**　六臣本「檻檻」作「轞轞」，「旍」作「旗」。

注**《左氏傳》曰：袀服振振。袀，同也**　《續漢書·輿服志》注引《吴都賦》曰「袀，皂服也」，今注無之。本書《閒居賦》「服振振以齊元」注引《左氏傳》「袀服振振」服虔曰「袀服，黑服也」，按今本

《左氏傳》及《國語·晉語》「袀服」並作「均服」，《左傳》釋文「均，如字，同也」，《周禮·司几筵》疏引《傳》文亦作「均」。惟《漢書·五行志》中之上引作「袀」，顏注「袀服，黑服」即用服注。《呂氏春秋·悔過》篇「今袀服四建」，高注「袀，同也，兵服上下無別，故曰袀服」。《續漢書·輿服志》有袀玄之服，蔡邕《獨斷》以袀爲紺繒，玄、紺色皆近黑。《戰國策·趙策》「令補黑衣之數以衛王宮」，此戎事黑服之證。然則訓「同」或訓「黑服」，義實相足。故李注不複舉，而於《閒居賦》分見之也。

注《毛詩》曰：**貝冑朱綅**　尤本「貝冑」字誤倒。《説文》綅从糸、侵省聲，此不省亦非。

罠蹏連綱　又 **轂騎煒煌**　毛本「綱」誤「網」，六臣本「煒」作「焆」。

注《周易》曰：**蹄所以在兔**　何校「易」下添「略例」二字，陳同，是也。

注 **犬獷不可附也**　「犬獷」當互乙。今《説文》：獷，犬獷獷不可附也。

直髮馳騁　注《史記》曰：**荆軻怒髮直衝冠**　金氏甡曰：宜引《西京賦》「植髮如竿」。

注《尚書》曰：**稱爾干**　六臣本「干」下衍「戈」字。按此以下至末當屬李注，「尚」上應加「善曰」二字。

長殺短兵　注《廣雅》曰：**殺，矛也**　今《廣雅·釋器》「殺」作「𥍯」，音義同。段校云：《廣韻》「殺，矛也」，引此賦作「長矜短兵」。

飛爓浮烟　又 **菈擸雷硠**　又 **崩巒弛岑**　六臣本「爓」作「爛」，「菈」作「拉」，「弛」作「阤」。段校云：「菈」當作「拉」，《説文》「应，石聲也」，《玉篇》应亦「拉」字。「硍」當作「硍」，音痕。

注 **鹿死不擇音** 《左氏·文十七年傳》杜預注曰「音，所茠廕之處。古字聲同皆相假借」。服虔《解誼》曰：鹿得美草，呦呦相呼，至於困迫將死，不暇復擇善音，急之至也。劉炫《規過》曰：謂不擇音而出之。顧氏炎武《杜解補正》亦從服説。張氏雲璈曰：賦中本與林、陰、岑爲韻，當時未嘗讀音爲蔭也。

封豨⿰犭⿱艹虎 五臣「⿰犭⿱艹虎」作「⿰女⿱艹虎」，向注可證。孫氏志祖曰：《字彙補》「⿰犭⿱艹虎，呼各切，音壑，豨吼也，通作⿰女⿱艹虎」，無「⿰犭⿱艹虎」字，此傳寫誤。段曰：⿰犭⿱艹虎字求之《廣韻》《集韻》《類篇》皆無有，惟《正韻》「⿰犭⿱艹虎，轄覺切」，引《吴都賦》「封豨⿰犭⿱艹虎」〔十四〕注「豨聲」，然從女不从犭，非今《文選》字也。考之《廣韻》豞，許角切，豕聲；《集韻》豞，黑角切，豕聲，又許候切，《字林》「豕鳴也」；《廣韻》亦有去聲。是「豞」即「豞」字，「⿰犭⿱艹虎」當爲「豞」之異字。

注 **䌰，絆前兩足也。《莊子》曰「連之羈䌰」，音聳** 六臣本無「音聳」二字。按䌰與縶、馽音義並同，「絆前兩足」係《説文》訓，《莊子·馬蹄》篇「連之以羈馽」釋文「司馬、向、崔本並作䌰，崔云絆前兩足也」與此合，此「音聳」二字恐有誤衍。

注 **麖，大麖也。桂林有麖** 六臣本二「麖」字作「麋」。按《爾雅》「麠，大麃」，釋文「麠本作麖」。此「麋」與「麖」並當爲「麃」字之誤。

注 **《山海經》曰：駮如馬，白身黑尾，一角，鋸牙，虎爪，音如鼓，能食虎也** 今《西山經》作

「其狀如馬而白身，黑尾，一角，虎牙爪，音如鼓音，其名曰駮，是食虎豹」，無「鋸牙」字，而《海外北經》有之。劉注蓋兼引二經之文。《爾雅》「駮如馬，倨牙，食虎豹」，郭注引《山海經》云「有獸若駮，如白馬，黑尾，倨牙，音如鼓，食虎豹」亦兼引二文，古人引書有此例也。

注 **鴆鳥，一名雲白**　「白」當作「日」。《説文》：鴆，毒鳥也，一名運日。《廣雅》：鴆鳥，其雄謂之運日，其雌謂之陰諧。雲、運聲近，白、日形近而誤。《淮南子·繆稱訓》：暉日知晏，陰諧知雨。「暉日」亦「運日」之譌。

注 **鶁，音京**〔十五〕　段校云：「鶁」是「鶩」之譌，注引師曠「羌鶩」語見《説文》。

覽將帥之拳勇　注**《毛詩》曰：無拳無勇。拳與權同**　陳曰據注「拳」當作「權」，是也，注謂《詩》之「拳」與此賦之「權」同耳。

與士卒之抑揚　何校「抑揚」改「揚抑」，陳曰「抑」叶韻，是也。

將抗足而跐之　六臣本「而」作「以」。

注 **捭，兩手擊絶也**　六臣本無「絶」字。

猩猩啼而就禽　《後漢書·哀牢夷傳》注引《南中志》曰：猩猩在山谷中，行無常路，百數爲群，土人以酒若糟設於路；又喜屩子，土人織草爲屩〔十六〕數十，兩相連結。猩猩在山谷中見酒及屩，知其設張者，即知張者先祖名字，乃呼其名而罵云「奴欲張我」，捨之而去。去而又還，相呼試共嘗酒，嘗許，又取屬子著之，若進兩三升，便大醉，人出收之，屬子相連，不得去，執還內牢中。人欲取者，到牢邊語云「猩猩，汝可自相推肥者出之」，既擇肥竟，相對而泣，即左思賦「猩猩啼而就禽」者也。

𡿺𡿺笑而被格　六臣本「𡿺𡿺」作「𩀘𩀘」。按《爾雅》作「狒狒」，《說文》作「𥝰𥝰」，《逸周書》作「費費」，《山海經注》作「髴髴」，實一物也。

掩廣澤　翰注：鵬翼垂天，今斬之，故掩蔽廣澤也〔十七〕。

狼跋乎紭中　本書《羽獵賦》：遥嘑乎紭中。

注 **鬫子曰**　據本書鮑照詩注當作「闞子」。

注 **《說文》曰：睒，暫視也；睗，疾視也**　今《說文》：睒，暫視皃；睗，目熟視也。段曰：《說文解字注》作睗，目疾視也，鍇本「疾」作「孰」，非。古睒睗聯用，雙聲字也。《韻會》引鍇本作「目急視」，毛晃《增韻龍龕手鑑》皆作「急」，是也。《說文》別有「䳟」字，解作「目孰視也」。

注 **許慎《淮南子注》曰：岬，山旁**　今《淮南子》無「岬」字。顧氏千里曰：《原道》篇「而彷洋於山峽之旁」高誘注「兩山之間爲峽」，岬字即峽字，許、高兩家之不同也。《水經注·江水》篇字亦作「岬」，引注「岬，山脅也」，疑所見許注或作「脅」。

注 **《說文》曰：䴰，麛也，音須。又曰：鷚，鳥大鶵也**　今《說文》：𪊨，鹿麛也，讀若偄弱之偄。又雡鳥，大鶵也，从隹，翏聲，一曰雡之暮子爲雡。別有「鷚」，見《鳥部》，云：天鸙也，從鳥，翏聲。

注《春秋元命苞》曰：日月兩設，以蟾蠩與兔者，陰雙居，月中有兔〔十八〕　「日」字不當有，説詳《月賦》，各本皆衍。

注已見《蜀都賦》　「已」上當有「烏」字，謂《蜀都賦》「陽烏迴翼」句注已引《元命苞》云云也。

迴靶乎行邪睨　六臣本無邪字。按此疑誤，無以訂之，翰注「迴轡乎行視之處」云云亦未明。林先生曰：三字必有一衍，想是地名，存以俟考。倪氏思寬曰：「《左傳》『拔旆投衡』注云『使不帆風差輕』，釋文：帆本又作帊，普霸反。《説文》帛二幅曰帊〔十九〕，《通俗文》帛三幅曰帊，《廣雅》云帳也。準此以思，則帊字得與『帆』同義，竊意『迴靶』之靶當是帊字之譌。欲觀魚三江，必先候風五兩，迴帆邪睨，將有乘風破浪之樂，作爲水獵發端，豈不情形畢肖！」

注小山別大山曰嶰　今《爾雅》「小山別大山，鮮」，釋文：鮮或作𡾊。案「𡾊」或即「嶰」字之誤，蓋所傳本異也。又按《爾雅》郭注云「不相連」，《詩·皇矣》「度其鮮原」傳「小山別大山曰鮮」，正義引孫炎曰「別，不相連也」，郭注蓋本此。然「不相連」於「嶰」義爲近。本書《長笛賦》「嶰壑澮峴」注引《爾雅》亦同此。

比鷁首而有裕，邁餘皇於往初　六臣本「而」作「之」，「餘皇」作「艅艎」。朱氏珔曰：《左傳》作「餘皇」則此不誤，本書《江賦》注引傳作「艅艎」，艅艎二字《説文》在《新附》中，《廣雅》作艅艎。

注《方言》曰：江湖凡大船曰舸　王氏念孫曰：舸者洪大之稱，門大開爲閜，大杯謂之閜，大船謂之舸，義皆相近。

注 **船上下四方施板者曰檻也** 「檻」與「艦」同，故下李注直引《釋名》作艦〔二十〕。《三國·吳志·周瑜傳》曰「蒙衝鬥艦」。《晉書·忠王尚之傳》音義引《字林》云：艦，屋船也。

注 **《釋名》曰：上下重牀曰艦** 今《釋名》云：「上下重板曰艦，四方施版以禦矢石，其內如牢檻也。」此「牀」字誤。〔二一〕

張組幃 又 **槁工檝師** 六臣「幃」作「帷」，「槁」作「篙」，「檝」作「楫」。胡公《考異》曰：尤本取《方言》，故「篙」爲「[木篙]」，而又誤成「槁」也。

注 **《方言》云：刺船曰槁** 「槁」當作「[木篙]」，今《方言》作「所以刺船謂之[木篙]」。

洪流響 六臣本「流」作「波」。

注 **《說文》曰：籟，三孔籥也** 《說文》：大者謂之笙，其中謂之籟，小者謂之箹。錢氏坫曰：《爾雅》「籟」作「仲」，當从許君。高誘《呂氏春秋注》以爲二孔，《風俗通》云三孔。

鱺鱨魦 胡公《考異》曰：「鱺」字誤，劉與善皆無注，袁、茶陵二本音所買切。《西京賦》「纚鰋鮋」薛注云「纚，網如箕形，狹後廣前」，善曰「纚，所買切」。蓋此賦字本與彼同，故善不更注。林先生曰：筌、罩、罺皆實字，則纚字義亦當配，向注「鱺，鉤也」似可從。

罩襱僒束 又 **徽鯨輩中於群犗** 六臣本「僒」作「倨」，「輩」作「背」。

注**魪，左右魪，一目，所謂比目魚也**　下「魪」字當作「各」。鄭氏樵《爾雅注》云比目魚爲王餘。然此賦上文有雙則比目、片則王餘也，鄭説疑誤。

注**坎爲水，上直魚，生一，艮爻也**　六臣本「魚」作「巽」，「一」作「三」，是也。毛本作「巽」尚不誤。按當作「上直巽，九三」，王氏應麟輯《鄭氏易》引此條可證。

注**言微小也**至**故以相況**　此六句是淵林就賦義釋之，王氏輯《鄭氏易》誤連上文爲鄭注，當係鈔胥之失。惠氏棟《周易述》復申其説曰：鄭據六日七分，謂中孚十一月卦辭，豚魚吉，巽爲魚，巽以風動天，故云感動天地；井五月卦，九二失位，微陰未應，故云魚之至小可笑也。

注**《爾雅》曰：鰝，大魚。鰕，音遐**　「魚」字不當有。「鰕」當屬上讀。

注**又曰：鱅，兼有也**　「又曰」當作「《説文》曰」。《繫傳》從有，龍聲，讀若籠。錢氏坫曰：《平準書》「盡籠天下之貨物」當從此。

注**其釣惟何**　六臣本「惟」作「伊」。今《詩》正作「其釣維何」，維、惟同。

注**《北山經》曰：發鳩之山有鳥，狀如烏而文首，白喙、赤足，名精衛，其鳴自呼。赤帝之女姓姜，遊於東海，溺而死，不返，常取西山木石以填東海**　今《北山經》「其鳴自呼」作「其鳴自詨」，「赤帝之女姓姜」作「炎帝之少女名曰女娃」，「溺而死不返」作「溺而不返」，「取」作「銜」，「填」作「堙」。按《北山經》郭注：娃，惡佳反。本書《魏都賦》「鵟鵟精衛」注引亦作「女娃」，知此注「姓」字譌、「姜」字衍也。《魏都賦》注引作「溺而不返」，無「死」字。郝氏懿行曰：「溺而不返非溺死之謂，《列仙傳》載炎帝少女追赤松而得仙，是知東海溺魂、西山銜石乃神靈之變化，非仇海之寃禽矣。」今按《魏都賦》正文云「翐翐精衛，銜木償怨」，「怨」與「寃」義同，太冲之解未必同郝氏也。

注**《西山經》曰：秦器之山，濩水出焉。是多鰩魚，狀如鯉，魚身而鳥翼，蒼文而白首、赤喙，常行西海，而游於東海，夜飛而行**　今《西山經》「秦器」作「泰器」，「濩水」作「觀水」，「鰩」上多「文」字，「鯉」下多一「魚」字，「游」上無「而」字，「夜飛而行」作「以夜飛」。按本書《七啟》注引與此注同，惟「秦器」作「泰器」與今《山海經》合。

⿰壴乚費錦繢　五臣「⿰壴乚」作「亄」。濟注：亄費猶依稀也。林先生曰：《通雅》亄費猶出納之吝也，《方言》貪而不施曰亄，《漢書》「不足以壹費」訛爲「亄」，《方言》臆度而造，左思采獲之耳。

注**回淵，水也**　「回」上當有「《說文》曰」三字，本書《魏都賦》「回淵灌」注引《說文》「淵，回水也」可證，此引其意不必拘其辭。

注**漢女、賈大夫**　此上應加「善曰」二字。

翼颸風之颲颲　注**《離騷》曰：溘颸風兮上征**　今《離騷》作「溘埃風余上征」，說詳彼。

注**瀏瀏，風初貌**　「初」當作「利」，各本皆誤。

數軍實乎桂林之苑，饗戎旅乎落星之樓　余曰：《南朝宫苑記》曰桂林苑在落星山之陽；《金陵地記》曰吴嘉禾元年於桂林苑落星山起三重樓，名落星樓。

飛輕軒而酌緑酃　六臣本「酃」作「醽」，按依注作「酃」爲是，「緑」當作「淥」。《水經·耒水注》云：「耒水出桂陽郴縣南山，縣有淥水，出縣東俠公山。西北流，而南屈注於耒，謂之程鄉溪，郡置酒官，醖於山下，名曰程酒，獻同酃也。」桂氏馥曰：「《荆州記》：淥水出豫章康樂縣，其間烏程縣有井，官取水爲酒，與湘東酃酒年常獻之，世稱酃淥。鄒陽《酒賦》曰：其品類則沙洛淥酃。」

注**王逸曰：太湖在秣陵東**　《爾雅》十藪，吴越之間曰具區，郭注：今吴縣南太湖〔二二〕即震澤也。《周禮·職方》揚州澤藪曰具區，班固以爲即震澤。《山海經》：浮玉之山，北望具區，太湖也。《越絶書·吴地傳》：太湖周三萬六千頃，其千頃，烏程也，去縣五十里。《水經·沔水注》引《吴記》曰：太湖有苞山，在國西百餘里。胡氏渭曰：今蘇之吴縣、吴江，湖之烏程、長興，常之武進、宜興、無錫也，縣皆瀕太湖。楊泉《五湖賦》〔二三〕云：「頭首無錫，足蹄松江，負烏程於背上，懷太吴以當胸。」此數言可作圖經也。群籍所紀均與秣陵無涉，而注云在秣陵東者，豈古未有東壩時，宣、歙、金陵九陽江之水可入太湖歟？

幸乎館娃之宫　張氏雲璈曰：方氏廷珪以爲此言回建業而幸離宫，非姑蘇之館娃，引《述異記》「吴王有别館在句容，楸梧成林，故名梧宫」，或云館娃宫有梧桐園、夫差時童謡云「梧宫秋，吴王愁」云云。然《越絶書》吴人於研石山置館娃宫，《吴郡續圖經》研石山在吴縣西二十里，自當以《越絶書》爲正。

登東歌 又**吴愉越吟** 六臣本「登」作「發」，「愉」作「歈」。

注**桀作東歌** 此見《晏子春秋》。然《文心雕龍·樂府》篇云「夏甲歎於東陽，東音以發」，《劉子》亦云「夏甲作破斧之歌，始爲東音」，夏甲是孔甲，不作桀，蓋據《吕氏春秋》。

注**《吕氏春秋》曰：禹行水** 今《吕氏春秋·音初》篇「行水」作「行功」，説詳《南都賦》。

注**《楚辭》曰：吴歈蔡謳** 六臣本「歈」作「愉」，今《招魂》作「歈」。按《廣雅·釋樂》「歈，吟歌也」。愉、歈古蓋通用。

動鐘鼓之鏗耾有殷 六臣本「鼓」作「磬」，「耾」作「鈜」。

注**天水之大，名曰隴坻** 段校「大」下添「坂」字。

魯陽揮戈而高麾 何曰：無「揮」「麾」二字連用之理，「揮」當作「援」。

注**與韓遘** 何校「遘」下添「難」字，陳同，是也。

注**良辰之所以覺速** 又**以適己之盛觀也** 尤本「速」誤作「也」。六臣本「觀」作「歡」，是也。

闔閭信其威 六臣本「信」作「申」。

注**與齊、晉争衡** 此下至「孫子兵書」五十五字六臣本無之，是也。此上下皆引《吴語》文，何得夾入他語乎？

注**晉惡之**　六臣本「惡」作「亞」，是也。

注**《孟子》曰：越人彎弓而射我**　《毛詩·小弁》傳引《孟子》「兄弟關弓而射我」，音義曰「關本亦作彎」，《角弓》正義亦引《孟子》云「兄弟關弓而射我」，句法正同。

畢世而罕見。丹青圖其珍瑋　又**甀其奇麗也**　六臣本無「而」字，「其」上有「象」字，「麗」下無「也」字。按與下文偶句相配，依此爲是。

注**《書》曰：舜南巡狩，陟方死**　六臣本無此九字，有「善曰」二字。

剖判庶士　何校「士」改「土」。孫氏志祖曰：「『庶土』見《書》，『庶士』見《詩》，皆可通；然此處上文云『士有陷堅之鋭，俗有節概之風』，下以『剖判庶士，商榷萬俗』分承，恐當作『士』也。

商榷萬俗　陸機《吴趨行》云：淑美難窮紀，商榷爲此歌。「商榷」與「揚榷」同，説詳《蜀都賦》。

注**禹所受《地説書》曰**　《太平御覽》八十二《黄帝玄女兵法》〔二四〕曰「《天下經》十二卷，禹未及持，其四卷飛上天，禹不能得也；其四卷復下陂池，禹不能極也。禹得中四卷」云云，或即《地説書》耶？

注**《論語》曰：韞櫝而藏諸**　釋文：匵本又作櫝。案本書《答鄭尚書》詩注、《答東阿王牋》注、《逸民傳論》注引「匵」並作「櫝」，《後漢書·張衡傳》《崔駰傳》《逸民傳》注引並同。

亦猶棘林螢耀，而與夫櫄木龍燭也　六臣本「耀」作「曜」，「櫄」作「尋」。案劉注引《山海經》「櫄木長千里」，今《海外北經》作「尋木」。《廣韻》「木名，似槐」，又「尋，長也」引《山海經》「尋木」。又《穆天子傳》「姑繇之木」郭注引《山海經》亦作「尋木」。則作「榑」者非也。《東京賦》「尋木起于蘖栽」李注引《山海經》亦作「尋」。

而與桎梏疏屬也 六臣本「與」下有「夫」字。

注 **適爲夫子時也** 六臣本、毛本「爲」並作「來」，是也。

注 **《山海經》曰：貳負殺猰貐，帝乃梏之疏屬之山，桎其右足，反縛兩手。漢宣帝時，擊磻石於上郡，陷得石室，其中有反縛械人。劉向曰：此貳負之臣也。帝曰：何以知之？以《山海經》對** 漢宣帝以下當是《山海經》郭注文，而與今本小異。今《海内西經》注云：「漢宣帝使人上郡發盤石，石室中得一人，跣裸，被髮，反縛，械一足，以問群臣，莫能知。劉子政案此言對之，宣帝大驚，於是時人爭學《山海經》矣。」

謳詭之殊事 六臣本「謳」作「蓲」。

藏理於終古 孫氏志祖曰「理」當作「埋」。

孟浪之遺言 注 **司馬彪《莊子注》曰：孟浪，鄙野之語** 《莊子·齊物論》「夫子以爲孟浪之遺言」，李頤云孟浪猶較略也，崔譔云「不精要之貌」，此解與下句「略舉梗概」意尤切。

注 **謂賓言其梗概** 「謂」當作「爲」，各本皆誤。

校記

〔一〕吴筠竹賦　「筠」原誤作「均」。

〔二〕嘗見長洲宰　「嘗」原作「常」，據《困學紀聞》卷十改。

〔三〕權稱帝二十四年　「二十四年」原作「已十七年」，所引《選學膠言》卷四及《宋書·五行志》本作「三十年」，兹據《三國志·吴主傳》改。孫權自封王、稱帝徙建業至駕崩各三十、二十四年，《宋書》云「赤烏八年夏……十三年秋……案權稱帝三十年，竟不於建業創七廟」，沈約當是總孫權居建業之年言之，却誤以「在位三十年」當「稱帝三十年」；即以松之所案「赤烏十三年」言之亦應是「稱帝已二十二年」，章鉅却誤據段首「赤烏八年夏」改十七年耳。

〔四〕櫳所以盛禽獸也　《一切經音義》凡四引，「也」上均有「闌檻」二字。

〔五〕古止有解字　「止」原作「尺」，據孫志祖《文選考異》卷一改，此或因「只」字訛「尺」。

〔六〕大秦國出紺　「紺」原作「組」，據《漢書注·西南夷傳》改。

〔七〕其色不恒　「其」原作「具」，據《漢書注·西南夷傳》改。

〔八〕或謂之籧笛　「笛」原作「笛」，據《方言》卷五改。

〔九〕孔仲遠　《孔穎達碑》載字冲遠，新舊《唐書》載字仲達，此作「仲遠」不倫。

〔十〕南方草木狀云云　「六七」原作「五六」，「疎布」原作「練布」，據《南方草木狀》卷下改。

〔十一〕如燕尾　「燕」原作「魚」，據《文選注》改。

〔十二〕金潾清逕　「逕」原作「渚」，或襲自楊慎《丹鉛總録》卷二一，據《水經注·温水》引《晉功臣表》改。

〔十三〕張籍詩云云　「春」「金」原作「青」、「幾」原作「何」，據宋刻《張文昌文集》、明刻《張司業詩集》、《全唐詩》三八六等改。

〔十四〕吴都賦封豨蔻　「封」原作「豊」，據《文選》及《説文·哮》段注改。

〔十五〕注鶉音京　「注」據《文選》補。

〔十六〕土人織草爲屩　「屩」原作「履」，據《後漢書·西南夷傳》注改。

〔十七〕故掩蔽廣澤也　陳八郎、秀州、四庫本「故」，明州、贛州、建州、袁本作「固」。

〔十八〕陰雙居月中有兔　《文選·月賦》注所引「陰」下有「陽」。

〔十九〕説文帛二幅曰帊　《説文》「帛三幅曰帊」，鄭珍、鈕樹玉《説文新附考》據《通俗文》改「三」爲「二」；倪思寛既以《説文》作「二」，復以《通俗文》爲「三」，不免傑僞。

〔二十〕故下李注直引釋名作艦　《釋名》原作《釋文》，據下文及《文選注》改。

〔二一〕重牀今釋名重板云云　四庫本、鍾謙鈞本、四部叢刊景明翻宋本《釋名·釋船》同《文選注》亦作「牀」，乃畢沅《釋名疏證》據《初學記》卷二五改「版」并校云「今本作牀」。

〔二二〕今吴縣南太湖　「南」上原衍「西」，據《爾雅·釋地》郭注改。

〔二三〕楊泉五湖賦　楊泉，原襲明刻《水經注·沔水》作楊修，據全祖望、趙一清、戴震、楊守敬本及《北堂書鈔》一四六、《藝文類聚》卷九、《初學記》卷六卷七、《文選·和王著作八公山》注等改。

〔二四〕黄帝玄女兵法　「兵法」原作「占法」，或襲自《廣博物志》卷二八，據《太平御覽》卷八二、《隋書·經籍志》等改，《北堂書鈔》凡十引、《御覽》凡三引、《路史》凡四引皆作「兵法」。

文選旁證卷第八

文選卷六上

魏都賦上

劉淵林注　《三都賦序》注云：張載爲注《魏都》，劉逵爲注《吴》《蜀》。今此賦「後矆焉相顧」句李注云「張以㦜先壠反〔一〕，今本並爲矆」，又潘正叔詩注引張孟陽《魏都賦》注曰「聽政殿左崇禮門」，與今注合，皆足證此爲張注，誤題劉淵林耳。

异乎交益之士　注 **异，異也**　朱氏珔曰：《説文·収部》「异，舉也」〔二〕，此蓋以同音借「异」爲「異」。姜氏皋曰：《説文》「异」引《虞書》「嶽曰异哉」，《堯典》釋文「异，徐云鄭音異」而注自訓已也，惟《列子·楊朱》篇「何以异哉」張注「异與異同」。

注 **其生色，晬然見於面，不言而喻**　此是節引，今《孟子》「色」字下有「也」字。然本書《頭陀寺碑》注引作「根於心，晬然見於面」，《玉篇》作「其色晬然」，疑古本「晬然」二字連上爲句也。

以釋二客競于辨囿者也　六臣本「于」作「爲」，無「也」字。

注**權輿，始也**　錢氏大昕曰：或言造衡自權始、造車自輿始，此後儒臆説不足信。權輿者艸木之始，《大戴禮·誥志》篇「孟春百艸權輿」，揚雄賦「萬物權輿於内、徂落於外」。

注**《劇秦美新序》曰**　「序」字不當有，各本皆衍。

注**屈平《卜居》曰：横江潭而漁**　今《卜居》無此語，見揚雄《解嘲》篇，當由《漁父》篇「游於江潭」而誤記耳，然潭字何必如此注？

譯導而通　六臣本「通」下有「者」字。

以中夏爲喉，不以邊陲爲襟也　六臣本「喉」下有「舌」字，「襟」下有「帶」字。按依李注則二字不當有。又李注「襟」作「衿」，則正文之「襟」亦當作「衿」。

而子大夫之賢者，尚弗曾庶翼等威　六臣本無「者」字，「弗」作「不」。

䢈膠言而蹐侈　《方言》：膠，譎詐也，凉州西南之間曰膠，自關而東西或曰譎、或曰膠。

飾華離以矜然　翰注：華離，地形也，言蜀都之地小狹華離，斜角不正，徒誇飾以爲沃壤也。孫氏義鈞曰：《周禮·形方氏》鄭注：「華讀爲㕯哨之㕯，正之使不㕯邪離絶。」賈疏：「王者地有㕯邪離絶，遞相侵入不正，故今正之。㕯者兩頭寬、中狹，邪者謂一頭寬一頭狹。」翰注本此。

注**踳，讀曰舛**　段校云：依《説文》「踳」即「舛」字。

注**小劍戊去大劍**　六臣本、毛本並無「戊」字，是也。

注善曰：《老子》曰　六臣本無「善曰」二字，是也。

故荆棘旅庭也　六臣本無「也」字。

注不飲酒而怒曰奰。《詩》曰：内奰于中國　上七字即《詩傳》文，今《詩》作「奰」。案《一切經音義》七云：奰，古文奰、𡚸、𢙢三形，今作𠝣，同皮冀反。《説文》作「不醉而怒謂之奰」。

注于時兵所圍繞　又宫中荆棘露沾衣也　六臣本「繞」作「也」，「荆」上有「生」字，是也。

注《春秋穀梁傳》曰：寰内諸侯　又尹更始曰：天子以千里爲寰　按范注：天子畿内，大夫有采地，謂之寰内諸侯。楊士勛疏：寰内者，王都在中，諸侯四面遶之，故曰寰内也。釋文：寰音縣，古縣字，一音環，一音患。《匡謬正俗》八云：州縣縣字本作「寰」，後借縣字爲之也。尹更始有《穀梁傳章句》，《隋經籍志》云已亡。

注《廣雅》曰：煨，㶳也，烏瓌反。《廣雅》曰：煨，煙也　胡公《考異》曰：此有誤，考《廣雅》無「煨，㶳也」，又其下不當又云「《廣雅》曰」，惟《釋詁》云「煨，煴也」，下「煙」必「煴」之誤。朱氏珔曰：以「煙」爲「煴」是也，但此爲《釋詁》文，而《釋言》又有「煨，火也」，近阮氏《經籍籑詁》引作「煨，㶳也」，「㶳」即「㶳」，《説文》作「㶳」，疑今本「火」爲「㶳」之壞字。

注《説文》曰：鋒，兵端也。又曰：矢，鋒也　陳校「矢」上添「鏑」字，是也，各本皆脱。今《説文》「鋒」作「鏠」，「端」作「耑」。

亦猶轝麋之與子都　尤本「猶」誤作「獨」。

注**《吕氏春秋》曰：陳有惡人焉，曰敦洽轝麋，椎顙廣額，色如漆赭**　今《吕氏春秋·遇合》篇「轝麋」作「讎麋」，「椎」作「雄」，「顙」作「顔」，「漆赭」作「浹頳」、校云一作「沐赭」。案六臣本無「赭」字，《初學記》及《廣韻》引亦無「赭」字。惟本書《辨命論》引與此同，而「額」亦作「顔」。

注**方、壺，二山名**　胡公《考異》曰：「二」當作「三」，各本皆誤。

注**寘之河之干**　《漢地理志》「魏國亦姬姓也，在晉之南河曲，故其詩曰彼汾一曲，寘諸河之側」，與此異。此注云《詩譜》而亦與鄭《詩譜》不盡同也。

則緑竹純茂　注**緑竹猗猗**　毛傳：緑，王芻也；竹，萹竹也。《禮記·大學》引作「菉」，《爾雅》《説文》並同。竹，《韓詩》作薄，云「萹筑也」。惟陸璣以爲一草，言其莖葉似竹，青緑色，高數尺。孔穎達引《小雅·采緑》駮之。宋人《毛詩集辭》尚从二草，自朱子《集傳》解爲緑色之竹，後儒不復有異議。然《小雅》之《采緑》，朱子仍不廢毛傳也。

北臨漳滏，則冬夏異沼　《水經·濁漳水注》：「漳水又北，滏水入焉。出鄴西北石鼓山南巖下，泉源奮湧，若鑒之揚湯矣，其水冬温夏冷，崖上有魏世所立銘。」〔三〕

注**善曰：《史記》蘇秦説魏襄王曰**　此劉注也。六臣本無「善曰」二字〔四〕，無「史記」二字〔五〕，作「當魏襄王時，蘇秦説魏王曰」。

注 **北有河外** 又**魏，觜觿，參之分野也。自高陵以東，河東、河内，南有陳** 六臣本「外」作「水」，「參」作「秦」，並誤，以下有「東」字。何校「陳」下添「留」字，是也，各本皆脱。

注 **潁川舞陽、郾、許、鄢、樊陵** 六臣本無「樊」字。胡公《考異》曰：「川」下當依《漢志》補「之」字，各本皆脱。潁川郡也，舞陽以下皆縣也，潁川郡屬縣有鄢陵，添「樊」字甚誤。姜氏皋曰：鄢陵，《漢地理志》作傿陵，師古曰傿音偃。按《尹宙碑》亦作傿陵。

注 **温水，在廣平都易縣，俗以治疾，洗百病** 何校「都」改「郡」、「易」下添「陽」字，是也，《續漢書·郡國志·趙國易陽》注引《魏都賦》「温泉毖涌而自浪」注曰「温泉在易陽，世以治疾，洗百病」可證。

注 **涓水蕩其胸** 「涓」當作「淯」，各本皆誤。

注 **《上林賦》曰：澋溔潢漾。《廣雅》曰：浩溔，大也** 今《上林賦》作「灝溔」，《史記》《漢書》同。案今《廣雅·釋詁》「大也」上無「浩溔」二字，《淮南子·覽冥訓》「水浩洋而不息」蓋即「浩溔」之誤。姜氏皋曰：《玉篇》「洋」亦「瀰」字，盧氏文弨曰「《漢地理志》引《詩》『河水洋洋』，字從芈姓爲聲，俗譌爲『洋洋』」，然則浩洋者浩洋也，因「洋」譌「洋」、因「洋」且譌爲「溔」耳。《水經注》「巨洋水」，《説文》亦作「洋」。

注 **《説文》曰：泌，水駃流也** 「駃」當作「駛」。今《説文》：泌，俠流也。朱氏珔曰：「段氏解俠流爲輕快之流，如俠士然，似迂。駃作駛，駛有疾義，固通，但《説文》無駛字。竊疑此是決字。駃之爲駛以形近，駃之爲決則以音同。《説文》『決，行流也』，《廣雅·釋訓》『決決，流也』。又《廣韻》『決，疾貌』，《莊子·逍遥遊》《齊物論》二篇釋文並同。決爲疾，既與輕快之流義合，而今本《説文》俠字亦『決』之形近而訛也。」

墨井　注**井深八丈**　翰注：墨井井中有石如墨。案《水經·濁漳水注》云冰井臺「上有冰室，室有數井，深十五丈，藏冰及石墨焉。石墨可書，又然之難盡〔六〕，亦謂之石炭」。

或嵬壘而複陸　六臣本「壘」作「㠥」。

嘉祥徽顯而豫作　毛本「徽」作「微」，注同。案《尚書·立政》「予且已受人之徽言」，《石經》作「微言」。孫氏星衍曰：「《漢書·藝文志》『孔子没而微言絶』，微與孅聲義相近，微言亦美言也。」《易·繫辭》「微顯而闡幽」，賦語當本此。

迴時世而淵默　六臣本「時世」作「世代」。

注《**禮記**》**曰：余疇昔之夜夢。鄭玄曰：疇，發語聲也**　今《禮記》「余」作「予」，「夜」字斷句，「夢」字屬下句。鄭注亦云「夢坐兩楹之間而見饋食」，是「夢」字亦連下句也。此所引或有别本。

注《**春秋説題辭**》**曰：**《**尚書**》**者，所以推期運，明命授之際**　《太平御覽·學部三》引作「推明其運，明命授受之際」，恐誤。本書《羽獵賦》注、《讌曲水作詩》注引並與此注合。

寫八部之宇 《史記·秦始皇本紀》：秦每破諸侯，寫放其宮室，作之咸陽北阪上。

㑳拱木於林衡 六臣本、毛本「㑳」並作「僝」。孫氏義鈞曰：㑳是僝非。《説文》「㑳，具也，《虞書》曰旁救㑳功」，無僝字。《廣韻》「㑳，《書傳》云見也，《説文》云具也」，而「昨閑切」下有僝字，訓惡罵，是㑳、僝截然二字。《玉篇·人部》有兩僝字：上士簡切，引訓與《説文》《廣韻》之㑳字同；下仕山切，訓僝僽、惡罵。知僝之混㑳自《玉篇》始也。

注 **又曰：僝，取也，子軟切** 按此恐有誤，六臣本無此八字，是也。

授全模於梓匠 六臣本「模」作「謨」，校云善作「令模」。

注 **終焉允臧** 段校：「焉」當作「然」。

注 **以避燥濕** 六臣本「燥濕」作「温涼」。胡公《考異》曰：此以今《荀子》校改之，孟陽引不必同也。

案翰注引亦作「燥濕」。

注 **《毛詩》：美古公亶父曰：高門有閌** 朱氏珔曰：「高」亦作「皋」〔七〕，據《禮記·明堂位》「天子皋門」注「皋之言高也」，《釋名·釋親屬》云「皋，高也」，是皋、高聲義並同。姜氏皋曰：《詩》作「有伉」，釋文云「伉本作亢，《韓詩》作閌」，《周禮·閽人》疏引《詩》作「亢」。桂氏馥以爲窮高曰亢，見《魏書·明元六王傳》。段氏玉裁以爲《説文》無「閌」字，「伉」亦「阬」字之譌，《自部》「阬，閬也」，《門部》「閬，門高也」，本書《甘泉賦》「閌閬閬其寥廓兮」引作「閬，門高大之貌」〔八〕，是伉、閌、閬可相合爲一義。

闡鉤繩之筌緒　張氏雲璈曰：案《莊子》匠人曰：我善治木，曲者中鉤，直者應繩。

造文昌之廣殿　余曰：《水經注》：「魏武封於鄴，爲北宫，宫有文昌殿。」林先生曰：《南齊書·禮志》：「魏武都鄴，正會文昌，用漢儀。」汪氏師韓曰：「魏之宫闕，《魏都賦》所言，始自正殿，遞及南北東西，復自左而前、而後、而右，苟無張孟陽舊注，後人將何所考耶？今取其注，薈萃觀之：『其正殿曰文昌殿，前值端門。端門之前，南當南止車門，又有東、西止車門；端門之外，東有長春門，西有延秋門。文昌殿前有鐘簴。文昌殿東有聽政殿，内朝所在也。殿前聽政門，門前升賢門，左崇禮門，右順德門，並南向。升賢門前宣明門，宣明門前顯陽門，顯陽門前有司馬門。升賢門内，聽政闥外，東入有納言闥、尚書臺；宣明門内，升賢門外，東入有内醫署；顯陽門内，宣明門外，東入最南有謁者臺閣，次中央符節臺閣，最北御史臺閣，三臺並列西向；符節臺東有丞相諸曹。聽政殿後有鳴鶴堂、楸梓坊、木蘭坊、文石室，後宫所止也。鳴鶴堂之前，次聽政殿之後，東西二坊之中央，有温室，中有畫像讚。文昌殿西有銅爵園，園中有魚池堂皇。銅爵園西有三臺，中央有銅爵臺，南則金虎臺，北則冰井臺。銅爵臺有屋一百一間，金虎臺有屋一百九間，冰井臺有屋一百四十五間，下有冰室。三臺與法殿皆閣道相通〔九〕。當司馬門南出，道西最北東向相國府，第二南行御史大夫府，第三少府卿寺。道東最北奉常寺，次南大農寺。出東掖門正東，道南西頭太僕卿寺，次中尉寺。出東掖門，宮東北行北城下，東入大理寺、宮内太社，西郎中令府。城南有五營。鄴城内諸街有赤闕、黑闕，正當東西南北城門，最是其通街也。石竇橋在宮東，其水流入南北里。魏武帝時堰漳水，在鄴西十里，名曰漳渠堰。東入鄴城，經宮中，東出南北二溝夾道，東行出城，所經石竇者也。長壽、吉陽二里在宮東，中當石竇。吉陽南入，長壽北入，皆貴里。玄武苑在鄴城西，苑中有魚梁〔十〕、釣臺、竹園、蒲萄諸果。鄴城西下有乘黄廄，白藏庫在西城下，有屋一百七十四間。鄴城南有都亭，城東亦有都道，北有大邸起樓門臨道，建安中所立也。』按王沈《魏書》、魚豢《魏略》以及《魏氏春秋》《鄴都故事》《鄴中記》等書今不可得見，孟陽之注信爲詳備矣。」今案汪氏簪萃唯遺一條「西止車門，北有漏刻室也」十字當從六臣本補入，餘亦與顧氏炎武《宅京記》所載大略相同。

嶰若崇山崫起以崔嵬　六臣本「以」作「而」。

注**《說文》曰：欂櫨，柱枅也**　今《說文》：欂，壁柱也〔十一〕；櫨，柱上柎也；枅，屋櫨也。朱氏珔曰：《爾雅》「闗謂之槉」郭注「柱上欂也，亦名枅」，《廣雅》「欂謂之枅」，是欂與枅一也。《爾雅》釋文「櫨即欂也」，又引《字林》云「欂，櫨也」，是欂與櫨亦一也。惟《說文》「欂」爲壁柱，不嫌異訓。而《玉篇》《廣韻》分欂、欂爲二，段氏從之，於欂篆外別作欂篆，究係《說文》所無而强增。其實欂爲欂之省，實一字耳。至櫨之爲枅，《一切經音義》引《三蒼》云：櫨欂，柱上方木也〔十二〕，山東、江南皆曰枅。顔師古《漢書注》「薄櫨，柱上枅也」，與此注引《說文》正合。然今《說文》「柎」字亦有證。《爾雅》釋文引《字林》云「櫨，柱上柎也」。《淮南·本經訓》「標株欂櫨」，注「櫨，柱上柎」。據此則「柎」字非誤。「枅」既有屋櫨之訓，而「櫨」爲柱上柎，義正兩足，不必援此注以改《説文》。

注 **又曰：疏龍首以抗殿**　六臣本無此八字。案《西京賦》之「龍首」與此無涉，無者是也。

暉鑒抰振　「抰振」當作「柍桭」，各本皆誤。《甘泉賦》：日月纔經於柍桭。案兩「柍」皆當作「央」，詳《甘泉賦》下。

階陏嶙峋　「陏」當作「楯」。李注引《上林賦》「宛虹杝於楯軒」注可證。蓋五臣作陏，翰注亦可證。

注 **惟魏四年**　何曰：魏之四年於漢爲建安二十一年，是年進操爵爲王，故設鐘簴，以備朝會。

注 **柢鍔嶙峋**　「柢」當作「坻」，各本皆誤。或作「抵」，益誤。

注 **《墨子》曰：聖王作爲宮室，邊足以御風寒，上足以待露**　今《墨子·辭過》篇「御」作「圉」，末句作「上足以待雪霜雨露」。此有誤脱。

南端逌遵　注 **南當南止車門，又有東西止車門**　六臣本「逌」作「攸」，兩「止車」並作「上東」，誤。

注 **《德陽殿賦》曰**　何校「德」上添「李尤」二字，各本皆脱。

《國風》所稟　銑注：謂儉約稟於《國風》也，《國風》詩所以美儉也。案《左氏傳》「爲之歌魏曰：美哉！大而婉，險而易行」，《史記》「險」作「儉」，古字通用，此銑注所本。與上文「匪樸匪斲」四語意亦連屬，宜與善注並存。六臣本載李注「蔡雍陳留」上有「玄化自此陶甄而成，國風於是有稟承也」

十六字，此本誤脱。

注　毛萇《詩傳》曰：**赩，赤貌也**　朱氏珔曰：《詩》無赩字，惟「路車有奭」毛傳「奭，赤貌」，又「韎韐有奭」釋文亦云「奭，赤貌」，而《白虎通》引奭作赩，故此注遂以赩爲奭也，赩字《説文》在《新附》中。

蕙風如薰　何校「蕙」改「惠」。依李注引邊讓賦作「惠」爲是。銑注「蕙，香草也」，是五臣作「蕙」耳。

注　**聽政殿聽政殿門，聽政門前升賢門**　胡公《考異》曰：「聽政殿聽政殿門」當作「聽政殿前聽政闥，聽政闥前升賢門」，下節注「升賢門内聽政闥外」云云可證。孫氏義鈞曰：按下注專叙官寺皆東入以避南鄉殿門，下注云「升賢門内聽政闥外東入有納言闥」以釋賦文「連闥」，與下臺署皆東入，疑聽政「闥」本是「門」字，緣賦文及注「納言闥」致誤，而此注「聽政殿前聽政門」句自不誤也。以下注「宣明門内，升賢門外，東入内豎署。顯陽門内，宣明門外，東入最南有謁者臺閣」句例之，皆以内外門指稱，益可推證連者臺闥相連，不得因與南鄉之闥並舉而亂於東入之署屋也。

注　**升賢門左崇禮門，崇禮門右順德門，三門並南向**　胡公《考異》曰：「崇禮門」三字不當重，各本皆衍。

注　**庶士鏘鏘**　「庶」字不當有。朱氏珔曰：鏘鏘，今《禮記》作蹌蹌，釋文：蹌本又作鶬，或作鏘，同。本書《吴都賦》注「鏘鏘，行步貌」，亦以鏘鏘爲蹌蹌。依《説文》蹡爲行皃，當作蹡；蹌訓動，亦借字也。

注**邊讓《帝臺賦》曰**　何校「帝」改「章華」，陳同，各本皆誤。

藥劑有司　舊注：宣明門内，升賢門外，東入有内醫署。此即《逸周書·王會解》所云「爲諸侯有疾病者之醫藥所居」。又按《漢書·叙傳》「困于二司」顔注「司，先字反」，王仲宣《酒賦》「司」與「饎」協，此賦與侍、吏、治協，《集韻》《韻會》《正韻》皆作相吏切，可以互證。

肴醳順時　段校云：《史記·淮陰侯列傳》裴駰注引劉逵注「醳，酒也」，今注無。

注**聽政闥向外**　六臣本無「向」字，是也。

注**宣明門内升賢門，升賢門外**　胡公《考異》曰：「升賢門」三字不當重，何、陳並以爲衍，是也。

注**幕人掌幄帟**　六臣本作「帟人掌幄」。胡公《考異》曰：當作「冪人掌幄」，此無取「帟」也。

次舍甲乙　林先生曰：漢制，宫中舍宇以甲乙分上下等，《漢書·成紀》「元帝在太子宫生甲觀畫堂」、《元后傳》「見于丙殿」、《後漢書·清河孝王慶傳》「遂出貴人至丙舍」可證。

丹青焕炳　六臣本、毛本「焕炳」並作「炳焕」。

歷像賢聖，圖以百瑞　按古宫殿每有圖繪，如《漢書·楊惲傳》「上觀西閣上畫人」，蔡質《漢官典職》曰「明光殿省中皆以胡粉塗殿，紫青界之，畫古烈士，重行書讚」，《論衡》云「宣帝之世，圖畫漢烈」，《文苑英華》盧碩《畫諫》曰「漢文帝於未央宫承明殿，畫屈軼草、進善旌、誹謗木、敢諫鼓、獬豸」，因知温室之畫當亦此製。

注 **咎繇薦，舜曰** 何校：「薦」疑作「謨」。陳同，是也，各本皆誤。姜氏皋曰：注引「舜曰：予欲觀古人之象，日月星辰，山龍華蟲，作繪粉米」此二十一字今在梅氏所分《益稷》篇中，張注自當作《咎繇謨》，與《尚書大傳》亦合。「繪」今作「會」，然《説文》引作「繪」，釋文云「馬、鄭作繪」也。「會」字下「粉」字上今有「宗彝藻火」四字未引。朱氏珔曰：案此引書衹證作「繪」，故不必全引，但不應偏贅「粉米」二字。

右則疎圃曲池 六臣本「疎」作「蔬」。

三臺列峙以峥嶸 《水經·濁漳水注》云：「城之西北有三臺，皆因城爲之基，巍然崇舉，其高若山，建安十五年魏武所起，今鄴西三臺是也。中曰銅雀臺，高十丈，有屋百一間。南則金虎臺，高八丈，有屋百九間。北曰冰井臺，亦高八丈，有屋百四十五間。」《鄴都故事》〔十三〕云：建安五年曹操破袁紹於鄴，十五年築銅雀臺，十八年作金虎臺，十九年作冰井臺，所謂「鄴中三臺」也。

亢陽臺於陰基 五臣「臺」作「高」，銑注可證。

注《**莊子**》**曰** 六臣本「子」作「周」。胡公《考異》曰：作「周」者是，稱「莊周」舊注例也，稱「莊子」善注例也，餘舊注誤者準此。

注 **南則金虎臺** 六臣本、毛本「虎」並作「鳳」，誤也。北齊文宣帝〔十四〕乃改「銅雀」曰「金鳳」，改

「金虎」曰「聖應」，改「冰井」曰「崇光」。

注 **原田莓莓**　朱氏珔曰：莓，今《左傳》作「每」。《説文》「每，艸盛上出也」，故杜注云「晉君美盛，若原田之艸每每然」。「每」本从中，中即艸也，俗又加艸作「莓」。賈昌朝《群經音辨》引《左傳》作「每每」爲是。

注 **《魯靈光殿賦》注**　又**《魯靈光殿賦》曰**　「注」當作「曰」，「曰」上當有「注」字，六臣本尚不誤。

清塵彯彯　六臣本「彯彯」作「飄飄」。

雲雀踶甍而矯首，壯翼摛鏤於青霄　向注：「雲雀，鳳也。踶，踏。甍，簷。矯，舉也。言作鳳於簷，踏立而舉首也。壯，大。摛，發也。言鳳之大翼光發，彫鏤於青霄。」按此即銅雀，《水經注》所謂「作銅雀於樓巔，舒翼若飛」者也，向注詞費而義反晦。朱氏綬曰：《太平寰宇記》引《鄴中記》云「魏太祖都城之内諸街有赤闕，南面西頭曰鳳陽門，上有鳳二枚」，此蓋向注所本。

暾日籠光於綺寮　余曰：《鄴中記》載西臺高六十七丈，上作銅鳳，窗皆銅籠雲母幌，日之初出乃流光照曜。

習步頓以升降　段校云：依注則「升降」二字當作「實下」。

注 **丹墀，以丹與蔣離合用塗地也**　姜氏皋曰：「蔣」字未詳。考《漢梅福傳》注應劭曰「赤墀以丹淹泥塗殿上」，本書《西京賦》注引《漢官典職》曰「丹漆地故稱丹墀」，未有言用蒳者。《淮南子·原道訓》「浸潭苽蒳」，注蒳讀水漿之漿。豈此「蒳」字亦假「漿」字，抑以蒳和丹塗地？不可知矣，各本皆無校語。

注 **此鳳之有定有住，尚向風而無一方** 胡公《考異》曰：當作「此鳳之住有定向」七字爲一句，「而風無一方」五字爲一句。

注 **《説文》曰：窈窕，深遠也** 今《説文》：窈，深遠也，窕，深肆極也。案此注「窕」字本不當有，正文但有「窈」字，此誤衍耳。

長塗牟首 注**牟首，閣道有室者也** 《漢書·霍光傳》「輦道牟首」，孟康曰「牟首，地名也，上有觀」，如淳曰屏面，臣瓚曰「池名，在上林苑中」，師古曰：「瓚説是也，又左思《吴都賦》云『長塗牟首』，劉逵以爲『牟首，閣道有室屋也』，此説更無所出，或者思及逵據此『輦道牟首』便誤用之乎？」按《漢官舊儀》云「上林苑中昆明池、鎬池、牟首諸池，取魚鼈給祠祀用」，據此則牟首實池名也。又案思語在《魏都賦》，注者張載，師古引作《吴都》、劉逵，蓋誤記也。

附以蘭錡 段曰：《西京賦》引劉逵《魏都賦》注曰「受他兵爲蘭，受弩曰錡」，今注無之。

注 **晷漏漏刻也** 六臣本下「漏」作「之」。此下有「西上東門北有漏刻屋也」十字，此誤脱，惟「上東」當作「止車」、「屋」當作「室」，説詳前。

注《説文》曰：晷，景　今《説文》：晷，日景也。

注《樂汁圖》曰　又服虔《甘泉注》曰　「圖」下當有「徵」字，各本皆脱。「泉」下何校添「賦」字，陳同，是也，亦各本皆脱。

藐藐標危，亭亭峻跱　六臣本作「邈邈標危」，「跱」作「峙」。朱氏珔曰：峻跱，尤本作峻趾，注引《説文》曰「阯，基也」，則正文非「跱」矣。

注　寇俠城乃　「乃」字誤，尤本作「寇俠城堞」是也。

注《毛詩》云：夏屋渠渠　六臣本無「毛」字。胡公《考異》曰：稱《詩》舊注例也，稱《毛詩》善注例也，凡劉淵林、張孟陽諸人之注皆未必是《毛詩》，觀下「膴膴坰野」注即可知矣。

注《説文》曰：標，末也　今《説文》：標，木杪末也。

蒹葭贙　王氏《學林》云：《爾雅》「贙，有力」，《詩·蒹葭》箋云「蒹葭在衆卉之中蒼然強也」，此賦「蒹葭贙」當作強有力解。胡公《考異》曰：尤本「贙」作「䝈」，乃俗字也，《廣韻》所謂倒一虎者非是矣。

表清籞　注淵池清籞　六臣本「籞」作「禦」。注中「淵」當作「洪」，尤本作「江」亦誤。

注則是四十里爲阱於國中　今《孟子》「四」上有「方」字。

注《説文》曰：白濤，大波也　今《説文》無「濤」字，惟徐氏《新附》有之，無「白」字。《西都賦》注引「濤，大波也」四字作《倉頡篇》。

西門溉其前，史起灌其後　《漢書·溝洫志》：「魏文侯時，西門豹爲鄴令，有令名。至文侯曾孫襄王時，與群臣飲酒，王爲群臣祝曰：『令吾臣皆如西門豹之爲人臣也！』史起進曰：『魏氏之行田也以百畝，鄴獨二百畝，是田惡也。漳水在其旁，西門豹不知用是不智也，知而不興是不仁也。仁智豹未之盡，何足法也！』于是以史起爲鄴令，遂引漳水溉鄴。」按此以引漳溉鄴始于史起，與西門豹無與，説本《吕覽·樂成》篇。然《史記·河渠書》云「西門豹引漳水溉鄴，以富魏之河内」，《後漢書·安帝紀》云初元二年正月「修理西門豹所分漳水爲支渠，以溉民田」，《水經·濁漳水注》云「魏文侯以西門豹爲鄴令，引漳以灌鄴，民賴其用。其後至魏襄王，以史起爲鄴令，又堰漳水以灌鄴田」，皆與此賦相合。《吕覽》恐誤，《漢書》又誤仍之。至高誘注謂「魏文侯用西門豹爲鄴令，史起亞之」，以言襄王時爲謬，更不知所據矣。

墱流十二，同源異口　《水經·濁漳水注》云：「魏武王又堨漳水，迴流東注，號天井堰，二十里中作十二墱〔十五〕，墱相去三百步，令互相灌注，一源分爲十二流，皆懸水門。《鄴中記》云水所溉之處名曰堰陵澤，左思之賦《魏都》謂『墱流十二，同源異口』者也。」

注**天井優**　「優」當作「堰」，説詳上。

注**疇者，界也。埒，畔際也**　上「也」字不當有，各本皆衍。

注**《韓詩》曰：周原腜腜。莫來反**　舊注已引《詩》，今《毛詩》作「膴膴」，故李注重提《韓詩》。

按「膴」與「腜」古字通，毛傳「膴膴，美也」，鄭箋「周之原地，膴膴然肥美」。「膴」與飴、謀、龜、時、兹爲韻，當讀如梅。舊注「腜腜，美也」其義同，李注「莫來反」其音同，《釋文》音「武」恐非。腜又通作「每」，《左氏·僖二十八年傳》「原田每每」亦言原田之肥美也。

注 **賈逵《國語》曰**　「語」下當有「注」字。

注 **鄴人歌之曰：鄴有賢令兮爲史公，決漳水兮灌鄴旁，終古潟鹵兮生稻粱**　此《溝洫志》文也。《吕氏春秋·樂成》篇作「鄴有聖令，時爲史公，決漳水灌鄴旁，終古斥鹵生之稻粱」，與此小異。姜氏皋曰：陳第《古音考》謂東陽爲韻始于東方朔《七諫》，顧氏炎武以爲《九歌·東君》已先之；江氏永以爲長篇中一二句可謂之叶，不可謂之正音，如《離騷》《雲中君》《天問》《風賦》皆是也；邵氏長蘅以「公」叶「姑黄切」，引《七諫》之「公堂」爲證，然此尤古矣。

注 **《説文》曰：澍，時雨，所以澍生萬物者也**　今《説文》無「所以」「者也」四字。

注 **《方言》曰：蒔，更也**　六臣本引作「蒔，植立也」。然《方言》本有兩訓，並引爲是。

内則街衝輻輳　六臣本「衝」作「衢」。案李注引杜預《左氏傳注》曰：衝，交道也，齒容反。《淮南子·覽冥訓》注亦曰：衝，交道也。

石杠飛梁，出控漳渠，疏通溝以濱路　《水經·濁漳水注》云：魏武又以郡國之舊，引漳流自城西東入，逕銅雀臺下，伏流入城東注，謂之長明溝也。渠水又南逕止車門下，魏武封於鄴爲北宮，宮有文昌殿。溝水南北夾道，枝流引灌，所在通溉，東出石竇堰下，注之隍水，故魏武《登臺賦》曰「引長明，灌街里」。

注　**有赤闕黑**　「黑」當作「里」，各本皆誤。

注　**石杠謂之倚。郭璞曰：石橋音江**　六臣本作「石杠，謂石橋也」，無「郭璞」以下七字，是也。此舊注，不得引郭注。

注　**毛萇《詩傳》曰：莘莘，衆多也**　姜氏皋曰：此與本書《東都賦》注同。《國語·晉語》引《周詩》曰「莘莘征夫，每懷靡及」，《韓詩外傳》、《説苑·奉使》篇、《説文·焱部》「燊」字音皆引《詩》作「莘莘」，知《詩》舊本不作「駪駪」，故毛傳云然。而《説文》「駪」字亦不引《詩》也。

奉常之號　六臣本「奉」作「太」。

注　**建安十八年始置侍中**　至**御史大夫**　按《三國志·魏志》建安十八年十一月「初置尚書、侍中、六卿」，裴注引《魏氏春秋》曰：「以荀攸爲尚書令，涼茂爲僕射，毛玠、崔琰、常林、徐奕、何夔爲尚書，王粲、杜襲、衛覬、和洽爲侍中。」建安二十一年八月「以大理鍾繇爲相國」，注引《魏書》「始置奉常宗正官」。二十二年六月「以軍師華歆爲御史大夫」。《袁渙傳》：魏國初建，爲郎中令，行御史大夫事；渙從弟霸，魏初爲大司農。《涼茂傳》：魏國初建，遷尚書僕射，後爲中尉、奉常。《國淵傳》：遷太僕，居列卿。《王修傳》：魏國既建，爲大司農、郎中令。《毛玠傳》：魏國初建，爲尚書僕射，復典選舉。《徐奕傳》：魏國既建，爲尚書，遷尚書令。《何夔傳》：魏國既建，拜尚書僕射。《鍾繇傳》：魏國初建，爲大理，遷相國。《華歆傳》：魏國既建，爲御史大夫。《王朗傳》：魏國既建，以軍祭酒領魏郡太守，遷少府、奉常、大理。《程昱傳》：魏國既建，爲衛尉。《杜畿傳》：魏國既建，爲尚書。《王粲傳》：魏國既建，拜侍中。參考之，約略相同。

注**《爾雅》曰：兩階間曰𨵦**　今《爾雅·釋宫》「兩階間謂之鄉」，《集韻》引作「謂之鄉」。《説文》「𨵦，門響也」，「響」疑當作「鄉」。《易·繫辭》「其受命也如嚮」，以「嚮」爲「響」。此又以「響」爲「嚮」。但古祇作「鄉」，即今之「向」字也。

都護之堂　注**都護者，將軍曹淵也**　金氏甡曰：夏侯淵曾作都護。曹氏本姓夏侯，然惇、淵之輩不蒙曹姓，此外無所謂都護曹淵者。惟曹洪作都護，見陳琳《爲洪與魏文書》題下注。「淵」字殆「洪」之誤也。

注**《説文》曰：𢻱嘔也**　今《説文·广部》𢻱，𢻱嘔也；《自部》：嘔，𢻱也。近人席世昌《讀説文記》謂《説文》無𢻱字，可笑。

匉𠠇𠕈掇　六臣本「掇」作「輟」。

注**鄴城南有都亭，城東亦有都道，北有大邸**　六臣本「南」作「東」。胡公《考異》曰：各本皆有誤。此節賦邸，注必説邸，當作「鄴城東有都亭邸」爲一句、「東城下有都道」爲一句、「道北有太邸」爲句。此賦前注有「北城下」，後注有「西城下」，可證此之「東城下」也。

注 **繕完葺牆** 姜氏皋曰：李涪《刊誤》以「完」字當作「宇」字，因「繕完葺」三字一義也。段氏玉裁於《説文·宀部》「院」字注以爲：「『繕完葺』三字成文，猶下文『觀臺榭』亦三字成文，安得以今人儷辭之法繩之？必欲謂爲誤字，則『完』當是『院』字。」按《説文》「寏，周垣也」，《唐韻》《集韻》並作胡官切，既欲改字，曷不取音義皆同者，豈以《左傳》本「院」字偶脱自旁耶？

注 **《左傳》曰：圬人以時塓館宫室** 今《襄公三十一年傳》「塓」作「塓」，杜注：塓，塗也。《廣雅·釋室》：摸，塗也。摸與塓同。

注 **《説文》曰：廡，堂下周屋也** 今《繫傳》作「堂下周廡屋」。

注 **輟，止。掇，古字通** 「止」下當有「也輟與」三字，各本皆脱。

籍平逵而九達 六臣本「而」作「之」。

注 **鄭玄曰質劑謂兩書一札而别之也** 《周禮·太宰》注「札」下有「同」字，此脱。

財以工化 又 **著馴風之醇醲** 六臣本「財」作「材」，「風」作「致」。按依注則李本亦當作「材」。

不鬻邪而豫賈 注 **子産治鄭不鬻賈** 段校云：賈，司馬貞音價；鬻賈之「鬻」當作「豫」。

注 **《周官》曰：百工飭貨八材** 今《周禮·太宰》文「貨」作「化」。此恐誤。

注 **成，平也。市者** 六臣本無「也」字，是也。

注**優渥，然以酒之醲**　段校「以」改「似」。

關石之所和鈞　注**此夏之逸書**　《周語》單穆公〔十六〕引《夏書》曰「關石和鈞，王府則有」，韋昭注：「逸書也。關，門關之征也；石，今之斛也。言征賦調鈞，則王之府藏常有也。」此賦義實本此。孫鑛據常解而譏其誤用，過矣。張氏雲璈曰：孟陽晉初人，未見《古文尚書》，故謂之逸書。

三屬之甲　案《漢刑法志》注：服虔曰「作大甲三屬，竟人身也」，蘇林曰「兜鍪也，盤領也，髀褌也」，如淳曰「上身一，髀褌一，脛繳一，凡三屬也」，師古曰「如説是也。屬，聯也，音之欲反」。然《考工記》「函人爲甲，犀甲七屬，兕甲六屬，合甲五屬」，注云「屬讀爲灌注之注，之樹反。上旅下旅，札續之數也」，江氏永曰「甲，續札爲之，節節相續也」。此經史音義之各異者。

縵胡之纓　胡公《考異》曰：「縵」當作「漫」，六臣本注中作「漫」也，今《莊子》作「曼」，釋文引司馬彪云「曼胡之纓，謂麤纓無文理也」，漫、曼字同。

注**《戰國策》曰：更嬴謂魏王曰：臣能虛發而下鴈。魏王曰：然則射可至於此乎？更嬴曰：可。有鴈從南方來，更嬴虛發而鴈下**　六臣本脱「臣能虛發而下鴈，魏王曰」十字。今《戰國策》「臣能」作「臣爲王引弓」，「下鴈」作「下鳥」，「有」下有「間」字，「南方」作「東方」，「虛發而鴈下」作「以虛發而下之」。

吞滅咆烋　六臣本「烋」作「咻」。

雲撤叛换，席卷虔劉 《淮南子·兵略訓》：雲撤席卷。

洗兵海島 林先生曰：「《六韜》：武王問太公：雨輜重至軫，何也？云：洗甲兵也。」張氏雲璈曰洗兵事亦見《説苑》。〔十七〕

刷馬江洲 胡公《考異》曰：「『刷』當作『唰』，注同。謹案舊注『刷，小嘗也』。司馬相如《梨賦》曰：唰嗽其漿」，李注『刷猶飲也』義與舊注同，皆當作唰；向注『洗刷兵馬』云云，則五臣作刷也。胡公《考異》又曰：「案《赭白馬賦》『旦刷幽燕』善注引此作刷，必《太冲集》别本與張孟陽注者不同，此所謂各隨其用而引之，善固已自舉其例矣。」《説文·又部》㕞字訓拭也，從又持巾在尸下，《繫傳》引此作「㕞馬江洲」；《刀部》刷字訓刮也，從刀，㕞省聲，似非此賦所用。

振旅輷輷 注**蘇秦曰：輷輷殷殷** 又**《蒼頡篇》曰：輷輷，衆車聲也，呼萌切。今爲輷字，音田** 胡公《考異》曰：「『輷輷』當作『輷輷』，李善有明文。謹案此李爲正文及上劉注説其讀也。《集韻·十三耕》呼宏切有轟、軥、軥、輷四字，其輷字即本所引《蒼頡》也，《一切經音義》十二云『轟今作軥，字書作輷』亦本此，其明證矣。而《玉篇》軥、軥同轟，《廣韻》輷同轟，皆别有出也。注下文云今爲輷字音田者，《集韻·一先》又有輷字即本此。李謂『振振輷輷』音田，則與《詩·采芑》《爾雅·釋天》之『振旅闐闐』、《説文·口部》之『振旅嗔嗔』字異義同，故並存兩讀。五臣本正文下有『田』字之音，取李後一讀耳。

注**庖丁爲文惠君屠牛**　六臣本無「君」字。胡公《考異》曰：下文兩云「文君」，疑此本亦云「文君」耳。

注**剋默韓暹、楊奉之**　六臣本「默」作「黜」。按「剋默」當作「謂滅」。

注**降劉表於荆州之屬也**　六臣本無「之屬」二字。何校「表」改「琮」，陳同。

注**北羈單于于白屋**　「于」字不當重，各本皆衍。

注**《尚書》曰：往伐歸獸**　當有「序」字。

注**伐弱韓**　尤本「韓」作「燕」。按當作「薛」，説詳《西京賦》。

注**周公攝政，弘化弭亂**　陳曰此上脱引書名。

湅醴流澌　注《説文》曰：**澌，流冰也**　「澌」並當作「凘」。《説文·水部》自有「澌」字，訓水索也。此入《仌部》。

豐肴衍衍　何曰依善注「衍衍」當作「衎衎」，陳同，是也。案向注則是五臣作「衍」耳。

注《**封禪書**》曰：**義征不憓**　本書《封禪文》作「義征不譓」。

注**行者必以賮**　今《孟子》作「贐」。案本書《赭白馬賦》「或踰遠而納賮」及《讌曲水》詩均作賮，《論衡·刺孟》篇引亦作賮，《説文》《玉篇》《廣韻》等書皆有賮無贐，知今本《孟子》「贐」乃俗字也。

注**許氏曰：醧，酒美也**　此當是《説文》，然今《説文》作「醧，私宴飲也」。

注 **鄭玄曰：未渠央也** 張氏雲璈曰：《史記·陸賈傳》「何渠不若漢」注「渠音詎」，《索隱》曰《漢書》作「遽」，是「遽」與「渠」古字通。

注 **《山海經》曰：青要之山，䰠武羅司之，穿耳以鐻。郭璞曰：鐻，金銀之器名；䰠，音神** 今《中山經》注云：武羅，神名，䰠即「神」字。又云：鐻，金銀器之名，未詳也。按《說文·玉部》新附字引《山海經》作「璩」，云環屬也。《後漢書·張奐傳》云「遺金鐻八枚」，蓋西羌穿耳之飾。

注 **《毛詩》曰：湑，莤也。鄭玄曰：沛，莤之也** 「詩」當作「萇」，「沛」當作「泲」，各本皆誤。姜氏皋曰：《周禮·甸師》「祭祀共蕭茅」，鄭大夫云「蕭或作莤，莤讀爲縮；束茅立之祭前，沃酒其上，酒滲下去，若神飲之，故謂之縮」，《說文》：莤，禮祭，束茅加於裸圭而灌鬯酒，是爲莤。

冐六莖 注 **《樂動聲儀》曰：帝嚳樂曰六英，帝顓頊曰五莖** 又 **《漢書》曰：顓頊作六莖** 六臣本作「冐六英五莖」。何曰：「注引《動聲儀》六英五莖者，詳舉之也。又引《漢書》六莖者，注本文六莖也。如本文非六莖，字不必重注矣。」按《初學記·樂部》引《動聲儀》作「五英六莖」，考《漢書·禮樂志》「顓頊作六莖，帝嚳作五英」，《廣雅·釋樂》據之作「六䋣五韺」，《太平御覽·樂部四》引《帝系譜》曰「顓頊曰六莖，帝嚳曰五英」、注「道有根莖故曰六莖，道有英華故曰五英」，則此六莖非無據也。但此賦「六」字恐係「英」字之誤。

僧響起 六臣本「僧」作「噌」。

二嬴之所曾聆　注**趙氏之先，與秦同祖。然則秦趙同姓，故曰二嬴**　《史記·秦本紀》云：大駱生非子，以造父之寵，皆蒙趙城，姓趙氏。《始皇紀》云：姓趙氏。《陸賈傳》云：秦任刑法不變，卒滅趙氏。又《楚世家》及《淮南子·人間》《泰族》二訓並稱始皇爲趙政。

耳目之所聞覺　五臣「聞」作「開」，翰注可證。

韎、昧、任、禁之曲　注**然韎、昧皆東夷之樂，而重用之，疑誤也**　此所誤在善注之前。今無他本可證，説已見前。

注**《禮記注》曰**　「注」字不當有。

注**《梁騶》，天子獵之田曲也**　六臣本無「獵之」「曲」三字。胡公《考異》曰：無者是，《東京賦》善注引作「天子之田也」可證。姜氏皋曰：「梁騶」二字，説《詩》者皆列之《騶虞》之下。考《大戴禮》，凡《雅》二十六篇，其八篇可歌，歌《鹿鳴》《貍首》《鵲巢》《采蘩》《采蘋》《伐檀》《白駒》《騶虞》。《禮》「散軍而郊射，左射貍首，右射騶虞」，注「《貍首》《騶虞》所以歌爲節也」。凡射以《騶虞》爲節，獵亦射也，故《梁騶》爲天子獵之曲，或他處作天子之田者反是傳寫之譌耳。

注**《莊子》曰：尹需學御三年而無所得，夜夢受秋駕於其師。明日往朝其師，其師望而謂之曰：吾非獨愛道也，恐子之未可與也，今將教子以秋駕**　此《莊子》逸篇。《淮南子·道應訓》亦載其語。《吕氏春秋·博志》篇「需」作「儒」。

澤馬亍阜 注《説文》曰：亍，步也，丑赤反 六臣本「步」上有「小」字。按《説文》彳，小步也，徐鍇曰丑赤反；亍，步止也，从反彳，讀若畜，徐鍇曰丑録反。然則依李注正文當作「彳阜」。徐鍇於「亍」下引《魏都賦》曰「澤馬亍阜」，亦誤也。

注**文備于大和** 毛本「文」誤作「又」，「大」誤作「永」。自此句至「是以有魏詩雲鳥之書黄初」四十四字，六臣本所無。胡公《考異》曰：疑此乃記《三國志》注文於旁，尤本取以增多而又有誤也。

注**顯道而神德行** 「而」字不當有。

注**應劭《漢書》曰：櫌，音擾** 何校「書」下添「注」字，下「擾」字改「柔」，陳同，是也，各本皆有脱誤。

注**《説文》曰：穎，穗也** 又**偉，大也** 今《説文》：穎，禾末也；偉，奇也。

校　記

〔一〕先壠反　「壠」原作「隴」，據《文選注》改。

〔二〕説文収部异舉也　「収」原作「廾」，據《説文》改。

〔三〕出鄴西北云云　此句係戴震《分篇水經注》據《太平御覽》卷六四補入，殿本僅注「當在此」，他本皆不取。

〔四〕六臣本無善曰二字　此不確，六臣本「善曰」作「劉曰」。

〔五〕無史記二字　「無」原作「其」，據《文選注》改。
〔六〕又然之難盡　「又」原作「火」，據《水經注·濁漳水》改。
〔七〕高亦作皐　「亦」據《文選集釋》卷八補。
〔八〕閬門高大之貌　《文選注》各本引《説文》「門」皆作「閬」，讀作「閬閬，高大之貌」。
〔九〕閣道相通　「閣」原作「閭」，據《文選理學權輿》卷八、《文選注》改。
〔十〕菀中有魚梁　「魚」原作「漁」，據《文選理學權輿》卷八、《文選注》改。
〔十一〕今説文欂壁柱也　「欂」原作「構」，據《説文》改，下「説文欂爲壁柱」同。
〔十二〕欂櫨柱上方木也　「欂」原作「薄」，據玄應《一切經音義》卷一卷十五、慧琳《一切經音義》卷十七卷五八改。
〔十三〕鄴都故事　原作《麟臺故事》，據《樂府詩集》卷七五《三臺》題注改，《麟臺故事》無此語。
〔十四〕北齊文宣帝　「宣」原作「皇」，據《北齊書·文宣帝紀》改。
〔十五〕二十里中作十二墱　上「二」原作「三」，據《水經注·濁漳水》改。
〔十六〕周語單穆公　「穆」原作「襄」，據《國語·周語下》改。
〔十七〕六韜説苑武王問太公云云　《藝文類聚》卷二、《太平御覽》卷十卷七二六等引《六韜》作「文王問散宜生卜伐殷吉乎，曰不吉」「太公進曰：雨輜重車至軫，是洗濯甲兵也」，《御覽》三二八、《説苑·權謀》作「武王問」，「問散宜生」而非「問太公」則一。

文選旁證卷第九

文選卷六下

魏都賦下

餘糧棲畝而弗收　注《淮南子》曰：昔容成之時，置餘糧於畝首　周氏嬰《卮林》云：《初學記·帝王部》引《子思子》曰「東户季子之時，道上雁行而不拾遺，餘糧宿諸畝」，此更在《淮南子》之前。

銜書來訊　「訊」當作「誶」。《詩》「歌以訊之」「莫肯用訊」皆「誶」之訛。姜氏皋曰：《釋文·墓門》云：「訊，本又作誶，音信。徐：息悴反，告也。《韓詩》：訊，諫也。」其《正月》《皇矣》釋文皆同，《禮記·王制》「以訊馘告」、《學記》「多其訊」釋文皆同，似可兩音也。

即帝位　何曰：「帝位」當作「帝立」，古文「即位」皆曰「即立」，《春秋》「元年即立」，《商頌》「帝立子生商」。案何説非也。賦「陟中壇即帝位」本屬文從字順，若依何改「即帝立」反近於不詞矣。此句位字與上文蒞字爲脂韻之去，中間室字、日字爲真韻之入，脂、真二韻古音相轉，去入合用爲韻，篇中不勝枚舉。若依何改作「立」，係談韻之入，反與室、莅、日不相通矣。古者立、位同字，故古器物銘凡言「即立」或言「立中庭」皆當讀爲位。古文《周禮·小宗伯》「掌建國之神立」鄭司農云立讀爲位，古文《春秋經》「公即位」爲「公即立」，《左氏·昭二十二年傳》「子朝有欲位之言」釋文「位本作立」，《史記·周本紀》「武王既入，立于社南」今《周書·克殷解》作「王入，即位于社」，皆是。然在此賦則不必改字也。

匪孽形於親戚　六臣本「孽」作「蘖」。

注**讐校，所爲讐校者也**　姜氏皋曰：此句乃下注「《風俗通》曰」一則内錯出於此。「讐校」二字即「劉向《別録》」下文，「所爲讐校者也」六字當在「若怨家相對」句下。

注**《盤庚》曰：優賢揚歷**　《書·堯典》疏云：鄭注《尚書》篇與夏侯等同而經字多異，夏侯等書「心腹腎腸」曰「憂賢陽」。蓋「憂」本作「優」，誤分爲「心腹」二字；「腎腸」本作「賢揚」，皆以字形相似致誤耳；而「歷」字當屬下句讀也。王氏鳴盛曰：〔一〕洪适《隸釋》載《唐扶頌》已云「優賢颺歷」，又載《國三老袁良碑》有云「優臤之寵」，《説文》「臤」古文以爲「賢」字，然則優臤即優賢也；又《三國志·管寧傳》正始二年陶丘一等薦寧有云「優賢揚歷，垂聲千載」，裴松之注「《今文尚書》曰優賢揚歷，謂揚其所歷試」，裴係宋人，其時梅賾書已盛行，以梅書爲古文，自以鄭書爲今文耳。按王氏引《隸釋》、裴注以證是也，其今文、古文之説則非。釋《書》疏語謂作「優賢揚歷」者正夏侯等書，《今文尚書》也；作「心腹腎腸」者正鄭注本，鄭習《古文尚書》者也，孔傳多依鄭本，故今

《書》亦作「心腹腎腸」也，從來無以鄭本爲今文者。且《書疏》是謂夏侯等書與鄭不同，非謂梅賾書與鄭不同，何得顛倒而強爲之説耶？此疏語在《虞書》標目下，疏云「夏侯等書『宅嵎夷』爲『宅嵎鐵』、『昧谷』曰『柳谷』、『心腹腎腸』曰『憂腎陽』、『劓刵劅剠』云『臏宫劓割頭庶剠』，是鄭注不同也」，段氏玉裁以爲此四條皆上句古文、下句今文，本自明白，不意善讀古書如閻百詩尚誤會而互易之，近注《尚書》者皆襲其誤，甚矣句度之難也！今考《堯典》，作「嵎夷」者古文、作「嵎鐵」者今文，《史記索隱》云《今文尚書》「及帝命驗作禺鐵」，此確證也；作「昧谷」者古文、作「柳谷」者今文，《周禮·縫人》注引「柳谷」，賈疏以爲濟南伏生書，伏生正傳今文者，亦確證也。《盤庚》語蓋與之同，可以無疑矣。孟陽晉初人，故所見本如此。何氏焯乃謂《盤庚》篇中無此文，何其疏歟！

注 **宅山阜猥積**　何校改作「宅心知訓」。案李注引《尚書》以釋「宅心醰粹」句也，此當因下文「山阜猥積而崎嶇」句致誤耳。

注 **醰，美也**　《廣雅·釋詁》：膻，美也。《玉篇》：膻，食味美。醰，蓋與膻同。

注 **《論語》曰：君子薄於言而厚於行**　此或是《逸論語》。翟氏灝曰：疑是「君子欲訥於言而敏於行」之異文。

注 **《風俗通》曰：按劉向《别録》：讐校：一人讀書，校其上下得繆誤爲校；一人持本，一人讀書，若怨家相對**　「相對」下當有「爲讐」二字。按今本《風俗通》無此語。

將猛四七　《東京賦》云：授鉞四七。

注　**《說文》曰：幹，本也**　本書《贈劉琨》詩注引同。按「幹」當作「榦」。今《説文》：榦，築牆耑木也。徐鉉曰：今别作「幹」，非是。

雖自以爲道，洪化以爲隆　何校去下「以爲」二字，各本皆誤。

注　**《老子》曰：大滿若沖**　河上公及王弼本作「大盈若沖」。

議其舉厝　六臣本「厝」作「措」。

注　**《説文》曰：析，量也**　今《説文》「析」字無此訓。

其中則有鴛鴦交谷　六臣本無「其中」二字。

常山平干　六臣本「干」作「于」。孫氏志祖曰：平于王國見《漢書·地理志》及《景十三王傳》，《魏書·地形志》注作「干」。

注　**龍山在廣平沙縣**　六臣本「沙」作「涉」。胡公《考異》曰：作「涉」者是，《晉書·地理志》廣平郡有涉縣可證。按《漢地理志》魏郡有沙縣，《後漢郡國志》魏郡有沙侯國。洪氏亮吉曰：漢皆作「沙」，《魏武紀》始作「涉」，據《水經注》是因涉漳水改名也。

注　**《北山海經》曰**　「海」字不當有，各本皆誤。

注　**女娃遊於海，溺而不反，精衛常取西山之木石，以堙東海焉**　陳校「精衛」上添「化爲」二字，是也，各本皆脱。

注 **後辭八碭水中** 又**與諸弟子期，期日** 又**設屋祠** 尤本「碭」作「碣」。今《列仙傳》「碭」作「涿」，「期期」二字不重，無「屋」字。

注 **在曲周市上。曲周屬廣平郡** 六臣本「曲周」作「曲州」誤，今《列仙傳》「曲」作「西」亦誤，《水經·濁漳水注》云「衡漳故瀆，又逕曲周縣故城東，嘯父在縣市補履」可證。

注 **《説文》曰：翄，亦翅字。翼，翅也** 今《説文》：「翄，翼也，重文翄，翄或从氏。「翼翅」二字疑倒。

故安之栗 六臣本「故」作「固」。

緜纊房子，縑總清河 《古文苑》載曹操夫人《與楊彪夫人書》：「送房子官綿百斤。」《太平御覽·布帛部六》引《晉陽秋》云：「有司奏依舊調房子睢陽綿，武帝不許。」又引《水經注》云：「房子城中出白上細綿如膏，可用濯綿，霜鮮雪曜，異於常綿，世俗言房子之綿也。」又引盧毓《冀州論》云：「房子好綿，地産不爲無珍也。」《藝文類聚·絹部》載庾肩吾《答武陵王賚絹啟》云：「清河之珍，丘園懴其束帛。」

注 **跕躧躧** 六臣本無「躧」字。胡公《考異》曰：「此因改「躧」爲「躧」而兩存也，所引《貨殖列傳》文今本云「跕屣」，《漢書·地理志》作「跕躧」，顏注躧字與屣字同，是「跕躧」二字乃「跕躧」二字之誤。

注**臣瓚曰：跕爲躧**　胡公《考異》曰：此當作「躧跟爲跕，挂指爲躧」〔一〕，依《漢書》顔注引如此也。

注**薛君《韓詩章句》曰：均衆謂之流，閉門不出客謂之湎**　案《初學記·酒第十一》引《韓詩》曰：齊顔色、均衆寡謂之沉，閉門不出者謂之湎。又《饗讌第五》引《韓詩外傳》曰：閉門不出客謂之湎。引書前後不同，而此處之脱誤可證。

注**水出洹汲郡**　當作「洹水出汲郡」，各本皆倒。

注**《廣雅》曰：夠，多也**　今《廣雅·釋詁》「多也」節脱「夠」字。

判殊隱而一致　何校「判殊」改「殊顯」。按舊注則「判殊隱」爲是。

末上林之隤墻，本前修以作系　潘氏耒曰：前修即下文魏絳諸人，二句領起下文。謂《上林賦》系以隤墻填塹，勸百諷一，今不取法，但取先賢以結此賦。末者鄙薄之意，舊注未明。

注**知言之選，擇來比物，謂屬變而還復舊貫，則知言之選擇采**　胡公《考異》曰：此皆誤也，當作「知言之選」爲一句、「選擇采也」爲一句、「謂屢變而還復舊貫」爲一句、「則知言之擇采」爲一句，各本訛舛，絶不可通。

注**謂爲《系辭》同音**　「音」當作「旨」，各本皆誤。

注**故諸侯歌鐘析邦君之肆也**　陳曰「諸侯」當作「謂之」。

職競弗羅　注**逸詩云：兆云詢多，職競弗羅**　孫氏志祖曰：《左傳》引逸詩本云「職競作羅」，

注：職主競作羅網之難。疑太冲引文偶誤，注因改詩以順之耳。

則干木之德，自解紛也　梁氏玉繩曰：「段氏、段干氏判然不同。段氏出鄭共叔段之後，《國策》『韓有段規』是也。老子之後名宗者，爲魏將，封于段干，因以爲氏，如《秦策》『段干，越人』、《齊策》段干綸、《魏策》段干崇、《列子·楊朱》篇段干生是也。而段干木之子隱如入關，去干字亦爲段氏，故《廣韻》注段姓又引《風俗通》云段干木之後也。然則段干木，複姓，段干本自老子，班固《幽通賦》『木偃息以蕃魏』是舉其名。乃《路史·國名紀二》引《風俗通·氏姓》篇注謂姓段名干木，蓋誤。而《風俗通·十反》篇、《三國志·衛臻傳》《晉書·隱逸傳》《水經·河水四注》《高士傳》、《抱朴子·嘉遁》《逸民》《欽士》《譏惑》《博喻》等卷、劉勰《新論·薦賢》《文武》《遇不遇》等篇俱稱干木，而《文選·魏都賦》及謝靈運《述祖德詩》亦皆稱干木、稱段生，恐皆割截言之也。」按《淮南子·修務訓》曰「干木雖以己易寡人不爲高」，高誘注亦作「干木」，與此賦同。

注《**呂氏春秋**》**曰：段干木者，魏文侯敬之，過其廬而軾之**　至**吾安敢不軾乎**　今《呂氏春秋·期賢》篇云：「魏文侯過段干木之閭〔三〕而軾之，其僕曰君胡爲軾，曰：此非段干木之閭歟？段干木蓋賢者也，吾安敢不軾？且吾聞段干木未嘗肯以己易寡人也，吾安敢驕之？段干木光乎德，寡人光乎地；段干木富乎義，寡人富乎財。」按古人引書往往删節其文，而此注獨於字句大有增多，當是取據别本，故備録而校之。

注**秦欲攻魏，而司馬康諫曰：段干木，賢者，而魏禮之，天下皆聞，乃不可加乎兵。秦君**

以爲然，乃止　今《吕氏春秋·期賢》篇「司馬康」作「司馬唐」，「皆聞」作「莫不聞」，「加乎兵」作「加兵乎」，「乃止」作「乃按兵輟不敢攻之」。按「司馬康」當依《淮南子·修務訓》作「司馬庾」，高注「或作唐」，此注引又作「康」，恐皆誤也。考《戰國策·韓策》秦有司馬康，《史記·韓世家》作司馬庚，徐廣云一作唐，形聲俱相近。然康在秦昭、韓襄之世，上距庾諫秦攻魏幾百年，當是兩人。

嗛嗛同軒　六臣本「嗛嗛」作「謙謙」。姜氏皋曰：《易·謙》卦子夏傳作「嗛」。《漢書·藝文志》「易之嗛嗛」，《司馬相如傳》「嗛讓而弗發」，《尹翁歸傳》「温良嗛退」，師古曰「嗛，古謙字」。《汗簡》謂「嗛」字出《古文尚書》。《班馬字類》謂《史記·樂書》「君子以嗛退爲禮」與今本《史記》異。

張儀張禄　六臣本句首有「則」字。

摧惟庸蜀與鴝鵲同窠　六臣本「摧」作「権」。胡公《考異》曰：「鴝」當作「鸜」，蓋良注作「鴝」耳。

句吴與鼃黽同穴　《越語》范蠡曰：昔吾先君固周室之不成子也，故濱于東海之陂，黿鼉魚鼈之與處，而鼃黽之與同陼。

注**許慎《淮南子注》曰：摧，揚摧，略也**　前《蜀都賦》注引作「揚摧，粗略也」，後《吴趨行》注又引作「商摧，麁略也」。《莊子·徐無鬼》篇釋文引作「揚摧，粗略法度也」。此注恐有誤，説詳前《蜀都賦》。

一自以爲禽鳥，一自以爲魚鼈　《淮南子·覽冥訓》「一自以爲馬，一自以爲牛」，此賦實用其句法。

封疆障癘　六臣本「癘」作「厲」。依注「障」當作「瘴」。

秦餘徙𠛱　注**徙，或誤作徒**　《玉篇》：𠛱，力制反，帛餘也。《齊語》「戎車待游車之裂」，韋昭注曰「裂，殘也」，引《説文》「裂，餘也」，裂與「𠛱」同。

巷無杼首　《廣雅·釋詁》「抒，長也」，「抒」與「杼」同。

或魋髻而左言　五臣「髻」作「結」，濟注可證。

注**《爾雅》曰：嬥嬥契契**　「嬥嬥」當作「佻佻」。朱氏珔曰：按注云「佻或作嬥，音葦苕，一音徒了切」，是所引本作「佻」也。《爾雅》釋文：《詩》云「佻佻獨行」，歎息也。此引《詩》即《大東》「佻佻公子」語，彼處釋文引《韓詩》作「嬥嬥」。故「佻」亦可作「嬥」。

風俗以韰果爲嫿　六臣本「嫿」作「嬧」，音盡。

注**《禮記》曰：孔子憲章文武**　此劉注以意引之。

因長川之裾勢　六臣本「之」作「而」。何校「裾」改「据」，是也。按李注當作「据」，向注作「裾」，皆有明文。

距遠關以闚闠，時高櫟而陛制　翰注「距守遠關，闚闠中國，是居鳥巢，而設階陛之制，固非其宜」，較李注爲顯。何曰：陛制猶言帝制。

比朝華而菴藹　「菴」當作「闇」，《高唐賦》「隨波闇藹」。然《蜀都賦》「茂八區而菴藹焉」亦作

「菴」。楊氏慎曰：《説文》無菴字，「庵」彌俗也。

矎焉相顧　陳曰「矎」當作「矆」，是也。按李注明言「張以矆先隴反」，今本並爲矎也。五臣作矎，向注可證。

⿰目條焉失所　注《説文》曰：**⿰目條，失意視**　六臣本「⿰目條」作「⿰目修」，是也。今《説文·目部》正作⿰目修，从目，修聲。《繫傳》引此語亦作⿰目修。而向注作「⿰目條焉，失意貌」，則五臣作⿰目條耳。惠氏棟曰：修、條二字皆從「攸」得聲，《漢書·恩澤侯表序》「修侯犯色」師古曰修讀曰條，是二字古多通用，今《説文》與李引未可是非，宜兩存之。

注**《春秋傳》曰：駟氏㦼懼**　胡公《考異》曰：當作「駟氏㦼」。《説文·心部》「㥬」下引《左氏》「駟氏㥬」，《集韻·二腫》載㥬、㦼、悚三形，㦼字即本此。顧氏千里曰：案此字張雙聲不省，與《漢書·刑法志》「㦼之以刑」用字正同，亦雙聲不省。六臣本校語皆云善本作㦼，是《張相傳》作㦼無疑也。其許氏作「㥬」而雙省聲者非張所用，注中不引《説文》即其明證矣。《集韻》分載㥬、㦼未並而一之，最是。姜氏皋曰：《説文》「㥬，懼也，从心，雙省聲，《春秋傳》曰駟氏㥬」，从雙省聲，是與「竦」字音義相近。且《左氏·昭十九年傳》本作「駟氏聳」，釋文「聳，息勇反，懼也」。是聳、㥬二字本同。又《左氏·昭六年傳》「聳之以刑」，《漢刑法志》引作「㦼之以刑」，晉灼曰「㦼，古竦字」，是㥬、㦼之皆同於聳。注多一「懼」字，當因《左氏傳》「駟氏懼」句而衍耳。

注**《廣雅》曰：弛，釋也**　今《廣雅》無此三字。《周禮·大司樂》「令弛縣」，鄭注云：弛，釋下之。

注《説文》曰：謝，辭也　今《説文》：謝，辭去也。

過以汎剽之單慧　尤本「汎」作「仉」。按注引《方言》，今《方言》正作「仉，僄也」。

注《廣倉》曰：性，用心並誤也　「並」字疑，《玉篇》作「誤也」，《廣韻》同。張氏雲璈曰：葉樹藩以《隋經籍志》有《廣倉》梁樊恭撰，何校「廣疑作埤」者誤，不知《隋志》明云《廣倉》已亡，何氏所以疑之也。

注王弼《周易注》曰　六臣本「弼」作「肅」，是也。陳曰今王弼注無此文。按王弼注《易》不及《繫辭》，相傳以韓康伯注續。

注不與聖人之憂　「不與」二字不當有，各本皆衍。

注《詩推度客》曰　「客」當作「災」，各本皆誤。

注《楚辭·九章》曰：蔀也必獨立　今《九章》無此文。姜氏皋曰：《九章》疑是《九章算術》之説，故有「蔀也必獨立」之文，《周髀》云「四章爲一蔀，二十蔀爲一遂，甲子爲蔀首」是也。

吹律暖之也　又箴規顯之也　六臣本作「吹律以暖之，箴規以顯之」。

注《説文》曰：曙，旦明也　今《説文》：睹，旦明也。「睹」即「曙」字誤，當依此訂正。徐鉉增附「曙」字，殊可不必矣。

注《太史書》曰：《田敬仲世家傳》曰　胡公《考異》曰：書上當有「公」字、下當無「曰」字，又

「家」下當無「傳」字，各本皆誤。

世不兩帝　六臣本「不」作「無」。

校記

〔一〕王氏鳴盛曰　此五字當移段首，此上均引自《尚書後案·盤庚下》，「蓋」下爲王氏案語，「歷」屬下句乃王氏讀法。

〔二〕躡跟爲跕挂指爲躧　「躡」原作「攝」，據胡克家《文選考異》卷一、《史記集解·貨殖列傳》《漢書注·地理志》改。又《漢書》百衲宋本、汲本「挂」字，殿本作「拄」。

〔三〕魏文侯過段干木之閭　「閭」原作「廬」，光緒版據《吕氏春秋·期賢》改。

文選卷七上

甘泉賦

揚子雲

甘泉賦　《匡謬正俗》五云：揚雄叙甘泉宫云「遊觀屈奇瑰瑋，非木摩而不雕，牆塗而不畫」，後人于「非」下加「一」字，讀云「瑰瑋非一」，竟不尋下句直云「木摩而不雕」是何言與。王氏昶曰：《匡謬正俗》載揚雄《甘泉宫賦》數語，今本所無。姜氏皋曰：數語在此賦之後，見《漢書·揚雄傳》，是作傳者口氣，非雄文也。顔氏既謬於前，王氏以爲今賦所無，是皆偶忘《漢書》耳。

注 **賦成，明日遂卒** 《能改齋漫録》云：孝成帝時行幸甘泉，據《漢紀》是永始四年正月。揚雄死於王莽天鳳五年，經歷哀、平兩帝，年代甚遠，安有賦成明日遂卒之事？按本書《文賦》注引《新論》曰：「成帝祠甘泉，詔雄作賦，思精苦，困倦小卧，夢五臟出外，以手收而納之，及覺，病喘悸少氣。」二注不同，當以後注爲正。馬總《意林》所采《新論》亦云：「子雲作《甘泉賦》，卒暴，遂倦卧，夢五臟出地，以手收納之，及覺，氣病一年。」蓋子雲因作賦而病，未嘗因病而卒也。此注「卒」字或是「病」字之誤。余曰：善注駁揚雄不當作《劇秦美新》，非不知雄死王莽之世，此條或後世傳寫致誤，或遂據此注謂子雲未及仕莽，則癡人説夢矣。

上方郊祀甘泉泰畤 《漢書·揚雄傳》「祀」作「祠」。《三輔黄圖》引《關輔記》曰：甘泉宮秦所造，漢武帝建元中增廣之，周十九里，黄帝以來圜丘祭天處，故武帝以後皆於此郊祀焉。

正月，從上甘泉還 注 **《漢書》曰：永始四年正月，行幸甘泉** 按《漢書·成帝紀》「正月行幸甘泉」並載於永始四年及元延二年，雄奏賦以自序考之在後，元延二年爲是。此注不引，卻引前永始四年，恐有差誤。

雍神休 五臣「雍」作「擁」，翰注可證。《漢書注》云：雍，聚也。

詔招搖與太陰兮 《漢書》「太」作「泰」。六臣本校云善作「泰」。

注 **張晏曰：堪輿，天地總名也** 又 **許慎曰：堪，天道也；輿，地道也** 《漢書》孟康注曰「堪輿，神名，造圖宅書者」，此後世言堪輿所託始，與張晏説異，而張説實本之許君也。

注**《説文》曰：抶，擊也**　今《説文》：抶，笞擊也。

注**張晏曰：堪輿至獝狂，八神也**　前注既以堪輿爲天地，則不應復與獝狂同列八神之數。師古言自招摇至獝狂爲八神，亦未確。李注以爲八方之神者近之。桂氏馥曰：「李頤説：狂屈，侔張，似人而非也。狂屈即獝狂也〔一〕。」此見《莊子·知北遊》篇「登狐闋之上而覩狂屈」之釋文，然亦無以證其爲「即獝狂」。

齊總總以撙撙，其相膠轕兮　五臣「撙」作「蓴」，銑注可證〔二〕。《漢書》無「以」字，「轕」作「葛」。胡公《考異》曰：「轕」當作「葛」，注云「膠葛已見上文」謂見《吴都賦》「東西膠葛」也。蓋善作「葛」，五臣作「轕」，各本亂之。

猋駭雲迅　《漢書》「迅」作「訊」。六臣本校云善作「訊」。

柴虒參差　五臣「柴虒」作「偨傂」，銑注可證。

霧集而蒙合兮　又**半散昭爛**　《漢書》無「而」字，「昭」作「照」。

注**《爾雅》曰：天氣下、地氣不應曰霧**　今《爾雅》無下「氣」字，「霧」作「雺」，釋文「雺或作霧，字同」。朱氏珔曰：《爾雅》：「天氣下、地不應曰雺，地氣發、天不應曰霧，霧謂之晦。」霧字《説文》所無，釋文云「本亦作霧」，則「霧」爲「霿」之俗字。本書顔延年《北使洛》詩注引《爾雅》「霿謂之晦」，是所見本不誤也。「雺」或作「蒙」者，今《尚書·洪範》「曰蒙」孔疏云「雺聲近蒙」又「雺爲氣連蒙闇」，其義通。此注既誤以天氣下爲霧，又云霧與蒙同，則霧、蒙二字淆混矣。當云：《爾雅》「天氣下、地不應曰雺」，「蒙」與「雺」同；「地氣發、天不應曰霧」，「霧」與「霿」同。

而翳華芝 《漢書》無「而」字。按《説文》「翳，華蓋也」，徐鍇引此亦無「而」字，而誤作張衡《西京賦》。

六素虯 又**灕虖襂纚** 《東京賦》注引作六玄虯。六臣本及《漢書》「襂」並作「幓」。

注**《説文》曰：虯，龍無角者** 今《説文》：虯，龍子有角者。按《上林賦》「六玉虯」張揖注云「龍無角曰虯」，與此注合。疑今本《説文》誤也。

敦萬騎於中營兮 注**敦與屯同** 六臣本「敦」作「屯」。《漢書》注：敦讀曰屯，聚也。

而駿遺風 《説文》：駿，馬相及也。《廣雅·釋詁》：駿，及也。

陵高衍之嵱嵸兮 六臣本「陵」作「臨」。《漢書注》：衍，即所謂墳衍。

注**陵兢，恐懼貌也** 銑注：凌兢，寒涼處也。按《漢書注》師古曰「入陵兢者，亦寒涼戰栗之處」，似較訓恐懼爲長。

注**《楚辭》曰：令帝閽開閶闔而望予** 今《離騷》作「吾令帝閽開關兮，倚閶闔而望予」。按此注所引多脱誤，下文「開天庭兮」句注引此又誤「開關」爲「闢開」。

是時未轃夫甘泉也　注**轃與臻同**　五臣「轃」作「臻」，翰注可證。按《漢書·禮樂志》《王吉傳》《王莽傳》「臻」皆作「轃」。

下陰潛以慘廩兮　五臣「廩」作「懔」，良注可證。

厥高慶而不可乎彌度　注**彌或爲彊**　「彊」爲「疆」字之誤。《漢書》作「疆度」，注：疆，境也；度，量也。

平原唐其壇曼兮，列新雉於林薄　五臣「曼」作「漫」、「雉」作「荑」，翰注可證。《楚辭·九章》：露申新荑死林薄兮。宋祁《筆記》：「雉當爲夷。《學林》云：《周禮》薙氏掌殺草，鄭注『薙或作夷』，引《春秋傳》曰『如農夫之務去草，芟夷蘊崇之』，又音髯。然則雄賦本用薙爲夷，而又省薙之草，止用雉字耳。」

攢並閭與茇葀兮　《漢書》「葀」作「苦」。如淳曰：並閭，其葉隨時，政平則平，政不平則傾也。顏師古曰：如氏所説自是平慮耳，此並閭謂椶樹也。銑注「並閭、茇葀皆瑞草名」蓋本《玉篇》。

封巒石關施靡乎延屬　五臣「施」作「池」、「延」作「連」，濟注可證。許氏慶宗曰：石關即上林之石闕，《史記·司馬相如傳》亦作石闕，關、闕義並通，此觀以石門山爲名也。孫氏義鈞曰：按《三輔黄圖》：武帝作甘泉苑，「建元中作石闕、封巒、鳷鵲觀於苑垣内」，又石闕觀、封巒觀，「《雲陽宫記》云：宫東北有石門山，岡巒糾紛，千霄秀出，有石巖容數百人，上起甘泉觀」，引本賦「封巒石闕，弭迤乎延屬」。而《漢書》與各本俱作「石關」，注並同。

注 **摧嗺，林木崇積貌也**　胡公《考異》曰：「林」當作「材」，《漢書注》可證。

仰撟首以高視兮　注 **撟與矯同**　五臣「撟」作「矯」，良注可證。

魂眇眇而昏亂　六臣本「魂」下有「魄」字，校云善本無「魂」字作「魄固」。案《漢書》作「魂固」，李蓋與之同，各本脱「固」字耳。

忽坱圠而亡垠　五臣「坱圠」作「軮圠」，向注可證。《漢書》作「軮軋」。按注中兩「軮軋」字皆當作「坱圠」，方與正文合。

注 **軨與櫺同**　姜氏皋曰：《説文》：「轜，軨，司馬相如説軨从霝。」蓋古字霝、靈、零皆相通用。《左氏·定九年傳》載「蔥靈」，疏曰「輜車名」是也，然宜曰與轜同。而作「櫺」者，《説文》「櫺，楯間子」，《一切經音義》四曰「疏門曰櫺」蓋窗櫺也，盧氏文弨《尚書大傳補遺》曰「未爲士，不得有飛軨」鄭注云「如今窗車也」，故作「櫺」亦是。

翠玉樹之青葱兮　《漢書》顔注：「玉樹者武帝所作，集衆寶爲之，用供神也，非謂自然生之。而左思不曉其意，以爲非本土所出，蓋失之。」林先生曰：顔注與李同意，五臣向注亦謂武帝植玉樹於此宫，以碧玉爲葉。按《三輔黄圖》：「甘泉宫北岸有槐樹，今謂玉樹，根幹盤峙，二三百年木也，楊震《關輔古語》云耆老相傳咸謂此樹即揚雄《甘泉賦》所謂玉樹青葱也。」又《隋唐嘉話》《國史纂異》皆言漢宮以槐爲玉樹，此又顔、李所未詳矣。

璧馬犀之瞵㻞　《漢書》「璧」作「壁」，顔注：馬犀者，馬腦及犀角也，以此二種飾殿之壁。今考作「璧」者五臣本也，向注可證。作「壁」者李本也，正文應作「壁馬犀之瞵㻞」，注應作「壁馬犀，言作馬及犀爲壁飾也」。雖與顔釋馬犀不同，而「壁」字則無異。觀李注「爲壁飾也」，顔注「飾殿之壁」，二「飾」字同，甚明。各本正文「璧」字誤涉五臣，注二「璧」字亦誤，遂不可通。五臣「瞵」作「璘」，向注可證。

金人仡仡其承鐘虡兮　五臣「仡」字不重，濟注可證。林先生曰：《續博物志》「霍去病討休屠王，獲其祭天金人，武帝以爲神仙，列於甘泉」，當即此也。

配帝居之縣圃兮，象泰壹之威神　六臣本「居」作「宮」，「泰壹」作「太一」。孫氏義鈞曰：《星經》泰壹星在天一南半度，天帝神，主十六神，知風雨、水旱、兵馬、饑饉、疾病、災害。

洪臺崛其獨出兮　《漢書》「崛」作「掘」。六臣本校云善作「掘」。

日月纔經於柍桭　《説文繫傳》「宸」字注引班固《西都賦》曰「日月纔經於柍宸」，蓋即引此而誤作班賦耳。

注**服虔曰：柍，中央也。桭，屋梠也**　王氏念孫曰：「柍」當作「央」，今作「柍」者因「桭」字而誤加木旁耳。「桭」與「宸」同，《説文》「宸，屋宇也」即今人所謂屋檐，央桭謂半檐也，日月纔經於半檐，極言臺之高也。「央振」與「上榮」相對爲文，是「央」字不當作「柍」。服虔訓爲中，是所見本亦必作「央」。蕭該《音義》云「柍，於兩反」，則已譌作「柍」矣。《西京賦》曰「消雰埃於中宸，集重陽之清瀓」，彼言「中宸」猶此言「央振」，則「央」之不當作「柍」益明矣。《魏都賦》「旅楹閑列，暉鑒柍桭」注云「柍，中央也」，則其字亦必作央，今本作「柍」亦是傳寫之誤。

雷鬱律於巖窔兮　六臣本「窔」作「突」。《漢書》「窔」作「突」，「於」作「而」。按「窔」與「突」同，《漢書》「而」字「突」字皆誤，詳見《上林賦》「巖窔洞房」下。

鬼魅不能自逮兮　《漢書》「逮」作「還」，顏注：還讀曰旋，或作逮。

浮蠛蠓而撇天　《漢書》「蠛」作「蔑」。晉灼曰：蔑蠓，疾也〔三〕。按向注：蠛蠓，浮氣也。《後漢書·張衡傳》「浮蔑蒙而上征」注引此賦作「蔑蒙」。

注　**孫炎《爾雅》曰**　何校「雅」下添「注」字。

左欃槍而右玄冥兮，前熛闕而後應門　《漢書》無兩「而」字。

注　**應劭曰：《大人賦》注曰**　上「曰」字不當有，各本皆衍。

蔭西海與幽都兮〔四〕　《漢書》「蔭」作「陰」。

白虎敦圉乎昆侖　六臣本「敦」作「屯」，李注「敦，徒昆切」之下有「與屯同」三字，是也。

溶方皇於西清　六臣本「方皇」作「彷徨」。

和氏玲瓏　六臣本「玲瓏」作「瓏玲」。按《漢書》正作「瓏玲」，此當從之乙轉，以韻求之，不容同異也。晉灼注謂「瓏玲，明見貌」，孟康注謂瓏玲爲聲，顔注以晉説爲是，李注意與之同。按《法言·五百》篇云「瓏瓕其聲者，其質玉乎」，「瓕」與「玲」同。又《太玄·唐·次三》范望注云：瓏玲，金玉之聲也。據此則孟説爲長，且足見子雲之慣用「瓏玲」是矣。

炕浮柱之飛榱兮　六臣本「炕」作「抗」。

似紫宫之峥嶸　《漢書》「嶸」作「嶒」。《漢書》云：甘泉本因秦離宫，既奢泰，而武帝復增，屈奇瑰偉，非成帝所造，欲諫則非時，欲默則不能已，故遂推而隆之，乃上比於帝室紫宫，若曰此非人力之所能，儻鬼神可也。

崢嶸隗乎其相嬰　五臣「嶸隗」作「崋巍」，良注可證。

紛蒙籠以棍成　注**棍與混同**　五臣「棍」作「混」，良注可證。姜氏皋曰：《漢書·翟義傳》曰「混壹風俗」，注：混，同也。揚子雲《解難》「不可棍於世俗之目」，注「棍」亦同也。此假借相通，故作「棍成」。

曳紅采之流離兮　六臣本「紅采」作「虹綵」。

颺翠氣之宛延　《漢書》「宛」作「宛」。蕭該《音義》：宛，於元反。

若登高眇遠，亡國肅乎臨淵　六臣本「眇」下有「而」字。《漢書》無「亡國」二字。按《漢書》應劭注「當以亡國爲戒」乃説賦意，非舉賦文，傳寫者因此而衍耳。

迴猋肆其碭駭兮，翍桂椒而鬱栘楊 六臣本「碭」作「盪」。《漢書》無「而」字。

注**《説文》曰：鬱，木聚生也** 又**鬱衆栘楊也** 今《説文》：鬱，木藂生者。此「聚」字恐誤。胡公《考異》曰：「衆」當作「聚」，《漢書注》「而栘楊鬱聚也」可證。

香芬茀以穹隆兮，擊薄櫨而將榮 注**《説文》曰：薄櫨，柱上枅也** 《漢書》「穹」作「窮」。五臣「薄」作「欂」，良注可證。今《説文·木部》：欂，壁柱，從薄省聲；又櫨，柱上柎也。

薌呹肸以棍批兮 《漢書》「批」作「根」，注：根猶株也。

注**《説文》曰：肸，蠁布也** 今《説文》：肸，蠁布也。徐鍇引此賦「肸蠁豐融」亦作「蠁」。

排玉户而颺金鋪兮 《三輔黄圖》云：金鋪扉上有金華，中作獸及龍蛇鋪首以銜環也；玉户，以玉飾户也。

發蘭蕙與䓖藭 《漢書》「䓖藭」作「穹藭」。

帷弸環其拂汨兮 六臣本「帷」下有「首」字。

陰陽清濁穆羽相和兮，若夔牙之調琴 注**張晏曰：聲細不過羽，穆然相和也** 王氏引之曰：羽聲穆然相和不得謂之穆羽，且於五音之中獨言羽，則相和之義不著，張説非也。今案：和讀唱和之和，穆變音也，羽正音也。《淮南·天文》篇説律曰：「徵生宫，宫生商，商生羽，羽生角，角生姑洗，姑洗生應鐘，比於正音故爲和；應鐘生蕤賓，不比於正音故爲繆。」繆與穆同，謂變宮變徵也。穆在變音之末，言穆而和可知矣；羽在正音之末，言羽而宮商角徵可知矣。變聲與正聲相應，故曰穆羽相和。以律管言之，則變宮爲和，變徵爲穆；以琴弦言之，則當以少宮爲和，少商爲穆。琴有和穆二音〔五〕，而風聲似之，故曰穆羽相和若夔、牙之調琴也。

雖方征僑與偓佺兮　注**征，行也**　又**司馬相如賦曰廝征伯僑，《漢書》曰正伯喬，並同也**

《史記·封禪書》有正伯僑，蓋正、征古字通。師古注「爲仙人姓」，則晉灼訓征爲行非矣。《廣韻·四十五勁》：正亦姓，《左傳》宋上卿正考父之後。

注**雖使仙人行其上**　胡公《考異》曰：「行」上當有「常」字，《漢書注》可證，各本皆脱。

蝴蛸蠖濩之中　五臣「蝴」作「蟺」，銑注可證。

儲精垂恩　六臣本及《漢書》「恩」並作「思」。

感動天地　六臣本「感」上有「迺」字。

冠倫魁能　孫氏志祖曰：《漢書》以「冠倫魁」斷句，故應劭曰「冠其群倫魁桀」，李注止載應説，更無别解，屬讀亦當不異，然「能」字屬上絶句自勝。今案：孫氏前一説是也。考六臣本自「迺搜逑索偶」下至「陽靈之宫」三十二字通爲一節，可見舊屬讀者《文選》《漢書》皆「魁」字斷句，初無異也。尤本《文選》始改，其分節讀用「能」連上文而「函」字别起爲下文，其説從三劉校《漢書》出，恐非

《文選》之舊，毛本沿之，孫氏後一說乃惑於毛本也。

注**《毛詩序》曰：甘棠，美邵伯也**　今《詩》「召伯」足利本作「邵伯」，《說文》「茇」字注引亦作「邵伯」。而本書《應詔詩》注又引作「召伯」。

相與齊乎陽靈之宮　注**齊，側皆反**　林先生曰：顔注「齊，同也，同集於此也」與李注異，考《漢舊儀》「皇帝祭天，居雲陽宮，齋百日」即此例，顔注蓋誤。謹案：顔注解上「薜荔」四句，言其齋戒自新，居處飲食皆芳潔，則「齊」字自當訓「齋」。

吸清雲之流瑕兮　《漢書》「吸」作「噏」，六臣本同，校云五臣作「吸」，則似善亦作「噏」也。五臣「瑕」作「霞」，良注可證。《漢書注》：瑕謂日旁赤氣也。姜氏皋曰：《史記·天官書》「天雷電蝦虹」作「蝦」。《漢書·天文志》：雷電赮虹。《廣韻》赮音霞，日朝赤色〔六〕。本書《南都賦》「駮瑕委蛇」注「瑕與赮古字通」，《江賦》「壁立赮駮」注「赮古霞字」，此賦注「霞與瑕古字通」。是霞、赮通作瑕，亦作蝦也。

注**《山海經》曰：灰野之山**　今《大荒北經》「灰野」作「洞野」，然本書《月賦》及《藝文類聚·若木部》引亦作「灰野」，未知孰是。

陳衆車以東阬兮　《漢書注》：阬，大阜也，讀與「岡」同。

肆玉軑而下馳　濟注：玉軑，玉飾車軒也。《漢書》「軑」作「鈦」。

風㴐㴐而扶轄兮　六臣本校云「㴐」當作「從」，校云五臣作「㴐」。按《羽獵賦》「萃從沇溶」，六臣本作「㴐」，此當是李與五臣之别。《漢書》亦作「從」，顔注曰「從從，前進之意」。本書《宋郊祀歌》注引《羽獵賦》云「風詡詡其扶輪」，今《羽獵賦》無此語，疑即此句之誤。

鸞鳳紛其銜蕤　《漢書》「銜」作「御」，顔注「今書御字或作銜者，俗妄改也」。

屏玉女而卻宓妃　林先生曰：《漢書》：是時趙昭儀方大幸，每上甘泉常法從，在屬車間豹尾中，故雄聊盛言車騎之衆、參麗之駕非所以「感動天地，逆釐三神」，又言「屏玉女，卻宓妃」以微戒齋肅之事。

玉女亡所眺其清矑兮　《漢書》「矑」作「盧」。按《説文》「矊」字注云「盧童子也」，徐鍇曰：盧，黑也，眼中黑子也，《甘泉賦》曰「玉女無所眺其清盧」是也。《學林》云：班固亦省文用「盧」字。

皋摇泰壹　五臣作「招摇太一」，向注可證。《漢書》作「招繇泰壹」。胡公《考異》曰：「皋」當作「招」，《漢書》作「招」，善當與之同。姜氏皋曰：賦内兩用「泰壹」字，而張、李注意相同，似乎複用。考《禮運》「禮必本於太一」，孔疏謂「天地未分混沌之元氣也，極大曰太，未分曰一」。《楚辭·九歌·東皇太一》注云「神名，天之尊神，祠在楚東，以配東帝」，似爲太一稱神之始。若賦中「泰壹威神」句係指甘泉宫而言，宜引《史記·天官書》「中宫天極星，其一明者太一常居也，旁三星三公」，又曰「匡衛十二星，藩臣，皆曰紫宫」，似與上下文「帝居北極」等句相協。至《封禪書》「亳人謬忌奏祠太一方」，太一言「方」是無常居，此即《易緯乾鑿度》所言之太一，鄭康成注有「太一下行九宮」云云，後世如宋之中太一、東太一、西太一皆原於此。賦之「燎薰皇天，皋摇泰壹」宜如此説，蓋兩言太一，宜有所別也。

樵蒸昆上 注**昆或爲焜** 《漢書》作「焜」。五臣同，向注可證。

東燭滄海 又**北熿幽都** 《漢書》「滄」作「倉」，「熿」作「爌」。

南煬丹厓 六臣本「厓」作「涯」，下「洞無厓兮」句同。

玄瓚觩䚥 林先生曰：《詩》「兕觥其觩」，觩，曲貌；䚥，有稜貌。

肸蠁豐融 蠁，《漢書》作「嚮」。《説文繫傳》引蠁作「響」。

炎感黄龍兮 胡公《考異》曰：「炎」當作「焱」，李注甚明。

熛訛碩麟 銑注：碩麟，遠方地名。此無所據。《漢書注》：碩，大也。

儐暗藹兮 《漢書注》：暗藹，神之形影也。銑注：言神儐從衆多。

偈棠黎 《漢書》「黎」作「梨」。六臣本校云善作「梨」。

天聲起兮勇士厲 《漢書注》「聲」字或作「嚴」，言擊嚴鼓也。

增宮嵾差 五臣「嵾」作「參」，良注可證。

上天之縡 注**縡，事也** 又**縡與載同** 《説文》：宰，罪人在屋下執事者。然則載、縡之訓事，其義出於「宰」也。姜氏皋曰：《書》「有能奮庸熙帝之載」〔七〕，載訓爲事。《廣雅·釋詁三》：縡，事也。是縡、載之義同。

杳旭卉兮 注**旭卉，幽昧之貌** 六臣本注作「旭卉，難知也」。《漢書注》「旭卉，疾速也」與此又異。

徠祇郊禋 六臣本「徠」作「來」。尤本「祇」作「祇」，誤。《漢書注》與此注皆以敬解祇也。

靈迉迡兮 五臣「迉迡」作「棲遲」，向注可證。《漢書》作「遲遟」。胡公《考異》曰：《漢書注》遲音栖，與善注音棲合。考《集韻·十二齊》有屖、遅，别無迉字，恐傳寫誤也。

光煇眩燿，降厥福兮 六臣本及《漢書》「光煇」並作「煇光」。《漢書》「降」作「隆」。

校記

〔一〕狂屈即獝狂也　「獝狂」原倒，據《札樸》卷三改。

〔二〕五臣撙作蓴銑注可證　「蓴」原作「尊」，據《文選注》改。

〔三〕晉灼曰蔑蠓疾也　《漢書》百衲宋本、汲本「疾」字，殿本、局本作「蚊」。

〔四〕蔭西海與幽都兮　「西」原作「四」，光緒版據《文選》改。

〔五〕和穆二音　「二」原作「一」，據《讀書雜志·漢書十三》改。

〔六〕日朝赤色　「赤」原作「日」，據《廣韻》卷二改，乃《班馬字類》引作「日」。

〔七〕有能奮庸熙帝之載　「能」據《尚書·堯典》、《文選·七命》《封燕然山銘》善注補。

文選旁證卷第十

文選卷七下

潘安仁　**藉田賦**

注**潘岳作《藉田頌》**　先通奉公曰：此篇賦多頌少，自宜爲賦，然古人賦頌通稱，故臧榮緒云爾。何義門謂王褒《洞簫賦》，《漢書》亦謂之頌，是也。

伊晉之四年正月丁未　注**《晉書》曰丁亥藉田、戊子大赦，今爲丁未，誤也**　何曰：《月令疏》云「耕用亥日，以陰陽式法，正月亥爲天倉」，又王氏云「正月建寅，日月會辰在亥，故耕用在亥」，然則丁未之誤明矣。姜氏臯曰：《晉書·武帝紀》泰始四年六月甲申朔，由甲申上溯正月朔一百五十日當是乙卯，除去各月小建亦當是丙辰、丁巳或戊午也。朔是戊午則月内不當有戊子，朔是丁巳則正月内不得有丁亥。按《通鑑目録》晉泰始三年十二月己亥朔、四年二月戊戌朔、四月丁酉朔、六月丙申朔，以此推之，正月朔非己巳即戊辰，與《晉書·武帝紀》泰始四年正月辛未、丙戌、丁亥、戊子皆合，則正月應有丁亥矣。六月是丙申朔，不應作甲申。《晉書》紀日多譌，不獨此一處也。

甸帥清畿　注**然師而爲帥者，避晉景帝諱也**　《晉書·潘岳傳》注「帥」諸本俱作「師」。

注**設梐枑再重**　又**壝，以委切**　何校「枑」改「柜」，陳同，六臣本「委」作「季」，皆是也，各本並誤。

青壇蔚其嶽立兮　《晉書》「蔚」作「欝」。

結崇基之靈趾兮　注**《説文》曰：趾，基也**　六臣本「趾」作「址」，《晉書》作「阯」，皆是也，此正文及注並誤。今《説文·自部》阯，基也，重文址或從土，《足部》無趾字也。

總犗服于縹軏兮　五臣「總」作「葱」，向注可證。《晉書》亦然。

紺轅綴於黛耜　《晉書·輿服志》：耕根車一名芝車，一名三蓋車，置耒耜於軾上，天子親耕所乘者也。《隋書·禮儀志》云：沈約云「親幸耕籍御之，三蓋車一名芝車，又名耕根車，置耒耜於軾上」即潘岳所謂「紺轅屬於黛耜」者也。又云：今耕根車以青爲質，三重施蓋，羽葆雕裝，其軾平，以青囊盛耒而加於上，籍千畝，行三推禮，則親乘焉。

注**《説文》曰：紺，染青而揚赤色也**　姜氏皋曰：今《説文》作「紺」，帛深青揚赤色。《漢書·王莽傳》「時莽紺袀服」注：紺，深青而揚赤色。今本《論語注》同。是「染」字疑誤也。

注**晉灼《漢書》曰**　陳校書下添「注」字。

注**古耕以耒，而今以牛者，蓋晉時創制，不沿於古也**　先通奉公曰：《周禮疏》謂「周時未有牛耕，至漢趙過始教民牛耕」，《困學紀聞》云：《山海經》「后稷孫叔均始作牛耕」，周益公亦云：「孔子有犁牛之言，冉耕字伯牛，《新序》載鄒穆公言〔一〕『百姓飽牛而耕』，《月令》『季冬出土牛』，示農時早晚，何待趙過？過特教人耦犁，費省而功倍耳。」據此則牛耕非晉時創制也。

注**《毛詩》曰：有車轔轔**　朱氏珔曰：今《詩》「轔」作「鄰」，釋文云「鄰亦作轔」。《說文》「轔」字在《新附》。按《漢書·地理志》下引《詩序》亦作「車轔」。

微風生於輕幰　又**森奉璋以階列**　六臣本及《晉書》句末並有「兮」字。

望皇軒而肅震　「震」作平聲讀。《漢豫州從事尹宙碑銘》曰「諸夏肅震」，亦與「臣」字爲韻。

若湛露之晞朝陽，似衆星之拱北辰也　六臣本及《晉書》並上句末有「兮」字，下句首無「似」字。

屬車鱗萃　林先生曰：《通典》：晉屬車因後漢制，東晉屬車五乘，加綠油幢、朱絲絡。

太僕秉轡　《晉書》「秉」作「執」。

注**應劭曰《漢官儀》曰**　陳校去上「曰」字，是也，各本皆衍。

表朱玄於離坎　《晉書》句末有「兮」字。

中黃曄以發暉　六臣本及《晉書》句末並有「兮」字。《晉書》「暉」作「輝」，尤本作「揮」。按「發揮」與「繁會」爲偶對，作「揮」者近之。姜氏皋曰：《易·乾》「六爻發揮」釋文云「揮本作輝」，本書王仲宣《從軍詩》「良苗實已揮」注「揮當作輝」。

五輅鳴鑾　《晉書》「輅」作「路」，注云一作「輅」。按李注作「路」，則李與《晉書》同。而五臣作「輅」，則向注可證。

注**戟車載。闟與鈒音義同也**　六臣本「戟車」二字作「闟」字。胡公《考異》曰：當云「闟戟車載戟」，各本皆脱誤，《晉書·輿服志》云「闟戟車，長戟邪偃向後」是其義，闟、闟亦同字。姜氏皋曰：《通鑑》顯王三十一年趙良語商君「持矛而操闟戟者旁車而趨」，史炤釋文「闟，吐臘切」，胡三省《辨誤》曰：「《後漢書·輿服志》有闟戟車，《唐韻》戟名曰闟，音所及翻，史炤音非。」然《晉書·志》「闟戟車一名蹋猪車，魏文帝改名蹋獸車」，蓋獵車也。《後漢志》獵車「一名闟猪車」，注曰魏改爲闟虎車；其「甘泉鹵簿」下有云「前驅九斿雲罕，鳳凰闟戟」，薛綜曰「闟之言函也，取四戟函車邊」是也。觀《通鑑》所載，證以《後漢志》，鹵簿似非車名。

鼓鞞硡隱以砰磕　《晉書》「鞞」作「鼙」。

震震填填　「填」當作「闐」，各本李注皆作「闐」，良注乃作「填」耳。

塵鶩連天　注**鶩或爲霧，非也**　《晉書》「鶩」作「霧」。

碧色肅其千千　五臣「千千」作「芊芊」，向注可證。《晉書》亦作「芊芊」，注云一作「阡阡」。胡公《考異》曰：《高唐賦》「肅何千千」，潘用其語。

若茂松之依山巔也　《晉書》注「依一作倚」。

坻場染屨　五臣「坻」作「游」，翰注可證。晉書同之。

注　**帝籍三公五推**　王氏引之曰：「公」上不當有「三」字，《禮正義》內兩舉經文皆無「三」字，《唐石經》亦無，《周頌·載芟》正義、《穀梁·桓十四年》疏、《北堂書鈔·設官二》《禮儀十二》、《初學記·禮部下》《白帖·籍田類》、《太平御覽·禮儀十六》《資産二》引皆無「三」字，惟《藝文類聚·禮部》、《吕覽·孟春》篇及此注皆後人據誤本《月令》加之也。

注　**《國語》與《禮記》不同，而潘雜用之**　張氏雲璈曰：陳氏《禮書》云：王必三推，所謂「一墢」也；三公五推，卿諸侯九推，所謂「班三之」也。《月令》所言推數也，《國語》所言人數也，何嫌雜用哉！

注　**一墢一耜之墢也**　今《國語》韋昭注下「墢」字作「發」字。

垂髫總髮　六臣本、《晉書》「髮」並作「髫」。王氏鳴盛曰：作「髫」方與上「戾」下「藝」叶，作「髮」非是。胡公《考異》曰：髮字去聲，自叶霽、祭諸韻之字，《魏都賦》「纍纍辮髮」或「鏤膚而鑽髮」兩見皆然。

情欣樂於昬作兮　六臣本、《晉書》「於」並作「乎」。

靡誰督而常勤兮　六臣本、《晉書》「誰」並作「推」。按《釋名》「誰，推也，有推擇言不能一也」，是「誰」與「推」通也。

豈嚴刑而猛制之哉　六臣本、《晉書》並無「之」字。

注**《漢書》酈食其曰：王者以人爲天，而民以食爲天**　今《漢書·酈食其傳》作「王者以民爲天，而民以食爲天」。《史記·酈生傳》作「王者以民人爲天，而民人以食爲天」，《索隱》本又無「民」字，疑因避諱改「民」爲「人」，傳寫者又互有錯誤耳。

四人之務不壹　《晉書》「人」作「業」。蓋本當作「民」，亦因避諱改耳。六臣本「壹」作「一」。

朝靡代耕之秩　又**徒望歲以自必**　又**三季之衰**　《晉書》「靡」作「乏」，「季」作「代」。六臣本「必」作「畢」。

惟穀之卹　六臣本、《晉書》「卹」並作「恤」。

注**敢用嘉薦**　何校下添「普淖」二字。胡公《考異》曰：當乙下文「普淖」二字於此。

又於是乎出　六臣本無「於」字。

縮鬯蕭茅　注**無以縮酒**　姜氏臯曰：《説文》莤字引《春秋傳》曰「爾貢包茅不入，王祭不供，無以莤酒」，然《周禮》《禮記》《左傳》皆作「縮」。段氏玉裁云：縮者古文假借字，《周禮·甸師》「祭祀共蕭茅」鄭大夫注云「蕭或爲莤，莤讀爲縮」。臧氏琳曰：據《説文》知《左傳》當作「莤酒」，據《甸師》注知《周禮》當作「莤茅」，《周禮》《左氏傳》皆古文，故與六書之旨合。

宜其民和年登，而神降之吉也　《晉書》「民」作「時」，亦避諱改。何曰：「吉」字後人誤改「福」

字，不協也。胡公《考異》曰：各本及《晉書》盡同，何因注引《左傳》而云然也。考賦自「四人之務不壹」至「旨酒嘉栗」所用皆質、術韻之字，福字古音別協職、德韻。又案《西征賦》以此句與日、室、一協，《夏侯常侍誄》以此句與秩、疾、卒協，是安仁自作「吉」。李於彼二注亦引《左傳》，皆是注「神降之吉」而不取「福」字。李注如此例者甚多，何說非是。

昔者明王以孝治天下 六臣本「治」作「理」，亦避諱也。

注 **《論語》孔子曰：百姓足，君孰與不足** 翟氏灝曰：《隋書·煬帝紀》詔：宣尼又云：百姓足，孰與不足？《唐書》韋思謙諫太子引此節亦作孔子語。

而二美具焉 六臣本、《晉書》「具」並作「顯」。《晉書》無「而」字。

薄采其茅 六臣本、《晉書》「茅」並作「芳」。桂氏馥曰：下句「言藉其農」，「芳」與「農」聲不相近，作「茅」是也，束晳《勸農賦》「惟百里之置吏，各區別而異曹。考治民之踐職，美莫富乎勸農」可爲比照，《集韻》濃、醲、憹俱屬豪部。胡公《考異》曰：賦文作「茅」，觀李注及上文「縮鬯蕭茅」句注灼然可知，何焯云「茅」音蒙，其説甚是。凡「茅」聲之字協「東」韻者多矣，或乃疑此，故附辨之。

萬方以祗 又 **實及我私** 《晉書》「方」作「國」，「實」作「遂」。

我簠斯齊 五臣「齊」作「粢」。良注：在器曰盛，器實曰粢。

校記

〔一〕鄒穆公言　「鄒」原作「邵」，據《困學紀聞》卷四、《新序·刺奢》改。

子虛賦

司馬長卿

注《漢書》曰：相如游梁，乃著《子虛賦》　顧氏炎武曰：《子虛賦》乃游梁時作，後更爲「楚稱」「齊難」而歸之天子，非當日本文矣，若但如今所載子虛之言，不成一篇結構。閻氏若璩曰：真《子虛賦》久不傳，《文選》所載乃《天子游獵賦》，昭明誤分之而標名耳。按《西京雜記》云「相如爲《子虛》《上林》賦，意思蕭散，不復與外事相關，幾百日而後成」，豈即此二篇乎？

王悉發車騎　六臣本作「齊王悉發境内之士，備車騎之衆」。《史記》《漢書》司馬相如傳並同。

與使者出畋，畋罷　《史記》《漢書》「畋」並作「田」。下同。

子虛過奼烏有先生　注字當作詫　《史記》「奼」作「詫」，注：郭璞曰「詫，誇也」。《漢書》「奼」作「妊」，師古注：妊，誇誑之也，字本作詫也。六臣本「烏」作「焉」，下同。

亡是公存焉　《史記》作「而亡是公在焉」。

僕樂齊王之欲誇僕　《漢書》無「齊」字。

注《廣雅》曰：僕謂附著於人　胡公《考異》曰：「雅」當作「倉」，樊恭《廣倉》見《隋志》。

王車駕千乘　六臣本及《史記》《漢書》「車駕」並作「駕車」。

射麋脚麟　《漢書》「脚」作「格」，顔注「格字或作脚，言持引其脚也」。按《爾雅》「麐，麕身，牛尾，一角」，邢疏引陸璣《詩疏》曰：今並州有麟，大小如鹿，非瑞麟也，故相如賦曰「射麋腳麟」。

割鮮染輪　《史記索隱》云：「染」或爲「淬」，與下文「脟割輪淬」意同。

孰與寡人乎　《史記》《漢書》並無「乎」字，《史記》「孰」作「何」。

又焉足以言其外澤乎　又**略以子之所聞見而言之**　《史記》《漢書》「焉」並作「烏」。六臣本及《史記》「乎」上有「者」字。《漢書》無「而」字。

隆崇嵂崒，岑崟參差　《史記》「嵂」作「律」，「崟」作「巖」。《漢書》「嵂」作「律」。案《說文》：崟，山之岑崟也。段曰：《蜀都賦》《南都賦》皆有「嶜岑」字，李善讀爲「岑崟」。

丹青赭堊，雌黄白坿，錫碧金銀　《史記索隱》云「張揖云：赭，出少室山；堊，白堊，《本草》云一名白墡也」，正義引《藥對》云「雌黄出武都山谷，與雄黄同山」、顔云「錫，青金也；碧，謂玉之青白色者也」。

其石則赤玉玫瑰　注**晉灼曰：玫瑰，火齊珠也**　《說文》「玫」字注云：火齊，玫瑰也，一曰石之美者。《一切經音義》六云：玫瑰，火齊珠也，一曰石之美好曰玫、圓好曰瑰，又引郭璞曰「玫瑰，石珠也」、張揖曰「玫瑰，琅玕也」。按此承「其石」說下，自以後說爲正。

琳瑉昆吾　《漢書》「瑉」作「珉」。「昆吾」《史記索隱》本作「琨珸」者是，此承上「其石」說下，張揖忽釋以金，誤矣。《索隱》引司馬彪曰「琨珸，石之次玉也」、《河圖》云「流川多積石名琨珸石，鍊之成鐵以作劍，光明如水精」。《藝文類聚·劍部》引《龍魚河圖》與此略同，又《石部》引《十洲記》與《河圖》亦同。而「琨珸」皆仍作「昆吾」，與此賦合。

注 **張揖曰：琳，珠也**　「珠」字誤。《漢書注》引張揖曰玉也。《史記》引《漢書音義》曰球也。

瑊玏玄厲　注 **張揖曰：瑊玏，石之次玉者**　瑊玏，即《説文》之玪塾，《玉篇》「玪」同「瑊」。《山海經·中山經》：葛山其下多瑊石。《廣韻》「瑊」字注引郭璞云「瑊玏，似玉之石」即此賦郭注也。厲，《廣韻》引作「礪」。

碝石碔砆　《史記》「碝」作「瑌」，《漢書》作「礝」，「碔砆」並作「武夫」。

其東則有蕙圃，衡蘭芷若　六臣本及《史記》「芷若」下有「射干」二字。王氏《學林》云：每四字句，於韻爲協，一爲草類，一爲獸類，與下射干不害重複。按李注以「芷若」下或有「射干」爲非，師古亦云今流俗本妄增之。又師古於傳首云：近代之讀相如賦者多矣，皆改易文字，競爲音説，致失本真，徐廣、鄒誕生、諸詮之、陳武之屬是也，今依班書舊文爲正，於彼數家並無取焉。是《漢書》所載獨經師古校定，非他本比也。

注 **蘭，香草也**　《甕牖閒評》七云：「蕙圃衡蘭」師古注云：蘭即今澤蘭，別是一種花，非蘭也。此乃不曾親見，妄意言之耳。《雲谷雜記》一云：司馬相如云「蕙圃衡蘭」，張揖于《史》注云秋蘭，顔師古于《漢書注》云即今之澤蘭。按蘭非一種，馬蘭、澤蘭、山蘭、蘭草皆見之《本草》中，但相如既與蕙併言之，則非澤蘭矣。

䓖藭菖蒲，茳蘺蘪蕪 《史記》《漢書》並作「穹窮昌蒲，江離蘪蕪」。六臣本「䓖」作「芎」。胡公《考異》曰：「注中字作芎，考《説文·艸部》：营藭，香艸也，重文芎，司馬相如説营或从弓，謂《凡將》如此。《史記》《漢書》作穹者假借也。字書别未載䓖字，此與《甘泉賦》『發蘭蕙與䓖藭』正文及注並誤。」又案「茳」《史記》《漢書》作「江」，注中「江」字兩見皆不從艸可證，《上林賦》「被以江蘺」亦作「江」也。

諸柘巴苴 《史記》作「諸蔗猼且」。《漢書》「苴」亦作「且」。《史記注》駰曰：猼且，蘘荷也。《漢書注》：張揖曰「蓴苴，蘘荷也」，文穎曰「巴且草一名巴蕉」，師古曰：文説巴且是也，蓴苴自蘘荷耳。

其高燥則生葴菥苞荔 《史記》「菥」作「蘄」。《漢書》「菥」作「析」。按《玉篇》「蘄」與「菥」連文而兩釋之。

注 **菥，似燕麥也。苞，藨也** 「麥」毛本誤作「菱」，「藨」當作「蔍」，《史記》《漢書》注並可證。

薛莎青薠 「薛」《漢書》作「薜」，注同。宋氏祁曰：一本無「薛莎青薠」四字並張揖等注。

東蘠彫胡 注 **東蘠，實可食。彫胡，菰米也** 《史記》「蘠」作「薔」。《索隱》引《河西記》云「貸我東蘠，償我白粱」、徐廣曰「烏桓國有薔似蓬草，實如葵子，十月熟」。按《廣韻》引亦作「薔」，又按「彫胡」《史記》《漢書》並作「雕胡」，《玉篇》《廣韻》並作「蔰葫」，即枚乘《七發》之「安胡」也。

蓮藕菰盧　注**張晏曰：觚盧，扈魯也**　六臣本「盧」作「蘆」。《漢書》「菰」作「觚」，注：張晏曰「觚盧，扈魯也」，又郭璞曰「苽，蔣也；蘆，葦也」，顏注「書不爲苽、蘆字，郭説非也，但不知觚盧於今是何草」。據此則《文選》正文亦作觚盧，六臣本作菰盧者蓋從《史記》校改耳。梁氏玉繩曰：上句蒹葭即盧，雕胡即菰，不應重言，作觚盧爲是。

菴閭軒于　《史記》《漢書》「菴」並作「奄」。《史記》「閭」作「藺」，「于」作「芋」。

外發芙蓉菱華　《史記》「菱」作「淩」，《漢書》作「陵」。

注**蛟狀魚身而蛇尾，皮有珠**　朱氏珔曰：《山海經·南山經》注「蛟似蛇，四足，龍屬」，與此「魚身而蛇尾」合。其云皮有珠，則又《南都賦》「鮫鱅」注引《山海經注》所謂「鮫，鯌屬，皮有珠文而堅」者。據《説文·虫部》：蛟，龍屬，無角曰蛟。《魚部》：鮫，海魚也，皮可飾刀。本截然兩物如此，張注則似合爲一物矣。蓋《吕覽》「季夏伐蛟」注「蛟，魚屬」，因遂以蛟爲鮫。《淮南·道應訓》注「蛟，水居，其皮有珠，世人以爲刀劍之口」，而《説山訓》注亦云「鮫，魚之長，其皮有珠，今世以爲刀劍之口」，所云「鮫，魚之長」又即《説文》「池魚滿三千六百，蛟來爲之長」也。《荀子·禮論》注引徐廣「蛟韅以蛟魚皮爲之」。諸文皆蛟、鮫無别。故《禮記·中庸》「黿鼉蛟龍」，釋文「鮫本又作蛟」也。

瑇瑁鼊黿　《漢書》「瑇瑁」作「毒冒」。

其北則有陰林，其樹楩枏豫章 注**本或林下有巨字，樹下有則字，非也** 六臣本、《史記》《漢書》「其樹」作「巨樹」，蓋合上「陰林」爲句，《上林賦》「深林巨木」與此句法正合。注中「有巨」當是「作巨」之誤。

注**善曰：蓋山之國，東有樹** 六臣本「蓋」上有「有」字，無「東」字，是也。此引《大荒西經》文。善曰：下當有「山海經曰」四字。

注**《説文》曰：梬棗，似柹而小，名曰梬** 今《説文》：梬，棗也，似柹。此注末五字疑李所加也。然《廣韻》同此注。

其上則有鵷鶵孔鸞，騰遠射干 六臣本「則有」下多「赤猿玃猱」四字，《史記》作「赤猿蠷蝚」。按下文有「玄猿素雌」及「蛭蜩蠼蝚」之句，則此四字不應先見也。「鵷」《漢書》作「宛」。「騰遠」服虔以爲獸，孟康以爲鳥，司馬彪以爲蛇。按《莊子·山木》篇「騰猿得柘棘」，本書《南都賦》「騰猿飛蠝棲其下」，豈即所謂「騰遠」耶？射干即野干，楊氏慎曰「射干，胡地野犬也」，《法苑珠林》云「有説爲野干鳴，無説爲獅子吼」，又《翻譯名義集》云：悉伽羅，此云野干，似狐而小，形色青黄如狗，群行夜鳴如狼。

蟃蜒貙犴 《史記》《漢書》「犴」作「豻」。《史記》此下多「兕象野犀，窮奇獌狿」八字。然「獌狿」即「蟃蜒」，下又有「窮奇犀象」語，則無者是。

於是乎乃使剸諸之倫　《史記》無「乎」字，「剸」作「專」，六臣本同。

注**驅馳，逐獸也。橈，靡也**　胡公《考異》曰：上「也」字當依《漢書注》作「正」，以八字爲一句也，各本皆誤。

注**雄戟，胡中有鉅者**　案《史記》趙良曰「干將之雄戟」，《索隱》曰：周處《風土記》「戟爲五兵雄也」，《周禮·冶氏》「爲戈胡三之、戟胡四之」注「胡，其孑也」，又《周禮圖》「戟反曲，下爲胡」。

左烏號之雕弓　《史記》「號」作「嗥」，注引張揖説以烏號爲黄帝事，與《吴都賦》淵林注異。《漢書》先列應劭注，就柘枝爲説，與淵林同。師古謂應、張二説皆有據。故李注分見之。枚乘《七發》「右夏服之勁箭，左烏號之雕弓」句法同此。

陽子驂乘　注**張揖曰：陽子，伯樂字也，秦穆公臣，姓孫名陽**　按此注最分明。蓋孫陽字伯樂，又稱陽子。《楚辭·七諫》注、《莊子·馬蹄》篇釋文並謂孫陽是伯樂姓名，與此合。而《翻譯名義集》六稱李伯樂字孫陽，恐誤。《通志·氏族略四》注言秦穆公子有孫陽字伯樂善相馬，則又以孫陽爲嬴姓。考《列子·説符》篇穆公謂伯樂曰「子之年長矣，子姓有可使求馬者乎」，此不得爲問子語，則以爲穆公臣良是。《莊子》釋文云「伯樂，星名，主典天馬，孫陽善御，故以爲名」，而《左氏傳·哀二年》之郵無恤亦稱伯樂者，緣其善御同於孫陽，遂以爲號，如后羿、扁鵲之比。後世并以孫氏蒙之，其實與孫陽判然兩人也。

孅阿爲御 注**郭璞曰：孅阿，古之善御者** 六臣本及《史記》「孅」並作「纖」。《索隱》引服虔曰：纖阿，爲月御。又樂彦曰：纖阿，山名。有女子處其巖，月歷數度，躍入月中，因名月御焉。

蹵蛩蛩，轔距虚 《史記》作「轔邛邛，蹵距虚」。

注**蛩蛩，青獸，狀如馬。距虚，似贏而小** 《爾雅》孫志「邛邛距虚狀如馬」，《周書·王會解》云獨鹿、邛邛距虚善走也，《穆天子傳》云邛邛距虚日走五百里，皆以邛邛距虚爲一獸。自此賦爲「蹵蛩蛩，轔距虚」之文，劉向、張揖因俱分爲二獸，實誤。《漢書注》郭璞云「距虚即蛩蛩，賦家變文互言之」是也。又張揖以蛩蛩爲青獸，狀如馬，而《海外北經》云「有素獸焉，狀如馬，名曰蛩蛩；有青獸焉，狀如虎，名曰羅羅」，與張説異。

轊陶駼 六臣本、《史記》《漢書》「陶」並作「騊」。《史記》「轊」上有「而」字，下「射遊騏」句首亦有「而」字。《漢書》顔注「轊謂軸頭衝而殺之」，與李解異。《説文》「騊」字注云「騊駼，北野之良馬」，《繫傳》引此賦語。

射遊騏 《説文》「騏，馬青驪文如博棊也」，《繫傳》引此賦語。

倏眒倩浰，雷動猋至，星流霆擊 《史記》作「儵眒淒浰」，「猋」作「熛」。《漢書》「眒」作「胂」，「霆」作「電」。

注**中心絶系也** 尤本脱「心」字。

注**言所在衆多**　六臣本「所在」下有「射獲」二字，是也。

注**弭，猶低也。節，所仗信節也**　六臣本無此十字。胡公《考異》曰：《史記索隱》引郭璞曰「言頓轡也」，《集解》引郭璞曰「或云：節，今之所仗信節也」。此注引王逸「弭，案也」謂即上文「案節未舒」，與郭「頓轡」之解相近，無取「或云」也。尤本從《漢書注》添之，非是。

徼⿱谷丮受詘　⿱谷丮，《説文》作𧮫，又作⿰亻卻。《説文·丮部》𧮫字注云：相踦𧮫也，從丮，谷聲。徐鍇曰：按相如《上林賦》曰「徼𧮫受屈」，謂以力相踦角徼要，極而受屈也。又《人部》「⿰亻卻」字注云：徼⿰亻卻，受屈也，從人，卻聲〔一〕。徐鍇曰：「⿰亻卻，困劇也，言見徼遮困劇則受屈也，此許慎全引司馬相如《上林賦》之文。」

於是鄭女曼姬　注**如淳曰：鄭女，夏姬也。曼姬，楚武王夫人鄧曼也**　《史記》注引郭璞説同此。《漢書注》文穎曰「鄭國出好女，曼者言其色理曼澤也」似勝如淳注。

被阿緆　注**緆與錫古字通**　《史記》《漢書》「緆」並作「錫」。《列子》張湛注云：阿，細縠；錫，細布。《説文》亦云：錫，細布也。楊氏慎曰：阿錫對齊紈，阿亦地名，齊有東阿，出絲布。按《史記正義》云東阿出繒，楊説蓋本此。段曰：《燕禮》「冪用綌若錫」，鄭注「今文錫爲緆」，緆，易也，治其布使滑易也，按今文其本字、古文其假借字也。

揄紵縞　五臣「揄」作「投」，銑注可證。

襞積褰縐 六臣本「積」作「𧞤」。姜氏皋曰：顔注「襞積，今之帬𧝓，古所謂皮弁素積即此積也，言襞積文理隨身所著，或褰縐委屈如谿谷也」，是「委曲」即釋「鬱橈」，知古本無「紆徐委曲」四字。

紆徐委曲 《漢書》無此四字。何曰：《上林賦》有「紆徐委蛇」之文，則此處無者爲勝。按此蓋五臣有之，向注可證。《史記》雖有而《集解》《索隱》並未及，恐亦後人所加也。

注 **縐，裁也** 段校云「裁」當作「蹙」。

衯衯裶裶，揚袘戌削 六臣本「衯衯裶裶」作「紛紛霏霏」。《史記》「戌」作「卹」。《漢書注》：「揚，舉也；袘，曳也。或舉或曳，則戌削然見其降殺之美也。」按「裶」即「裵」字，《説文》衯、裶二字並訓長衣貌。

蜚纖垂髾，扶輿猗靡 注 **扶持楚王車輿相隨也** 《史記》「纖」作「襳」。六臣本「猗」作「倚」。《漢書注》云：「此自言鄭女曼姬爲侍從者所扶輿而猗靡耳，非謂扶持楚王車輿也，今人猶呼相撫掩容養爲猗靡。」按《史記注》引郭璞曰《淮南》所謂「曾折摩地，扶輿猗委」也，據此則扶輿非扶持車輿之謂。此賦題曰郭璞注，而如此注偏削去，不知其故。

翕呷萃蔡 本書《琴賦》「新衣翠粲」注引此「萃蔡」作「翠粲」。

下靡蘭蕙 六臣本、《史記》《漢書》「靡」並作「摩」，按李注亦作「摩」。胡公《考異》曰：今《史記正義》及《漢書注》中皆作「靡」，古靡、摩字通。

繆繞玉綏　《漢書》顔注：以玉飾綏，亦謂鄭女曼姬之容服也，綏即今之所謂采緌垂鑷者也。

眇眇忽忽　眇眇，《史記》作「縹乎」。

若神僊之髣髴　六臣本校云善無「僊」字。按詳李注亦當作「若神」，今《漢書》亦無「僊」字，當是各本誤衍。《史記正義》所引《戰國策》末亦贅「僊」字，則更誤矣。《漢書注》：《戰國策》曰：鄭之美女粉白黛黑而立於衢，不知者謂之神也。

於是乃相與獠於蕙圃　《漢書》「相」上有「群」字。

上乎金隄　六臣本句首有「而」字。《史記》《漢書》並無「乎」字。

連駕鵞　注**言既弋白鵠，而因連駕鵞也**　桂氏馥曰：《淮南·覽冥訓》「蒲苴子連鳥於百仞之上」即此「連」字，謂以纖繳牽連之耳。李注以爲連及，非是。姜氏皋曰：下文「雙鶬」句注「《列子》曰蒲且子連雙鶬於青雲之上」即此「連」字。六臣本校云「駕」善作「駕」，按《史記》《漢書》皆作「駕」。《日知録》云：《爾雅》「舒雁，鵞」注「今江東呼鳴」，鳴即駕字，《方言》《太玄經》《子虛》《上林》及《離騷》《西京》《南都》、杜甫《七歌》、《遼史·穆宗紀》《元史·武宗紀》俱作「駕鵞」，惟《山海經》《漢書·古今人表》「駕」從馬，《左傳》本亦作駕，駕爲古字，駕爲今字也。

怠而後發，游於清池　《漢書》無「發」字，作一句讀。

揚旌枻　《史記》「旌」作「桂」，「枻」作「泄」。《漢書》同。

鉤紫貝　《史記》《漢書》「鉤」並作「釣」。

榜人歌　注**《月令》曰：命榜人**　《爾雅·釋言》：舫，舟也。《廣雅·釋水》：舟舫，榜船也。《説文》：舫，船師也。《明堂月令》曰：舫人，習水者。按舫、榜聲相近，故舫人或作榜人，《月令》「命漁師伐蛟」鄭注云「今《月令》漁師爲榜人」是也。此引《月令》蓋與鄭同，爲《明堂月令》矣。

奔揚會　五臣「揚」作「物」。濟注：奔物謂急波也。

礧石相擊，硠硠礚礚　六臣本「礧」作「磊」。《漢書》「硠硠」作「琅琅」。

聞乎數百里之外　《漢書》無「之」字。

於是楚王乃登雲陽之臺　六臣本、《史記》《漢書》「雲陽」並作「陽雲」，據孟康注當作「雲陽」，蓋此本對以雲夢之事也。朱氏珔曰：《史記集解》引徐廣曰楚王游於陽雲之臺，則以「陽雲」爲有據。

怕乎無爲，憺乎自持　六臣本、《史記》《漢書》「怕」作「泊」，「憺」作「澹」。

注**之説是也。又服氏一説**　「之」當作「文」，《漢書注》可證。「一」當作「之」。

脟割輪焠　注**脟，音臠**　《漢書》顔注：「脟」字與「臠」同。《史記》「焠」作「淬」。《説文繫傳》引亦作「淬」。案《呂氏春秋·察今》篇「嘗一脟肉而知一鑊之味、一鼎之調」，似亦以「脟」爲「臠」。然《説文》「脟」與「臠」分字各訓，「脟」字注云「脅肉也，一曰脟，腸間肥也，一曰膫也」，徐鍇曰《子虛賦》「脟割輪淬」注「脟，臠也」當是借爲「臠」字，録設反。又「臠」字注云「臞也，曰切肉臠也，婁遺反」。又有「膊」字注云切肉也，徐鍇曰《子虛賦》「脟割輪淬」應作此字，借「脟」字也，殊斬反。

於是齊王無以應僕也　《史記》《漢書》並無「齊」字。《史記》「王」下有「默然」二字。

來貺吾國　《史記》「貺」作「況」。六臣本、《史記》《漢書》「吾」並作「齊」。

王悉發境内之士　《漢書》無「發」字。

與使者出畋　《史記》作「與使者以出田」。六臣本亦作「田」。

乃欲戮力致獲　注**《國語》曰：戮力一心。賈逵曰：戮，并力也**　姜氏皋曰：何校「戮」改「勠」，是也。《一切經音義》十三引《國語》賈注曰「勠力，並力也」，然《吴語》作「戮力同德」。《公羊·桓十年傳》「當戮力拒之」，《僖五年傳》「戮力一心」，釋文並云「戮亦作勠」也。是古戮、勠通。

以娱左右　《史記》《漢書》句末並有「也」字。

而盛推雲夢以爲高　《漢書》「高」作「驕」。

必若所言，固非楚國之美也。無而言之，是害足下之信也　注**本或云「有而言之，是彰君之惡」者非也**　《漢書》「楚國之美也」下有「有而言之，是章君之惡也」二句。六臣本、《史記》亦有，而無二「也」字。今案李所見或本多此二句，而訂其非是也。李意以賦「必若所言」與「無而言之」相對，「固非楚國之美也」與「是害足下之信也」〔二〕相對，故下文「章君惡」與「傷私義」相對，不容中間添此二句致複沓不順〔三〕也。六臣本取或本添之，恐非。今《史記》《漢書》有此二句，然觀顔注「非楚國之美，是章君惡。害足下之信，是傷私義也」意與李同。《史記》三家無注，恐亦不知者依或本所添。

彰君之惡而傷私義　尤本、《漢書》並無「之」字、「而」字。

且齊東陼巨海　注《聲類》曰：陼，或作渚　六臣本「陼」作「渚」。《史記》「陼」作「有」。孫氏義鈞曰：《國語·齊語》曰「使海於有蔽，渠弭於有渚」，注「賈侍中云：渠弭，裨海也。水中可居者曰渚」。《呂氏春秋》曰「太公望封于營丘，渚海阻山」。是「陼」與「渚」同。

南有琅邪　林先生曰：琅邪在東海濱，張揖以爲在渤海，誤。

注**《呂氏春秋》：辛寬曰：太公望封於營丘，渚海阻山也**　今《呂氏春秋·長利》篇作「昔者太公望封於營丘之渚，海阻山高，險固之地也」。孫氏星衍曰：「之」字、「高」字並衍，「渚」當屬下讀，營丘恐不得言渚。盧氏文弨曰：韋昭注《越語》云水邊曰陼，此正言邊海耳；「山高」疑本是「嵩」字誤分，《爾雅》「山大而高，嵩也」；餘當從《選注》。

觀乎成山　注**成山，在東萊掖縣**　《史記》《漢書》注「掖縣」並作「不夜縣」。《漢書·地理志》東萊郡有掖及不夜二縣，然成山日祠自在不夜，非掖縣也。此由傳寫誤。

注**獵其上也**　「獵」上脱「射」字。《史記》《漢書》注皆可證。

浮渤澥　《史記》《漢書》「渤」並作「勃」。

右以湯谷爲界　注**右當爲左字之誤**　《山海經·海外東經》「湯谷在黑齒北，上有扶桑木」〔四〕，則是日出之區當齊東界，「右」字自爲「左」字之誤也。乃《史記正義》以北向天子爲解，亦鑿矣。後魏元萇《温泉頌》曰：於是左湯谷，右濛汜，南九江，北瀚海。

秋田乎青丘　《淮南子·本經訓》：堯繳大風於青丘之澤。《吕氏春秋·求人》篇：禹東至鳥谷青丘之鄉。《山海經·海外東經》《大荒東經》並有青丘國。《逸周書·王會解》注：青丘，海東地名。

於其胸中　《史記》《漢書》並作「其於匈中」。

充牣其中　《史記》《漢書》「牣」並作「仞」，「中」下並有「者」字。六臣本亦有。

注**應劭曰：契善計**　按此語不知所注。《史記正義》云：契爲司徒，敷五教，主四方會計。

然在諸侯之位，不敢言游戲之樂、苑囿之大　顧氏炎武曰：相如游梁時，梁孝王好營宫室，作曜華宫，築東苑方三百里，爲複道，自宫連屬於平臺二十餘里。此賦中極眩曜後則歸于「在諸侯之位，不敢言游戲之樂、苑囿之大」，所謂以諷諫也。

先生又見客　《漢書》顔注：言至此國爲客也，若今人自稱云見顧、見至耳。

是以王辭不復，何爲無以應哉　六臣本「不」上有「而」字，《史記》同；「復」上有「能」字，「以」作「用」。

校記

〔一〕人部御字從人卻聲　「人」原作「又」，據稿本及《説文》改。

〔二〕是害足下之信也　「是」據上引《文選》補。

〔三〕致複沓不順　「沓」原作「皆」，據稿本改。

〔四〕湯谷在黑齒北上有扶桑木　此引自《史記正義》，今《山海經》作：湯谷上有扶桑，十日所浴，在黑齒北。

文選卷八上

上林賦上

亡是公听然而笑　汪氏師韓曰：「听」通作「哂」。呂安謂嵇康「我輩稍有菜色，反爲肉食者所哂」，又通作「吲」。王猛《辭司徒疏》「田千秋一言致相，匈奴吲之」，又通作「矧」。《曲禮》「笑不至矧」，又通作「囅」，音賑，一本作輾，《莊子》「桓公囅然而笑」是也。當從《說文》之「弞」爲正，笑不壞面也，《宋書·王弘傳》「孫叔未進，優孟見弞」。本書《廣絶交論》作「忻然」。

而齊亦未爲得也　又**列爲東藩**　《史記》無「而」字。《漢書》「藩」作「蕃」。

且二君之論　六臣本「且」下有「夫」字。

越海而田　《漢書注》：謂田於青丘也。

而適足以甹君自損也　注**晉灼曰：甹，古貶字**　五臣「甹」作「貶」，銑注可證。《史記》作

「貶」。胡公《考異》曰：「粤」當作「导」，其字上臼下寸，在《説文·巢部》，「杜林説以爲貶損之貶」是也。今《漢書》作「粤」，亦誤。

又烏足道乎　《史記》「烏」作「焉」，「乎」作「邪」。

獨不聞天子之上林乎　《漢書》：「亡是公言上林廣大，山谷水泉萬物，及子虚言〔一〕雲夢所有甚衆，侈靡多過其實，且非義理所止。」按程氏大昌《演繁露》云：「亡是公賦上林，蓋該四海言之，使齊楚所夸俱在包籠中，後世顧以長安上林覈其有無，所謂癡人前不得説夢也。秦皇作離宫，關内三百，關外四百，立石東海上朐山界中〔二〕爲秦東門，此即相如所祖。自班固已不能曉，以爲多過其實，非義理所止矣，後世何責焉？」梁氏玉繩曰：「左思《三都賦序》、《文心雕龍·夸飾》篇並稱相如之賦詭濫不實，余謂上林地本廣大，且天子以四海爲家，故所叙山谷水泉統形勝言之。至其羅陳萬物，亦惟麟鳳蛟龍一二語爲增飾。觀《西京雜記》《三輔黄圖》則奇禽異木貢自遠方，似不全妄。况相如明著其旨者曰子虚、烏有、亡是特主文譎諫之義爾，豈必從地望所奠、土毛所産而較有無哉！」

丹水更其南　《漢書注》：更，歷也。吴氏仁傑《兩漢刊誤補遺》云：《漢書注》指丹水爲弘農丹水縣，其地之相去與蒼梧西極紫淵不類，且天子以四海爲境、八藪爲囿，亡是公方侈而張之，顧肯近取三輔而止哉！按《山海經》有丹穴之山，丹水出焉，而南流注於海。《甘泉賦》云「南煬丹崖」皆指丹穴之水言之。

紫淵徑其北　《史記正義》引《山海經》云：紫淵水出根耆之山。

注　**文穎曰：河南穀羅縣，有紫澤在縣北**　陳校「河南」改「西河」。按《史記正義》亦引作「西河」。今《漢書·地理志·西河郡》「穀羅，武澤在西北」，據此則彼「武」字當是「紫」字誤，此「北」字上當有「西」字。

終始灞滻　《史記》「灞」作「霸」。《漢書》亦作「霸」，「滻」作「産」。姜氏皋曰：《漢書》相如本傳師古注：産水出藍田谷北，至霸陵入霸。而《漢地理志》京兆南陵縣下云：沂水出藍田谷北，至霸陵入霸水。全氏祖望以《水經》證之云「沂」即「産」之譌，錢氏坫《斠注地理志》同。

酆鎬潦潏　《史記》「鎬」作「鄗」，《索隱》引姚氏云「潦或作澇」。

經營乎其内　《漢書》無「乎」字。

注**《説文》曰：澇水出鄠縣，北入渭。潏水出杜陵，今名沇水，自南山黄子陂**　今《説文》「澇」字注云「水出右扶風鄠，北入渭」，徐鍇曰相如《上林賦》所謂「蕩蕩八川」。又「潏」字注云「一曰潏，水名，在京兆杜陵」，徐鍇曰按《漢書》「潏在鄠縣北，過上林入渭」。「沇」當作「泬」，《史記索隱》引姚氏云今名沇水〔三〕，李注蓋據此。「黄」當作「皇」，六臣本及《史記索隱》《漢書注》並作「皇」。

注　**經至昆明池**　六臣本無「經」字。《史記索隱》引姚氏云「注昆明池」，《漢書注》云「經昆明池」。

此尤本校改，因誤而兩存也。

蕩蕩乎八川分流，相背而異態　《史記》「乎」作「兮」。《漢書》無「而」字。《漢書注》應劭、晉灼並以潦潏非水名，而合上丹水、紫淵爲八川之數，顏注已詳辨之。李注引潘岳《關中記》與顏説合，是也。

注**《楚辭》曰：馳椒丘兮焉且。且，止也，音昌呂切**　各本互有訛衍，當作「馳椒丘且焉止息也。且，音昌呂切」。

經乎桂林之中，過乎泱漭之壄，汩乎混流　《史記》《漢書》「經」並作「徑」，「漭」並作「莽」。《史記》「壄」作「野」，「混」作「渾」。

赴隘陿之口　《史記》「陿」作「陜」。六臣本作「峽」。

激堆埼　段校云「堆」當是本作「自」。

洶湧彭湃　六臣本「彭湃」作「滂湃」，《史記》作「滂濞」。

滭弗宓汩，偪側泌瀄　《史記》「弗宓」作「浡滵」，「偪側」作「湢測」。

滂濞沆溉　又**宛潬膠盭**　又**涖涖下瀨**　《史記》「沆溉」作「沆瀣」，「宛潬」作「蜿灗」，「涖涖」作「莅莅」。

批巖衝壅　注**《說文》曰：批，擊也**　「批」當作「𢪛」。今《說文》：𢪛，反手擊也。無「批」字。

沈沈隱隱　《史記》「沈沈」作「湛湛」。

砰磅訇磕　《廣雅·釋詁》「砰磅、硡磕，聲也」當即釋此。

湁潗鼎沸　《説文》「湁」字注云「湁湒，鬻也，從水，拾聲」，徐鍇曰《上林賦》「湁湒鼎鬻」。又「鬻」字注云湒也，徐鍇曰：沸也，相如《上林賦》「拾潗鼎鬻」如此作也。

汩濦漂疾　六臣本、《史記》《漢書》「濦」並作「急」，此正文及注並誤。

然後灝溔潢漾　六臣本「漾」作「洋」。

東注太湖　注《尚書》所謂震澤也　沈括《筆談》云：「灞、滻、涇、渭、酆、鎬、潦、潏八水皆入大河，如何得入震澤？」此當闕疑。齊氏召南曰：太湖，《漢書》作大湖，自指關中巨澤言之。

注**其形狀而出也**　六臣本作「言溢而出也」，《漢書注》「溢」上有「溢」字，皆是也。此誤。

䱻鰽漸離　《漢書》「䱻」作「鮔」。《説文》「鮔，鯍也」又「鯍，鮔鯍也」，徐鍇引此云「鰽即鯍，鮔溝恒反，鯍夢登反」，蓋古今字。姜氏皋曰：張揖注以漸離形狀未聞，《史記》「漸」作「螹」，徐廣曰螹音漸。《説文》：螹離也。《類篇》：螹螭，龍無角。《史記》注「䱻鰽」謂「出鞏山穴中，三月遡河上，能度龍門之限則爲龍矣」。揚子雲《蜀都賦》「石鰽水螭」，鰽、螭對舉，螭當即漸離，鰽可爲龍無角，亦相近是也。

鰅　《説文》：「鰅，魚也，皮有文，出樂浪番國東暆〔四〕，神爵四年初捕收輸考工，周成王時揚州獻鰅。」朱氏珔曰：《説文》所云揚州獻鰅，見《逸周書·王會解》，彼處作「禺禺」，是許以鰅與禺禺爲一物，與此賦及郭注分見者異。

鰫　《史記》作「鳙」。段曰：作鰫者非，《説文》鰫、鳙劃然二物，且注云「嘗容切」與鳙字音正同，若从「容」聲則不得切以嘗容矣。

魠　注**魠，鰔，一名黄曰頰**　徐廣曰「魠，哆口魚」，蓋本《説文》。《漢書注》「鰔」作「鰄」。「鰔」下當有「也」字，「曰」字不當有，六臣本及《漢書注》均不誤。朱氏珔曰：魠，郭注「一名黄頰」，是即《詩》之「鱨」，陸璣疏所謂黄頰魚。《説文》「魠，哆口魚」與鱨不相屬，則許意非以爲黄頰也。

禺禺　注**郭璞曰：禺禺魚，皮有毛，黄地黑文**　此與上句「鰅」似是一物。按《山海經·東山經》食水「多鳙鳙之魚，其狀如犂牛」，「鳙鳙」疑即「禺禺」，彼郭注「犂牛似虎文」者與此注文義合。故徐廣注《史記》直以「禺禺」爲魚牛。然《説文》「鰅」上别有「鳙」字，《説文》既鳙、鰅兩訓，此賦「鰅」與「禺禺」又兩句分見，則不得竟謂一物也。

魼鰨　《史記》作「鱋魶」，《説文繫傳》引亦作「魶」。朱氏珔曰：郭注釋魼爲比目魚，《爾雅》「比目魚謂之鰈」釋文「鰈本或作鰨」，當即釋文之鰨字，與郭説屬魼者異。又郭注「鰨，鯢魚也」即《廣雅》「魶，鯢也」之訓。《説文》「魶」與「鰨」相次者皆不以爲鯢魚，而鯢字别云刺魚也。蓋許、郭兩家之不合如此。

注**兩相合得乃行**　六臣本無「合」字非也，《漢書注》有可證。陳曰「得乃行」當依《漢書注》作「乃得行」。

注《説文》曰：玓瓅，明珠光也　今《説文》「光」作「色」。本書《舞賦》注引無「明」字。

注常庭之山　六臣本「常」作「重」。今《南山經》作「堂庭之山」，郭注「堂一作常」。

鴻鷛鵠鴇，駕鵞屬玉　《漢書》「鴻」作「鳿」，注「鳿，古鴻字」。《史記》作「鴻鵠鷛鴇，鴐鵝鸀鳿」。

交精旋目　《史記》作「鵁鶄鱞目」，《索隱》引郭璞云鱞目未詳。《漢書》顔注：「今荆郢間有水鳥，大於鷺而短尾，其色紅白，深目，目旁毛皆長而旋。此其旋目乎？」孫氏志祖曰：旋目即運目，《説文》「鴝，運目也」，旋、運義同。《淮南子·繆稱訓》作「暉目」，暉字從軍得聲，亦即運目耳。今俗本《淮南子》及《説文》俱改「目」爲「日」，非也。姜氏皋曰：陸佃《埤雅》「鵁鶄」下引《禽經》云「旋目其名䴌，交目其名鳽，方目其名鴋」，則旋目自爲鳥名，與運目無涉。〔五〕

煩鶩庸渠　《史記》「庸渠」作「鷛鰈」，徐廣曰「煩鶩」一作「番𪇰」。《漢書》顔注云「庸渠」即今之鷄。按本書《吴都賦》作「鷛鷞」，劉注：似鴨而鷄足。《説文》：鰈，鹋鰈也。

箴疵鵁盧　《史記》作「鱵鵟鵁鸕」。《説文》「鵁，鶄也；一曰鵁，鸕也」，以爲一物，與此賦注不同。

注郭璞曰：盧，鸕鷀也　《漢書注》張揖曰「盧，白雉也」，顔注云「郭説是也，白雉不浮水上」。

汎淫泛濫　五臣「汎」作「沈」，良注可證。

奄薄水渚　《史記》作「掩薄草渚」。《漢書》「渚」作「陼」。

咀嚼菱藕　《史記》「菱」作「蔆」。

校記

〔一〕及子虛言　「言」上原衍「賦」，據《漢書·司馬相如傳》改。

〔二〕朐山界中　「山」據劉向《説苑·反質》補。

〔三〕今名沇水　「沇」原作「泬」，據《史記索隱·司馬相如傳》改。

〔四〕出樂浪番國東暆　徐鍇《繫傳》本「番國」二字，大徐本、段注本無。

〔五〕運目云云　按孫志祖、姜皋説「運日」當作「運目」，非也。《説文》「鴆，毒鳥也，一名運日」，《廣雅·釋鳥》「鴆鳥，其雄謂之運日，其雌謂之陰諧」，《淮南子·繆稱訓》「暉日知晏，陰諧知雨」，《史記集解·魯世家》服虔曰「鴆鳥一曰運日鳥」，《楚辭·離騷》王逸注「鴆，運日也」，《國語·魯語上》韋昭注「鴆，鳥也，一名運日」，俱可證。莊逵吉引《説文》《廣雅》疑所校《淮南子》本「暉目」當作「暉日」，何寧《淮南子集釋》云「莊説是也，道藏本、中立本、景宋本皆作暉日，注同，《太平御覽》九百二十七引同」，劉文典《淮南鴻烈集解》云「運日二字合音爲鴆，諧陰二字合音亦爲鴆，則運日、陰諧皆鴆字之切音也，故以名之」最是。本書《吴都賦》「鴆鳥一名雲白」條引《説文》《廣雅》《淮南子》、《離騷》「鴆惡鳥也」條引《楚辭》《淮南子》均不誤。

文選旁證卷第十一

文選卷八中

上林賦下

於是乎崇山矗矗，巃嵸崔巍 六臣本「巍」作「嵬」。《史記》作「於是乎崇山巃嵸，崔巍嵯峩」。

九嵕巀嶭 《漢書》顔注：巀山即今所謂嵳峩山也，在三原縣西。按《史記》注又引《漢書音義》云巀嶭山在池陽縣北。然此處只當作高峻解。

巖陁甗錡 五臣「甗」作「巘」，向注可證。

注 振，拔也 六臣本「拔」作「收」，何曰「下言『收斂溪水』，作『收』是也」，然《漢書注》及《史記索隱》皆作「拔」，《索隱》引郭璞云「振猶灑也」〔一〕。而銑注云「振，衆也」則又一解矣。

谽呀豁閜 本書《思玄賦》「越谽嘲之洞穴」。《史記》《漢書》「閜」並作「問」。孫氏義鈞曰：《史》《漢》音皆呼下切，與本書呵下切同，疑本作「問」，沿上「呀」字誤耳。

隱轔鬱壘 本書《西征賦》「裁岥岮以隱嶙」〔二〕，嶙字从山。

登降施靡　凌氏稚隆曰句複《子虛賦》，按此與「視之無端」「弭節裴回〔三〕，翱翔往來」等語皆前後屢用。

注**沇以永切**　段校：「永」當作「水」。

揜以緑蕙　注**緑，王芻也。蕙，薰草也**　《漢書》顔注：緑蕙，言蕙草色緑耳，非王芻也。

雜以留夷　注**張揖曰：留夷，新夷也。善曰：王逸《楚辭注》曰：留夷，香草**　六臣本「留夷」作「留荑」。《史記》「留」作「流」。《漢書》顔注：留夷，香草也，非新夷，新夷乃樹耳。

布結縷　《史記》「布」作「尃」，注徐廣曰「古布字，一作佈」，駰案《漢書音義》曰「結縷似白茅，蔓聯而生，布種之者」。《漢書》顔注：「結縷蔓生，著地之處皆生細根，如綫相結，故名。今俗呼鼓箏草。兩幼童對銜之，手鼓中央，則聲如箏也。」按《説文》「尃，布也」，徐鍇曰「相如《子虛賦》『尃結縷』注云布也，尃字如此」。又按《子虛》《上林》本是一賦，故徐鍇引「徼𨍭受詘」句以《子虛》爲《上林》，此又以《上林》爲《子虛》，互舉其篇，不得以爲誤也。

揭車衡蘭　揭，《説文·艸部》作「藒」，从艸，楬聲。

茈薑蘘荷　本書《南都賦》「蘇䓅紫薑」注引司馬彪《上林賦注》曰「紫薑，紫色之薑也」，今注無之。然據此則「茈」似當作「紫」。《漢書注》如淳曰「茈薑，薑上齊也〔四〕」，顔注「薑之息生者，連其株本則紫色也」，今本皆作「茈」且音紫，自不誤，疑《南都賦》注誤耳。

葴持若蓀 六臣本及《史記》「持」作「橙」，《索隱》云：「姚氏以爲此前後皆草，非橙柚也。小顔曰：『葴，寒漿也。持，當爲苻字之誤。苻，鬼目也。』案今讀者亦呼爲登，謂金登草也。」姜氏皋曰：「橙」字疑本是「持」字引橙爲音，一如韋昭之云持音懲也。焦氏竑以「持」爲「將」字之誤，蓋葴一名寒將，或作蕺蔣，李本誤以「將」爲「持」耳。

鮮支黄礫 《史記》「支」作「枝」，《索隱》云：小顔以「黄礫」爲「黄屑木」，恐非。

蔣苧青薠 六臣本「苧」作「芋」，音云句切。《史記》《漢書》皆作芧。案苧、芋並誤，作芧者是。胡公《考異》曰：《玉篇》芋、苧同，與此賦之芧迥別，彼乃《説文》所云草可以爲繩者，此張揖改爲三稜，詳見《政和經史證類本草》，實異名同，不可援以相證，譌字無疑。

離靡廣衍 五臣「離」作「麗」，向注可證。《史記》亦作「麗」。

郁郁菲菲 又**晻薆咇茀** 《史記》「菲菲」作「斐斐」，「晻薆咇茀」作「晻曖苾勃」。

注**《説文》曰：肸，蠁布也** 今《説文》「蠁」作「響」，徐鍇引作「響」而誤作《吴都賦》。

注**《説文》曰：馣馤，香氣奄藹也** 今《説文》無「馣馤」字。

入乎西陂 《文心雕龍·通變》篇引《上林賦》「月生西陂」。按張揖注云云，則不當作「月生」也。

其獸 《史記》兩處俱無「其」字。

㺎 又**貘** 《史記》「㺎」作「⿰牜庸」，「貘」作「獏」。《漢書》「㺎」作「庸」，《説文》作「⿰豸庸」。

角端　《史記》「端」作「䚡」。《説文》：角䚡，狀似豕。《漢書注》引郭璞曰似豬，與《説文》合。此注作似貊，當是誤字。

橐駝　注　韋昭曰：背上有肉似橐　《漢書》顔注「言其可負橐囊而駝物」，與韋解少異。

驢驘　注　騾、驘同　六臣本及《史記》「驘」並作「騾」，《漢書》作「驘」。此注中「騾驘」二字宜互乙。

於是乎離宮別館，彌山跨谷　淩氏稚隆曰：《長安志》：上林，秦舊苑也，武帝始廣開之。《漢舊儀》謂廣長三百里，離宮七十所，容千乘萬騎。《關中記》謂苑門十二，中有苑三十六，宮十二，觀二十五。則規制之宏侈可知矣。

璧璫　注　裁金爲璧，以當榱頭也　朱氏珔曰：《史記集解》引此語「金」作「玉」，注中「當」字無玉旁，則「璫」宜作「當」，《説文》「璫」字在《新附》。

長途中宿　注　郭璞曰：中途，樓閣間陛道　《漢書》顔注：「謂其途長遠，雖經日行之，尚不能達，故中道而宿也。」注文「中」字當去，《史記注》引無之，此誤衍也。本書《西都賦》「脩除飛閣」注引司馬彪《上林賦》注曰「除，樓陛也」，當係此句下注，則「途」字當作「除」。

巖窔洞房　《史記》「窔」作「宎」，《漢書》作「宎」，顔注「於巖穴底爲室，若竈突然」。王氏念孫曰：「宎」當從《史記》作「宎」。《文選》作「窔」，李善引郭璞注曰言「於巖窔底爲室，潛通臺上也」。《説文》「窅窔，深窱皃」。「窔」與「宎」同，巖宎、洞房皆言其幽深，故下句曰「頫杳眇而無見」。《甘泉賦》曰「雷鬱律於巖窔兮」，《魯靈光殿賦》曰「巖突洞出，逶迤詰屈」，皆其證也。師古不知「突」爲「突」之誤，乃曰「於巖穴底爲室，若竈突然，潛通臺上」，襲郭注而小變之，強爲「突」字作解耳。

仰𠬧撩而捫天 注**晉灼曰：𠬧，古攀字** 朱氏珔曰：《史記》作「攀」，蓋用今字。《漢書》作「拜」，「拜」爲古「拜」字，非𠬧也，蓋誤字。

青龍蚴蟉於東箱，象輿婉僤於西清 六臣本「箱」作「廂」，「僤」作「蟬」。《史記》「龍」作「虯」，「僤」亦作「蟬」。《漢書·郊祀歌》：靈禗禗〔五〕，象輿轙。相如《大人賦》云：駕應龍象輿之蠖略委麗兮，驂赤螭青虬之蚴蟉宛蜒。按上有「宛潬膠盭」句，「婉僤」疑即「宛潬」，殆因避複易字。

靈圄燕於閒館 六臣本及《史記》《漢書》「圄」並作「圉」，注引郭璞云「靈圉，淳圉，仙人名」。《索隱》引《淮南子》云：騎飛龍從淳圉。

偓佺之倫 《列仙傳》云：偓佺，槐里采藥父也。食松子，形體生毛數寸，方眼，能行逮走馬也。

暴於南榮 注**榮，屋南檐也** 姜氏皋曰：《儀禮·士冠禮》「設洗直於東榮」鄭注「榮，屋翼也」。按《說文》曰「屋梠之兩頭起者爲榮」又曰「梠，楣也」，《爾雅》曰楣謂之梁，是則榮爲梁東西之兩端也。然本書《景福殿賦》「南距陽榮」注亦云南檐也。

盤石振崖 《史記》《漢書》「振」作「裖」，是也，此及注並誤。本書《高唐賦》「裖陳磑磑」李注云「已見《上林賦》」可證。

珉玉旁唐，玢豳文鱗　《史記》「玢豳」作「璸㻞」。《漢書》顔注：「旁唐，文石也，唐字本作碭，言珉玉及石並玢豳也。」桂氏馥曰：《廣韻》「芒碭，山名」，旁唐即芒碭，《說文》「碭，文石也」。

赤瑕駁犖　注**赤瑕，赤玉也**　《說文》：瑕，玉小赤也。張衡《七辯》云：玩赤瑕之璘豳。王氏念孫曰：瑕者赤色之名，赤雲氣謂之霞，馬赤口雜毛謂之騢，赤玉謂之瑕，其義一也。

晁采　六臣本「晁」作「朝」。《史記》「晁采」作「垂綏」，徐廣云「垂綏」一作「朝采」。《漢書》「晁」作「鼂」，字同，顔注：「美玉，每旦有白虹之氣，光采上出，故名朝采，猶言夜光之璧矣。」

盧橘夏熟　《史記索隱》引《廣州記》云：盧橘，皮厚，大小如甘酢，多九月結實，正赤，明年二月更青黑，夏熟〔六〕。又引《吴録》云：建安有橘，冬月樹上覆裹〔七〕，明年夏色變黑，味甚甘美，盧即黑也。楊氏慎曰：或以盧橘爲枇杷，然下文又有枇杷，則其說非矣。

注**應劭曰：《伊尹書》曰：箕山之東，青鳥之所，有盧橘夏熟**　今《吕氏春秋·本味》篇云「箕山之東，青鳥之所，有甘櫨焉」，與此異。《史記索隱》及《說文》引與此同，而「盧」亦皆作「櫨」〔八〕。又「青鳥」，《漢書注》作「青馬」，《山海經·南荒經》《海外東經》及《淮南子·墬形訓》亦作「馬」，《說文》《玉篇》引並作「青皀」，未知孰是。

亭柰厚朴　《史記》「亭柰」作「楟㮈」，尤本亦作「楟」。

注**其實似穀子**　胡公《考異》曰：「穀」當作「穀」，楮也，字从木不从禾。六臣本、尤本並訛作「穀」。

隱夫薁棣 注**張揖曰：隱夫，未詳** 《史記》「薁」作「鬱」。《漢書》顔注亦云隱夫未詳。何曰：隱夫即馬夫艸，見《管子·地員》篇。

苔遝離支 又**抏紫莖** 又**垂朱榮** 《史記》作「楷槢荔枝」，「垂」作「秀」。五臣「抏」作「抗」，翰注可證。

注**櫟，採木也** 何校「採」作「棌」，下棌音采，同。《漢書》顔注云：櫟非果名，又非采木之櫟，蓋木蓼也，葉辛，初生可食。

華楓枰櫨 又**留落胥邪** 《史記》「楓」作「氾」，「枰」作「檘」，「邪」作「餘」。

注**郭璞曰：留，未詳** 錢氏大昕曰《釋木》「劉，劉杙」郭注「劉子生山中，實如梨」即此「留」也。許氏慶宗以「留落」即《吴都賦》「扶留」，扶留藤每絡石而生，故亦名留落，「落」即「絡」字，胥邪、仁頻、並閭皆一物，不應留落獨分爲二也。

仁頻並閭 《史記注》徐廣云「頻一作賓」。

欃檀木蘭 余曰：《皇覽》：孔子墓前有欃檀樹。

連卷欐佹〔九〕**，崔錯癹骫** 《史記》「欐」作「累」。孫氏鑛曰：《説文》「癹，以足蹋夷草也」，疑是傾倚貌。按「癹」亦作「茇」，本書《招隱士》「林木茇骫」〔十〕，是癹、茇同聲相假也。

垂條扶疏 《史記》「疏」作「於」，注引郭璞云扶於猶扶疏也。

紛溶蔚蓼，猗狔從風　《史記》「溶」作「容」，「蔚」作「簫」，「猗狔」作「旖旎」。「狔」《漢書》作「柅」。《考工記·輪人》注引鄭司農云「掣讀如紛容掣參之掣」，正義云「此蓋有文，今檢未得」，按鄭引即此賦語。又「既建而迆崇于軫四尺」〔十一〕注鄭司農云「迆讀爲倚移從風之移」，正義謂引司馬相如《上林賦》。得此而忘彼，殊不可解。王氏鳴盛曰：《説文》無「旖旎」字，《漢書》作「猗柅」，當从之。

蓊莅卉歙　注**卉，古卉字**　《史記》「蓊」作「瀏」，「歙」作「吸」。葉氏樹藩曰：「蓊莅即流麗，卉歙即歘吸。歘古作槼，見《石鼓文》，省作卉，注以爲古卉字，誤也。」〔十二〕

旋還乎後宮，雜襲絫輯　《史記》「還」作「環」，無「乎」字，「襲」作「遝」。徐廣曰「雜一作插」。

於是乎玄猨素雌　六臣本無「乎」字，《史記》同。

蜼玃飛蠝　六臣本、尤本「蠝」作「蠷」，《史記》作「鸓」，惟《索隱》本及《漢書》亦作「蠝」。按作「蠷」者誤也。胡公《考異》曰：考《集韻·五旨》「鸓」下重文有六，而不載蠷，可證其非。

注**飛蠝，鼠也**　陳校「鼠」上添「飛」字，據《史記》《漢書》注也。又按《南都賦》注引「蠝，飛鼠也」，脱上「飛」字，當與此互訂。

注**以其髯飛**　《山海經·北山經》云「天池之山有獸焉，其狀如兔而鼠首，以其背飛，其名曰飛鼠」當即此，但「背」與「髯」字異。《初學記》二十九引《山海經圖贊》云「或以尾翔，或以髯凌，飛鼠鼓翰，儵然背騰」，則作「髯飛」亦不爲誤也。

蛭蜩 注**蜩，蟬也** 又**郭璞曰：蛭蜩，未聞** 《史記索隱》《漢書注》並引張揖云「蛭，蟣也。蜩，蟬也」，師古曰「《方言》獸屬而引蛭蟣，水蟲又及蜩蟬，乖於事類，張説非也，但未詳是何獸耳」，《索隱》又引《神異經》云「西方深山有獸，毛色如猴，能緣高木，其名曰蜩」。姜氏皋曰：「《山海經》：梟麗之山有獸焉，名曰蠪姪。《玄覽》：蠪狜九首，蔡茂兩頭〔十三〕。《廣韻》：蠪蛭如狐，九尾，虎爪，呼如小兒，食人。姪、狜皆同蛭。又《山海經》『不咸之山有飛蛭』，注未言其何獸，亦當是賦所稱之蛭蜩。《神異經》作猧，《索隱》引作蜩，《玉篇》『蜩，猛獸』是也。」

蠼猱 注**獮猴也** 六臣本「猱」作「蝚」，《史記》作「蠗蝚」，《漢書》作「獿蝚」。《索隱》本作「蠼蝚」〔十四〕：「《山海經》云『鼻塗山下有獸似鹿，馬足人手四角〔十五〕，名爲蠼』，蠼猱即此〔十六〕也，字或作蠼，郭璞云玃，非也，上已有蜼玃，此不應重見。」師古曰：「猱音迺高反，又音柔，即今所謂戎皮爲鞍褥者，戎音柔，聲之轉耳，非獮猴也。」按《索隱》所引《山海經》，今《西山經》作「皋塗之山有獸焉，其狀如鹿而白尾，馬足人手而四角，名曰玃如」，注「音猳嬰之嬰」。郝氏懿行曰：經文「玃」當爲「玃」，注「猳嬰」亦當爲「貑玃」，《爾雅》「玃父」注「貑玃也」是此注所據，《廣雅·釋地》本此經正作「玃」；《索隱》引此經作「玃猱」，云「字或作蠼」，然則「玃猱」即「玃如」之異文，猱、如聲之轉也。似較顔説爲有據。

獑胡 《史記》「獑」作「螹」，《西京賦》作「獑猢」，《説文》作「斬𧍒」。

注**蚢，未聞也**　《山海經·中山經》「即公之山有獸焉，其狀如龜而白身赤首，名曰蚢，是可以禦火」，郭注音詭，《史記注》亦引之，郭云未聞，豈偶忘之歟？

注**在樹暴戲姿態也**　陳校「暴」改「共」，據《史記正義》及《漢書注》也。

注**《説文》曰：杪，末也**　今《説文》：杪，木標末也。

隃絶梁　《史記》句首有「於是乎」三字。

掉希間　注**郭璞曰：掉，懸摘也**　六臣本及《史記》「掉」並作「踔」。《一切經音義》三十四引：《上林賦》「趠」，郭璞曰懸擲也。

爛漫遠遷　《史記》「漫」作「曼」。

若此者數百千處　六臣本及《史記》「此」下並有「輩」字。

娱遊往來　注**《説文》曰：娱，戲也，許其切**　《史記》「娱」作「嬉」。胡公《考異》曰：「娱」當作「娭」，與「嬉」字同，注引《説文》「娭，許其切」，非娱甚明，各本皆譌，又見《羽獵賦》。謹按今本《漢書》及注亦作「娱」，今《説文》「娱，樂也」「娭，戲也」兩訓相連，或因此而致誤耳。

天子校獵　注**李奇曰：以五校兵出獵也**　《漢書》顔注云：「李説非也。校獵者，以木相貫穿，總爲闌校，遮止禽獸而獵取之。説者或以爲《周官》校人掌田獵之馬因云校獵，亦失其義。」

注**有似虯，龍也無角曰虯也**　徐氏惇復曰似下脱「玉」字、「龍也」當作「龍子」，皆據《漢書注》也。

六臣本「無」作「有」，《漢書注》亦作「有」。胡公《考異》曰：《説文》「虯，龍子有角者」，此張揖注所本，故其《廣雅》亦云「有角曰蛇龍，蛇即虯，上艹者角也」，此注不當兩解。惟王逸注《離騷》「有角曰龍，無角曰虯」，善彼注仍之，蓋各存異説。

孫叔奉轡，衛公參乘 注**李善曰：孫叔者，太僕公孫賀也，字子叔。衛公者，大將軍衛青**

《兩漢刊誤補遺》云：「孫叔、衛公非時人，蓋古之善御者。孫叔即《楚辭》所謂『驥躊躇於弊輂，遇孫陽而得代』者是也，衛公即《國語》所謂『衛莊公爲右，吾九上九下，擊人盡殪』者是也。《羽獵賦》『蚩尤並轂，蒙公先驅』、《東京賦》『大丙弭節，風后陪乘』亦借用古人也。」六臣本「李善曰」作「鄭玄曰」。胡公《考異》曰：「玄」當作「氏」，「鄭氏」見顔師古《叙例》臣瓚云「鄭德」者也。

扈從橫行 注**張揖曰：跋扈縱橫，不案鹵簿也** 葉夢得《石林燕語》云：從駕謂之扈從，始自《上林賦》，張揖以爲跋扈，顔注因之亦以爲縱恣而行，侍天子而言跋扈可乎？唐封演以爲「扈養以從，猶之僕御」近之。林先生曰：《公羊·宣十二年傳》「廝役扈養」，何休注「養馬者曰扈」，然則扈從蓋任牧圉之役者也。

縱獵者 六臣本、《史記》「獵」並作「獠」。

注**言擊嚴鼓簿鹵之中** 陳校「簿鹵」二字互乙，六臣本不誤。

河江爲阹 六臣本、《史記》《漢書》並作「江河爲阹」。

殷天動地　《史記》「殷」作「隱」。

注**生謂生取之也**　六臣本「謂生取」三字作「抗」字。《漢書》顔注亦作「生取之」。胡公《考異》曰：「抗」當作「執」，向注可證。

蒙鶡蘇，絝白虎　《史記》「絝」作「袴」。《漢書注》：郭璞曰「蒙其尾爲帽也」，張揖曰「著白虎文絝也」，師古曰「絝」古「袴」字。徐廣曰「蘇，尾也」，本書《東京賦》注有曰「凡下垂爲蘇」當亦此義。

被斑文　《史記》「斑」作「豳」。

注**司馬彪《漢書》曰**　何校「漢」上添「續」字，陳同，各本皆脱。

注**坻，音遲**　王氏念孫曰：坻讀如底，與下文豸、氏、豕爲韻，非與「危」爲韻。

椎蜚廉　《史記》《漢書》「椎」並作「推」，顔注：「推謂弄之也，其字從手，今流俗讀作椎擊之椎，失其義矣。」按銑注「椎謂擊殺」，是五臣作「椎」之明文，李注中不及此字，當亦作「推」。

格蝦蛤　六臣本及《史記》「蝦」並作「瑕」。

於是乘輿　六臣本及《史記》「是」下並有「乎」字。

覽將帥之變態，然後侵淫促節　《史記》「帥」作「率」、「侵淫」作「浸潭」，《索隱》云：《漢書》作「浸淫」，或作「乘輿案節」。

注**言疾驅也**　「疾」當依《漢書注》作「短」。

轞白鹿 《史記》「轞」作「轊」，《漢書》作「轞」。《抱朴子》：白鹿壽千歲，滿五百歲色純白也。《晉徵祥記》：白鹿色如霜，不與他鹿爲群。〔十七〕

彎蕃弱 《史記》「蕃」作「繁」。《吕氏春秋·具備》篇注：繁弱，良弓所出地也，因以爲名。

注 **以白羽爲箭** 「爲箭」當依《史記正義》《漢書注》作「羽箭」，六臣本尚不誤也。胡公《考異》曰：上羽言體，下羽言用。

射游梟，櫟蜚遽 《史記》《漢書》「梟」皆作「梟」。《史記》「遽」作「虡」。

注 **梟羊也** 「梟」上應重「梟」字，《史記》《漢書》注可證。

擇肉而后發，先中而命處 《史記》無兩「而」字。

藝殪仆 《漢書》「藝」作「埶」，顔注：「埶讀與藝同，字亦作臬，音魚列反。」錢氏大昕曰：《周禮·匠人》「置槷以縣」鄭注謂「槷」古「臬」字，《説文》「臬，射準的也」，古文「臬」亦借用「埶」字，《春秋傳》「陳之埶極」注「埶，準也」。

凌驚風，歷駭猋 《史記》「凌」作「陵」，「猋」作「飈」。

注 **郭璞《老子經注》曰** 《史記正義》《漢書注》引張説皆無此。陳曰：此七字衍，張氏乃曹魏時人，不當引郭語，《老子》又無郭注。

注 **與元通靈** 陳曰「元」當作「天」，《漢書注》可據。胡公《考異》曰：《漢書注》譌也，《史記正義》

正作「元」，鄭《禮記注》引《孝經》説曰「上通元漢」即此「元」字之義。

躪玄鶴，亂昆鷄　《史記》「躪」作「轔」，六臣本及《漢書》並作「藺」。姜氏皋曰：本書《琴賦》《鶤鷄賦》皆言鵾鷄，《西京賦》「翔鶤仰而不逮」注即鵾鷄也，鵾與鶤同音昆，《爾雅》釋文「鶤本作鵾」。

拂翳鳥　注**《山海經》曰：九疑之山，有五采之鳥，名曰翳鳥**　《史記》「翳」作「鷖」。今《海内經》曰：南方蒼梧之丘，蒼梧之淵，其中有九疑山。又曰：北海之内有蛇山者，有五采之鳥，飛蔽一鄉，名曰翳鳥。此注誤合爲一。

捷鵷雛，掩焦朋　《史記》「鵷」作「鴛」。六臣本「朋」作「鵬」。按「朋」當作「明」，注中所引可證，注亦作「朋」皆誤。《説文繫傳》引作「明」。

注**張揖曰：焦朋似鳳，西方之鳥也**　又**焦朋狀如鳳皇**　兩「朋」字皆當作「明」，「西」當作「南」。《説文》「鷫」字注云：五方神鳥也，東方發明，南方焦明，西方鷫鷞，北方幽昌，中央鳳皇。

注**《樂汁圖》**　「圖」下當有「徵」字，各本皆脱，惟《史記索隱》引有。

消摇乎襄羊　六臣本作「招摇乎儴佯」。《史記》「消」亦作「招」。

晻乎反鄉　《史記》「晻」作「闇」，《漢書》作「揜」。

蹷石闕　六臣本「闕」作「關」，《漢書》亦作「關」，是也。前卷《甘泉賦》亦作「封巒石關」可證。惟《史記》作「闕」。

下棠黎　《史記》「黎」作「梨」。《漢書》作「堂黎」。

濯鷁牛首　姜氏皋曰：《三輔黄圖》載上林苑有十池，牛首其一也，郭璞注曰牛首池「在豐水西北，近灃河」〔十八〕是也。而《初學記》引《三秦記》曰「漢上林有池十五所，中有牟首池」，與《漢官儀》所云「上林苑中有昆明池、鎬池、牟首諸池」同。二字相近，未知是一是二也。孫氏志祖曰：牛首，《漢霍光傳》作牟首。

均獵者之所得獲，徒車之所轥轢　六臣本、《史記》「均獵」並作「鈞獠」，「徒」上有「觀」字。六臣本「轥」作「藺」，《史記》作「轔」。《漢書》亦作「鈞」、作「藺」。

步騎之所蹂若，人臣之所蹈藉　《史記》「步」作「乘」，「臣」作「民」。《漢書》無步、臣二字。六臣本校云五臣「若」作「踏」。

不被創刃而死者　六臣本「刃」下有「怖」字。

置酒乎顥天之臺，張樂乎膠葛之寓　又**立萬石之虡**　《史記》「顥」作「昊」，「膠葛」作「轇輵」，「寓」作「宇」，「虡」作「鉅」。

奏陶唐氏之舞　《漢書》顔注云：「陶唐當爲陰康，傳寫字誤耳。《古今人表》有葛天氏、陰康氏。《吕氏春秋》曰：『昔陰康氏之始，陰多滯伏湛積，陽道壅塞，不行其序，民氣鬱閼，筋骨縮栗不達，故作爲舞以宣導之。』高誘亦誤解云：『陶唐，堯有天下之號也。』按《吕氏》説陰康之後方一一歷言黄帝、顓頊、帝嚳迺及堯、舜作樂之本，皆有次第，豈再陳堯而錯亂其序乎？蓋誘不視《古今人表》，妄改易吕氏本文。」按此師古所見《吕氏春秋》本與今本異。今本《古樂》篇「陰康」仍作「陶唐」，「湛積」上有「而」字，「陽道」作「水道」，「序」作「原」，「鬱閼」下多「而滯著」三字，「縮栗」作「瑟縮」，高誘注作「陶唐氏，堯之號」。疑高氏本如此也，此賦李注亦沿其誤，惟章懷注《後漢書·馬融傳》引作「陰康」耳。

聽葛天氏之歌　注張揖曰：**葛天氏，三皇時君號也。其樂，三人持牛尾，投足以歌八曲：一曰戴民**〔十九〕**，二曰玄鳥，三曰育草木，四曰舊五穀，五曰敬天常，六曰徹帝功，七曰依地德，八曰總禽獸之極。韋昭曰：葛天氏，古之王者，其事見《吕氏春秋》。善曰：《吕氏春秋》云「葛天氏之樂，以歌八闋：一曰載民，三曰遂草木，六曰建帝功」，今注以闋爲曲、以民爲氏、以遂爲育、以建爲徹皆誤**　按張、李所見《吕氏春秋》皆與今本異。今本《古樂》篇「持牛尾」作「操牛尾」，「遂」作「達」，「禽獸」作「萬物」。據李所辨則今本「達」字爲誤。又《史記索隱》及《初學記》十五引並作「總禽獸之極」與此注合，則今本「萬物」字亦誤。又按李所辨則張注應作「載氏」，今各本皆誤作「載民」，惟毛本不誤耳。

千人倡，萬人和　六臣本及尤本「倡」作「唱」。《文心雕龍·事類》篇：陳思《報孔璋書》曰「葛天氏之歌，千人倡，萬人和，聽者因以蔑《韶》《夏》」，案葛天之歌倡和三人而已，相如《上林》濫侈葛天，推三成萬，信賦妄書，致斯謬也。按此賦「千倡萬和」乃總承上文，非專屬葛天，當由陳思誤用，不得以此譏相如矣。

巴渝宋蔡，淮南干遮 六臣本及《史記》《漢書》「渝」並作「俞」。何曰「干」《史》《漢》作「于」。案作「干」者今本之誤，此注及《索隱》皆引張揖《漢書注》，不當有異文。錢氏大昕曰：「巴渝」當作「嘮喻」，《説文》引司馬相如説「淮南宋蔡舞嘮喻」〔二十〕正據此賦，蓋以「宋蔡嘮喻」與「淮南干遮」對文也，郭注非。

注**遼西，縣名也** 毛本「縣」上衍「上」字。

族居遞奏 《史記》「居」作「舉」，徐廣云「舉一作居」。

鏗鎗闛鞈 《史記》「闛」作「鏜」，「鞈」作「鼛」。

《激楚》《結風》 《史記注》郭璞曰：《激楚》，歌曲也，《列女傳》曰「聽《激楚》之遺風」也。《漢書》顔注：《結風》亦曲名。

注**文穎曰：衝激，急風也；結風，亦急風也** 「衝」上當有「激」字〔二一〕，《史記索隱》及本書《舞賦》《七發》注引俱有；《七命》注「衝激」作「激衝」，脱下「激」字。六臣本尚不誤。《索隱》及《舞賦》《七發》《七命》注「結風」下並有「回風」二字，六臣本無此二字〔二二〕。

樂心意者 又**靡曼美色** 注**下或云「於後」，非也** 《史記》「樂」上有「而」字，「色」下六臣本、

《史記》《漢書》並有「於後」二字。

妖冶嫺都　《史記》「妖」作「姣」。六臣本、《漢書》「嫺」並作「閑」。

靚糚刻飾，便嬛綽約，柔橈嫚嫚，嫵媚孅弱　《史記》「糚」作「莊」，「綽」作「婥」、《漢書》作「繛」。嫚，《史記》作嬛，《漢書》作嬽。孅，《史記》作姌，注「徐廣曰姌音乃丹反」，六臣本作纖，《廣雅・釋詁》「婥約、嫵媚、嬽姍，好也」似即釋此。又《莊子・逍遥遊》篇「淖約如處子」，《楚辭・九章》「外承歡之汋約兮」，司馬彪、王逸注並云好貌，皆字異義同。

曳獨繭之褕絏，眇閻易以卹削　《史記》「曳」作「抴」，「絏」作「袘」、《漢書》作「袣」，「卹」《史記》作「戌」。錢氏大昕曰：閻易猶姚易也，出《史篇》。

便姗嫳屑，與俗殊服，芬芳漚鬱　《史記》首句作「媥姺徶循」，「俗」作「世」，「芳」作「香」。六臣本、《漢書》「俗」亦並作「世」。錢氏大昕曰：《説文》無「徶循」字，當从《漢書》。

微睇緜藐　注**郭璞曰：緜藐，視遠貌**　王氏念孫曰：下文云「色授魂予〔一三〕，心愉於側」，則此非謂視遠貌也。今案「緜藐」好視貌也。《方言》曰「南楚江淮之間，黸瞳子謂之矊」，郭璞曰言緜邈也。《楚辭・招魂》曰「靡顔膩理，遺視矊些」，「矊」與「緜」同義。藐音莫角、莫沼二反。《楚辭・九歌》「目眇眇兮愁予」，王注「眇眇，好貌」，「眇」與「藐」同義。合言之則曰緜藐，《方言注》作緜邈，張衡《西京賦》曰「眳藐流眄，一顧傾城」，竝字異而義同。薛綜以「眳」爲眉睫之間，失之。

無事棄日 倪氏思寬曰：猶言無庸棄日也，李注非。

時休息於此，恐後葉靡麗 又**於是乎乃解酒罷獵** 又**地可墾闢** 《漢書》「於」上有「以」字。

《史記》《漢書》「葉」並作「世」。《史記》「是」下無「乎」字，「可」下有「以」字。

注**芻蕘者往也，雉兔者往也** 今《孟子》兩「也」字均作「焉」。

發倉廩以救貧窮 又**革正朔，與天下爲更始** 《史記》「救」作「振」，「革」作「更」。六臣本及

《史記》《漢書》「始」上並無「更」字。

注**郭璞曰：更以十二月爲正** 何校引徐曰「二」當作「三」。胡公《考異》曰：《漢書·武帝紀》太

初元年「以正月爲歲首」，師古注「謂建寅之月爲正月」，郭義本此。夏以十三月爲正，原出緯書也。

平旦爲朔 《尚書大傳》：夏以平旦爲朔，殷以鷄鳴爲朔，周以夜半爲朔。《白虎通·三正》引同。

襲朝服……游于六藝之囿，馳鶩乎仁義之塗 《史記》「服」作「衣」。六臣本、《史記》「于」並作

「乎」。《史記》無「馳」字。

舞干戚 《史記》「舞」作「建」。

揜群雅 注**張揖曰：《詩·小雅》之材七十四人，《大雅》之材三十一人** 張氏雲璈曰：《困

學紀聞》云張揖「二雅之材」未知所出，閻百詩云：《小雅》除笙詩自《鹿鳴》至《何草不黄》凡七十

四篇，《大雅》自《文王》至《召旻》凡三十一篇，當以篇數言也。

翺翔乎《書》圃　《史記》「乎」作「于」。

次群臣，奏得失　五臣「次」作「恣」。良注：言任群臣奏得失之事。

芔然興道而遷義　五臣「芔」作「卉」，《史記》作「喟」。

德隆於三王，而功羨於五帝　《史記》上「於」作「乎」。《史記》《漢書》「王」並作「皇」，無「而」字。六臣本亦作「皇」。

若夫終日馳騁　《史記》「日」下有「暴露」二字。

貪雉兔之獲　《史記》「貪」上有「而」字。

而樂萬乘之侈，僕恐百姓被其尤也　六臣本、《史記》《漢書》「侈」上並有「所」字。《史記》「被」上有「之」字。

超若自失　六臣本校云五臣無此一句。

逡巡避廗　注**廗與席，古字通**　張氏雲璈曰：陸德明《經典釋文》、郭忠恕《佩觿》皆以「廗」爲「席」之俗書，非古字也。

謹受命矣　《史記》「受」作「聞」。

校記

〔一〕振猶灑也　「灑」字原重，據《史記索隱·司馬相如傳》改。

〔二〕裁岥崥以隱嶙　「岥」原作「坂」，據《文選·西征賦》改。

〔三〕弭節裴回　《史記·司馬相如傳》「裴回」，《漢書》《文選》作「徘徊」。

〔四〕茈薑蘘上齊也　下「蘘」據《漢書注·司馬相如傳》補。

〔五〕靈䙰䙰　「䙰」原作「偲」，據《漢書·禮樂志》改。

〔六〕更青黑夏熟　「夏」據《史記索隱·司馬相如傳》補。

〔七〕冬月樹上覆裹　「裹」原作「果」，據《史記索隱·司馬相如傳》改。

〔八〕史記索隱盧亦作櫨　《史記·司馬相如傳》索隱本及三家注本皆作「盧」。

〔九〕連卷欐佹　「佹」原作「桅」，據《文選》《漢書·司馬相如傳》改。

〔十〕本書招隱士林木茷骫　「士」據《文選》補。「林」原作「森」，光緒版正。

〔十一〕既建而池崇于軫四尺　「軫」原作「轅」，據《周禮·考工記·序官》改。

〔十二〕葉氏樹藩曰云云　葉氏引自楊慎《丹鉛總録》卷十九《上林賦連綿字》。

〔十三〕玄覽云云　姜皋引自吴任臣《山海經廣注·東山經》。

〔十四〕索隱本作蠼猱　「作蠼猱」原作「亦作玃猱」，據《史記索隱·司馬相如傳》改補。其正文及注引司馬彪作「蠼猱」、注引顧氏作「蠼猱」，而無作「玃猱」者。

〔十五〕馬足人手四角　「手」原作「面」，蓋涉《史記》三家注本「首」字而訛，據《史記索隱·司馬相如傳》《山海經·西山經》《廣雅·釋地》改。

〔十六〕名爲蠼蠼猱即此　原作「名爲蠷蝚即此」，據《史記索隱·司馬相如傳》改補，此涉《史記》三家注本「名爲蠷，玃猱即此」而脱誤。

〔十七〕抱朴子云云　此引自《史記·司馬相如傳》正義，「滿」字據補。今《抱朴子·對俗》作：「虎及鹿兔皆壽千歲，壽滿五百歲者其毛色白。」

〔十八〕郭璞注曰牛首池在豐水西北近漕河　此誤。《史記集解》《漢書注》《文選注》均引張揖曰「牛首池在上林苑西頭」，「龍臺觀在豐水西北近渭」，《三輔黄圖》卷四、卷五同。乃宋敏求《長安志》卷四于「龍臺」、「龍臺觀」下兩引張揖，于「牛首池」下復作郭璞，「在豐水西北近渭」七字于同卷複引三處，作郭璞注牛首者顯誤。而何景明《雍大記》卷十一襲之，且復訛「渭」爲「漕河」二字，顧炎武《肇域志》卷三五、《歷代宅京記》卷五等皆因之。

〔十九〕一曰戴民　《漢書注》《史記索隱》「戴」，《吕氏春秋·古樂》《文選注》作「載」。

〔二十〕舞嗙喻　錢大昕《廿二史考異》卷五引《説文》「舞」上原有「歌」字，高步瀛《文選李注義疏》卷八謂錢氏誤增。按錢氏乃引徐鍇《繫傳》本。

〔二一〕衝上當有激字云云　此上當補「胡公《考異》曰」。

〔二二〕六臣本無此二字　「二」原作「六」，據《文選注》及胡克家《文選考異》卷二改。

〔二三〕色授魂予　《漢書·司馬相如傳》「予」，《史記》《文選》作「與」。

文選旁證卷第十二

文選卷八下

揚子雲　**羽獵賦**

上下交足　六臣本「交」作「充」。

注**皆在郊藪**　今《禮記》「藪」作「棷」，注「聚草也」，釋文「澤也，本或作藪」。

注**答曰**　又**方四十里耳**　又**答曰**　又**王之囿四十里，殺其麋鹿**　今《孟子》「答」均作「對」，無「耳」字，「王之囿」作「有囿方」，「鹿」下有「者」字。

東南至宜春　何曰：《漢書》無「東」字，疑衍。胡公《考異》曰：據史文，此云「南至」，下云「西至」，又下云「北繞」，又下云「頗割其三垂」，故何云即指上林之三垂而言，是也；其東濱渭，則云「濱渭而東」而已，無所開廣，亦無所割，此句不得有「東」字。但善解「三垂」爲武帝侵西南東三方以置郡，豈所見《漢書》有「東」字與下「濱渭而東」相接連，以上林爲不僅有三垂耶？然所解實未安。

御宿　《三輔黄圖》：御宿苑在長安城南御宿川中，漢武帝爲離宮别館，禁禦人不得入，往來遊觀止宿其中，故曰御宿。

旁南山，西至長楊、五柞　《漢書》「西」上有「而」字。

濱渭而東　《漢書》「濱」作「瀕」。胡公《考異》曰：「濱」當作「賓」。注云濱與賓同音，蓋正文作「賓」，所引《公羊》作「濱」，故有此語。《難蜀父老》「率土之濱」注「本或作賓」，可爲此作「賓」之證。《漢書》作「瀕」，又異本耳。

雖頗割其三垂以贍齊民　注**三垂，謂西方、南方、東方。武帝侵三垂以置郡，故謂之割**　何曰：三垂即指上林三垂言，注非也。元帝初元二年詔以水衡禁囿、宜春下苑、少府佽飛外池、嚴籞池田假與貧民，五年罷上林宫館希御幸者，成帝建始元年亦罷上林宫館希御幸者二十五所。即其事也。

甲車戎馬　注**甲或爲田**　《漢書》「甲」作「田」。

儲偫　注**《説文》曰：儲偫，待也**　今《説文》：偫，待也；儲，偫也。李注因正文兩字而連引之耳。徐鍇曰「《漢書》張忠爲孫寶設儲偫物以待須索也」，此亦足爲「儲偫」連用之證。

又恐後世復修前好，不折中以泉臺　六臣本「世」作「葉」。胡公《考異》曰：「折」當作「制」，注引韋昭曰「制或爲折也」是其證。顔注《漢書》作「折」，即韋所云「或爲」耳。

注**魯莊公築臺**　陳校「築」下添「泉」字，據《漢書注》也，各本皆脱。

故聊因校獵，賦以風之　六臣本及《漢書》並無「之」字。

各以並時而得宜　六臣本、《漢書》「以」並作「亦」。六臣本無「各」字。

焉得七十而有二儀　《漢書》「焉」作「烏」。

注　封禪各言異也　《漢書注》作「言封禪各異也」，此誤。

處於玄宫　《漢書注》：玄宫言清净也。

富既與地虖侔訾　余曰：「訾」五臣作「貲」。姜氏皋曰：《班馬字類》曰「《史記·張釋之傳》『以訾爲郎』，《漢書·景紀》『訾算十以上乃得官』，讀與資同」，又《説文》「資，貨也。貲，小罰以財自贖也」，則從資是也。

齊桓曾不足使扶轂　《宋書·郊祀歌》「星驅扶輪」注引《羽獵賦》曰「齊桓公曾不足使扶輪」。按此注引「滕薛夾轂」，則作「轂」非誤。本書任彦昇《到大司馬記室牋》「桓文扶轂」注引與此同。

楚嚴未足以爲驂乘　「莊」作「嚴」，尚從漢諱，則此賦疑從《漢書》録出，然字句又多與《漢書》不同，且後「祇莊雍穆」，「莊」字又不改，不知何故也。

狹三王之阨僻，嶠高舉而大興　《漢書》「狹」作「陿」，「僻」作「薜」，顔注「薜亦僻字也」。五臣「嶠」作「矯」，銑注可證。

注　《春秋感精記》曰　六臣本、毛本「春秋」上並有「吕氏」二字，誤也。

涉三皇之登閎　五臣「涉」作「陟」，向注可證。

友仁義與之爲朋　《漢書》無「之」字。按此與《甘泉賦》「倂神明與之爲資」句法正合。

萬物權輿於內，徂落於外　六臣本「徂」作「殂」。《漢書》顏注：殂落，死也，言草木萌芽始生於內，而枝葉凋毀死傷於外也。按李注止解「權輿」而未及「徂落」，當以此注補之。

以奉終始顓頊玄冥之統　六臣本、《漢書》並無「奉」字，疑此衍。

西馳閶闔　《漢書》「閶」作「闛」，顏注「闛讀與閶同」。朱氏珔曰段氏玉裁云：《説文》「闛闛，盛皃」，此蓋假闛爲閶也，大司馬注「鼓聲不過閶」則又假閶爲闛，闛即《鼓部》之鼞也，闔即《鼓部》之鼛也。

戍卒夾道　六臣本「戍」作「戎」。

注**郭舍人《爾雅注》曰**　陳曰：《爾雅》郭注與所引不同，知非景純也，下文「移珍來享」句又引犍爲舍人《爾雅注》。胡公《考異》曰：《爾雅》犍爲郡文學卒史臣舍人注三卷，見陸氏《釋文·敘例》，必「犍爲」二字各本皆誤改作「郭」耳。

禦自汧渭　《漢書注》：應劭曰：禦，禁也。師古曰：將獵其中，故止禁不得人行及獸出也。

天與地沓　《漢書》「沓」作「杳」，顏注「杳然縣遠也。説者反以杳爲沓，解云重沓，非惟乖理，蓋已失韻」。按此注引應劭曰「沓，合也」，則《漢書》或亦作「沓」字。孫氏志祖曰：《楚辭·天問》「天何所沓」，王逸注「沓，合也，言天與地合會何所」，子雲蓋祖屈原之語。

爾乃虎路三嵕 五臣「路」作「落」，良注可證。按《漢書注》路音落，顔注「落，纍也，以繩周繞之也」。蓋字本作「路」而顔讀作「落」耳。

揭以崇山 六臣本、《漢書》「揭」並作「碣」，顔注「碣，山特立貌」。按李注引薛綜《東京賦注》曰碣猶表也〔一〕，似李本亦作「碣」，但傳寫誤。

白楊之南 六臣本「白」作「長」。

注 **《説文》曰：鏌邪，大戟也** 今《説文》「鏌，鎁也」，無「大戟」二字，而《繫傳》本與此合。《漢書·賈誼傳》臣瓚注引亦同此，疑今本《説文》脱。

紅蜺爲繯 姜氏皋曰：《方言》「所以縣㡘〔二〕，宋、魏、陳、楚、江淮之間謂之繯，或謂之環」，故《玉篇》曰「繯，環也」，《説文》「繯，落也」，均作維系解，惟韋昭注指爲旗上繫。

屬之乎崑崙之虚 六臣本無上「之」字，「虚」作「墟」。

注 **熒惑法使司命不祥** 胡公《考異》曰：「法」上當有「執」字。熒惑，或謂之執法，見《廣雅》，各本及《漢書注》皆脱。「命」字不當有，各本皆衍，《漢書注》無。

鮮扁陸離，駢衍佖路 《漢書》顔注：鮮扁，輕疾貌。駢衍，言其並廣大也。佖，次比也，一曰滿也。

徽車輕武 注 **徽，疾貌也** 《漢書》顔注：徽車，有徽幟之車。

窮夐極遠者，相與列乎高原之上　五臣「夐」作「冥」，向注可證。《漢書》亦作「冥」，「列」作「迾」。

注**陽朝，陽明之朝。晁，古字同也**　上「朝」字當作「晁」，此李以「朝」解「晁」也，各本皆誤。

注**杜業奏事曰**　六臣本無「奏事」二字。胡公《考異》曰：此文今在《漢書·霍光傳》注中，云「杜延年奏載霍光柩以輼車」云云，其非杜業明甚。《宋孝武宣貴妃誄》「晨輼解鳳」注所引云云亦在《霍光傳》注。然則當作「杜延年奏曰」，各本皆誤。

蒙公先驅　注**蒙公，髦頭也**　金氏甡曰：「《北征賦》『劇蒙公之疲民』，此與蚩尤作對，自應特指一人，不應泛指髦頭。武騎蒙恬爲前驅，於天子事亦未嘗不合。《淮南子·人間訓》曰：秦皇發卒五十萬，使蒙公、楊翁子將〔三〕，築脩城。」按《漢書注》服虔曰蒙公蒙恬也，孟康曰神名也，師古曰服説是也。

霹靂列缺，吐火施鞭　注**言威德之盛，役使百神，故霹靂列缺，吐火施鞭，而爲衛也**　《漢書》作「辟歷列缺」。六臣本「烈」亦作「列」，下「鱗羅布烈」句並同。顔注「言獵火之燿，乃馳騎奮鞭，如電吐光，又象其疾」，與善異解。

萃從沇溶　六臣本「從」作「縱」，《漢書》「沇」作「允」。

注**沇，以永切**　「永」當作「水」。《上林賦》注、尤本作「水」可證。

注《説文》曰：吸，喘息也　今《説文》：吸，内息也。此誤作「喘」，蓋沿下「喘息聲」而譌耳。六臣本尚不誤。

啾啾　注啾或爲秋　《漢書》作「秋秋」。

切神光　注張晏曰：神光，宫名　《漢書》顔注：切神光者，言車之衆飭相切靡，而光起有若神也。按解與張異。「飭」疑「飾」之誤。

徑竹林　盧氏文弨曰：《東方朔傳》長門園有萩竹，竇太主獻爲宫，即竹林也。

蹊蘭唐　宋氏祁曰：「蹊」韋本作跋，又作趹。

蠁者施技　《漢書》「技」作「披」。

狡騎萬帥　六臣本及《漢書》並「狡」作「校」，「帥」作「師」。

從横膠轕　《漢書》「轕」作「輵」。蕭該《音義》云「輵舊作鶡，又作謁」。本書《魯靈光殿賦》「洞轇轕其無垠也」亦皆从車。

猋拉雷厲　今《漢書》「拉」作「泣」，當是誤字，注亦誤。

蕭條數千里外　六臣本「里」下有「之」字。《漢書》「千」下有「萬」字。

距連卷　注張晏曰：連卷，木也　張氏雲璈曰：此言獸之騰越，距即足距，騰空虚而足有連卷之勢也。

娭澗間　五臣作「嬉澗間」。向注：間爲娱戲於其間也。《漢書》作「娭澗門」。

及至獲夷之徒　劉氏敞曰：「獲，烏獲；夷，夷羿。皆有力者。」何曰：此下更有「羿氏控弦」，或別用堯時射九日者。

掌蒺藜　六臣本「藜」作「棃」，是也。《漢書》作「掌疾梨」。胡公《考異》曰：考字書蔾、棃二字有分別，據此知「蒺棃」乃變體加艹，非借「蔾藋」字也，當從六臣本。

屨般首　《漢書》「屨」作「履」，刊本誤也，「屨」與下句「帶」字義配，故顏注云屨謂踐履之也，若「履」字便可不注。

逢蒙列眥　林先生曰：「列眥」疑當作「裂眥」。謹按《漢書》顏注「列，整也」，則作「列」亦非誤。姜氏皋曰：《管子·五輔》篇「大袂列」注「列大袂以從小也」，是列作裂訓，《荀子·哀公》篇「兩驂列，兩服入廄」注「列與裂同」，則「列眥」即「裂眥」。

注《説文》曰：匈奴名引弓曰控弦　今《説文》「弓」下無「曰」字。

望舒彌轡　注「彌」與「弭」古字通　六臣本「彌」作「弭」。

沇沇溶溶　《漢書》作「沈沈容容」。宋氏祁曰：「沈，蕭該本作沇，音餘水反，《文選》亦作沇沇。」王氏念孫曰：「蕭本是也，沇、容雙聲字，謂禽獸衆多貌。上文『萃傱允溶』《文選》亦作沇溶，李注『沇溶，盛多之貌。《上林賦》曰沇溶淫鬻，沇以水切，溶音容』是其證。沇、沈草書相似，故沇譌爲沇，而師古無音，則所見本已作沇矣。」

窮冘閼與　林先生曰：《兩漢刊誤補遺》云：《馬援傳》「冘豫未決」，注「冘，行貌；豫，未定也」，「與」與「豫」字通。賦言三軍捕禽獸，行者窮追之，未定者閼止之，冘、與二文相對。師古以「閼與」爲容暇之貌，於義未安。五臣以「冘」爲柔腫切，云「窮冘，倦怠貌」，愈失之。

剽禽之紲隃　六臣本「剽」作「猋」，《漢書》作「票」。

熊羆之拏攫　六臣本及《漢書》「攫」作「攫」。

虎豹之凌遽　注《**說文**》**曰：凌，越也**　「凌」當作「陵」。《說文》「凌」爲「滕」之或體，訓冰出也〔四〕，與「越」義無涉。然今《說文》「陵」字下亦無此訓。

魂亡魄　六臣本及《漢書》「魄」下均有「失」字，是也。此傳寫脱耳。陳曰：蹴悚讋怖、魂亡魄失，各以四字爲句也。

創淫輪夷　注**言獸被創過大，血流與車輪平也**　六臣本注中無「大血流」「車」四字。胡公《考異》曰：無者是也，言「獸被創過」以解「創淫」，「與輪平也」以解「輪夷」，即謂獲獸平輪耳。

以臨珍池　《三輔黄圖》：「昭帝元始元年穿琳池，廣千步，池南起桂臺以望遠，東引太液之水。」按昭帝有《琳池歌》，《玉海》以爲臨珍池即此。

群娱乎其中　六臣本「娱」作「嬉」，《漢書》作「娭」。

抾靈蠵　六臣本「抾」作「祛」。按注引服虔以蠵爲觜蠵〔五〕，應並引應劭説「大龜也，雄曰毒冒，雌曰觜蠵」。

注**鄭玄曰：抾，音祛**　「玄」當作「氏」，下「鄭玄曰彭咸也」亦當作「氏」。

目有虞　《漢書》顔注：目猶視也、望也，有虞謂舜陟方在江南。

方椎夜光之流離　《學林》云：五臣注「流離，玉也」，《吴都賦》「流離與珂珹」五臣注「流離，寶也」，凡此言「流離」本用「琉璃」耳。《晉書音義》：瑠璃，《字林》云火齊珠也。

剖明月之珠胎　六臣本「珠胎」作「胎珠」。

鞭洛水之宓妃，餉屈原與彭胥　余曰：此二語寓遠色好德意。林先生曰：劉知幾譏其無理，信然。

注**願依彭咸之遺制**　「制」當作「則」，各本皆誤。

注**車有轓**　段校：「轓」當作「番」。

武誼動於南鄰　何曰：《漢書注》：南方有金鄰之國。

注**單于南庭山**　六臣「南庭」作「庭南」，是也，各本皆倒。

喟然並稱曰　又**夫古之覲東嶽**　《漢書》無「並」字，「夫」作「太」。

丞民乎農桑，勸之以弗怠　五臣「丞」作「蒸」，銑注可證。《漢書》「丞」作「承」，「怠」作「迨」。

創道德之囿，弘仁惠之虞　注「虞」與「娛」古字通　六臣本「創」作「制」。何曰：「虞」字對上「囿」字，乃虞人之虞，顔、李皆云通「娱」，非也。

校記

〔一〕李注引東京賦注曰碣猶表也　《東京賦》薛注各本作「揭」，此處引唯毛本作「碣」。

〔二〕所以縣欁　所，原襲宋本《方言》作「胡」，據抱經堂本及戴震《方言疏證》、錢繹《方言箋疏》、周祖謨《方言校箋》、華學誠《揚雄方言校釋匯證》等卷五改，唐寫本《玉篇》殘卷「繯」「綸」「纆」等字下均引作「所」可證。

〔三〕使蒙公楊翁子將　「將」據《淮南子·人間訓》補。

〔四〕説文凌訓冰出也　「出」原作「大」，據《説文》改。

〔五〕注引服虔以蠕爲蛸蠕　《漢書·禮樂志》晉灼注、《山海經·東山經》郭璞注有「蠕，蛸蠕」，善注引作服虔，未詳。

文選卷九

長楊賦

明年上將大誇胡人以多禽獸　錢氏大昕曰：此傳皆取子雲自序，與《本紀》多相應，如上文云「正月從上甘泉」即《紀》所書「元延二年正月，行幸甘泉，郊泰畤」也，云其「三月將祭后土，上迺帥群臣橫大河、湊汾陰」即《紀》所云「三月行幸河東，祠后土」也，云其「十二月羽獵」即《紀》所書「冬行幸長楊宮，從胡客大校獵」也。此年秋復幸長楊射熊館，則《本紀》無之。蓋近郊射獵但書最初一次，餘不盡書耳。但二年校獵無從胡客事，至次年乃有之，並兩事爲一則，《紀》失之也。戴氏震謂《本紀》元延三年無長楊校獵事，不知《羽獵》《長楊》二賦元非一時所作，《羽獵》在元延二年之冬，《長楊》則三年之秋，子雲自序必不誤也。

注**謂之明年，疑班固誤也**　又**又疑《七略》誤**　何曰：明年者，班史因子雲自叙之詞，《七略》誤也。

注**《說文》曰：誇，誕也**　今《說文》「譀」字訓誕也，又「誇」字訓譀也，又「誕」字訓詞誕也，並無「誇，誕也」之訓。朱氏珔曰：「誕」爲「誇」之轉訓，「譀」字罕見，故即以轉訓訓之，仍許氏意也。

發民入南山　六臣本校云善無「發民」二字。

注**扶風正涇州界**　陳校「涇」改「雍」，是也，各本皆誤。

注**《山海經》曰：竹山有獸，其狀如豚，白毛，毛大如笄而黑端，以毛射物，名豪彘也**　今《西山經》無第二「毛」字及「以毛射物」四字。《漢書注》：豪豬一名帚獠，自爲牝牡者也。尤本重豪字，非。

輸長楊射熊館　《三輔黄圖》云：長楊宫在今盩厔縣東南三十里，本秦舊宫，至漢修飾之以備行幸，宫中有垂楊數畝，因爲宫名，門曰射熊觀，秦漢游獵之所。

以網爲周阹　蕭該《漢書音義》引《三倉》曰：因山谷爲牛馬圈謂之阹。

注**顔師古曰：動不爲身**　六臣本「師古」二字作「監」，是也。下同。

注**《山海經》曰：松梁之山**　今《西山經》「梁」作「果」。

帥軍踤阹　五臣「踤」作「萃」，向注可證。

注**言有儲畜**　六臣本作「高其儲畜」是也，此及《漢書注》並誤。

亦頗擾于農人　《漢書》「人」作「民」，此避諱改，下「窫窳其民」句則改之未盡也。

注**廑，今勤字**　《漢書》揚雄本傳注師古曰「廑，古勤字」。《孝文紀》「廑身從事」、《敘傳》下「賈廑從旅」，晉灼與師古並同。此「今」字疑誤。

客何謂之兹耶　六臣本無「之」字，是也。《漢書》無「客何」二字，顔注謂兹耶猶云何爲如此也。胡公《考異》曰：據此則仍當有「何」字無「之」字，蓋《漢書》傳寫之譌，尤本據添，非也。又按《難蜀父老》曰「烏謂此乎」，烏何也，此兹也，乎邪也。子雲好擬相如，此亦用彼語，不當衍「之」字甚明。

見其外不識其内也　《漢書》「也」上有「者」字。

請略舉其凡　《漢書》無「其」字。

封豕其土　六臣本「土」作「士」，是也。《漢書》亦作「士」。

注**應劭《淮南子注》云**　《漢書注》作「應劭曰《淮南子》云」，是也，各本皆脱「曰」字、衍「注」字。

注**晉灼曰：鑿齒之徒，謂六國**　何曰：鑿齒之徒謂陳、項，晉説非。

注**《毛詩》曰：乃睠西顧**　今《詩·皇矣》「睠」作「眷」，釋文云「眷本作睠」。

注**《春秋元命苞》曰：命者，天之令**　六臣本「令」作「命」。本書《蕪城賦》注、《辨命論》注並引作「命者，天之命也」。《運命論》注引作「命者天下之命也」。《太平御覽·人事部》亦引作「天之命」。此「令」字恐誤。

所過麾城撕邑　注**顔監曰：撕，舉手擬也**　《漢書》無「過」字，「撕」作「撕」。李奇曰「撕音車幰之幰」，顔注「撕，舉手擬之也」，然則此注引顔監「撕」應作「撕」。蕭該《音義》引《蒼頡篇》亦作「撕」。然《説文》有「撕」字無「撕」字，《集韻》「撕，取也」與《蒼頡篇》訓合，恐《漢書》誤也。此注「擬」下無「之」字，應據《漢書注》校添。胡公《考異》曰：顔注「撕」字音義蓋與《左氏傳》「乃掀公」之「掀」相近，李注別引鄭氏《禮記注》及《字林》以爲「撕」字。《音義》乃所以改顔，傳寫者並顔注亦爲「撕」，失之矣。

頭蓬不暇梳　《漢書》「梳」作「疏」。宋祁《筆記》云「疏」與「梳」疑古通用。

注**《説文》曰：鞮鍪，首鎧也**　今《説文》：鞮，革履也〔一〕；鍪，鍑屬。

乃展人之所訓，振人之所乏 六臣本、《漢書》兩「人」字皆作「民」。

絺衣不弊，革鞜不穿 注**言不穿不弊不更爲也** 《漢書》顔注「言不穿弊而已，無取紛華也」，與李注異。

大厦不居 《漢書》「厦」作「夏」。「夏」與「厦」通，《毛詩》「夏屋」是也。

注**疏亦賤也。字書曰：疏，遠也** 六臣本作「疏，遠也。字書曰：璣，小珠也」十字，是也，此有脱誤。

除雕琢之巧 《漢書》「琢」作「瑑」，顔注：瑑音篆。

抑止絲竹晏衍之樂 六臣本「衍」作「衎」。

東夷横畔 注**東越也，一云吕嘉** 金氏甡曰：「東越即閩越改封，下文自有『閩越相亂』句。此東夷或指朝鮮，若吕嘉則南越也。且嘉不爲國人所殺，東越王餘善乃見殺於國人耳。此注與《史記》不合。」按金説近之。《漢書·朝鮮傳》：元封二年，朝鮮襲殺遼東東部都尉涉何，天子募罪人擊朝鮮，其秋，樓船將軍楊僕從齊浮勃海，左將軍荀彘出遼東。賦當即指此。武帝伐滅之，置爲樂浪、元菟等四郡，亦與下文「礫裂屬國」句相應。

羌戎睚眦 《漢書》顔注「睚字或作矔」。《説文》「睚」字在《新附》，「矔」字云「益州謂瞋目曰矔」。

遐甿爲之不安 注**韋昭曰：甿音萌。萌，人也** 六臣本「甿」作「氓」，《漢書》作「萌」。按此亦當作「萌」，注當作「萌音眠」，各本皆誤倒，因又改正文作眠耳。眠即氓字。或五臣作氓、李作萌，《上林賦》「以贍萌隸」、《七命》「群萌反素」六臣本皆有校語云「五臣作氓」可證也。

乃命驃衛　又**碎轒輼**　《漢書》「驃」作「票」，「碎」作「砰」。

腦沙幕　六臣本正文及注「幕」均作「漠」。

遂躐乎王庭　五臣「躐」作「獵」，銑注可證。《漢書》亦作「獵」。

毆橐駝，燒熐蠡　《漢書》「駝」作「它」，「熐」作「爑」。林先生曰：「燒熐蠡」張晏説爲長，蓋燒其草使不得牧畜以困之也。

注**乾酪母**　何校作「乾酪也以爲酪母」七字，依《漢書注》，是也。

分㔉單于　《漢書》「㔉」作「梨」，顔注：梨與㔉同。姜氏臯曰：《管子·五輔》篇「是故博帶梨房」注「梨，割也」，《淮南子·齊俗訓》「而剖梨之」高注「梨，分也」，《後漢書·耿秉傳》〔二〕「梨面流血」注「梨即㔉字」。

注**顔師古曰**　何校「師古」改「監」，是也，下同。

夷阬谷，拔鹵莽　注**鹵莽中生草茅也**　五臣「阬」作「坑」、「拔」作「跋」，良注可證。六臣本「中」上有「鹵」字，無「也」字。

嘵鋋瘢耆，金鏃淫夷者　六臣本「嘵」作「吮」，《漢書》作「究」。按究即吮字，《曹全碑》有「究膿之仁」，此直以究爲吮之證，服虔所謂「如含然」者是也。胡公《考異》曰：「哓字，他無所見或改吮爲究而誤。又臣佖校《漢書》以爲銧，與顔、李二家迥異，恐屬臆説不可從。」謹按此節《漢書注》文理本晦，李注删改亦未協，惟服虔注近之，且依服注以「究鋋瘢，耆金鏃」各三字爲句似更明順。

皆稽顙樹領，扶服蛾伏 注 **扶服，與匍匐音義同** 又 **蛾，古蟻字** 《漢書》「領」作「頜」。按此注引韋昭曰頜音蛤，則韋本亦作頜。蕭該《音義》云「稽顙，韋本作梨顙」，「梨顙」顙屬地也，「樹頜」頜觸地也，今作「稽顙」傳寫誤耳〔三〕。「扶服蛾伏」六臣本作「匍匐蟻伏」。

注 **項下向** 六臣本「項」作「頂」，是也。此及今《漢書注》同誤。

注 **《説文》曰：匍匐，手行也** 今《説文》：匍，手行也；匐，伏地也。《繫傳》作：匍，裹也，手裹行也；匐，伏地也。

二十餘年矣 六臣本無「矣」字。

注 **漢兵深入窮邊** 「邊」當作「追」。

幽都先加 良注：幽都，北方匈奴所居。《漢書》顔注同。

莫不蹻足抗首 五臣「蹻」作「矯」、「首」作「手」，銑注可證。《漢書》「首」亦作「手」。孫氏志祖曰：《羽獵賦》「抗手稱臣」，古「手」「首」字通。姜氏皋曰：案古文「首」爲「手」，見《儀禮·大射儀》《士喪禮》注。

注**三年之喪卒**　「卒」字下當有「哭」字，各本皆脱。

意者以爲　《漢書》「意」上有「故」字。

注**言時不常也**　六臣本「言時」作「時言」，是也。

振師五柞　《漢書》「柞」作「莋」，顔注「莋與柞同」。毛本「柞」誤作「祚」。

西厭月𡸁，東震日域　六臣本「𡸁」作「窟」。《漢書》「震」作「征」。

奉太尊之烈　《漢書》「尊」作「宗」。按，太宗，文帝也。下句「文武之度」方謂文帝、武帝，則此仍當作「太尊」。李注以爲高祖，是也。

復三王之田，反五帝之虞　《漢書》顔注「虞與娱同」。按顔注非也，李注引「汝作朕虞」是也。此與《羽獵賦》「創道德之囿，宏仁義之虞」同一句法。李注明於此而昧於彼，何也？

拮隔鳴球　五臣「拮隔」作「戛擊」，良注可證。《漢書》顔注：「拮隔，擊考也，一曰彈鼓也。」胡公《考異》曰：《史記·樂書》及楊倞注《荀子》並同，此五臣援東晉《古文尚書》改竄，陋矣。朱氏珔曰：《今文尚書》作「拮隔」，《古文尚書》則作「戛擊」，本不同。觀注引韋昭云「古文隔爲擊」，可知韋昭固未嘗見東晉《書》也。

受神人之福祜　宋氏祁曰：「祜」當作「祐」，音右。

注《**説文**》**曰：蕘，草薪也**　今《説文》無「草」字。

注**蹴路馬芻** 今《曲禮》「以足蹙路馬芻，有誅」，注：蹙、蹴同。

且盲者不見咫尺 《漢書》無「者」字。

注**離婁之明。趙岐曰：古之明目者也，蓋黄帝時人** 姜氏皋曰：高誘注《吕氏春秋·用衆》篇、《淮南子·原道訓》並同。此蓋本《莊子·天地》篇「黄帝遺其玄珠，使離朱索之而不得也」。然《列子·湯問》篇離朱、師曠、黄帝、容成並舉之，皆屬寓言，亦未可據以爲時代。班氏《古今人表》置於春秋之末，與公輸子並列。故《廣韻》注並《通志·氏族略》引《風俗通》謂爲孟子弟子。

我亦已獲其王侯 六臣本「亦」下有「將」字。

允非小人之所能及也 《漢書》「人」作「子」。

乃今日發矇 注**「矇」與「蒙」，古字通** 六臣本「矇」作「蒙」。按《詩》「矇瞍奏功」《白帖》六十一引作「蒙瞍」，是二字有相通之義也。

校記

〔一〕説文鞮革履也 「革」據《説文》補。

〔二〕後漢書耿秉傳 「秉」原作「乘」，據《後漢書》改。

〔三〕蕭該音義樹頷頷觸地云云 此引自宋祁《筆記》卷中，二「頷」原作「領」，據改。

射雉賦

潘安仁

徐爰　何曰：徐爰字長玉，見《宋書·恩倖傳》。按《隋書·經籍志》有《宋大中大夫徐爰集》四卷又《皇覽目》四卷，徐爰撰。

涉青林以遊覽兮　五臣「青」作「清」。良注：清净之林。按李注引薛君《詩説》「青，静也」亦是此意。

厲耿介之專心兮　《埤雅》：雉死耿介，妒壟護疆，善鬥。

奓雄豔之夸姿　六臣本「奓」作「侈」。

天泱泱以垂雲　注**《毛詩》曰：英英白雲。泱與英古字通**　朱氏珔曰：《詩·白華》釋文「英英」，《韓詩》作「泱泱」，同，賦蓋用《韓詩》也。

雉鷕鷕而朝鴝　注**雌雉不得言鴝。顔延年以潘爲誤用也**　「延年」當作「之推」。《顔氏家訓·文章》篇云：《詩》云「有鷕雉鳴」又曰「雉鳴求其牡」，毛傳亦曰「鷕，雉雌聲」又云「雉之朝鴝，尚求其雌」，鄭玄注《月令》亦云「鴝，雄雉鳴」，潘岳賦曰「雉鷕鷕以朝鴝」是則混雜其雄雉矣。段曰：徐子玉與延年皆宋人也，黄門年代在後，其所作《家訓》當是襲延年説耳。

奮勁骹以角槎　又**鸎綺翼而䞓撾**　六臣本「槎」作「搓」，「䞓」作「赬」。

注 **鷃，文章貌也。《詩》云：有鷃其羽** 今《詩》「鷃」作「鶯」，字通，毛傳云：鶯然有文章。《玉篇》云：鳥有文。《廣韻》云：鳥羽文。惟《説文·鳥部》「鶯」云「鳥也」。李氏黼平曰：《説文》「鶯」字似是「雇」字之誤，他字可以訓鳥，鶯字不可訓鳥也。

爾乃搫場拄翳 六臣本「搫」作「⿱波手」。按《廣韻·八戈》「搫，除也」引此賦語，是古本並不作「⿱波手」也。林先生曰：陳蕭有《射雉詩》[一]「插翳依花合，芟場向野開」，搫場當即芟場之謂。《玉篇》：翳，障也。鄭康成《禮記注》：畢翳，射者所以自隱也。

衷料戾以徹鑒 六臣本「衷」作「裹」。

注 **《方言》曰：葯，纏也** 「言」下當有「注」字。此郭注文。

注 **《廣雅》曰：蹶，踶跳** 「踶」字衍，「跳」下當有「也」字。今《廣雅·釋詁》「跳也」條共釋十字有「蹶」無「踶」可證。

注 **《説文》曰：翘，尾之長毛也** 今《説文》無「之」字。

捧黄閒以密彀 桂氏馥曰：弩有稱黄閒者，《史記·李廣傳》「廣身自以大黄射其裨將」裴駰引鄭德曰「黄肩弩，淵中黄朱之」、韋昭曰「角弩色黄而體大也」，《漢書注》服虔曰「黄肩弩也」、晉灼曰「即黄閒也，大黄其大者也」，張衡《南都賦》「黄閒機張」，劉劭《趙都賦》「緑沉黄閒」；又有稱紫閒者，陸機《七導》「操紫閒之神機」[二]；又有稱白閒者，《後漢書·班固傳》「招白閒」，章懷注「弩有黄閒之名，此言白閒，蓋弓弩之屬」；程君敦得銅弩機，文曰「赤黑閒」。

注**《説文》曰：轂，張弓弩也**　今《説文》無「弓」字。

屬剛罫以潛擬　六臣本「罫」作「挂」。《廣韻》亦作「剛挂」。

鯨牙低鏃　注**鯨，當作擎**　五臣「鯨」作「擎」，向注可證。

注**雉當不止**　六臣本「當」作「尚」，是也。毛本尚不誤。

徒心煩而伎懩　「懩」即「癢」字。《顔氏家訓·書證》篇曰：伎癢者，懷其伎而腹癢也。

伊義鳥之應機，啾擭地以厲響　注**《埤蒼》曰：擭地，爪持也**　尤本「機」作「敵」。五臣「擭」作「攫」，銑注可證。胡公《考異》曰：注中「地」字應去，各本皆因正文「擭地」而誤衍耳。

注**夷，靡也。頹，弛也**　六臣本無上「也」字是也，此誤衍。

意淰躍以振踊　又**僉余志之精鋭**　六臣本「淰」作「潫」，「僉」作「欣」。

無見自鷩　注**鷩音脉，字亦從脉**　胡公《考異》曰：鷩當作鷩，注同。徐謂鷩之或體作鷩也。此五臣據徐注改正文作鷩，於是賦及注皆不見鷩字，而所云不可通矣。惟《集韻·二十一麥》載鷩字，《二十三錫》載鷩字，皆云「鳥鷩視」，其所據此賦未誤也。

繚繞磐辟　六臣本「磐」作「盤」。

注**皆回從往復**　又**言轉騁回旋**　六臣本「從」作「旋」，「回旋」作「旋回」，皆是也。

彳亍中輟　注**彳兮中輟，以文勢言之，徐氏誤也**　六臣本「也」作「之」。胡公《考異》曰：作「之」是也，謂以文勢言當作「彳兮」，而並云「彳亍」非潘賦本然，由徐乃爾耳。

注**張衡《舞賦》曰：蹇兮宕往，彳兮中輟**　段曰：毛本「舞」作「武」，「宕」作「岩」，「輟」作「廓」，並誤。

闚閰藹蘗　注**藹與稍並同**　《玉篇》：闚，相視也，與「窺」同；又稍，麥莖也。《集韻》：閰，小開門以候望也。

於是算分銖，商遠邇　桂氏馥曰：弩機皆有尺，當今工部尺二寸又半寸，蓋弩開幾分、射及若干步皆準於尺，尺盡則引滿矣，此潘賦所謂「算分銖，商遠邇」也。

注**埤，短也**　「埤」當作「庳」，各本皆誤。

始解顏於一箭　六臣本「於一箭」作「之一笑」，誤也。

注**故僻除人從**　「僻」當作「辟」，各本皆誤。

注**馮參鞠射履方**　陳曰「射」當作「躬」，各本皆誤。

注**於心不覺也**　「於」當作「放」，六臣尚不誤。

此則老氏所誡，君子不爲　六臣本「氏」下有「之」字，「誡」下有「而」字，「子」下有「之所」二字。

校記

〔一〕陳蕭有射雉詩　「蕭」下原衍「脱」，據《藝文類聚》卷九十、馮惟訥《古詩紀》一一七等改。

〔二〕七導操紫閒之神機　桂馥引自陳禹謨本《北堂書鈔》一二五，孔廣陶本「導」作「徵」、「操」作「捺」，《太平御覽》三四八亦作「捺」。

北征賦

班叔皮

罹填塞之阨災　余曰「災」叶將侯切。姜氏皋曰：《詩·終南何有》梅、裘、哉叶韻，《十月之交》五章時、謀、萊叶韻，《易·旅》象「志窮災也」「終無尤也」亦是灾、尤相叶。朱子釋《詩》於《載馳》「無我有尤」尤字云叶于其反。近時江氏永《古韻標準》平聲第二部支、微、齊、佳、灾韻收尤韻數字，皆作魚其、渠之等切，是以尤韻字叶灾韻，非以灾韻字叶尤韻也。其《補考》下有云：灾，將黎切，《无妄》之「牛」與「災」、《大畜》之「災」與「尤」相叶皆是。然則「災」不必作將侯切矣。

息郇邠之邑鄉　注**栒與郇同，豳與邠同**　段曰：古地名作邠，山名作豳，而地名因與山名同音通用，如郊、岐之比。許氏原書當是豳、岐，本在《山部》，而後人移之，併爲一字耳。

注**《漢書》右扶風栒縣有豳鄉，《詩》豳國**　六臣本「栒」上有「有」字，無「有豳鄉詩」四字。按此尤本據《地理志》改補也。

注　**又云：文公城郇**　六臣本無「文」字。按此亦據《志》補也。

慕公劉之遺德，及行葦之不傷　惠氏棟曰：漢儒皆以《行葦》爲公劉之詩，寇榮云「公劉敦行葦，世稱其仁」，王符云「《詩》云『敦彼行葦，牛羊勿踐履』，公劉厚德恩及草木，羊牛六畜且猶感德」，趙長君曰「公劉慈仁，行不履生草，運車以避葭葦」，長君從杜撫受學，義當見《韓詩》也。孔氏廣森曰：《潛夫論·邊議》篇云「公劉仁德，廣被行葦」，又《蜀志·彭羕傳》「體公劉之德行，勿剪之惠」。

注　**逢此百殃**　今《詩·兔爰》章「殃」作「凶」。

注　**秦昭王時**　又**而得其地**　六臣本「秦」上有「又匈奴列傳曰」六字，下四字作「於是秦有隴西、北地、上郡，築長城以拒胡」十六字。胡公《考異》曰：此是也，《匈奴列傳》可證。

注　**《説文》曰：驂傍，馬也**　「驂」上當有「騑」字。

遂舒節以遠逝兮　六臣本句末無「兮」字，下「過泥陽而太息兮」句同。

寤怨曠之傷情兮　尤本「怨曠」作「曠怨」。按注明云「思君子爲怨曠」，則尤本誤倒也。

注　**《説文》曰：劇，甚也**　今《説文》無「劇」字。朱氏珔曰：本書《蜀都賦》「劇談戲論」下又《劇秦美新》「何其劇與」下並云「劇，甚也」，皆非引《説文》，不應此處獨異。「説文曰」三字當是誤衍耳。

不耀德以綏遠　六臣本句末有「兮」字，下「隮高平而周覽」「遊子悲其故鄉」「撫長劍而慨息」三句同。

何夫子之妄說兮　六臣本「說」作「託」。

注**諸疏遠屬也**　「諸」下當有「趙」字。此《史記·蒙恬列傳》文。

注**隧或爲墜。《說文》曰：墜，古文「地」字也**　兩「墜」字並當作「墬」，六臣本尚不誤。今《說文》「地」字重文「墬」字注云：籀文「地」，从隊。《淮南子》「地形訓」作「墬形訓」。

弔尉卭於朝那　注**徐廣曰姓孫**　又**姚察曰卭姓段**　六臣本及《漢書》「卭」並作「卬」，是也。《漢書·孝文功臣表》：「缾侯孫單，父卭以北地都尉，匈奴入，力戰死事，子侯，十四年三月丁巳封。」與此正合，然則姓孫爲是。

注**使南越**　尤本「越」下衍「王」字。

谷水灌以揚波　五臣「灌」作「漼」。良注：漼，水流貌也。

注**《說文》曰：皚皚，霜雪白之貌也**　今《說文》：皚，霜雪之白也。

注**雍雍鳴雁**　今《詩·匏有苦葉》「雍雍」作「雝雝」。

心愴悢以傷懷　注**撫長劍而慨息，泣漣落而霑衣**　六臣本「悢」作「恨」，兩「而」皆作「以」，惟「衣」作「裳」，蓋誤。

注**《說文》：愬，亦訴字**　今《說文》：訴，告也。重文「謝」或从言、朔，「訴」或从朔、心。

注**動靜不失**　今《易·艮》彖「失」字下有「其時」二字。

曹大家　東征賦

注**子穀爲陳留長，大家隨之官**　翰注「陳留長」作「陳留長垣縣長」，是也，此有脱字。《後漢書·曹世叔妻傳》「子成，關内侯，官至齊相」，章懷注引《三輔决録》云：「齊相子穀，頗隨時俗」〔二〕注「曹成，壽之子也。司徒掾察孝廉，爲長垣長，母爲太后師，徵拜中散大夫」，子穀即成之字也。錢氏大昕云：古「家室」之「家」本讀爲姑，如《詩》「宜爾室家」與「孥」爲韻、《左氏傳》「而棄其家」與「姑」「逋」爲韻，今則轉爲古牙切，獨「大家」字讀如姑，尚存古音也。

注**名昭，字惠姬**　六臣本作「名昭，字惠班，一名姬」，今《後漢書》同，此有脱字。

惟永初之有七兮，余隨子乎東征　注**《東觀漢記》曰：和帝年號永初**　阮先生曰：昭之東征，因子穀長垣長而出京師。考昭本傳言昭卒年七十餘，昭卒在鄧太后之前，故鄧太后素服使護喪事。又考安帝永初元年昭諫鄧隲之事，是昭在京師爲太后所敬聽，故其子成（即子穀）爲中散大夫必和帝永元七年爲長垣長以後事。蓋班固卒於永元四年，班固死始召昭入宫續編《漢書》，亦當在子穀爲長垣長之後，此時昭已年將六十矣。以此推之，則賦首「永初」當爲「永元」之誤，李注所引和帝年號「永初」亦爲「永元」之誤，若是「永初」則當作安帝矣。

諒不登樔而椓蠡兮　注**夏則居橧巢**　六臣本「樔」作「巢」，「椓」作「琢」，無此注。按《禮記音義》「樔，本亦作巢」。《説文·木部》「樔」字注云：澤中守艸樓，从木，巢聲。《玉篇》義同。《集韻》引《說文》亦同。

注 **蠡與蠃，古字通** 《說文》：蠡，从䖵，彖聲。段曰：「彖，見《彑部》，讀若弛，非通貫切之彖也。蠡，或借爲蠃蚌字。」是作蠡者非。

注 **子謂冉有曰：周任有言** 今《論語》作「孔子曰：求，周任有言曰」。

注 **《韓詩》曰：聊樂我魂** 《詩》釋文：「員，本亦作云，《韓詩》作魂。」

注 **秦莊襄王滅東西周**〔二〕 梁氏玉繩曰：西周已見滅于赧王五十九年、秦昭王五十一年。此與《年表》及《燕世家》皆誤多一「西」字；《田完世家》又但言秦滅周，少一「東」字；惟《春申君傳》言取東周，不誤也。

注 **凡七縣：河南、洛陽、穀城、平陸、偃師、鞏、緱氏** 六臣本「穀城」作「登城」，「鞏」作「單父」。孫氏義鈞曰：以《漢書·地理志》《後漢書·郡國志》考之，「平陸」當是「平陰」之誤，六臣本「穀」作「登」、「鞏」作「單父」皆誤。單父在山陽郡東，平陸在東平國，《郡國志》曰「六國時曰平陸」〔三〕，二邑距東周遠矣。姜氏皋曰：七縣之説多可疑者。如《史記·秦本紀》：莊襄王元年盡入東周君之國，又伐韓，韓獻成皋、鞏，正義曰「鞏，今洛州鞏縣，爾時秦滅東周，韓亦得其地，又獻於秦」也，則周亡之時，安得復有鞏耶？

望河洛之交流兮，看成皋之旋門 《水經·河水注》云：河水又東逕旋門阪北，今成皋西大阪也，升陟此阪而東趣成皋，曹大家《東征賦》曰「望河洛之交流，看成皋之旋門」者也。

注 **郭璞曰：《山海經注》曰**　陳校去上「曰」字，各本皆衍。

歷滎陽而過卷　五臣「卷」上有「武」字。向注：滎陽、武卷皆縣名。按《漢書·地理志》河陽郡有滎陽縣、卷縣，無武卷縣，疑「武」字因下文「原武、陽武」而衍，向注臆度，不可爲據。

涉封丘而踐路兮　六臣本句末無「兮」字。

忘日夕而將昏兮　六臣本「忘」作「念」。

注 **《蒼頡篇》曰：駐，主也**　「主」當作「住」。

到長垣之境界　《水經·濟水注》引句末有「兮」字。

注 **民到於今稱之。稱或爲祠**　翟氏灝《四書考異》引此無説。

民亦尚其丘墳　《水經·濟水注》引「尚」作「嚮」。近刻作「饗」，今从《四庫全書》本。

唯令德爲不朽兮　《水經·濟水注》引「爲」作「之」。

注 **成侯貶號曰侯，平侯子嗣君更貶號曰君。朝魏**　六臣本「平」上無「侯」字，又無「子嗣君」三字。此尤本據《史記·世家》添「朝魏」，上依《世家》當有「子懷君」三字，則各本皆脱。

知性命之在天　又 **勉仰高而蹈景**　六臣本句末並有「兮」字。

注 **有一言而終身行之者乎**　今《論語》「而」下有「可以」二字。本書《求通親親表》注引無

「有」字。

精誠通於明神　注**精誠通於形**　五臣「明神」作「神明」，濟注可證。

庶靈祇之鑒照兮　六臣本「照」作「昭」。

校記

〔一〕章懷注頗隨時俗云云　「章懷注」原作「顔注」，「隨」原作「順」，據《後漢書·曹世叔妻傳》注改。

〔二〕秦莊襄王滅東西周　「莊」原作「昭」，據《文選注》改。按《史記·秦本紀》，昭滅西周、莊滅東周。

〔三〕六國時曰平陸　「曰」據《後漢書·郡國志》補。

文選卷十

潘安仁　**西征賦**

鬼神莫能要　六臣本「能」作「之」。

注**班固《覽海賦》曰：運之脩短，不豫期也**　《藝文類聚·海水部》引《覽海賦》作「班叔皮」而無此八字，豈《類聚》所引未全歟？本書《海賦》注引亦作「班彪」，疑此作「班固」誤也。

當休明之盛世　六臣本句末有「兮」字，下「嗟鄙夫之常累，天子寢於諒闇」句並同。

注**《孟子》曰：夫招士以旍**　本書《辨亡論》注引同。劉越石《答盧諶》詩注引作「夫招大夫以旌」。《宣德皇后令》注引作「夫招士以旍」。

注**鄙夫不可與事君**　今《論語》作「可與事君也與哉」。

天子寢於諒闇　注**《禮記》曰：高宗諒闇**　按《禮記》注「諒古作梁，闇讀如鶉鵪之鵪」，《書·說命》《無逸》作「亮陰」，《論語》作「諒陰」，《公羊·文九年傳》注作「凉闇」，《詩·商頌譜》正義引鄭氏《無逸注》作「諒闇，轉作梁闇」，《書裨傳考異》謂《漢五行志》作「凉陰」、《大傳》作「梁闇」，《說文長箋》引《書》作「㾗鵪」又作「諒瘖」。〔一〕

彼負荷之殊重　《晉書·楊駿傳》：駿初爲驍騎鎮軍二府司馬，後以后父超居重位，封臨晉侯，尚書褚䂮、郭奕並表駿小器不可以任社稷之重，武帝不從。

注**伊尹之相太甲，致桐宮之師**　姜氏皋曰：《竹書紀年》有「太甲七年，王潛出自桐，殺伊尹」，陳氏逢衡曰此條三十四字與上「伊尹放太甲于桐乃自立」十字皆《瑣語》竄入紀年者，楊氏慎亦云「《汲冢瑣語》其文極古然多誣而不信」是也，胡氏應麟曰今《瑣語》惟劉氏《史通·疑古》篇引其說。按孫氏奕《示兒編》辨「放太甲於桐」放字爲教字之譌，其說可存。

注**從而悉全**　陳校「從而」改「縱不」，是也，各本皆誤。

匪禍降之自天　六臣本「禍降」作「降禍」。《晉書·楊駿傳》：賈后欲預政事，憚駿未得逞其所欲，令殿中中郎李肇、大司馬汝南王亮使連兵討駿，駿逃於馬廄，以戟殺之，誅駿親黨夷三族。

注**唯我與爾**　今《論語》「唯」作「惟」。而《唐石經》《宋石經》、《義疏》本、《集説》本、《禮·中庸》正義、《史記·弟子傳》、《後漢·張衡傳》注皆作「唯」。

注**邦無道可卷而懷之**　今《論語》「可」上有「則」字，本書《贈劉琨》詩注引亦無，《閒居賦》注引無「可」字。

注**《爾雅》曰：辟罪**　「罪」下當有「也」字，各本皆脱。

注**《説文》曰：儡，壞敗之貌**　今《説文》：儡，相敗也。段曰：《寡婦賦》「容貌儡以頓顇」注引作「敗也」，無「相」字；又引《禮記》「喪容儡儡」〔二〕，《道德經》傅奕本「儡儡兮」陸氏釋文：儽一本作儡，敗也，欺也。

匪擇木以棲集，尠林焚而鳥存　《晉書·潘岳傳》：楊駿輔政，引岳爲太傅主簿，駿誅，除名。初譙人公孫宏善鼓琴，頗能屬文，岳待之甚厚，至是宏爲楚王瑋長史，專生殺之政。時駿綱紀皆當從坐，同署主簿朱振已就戮，岳其夕取急在外，宏言之瑋，謂之假吏，故得免。

皇鑒揆余之忠誠　注**《楚辭》曰：皇鑒揆余於初度**　今《楚辭》「鑒」作「覽」。本書沈休文《和謝宣城詩》「揆余發皇鑒」注引亦作「鑒」。

注　忼慷傷懷　「慷」當作「慨」，各本皆誤。

過街郵　注《水經注》曰：古舊亭處，即街郵也　林先生曰：「舊」當作「晉」，今《水經注》十五云：其上平敞，古晉亭之處也，即潘安仁所謂越街郵者也。

秣馬皋門　注《水經注》曰：石卷瀆口高三丈，謂之皋門橋　「卷」當作「巷」。今《水經·穀水注》云：石巷東西長七尺〔三〕，南北龍尾廣十二丈，巷瀆口高三丈，謂之皋門橋，潘岳《西征賦》曰「駐馬皋門」即此處也。按「秣馬」作「駐馬」，所見本異耳。

注　毛萇《詩》曰　陳校「詩」下添「傳」字。

注　《尚書》曰：武王與受　「書」字下當有「序」字。

注　能材強道者　「材」當作「持」，《詩箋》可證。

鑒亡王之驕淫　六臣本「鑒」作「覽」。

注　自復於土中　今《書》「復」作「服」。

豈時王之無僻，賴先哲以長懋　《匡謬正俗》云：《左傳》韓厥曰「夫豈無僻王，賴先哲以免也」，免謂免禍難；賦云「賴先哲以長懋」，懋訓勉勵之勉，既改《左傳》本文，於義未爲允協。

注　《說文》曰：懋，盛也　今《說文》：懋，勉也；又楙，木盛也。按正文及注均應作「楙」，上引漢詔「夏以長懋」似亦當作「楙」。

重戮帶以定襄　顧氏炎武曰：此與班固《幽通賦》「重醉行而自偶」同用晉文名，本於踐土載書，非翦裁名字之比。

洛景悼以迄丐　《水經·洛水注》引崔浩注《西征賦》云「定當爲敬」，按賦文無「定」字，當云「丐當爲敬」，景、悼皆舉謚，不應丐獨稱名。〔四〕

俾庶朝之構逆　六臣本「構」作「遘」。

澡孝水而濯纓　注**澡，《水經注》作濟。《字林》曰：孝水，在河南郡。酈元曰：在河南城西十餘里**　今《水經·穀水注》引仍作「澡」，當依此注改正。《水經注》云：《山海經》曰：平蓬山西十里廆山，其陽多㻬琈之玉，俞、隨之水出於其陰，北流注於穀。世謂之孝水也，潘岳《西征賦》曰「澡孝水以濯纓，嘉美名之在兹」。是水在河南城西十餘里，故吕忱曰孝水在河南。

嘉美名之在兹　六臣本「美」作「善」，「之」作「而」。

亭有千秋之號，子無七旬之期　《水經·穀水注》云：穀水又東逕千秋亭南，其亭累石爲垣，世謂之千秋城也，潘岳《西征賦》曰「亭有千秋之號，子無七旬之期」謂是亭也。按《太平寰宇記》五云：千秋亭在澠池縣東三十里，潘岳喪子處。

實潛慟乎余慈　六臣本「潛」作「憯」。

注**吾嘗無子之時不憂**　六臣本重「無子」二字，是也。

注 **薛君曰：回，邪僻也** 胡公《考異》曰：「僻」上當有「泬」字，《幽通賦》注可證。彼「泬」作「穴」，穴、泬同字也。

注 **其間必有命世者** 《漢書·劉向傳》贊引傳曰：聖人不出，其間必有命世者焉。《三國志·荀攸傳》注引《傅子》曰：孟子稱五百年而有王者興，其間必有命世者。

注 **請奏缶** 《説文》：缶，瓦器，所以盛酒漿，秦人鼓之以節歌，此相如之所以請秦王之擊缶也。

皋記墳於南陵 注 **襄墨縗以授戈** 六臣本「記」作「託」，「以」作「而」；校云善作「記」，非也，作「記」但傳寫誤。

注 **晉文公子墨衰絰** 陳校去「晉文公」三字。

注 **杜預曰：公未葬** 陳校「公」上添「晉文」二字。

注 **而無反者** 陳校去「而」字，是也，各本皆衍。

殆肆叔於朝市 翰注：肆，捨也，言若值庸主自矜狼戾，豈能捨蹇叔〔五〕朝市之刑哉！殆必殺之也。

注 **吾進退豈不綽然有餘裕哉** 今《孟子》「吾」上有「則」字，「綽」字重。

注 **又曰：晉先且居伐秦** 至 **斯三敗矣** 六臣本及毛本注並無此二十四字，惟尤本有之。胡公《考異》曰：無者是也，李注明云止二敗，言三未詳，更不得有此，當是或駁李注而記於其旁耳。考此役秦未嘗及晉師戰，其非孟明將而敗無待言，故難數之以足三也。於此可知李注義例之精。

降曲崤而憐虢　注**劉澄之《地理書》曰：肴有純石，或謂石肴**　據此注則「曲崤」或本作「石肴」。按《左氏·僖三十二年傳》「晉人禦師必於殽」，注「殽在弘農澠池縣西」，正義曰「此道現在，殽是山名，俗呼爲土殽、石殽，其阨道在兩殽之間」，釋文「殽，本又作崤」。

貪誘賂以賣鄰　六臣本校云「鄰」五臣作「憐」，然注中無其證。

德不建而民無援　五臣「建」作「逮」，良注可證。

我徂安陽，言涉陝郛，行乎漫瀆之口，憩乎曹陽之墟　《水經·河水注》云：「槖水北流出谷，謂之漫澗，與安陽溪水合，水出石崤南，西逕安陽城南，潘岳所謂『我徂安陽』也。東合漫澗水，北有逆旅亭，謂之漫口客舍也。又西逕陝縣故城南，又合一水謂之瀆谷。」又云：「河之右，曹水注之，水出南山北，逕曹陽亭西，西北流入於河。河水又東，菑水注之，水出常烝之山西，北逕曲沃城南，又屈逕其城西，西北入河。河水又東，得七里澗，澗在陝城西七里，故因名焉。其水自南山通河，亦謂之曹陽坑。是以潘岳《西征賦》曰：行於漫瀆之口，憩於曹陽之墟。」按此兩條即李注所引，而刪節太多，今依彼稍添，庶更詳備也。

攝舟中而掬指　六臣本「而」作「之」。

注**又曰：攘袂而興**　陳校「又曰」改「七啟」，是也，各本皆誤。

注**然此曲沃在西，因彼曲沃而得名。今因名而説彼**　此以詹嘉所守桃林之塞言之，爲入關之路也，然不應叙及晉地曲沃之事。《漢書·高帝紀》注譏潘岳《西征》以陝之曲沃爲成師爲謬，誠不能爲之曲解矣。

徒利開而義閉　六臣本「徒」作「徙」，恐傳寫誤。

躡函谷之重阻　《漢書·高帝紀》顔注：今桃林縣南有洪溜澗水，即古所謂函谷也。

競遁逃以奔竄　《野客叢書》十七云：《前漢書·賈生傳》云「九國之師遁巡而不敢進」，師古注：「遁巡謂疑出而却退也，遁音千旬反，流俗書本巡字誤作『逃』，讀者因謂遁逃之義。潘安仁《西征賦》曰『遁逃以奔竄』，誤矣。」僕謂師古是未深考耳。《史記》之文曰「九國之師逡巡遁逃而不敢進」，又曰「月氏遁逃而常怨匈奴」，曰「豫讓遁逃山中」，「遁逃」二字馬遷屢用之矣。《前漢書·匈奴傳》「戎狄遁逃竄伏」，《陳湯傳》「單于遁逃遠舍」，其義正與《史記》一同，「遁逃」字又見于班固之筆矣。不可謂安仁之誤也。

注　**而敵之**　「敵」當作「獻」，《王會解》可證，各本皆誤。

注　**湯曰**　陳曰「湯」上當有「周書」二字，此《周書·王會解》文。

漢六葉而拓畿　六臣本「葉」作「世」。

縣弘農而遠關　何曰：漢武徙關於新安，則弘農在關内矣，此文入關蓋指潼而言。

長傲賓於柏谷　《水經·河水注》引「賓」作「客」。

疇匹婦其已泰，胡厥夫之繆官　注**疇，猶酬也**　《水經·河水注》云：漢武微行柏谷，遇辱竇門，又感其妻深識之饋，既返玉階，厚賞賚焉，賜以河津，令其鬻渡，今竇津是也，故潘岳《西征賦》云：酬匹婦其已泰，胡厥夫之謬官。

注**《漢武帝故事》曰**　至**爲羽林郎**　今本《漢武帝故事》無。

注**刻肌膚之愛**　陳校「刻」改「割」，是也，各本皆誤。

紛吾既邁此全節　六臣本句末有「兮」字。

感徵名於桃園　注**其西名桃原**　何曰「園」疑當作「原」，據注語也。《水經·河水注》引亦作「園」。《漢書·高帝紀》「立司馬欣爲塞王」，韋昭注「在長安東，名桃林塞」，師古曰「取河、華之固爲阸塞耳，非桃林也」。按程大昌《雍録》：桃林一以爲潼關，一以爲閿鄉，一以爲靈寶，唯《元和郡縣志》謂靈寶縣西至潼關俱爲桃林塞。

注**閿鄉縣東十里鳩澗西**　何校「十」下添「五」字、「鳩」上添「泉」字，蓋據《漢書·戾太子傳》注。

愬黃巷以濟潼　《水經·河水注》云：河水自潼關東北流，水側有長坂，謂之黄巷坂，傍絶澗，陟此坂以升潼關，所謂泝黄巷以濟潼矣。《匡謬正俗》云：「黄巷者蓋謂潼關之外深道如巷，以其土色正黄故謂之黄巷，過此長巷即至潼關。此巷是古昔以來東西大道〔六〕，年代經久，車徒輻湊，飛塵飄散，所以極深。隋帝惡其濬險，恐有變故，始移大道〔七〕，去巷逐高，更開平路耳，今其故迹猶存。」

說詳本書。蓋唐時有以「卷」易「巷」者也〔八〕。王氏昶《金石萃編》云：舊時《水經注》及《文選》「黃巷」皆作「黃卷」，唐《李元諒頌碑》「北連絳臺，南抵黃巷」可證其誤。

注**《漢書》：湖，縣名，今虢州閿鄉、湖城二縣皆其地也**　六臣本此十八字作「漢書湖有閿鄉」六字。胡公《考異》曰：此六字《續漢書·郡國志》文，疑「漢」上脱「續」字。李以注正文「閿鄉」，尤延之取顏《戾太子傳》之注「湖」者添改，不知此正文並無「湖」字，甚非。

注**愬，向也**　「愬」當作「遡」，各本皆誤。

注**明年祖龍死**　今《史記·始皇紀》「明年」作「今年」，誤也。《初學記》五引作「明年」，與此合。閻氏若璩曰：「今」字必「明」字之誤，證有三焉：一果三十七年七月始皇崩，其言驗。一始皇曰山鬼固不過知一歲事，譏其伎倆僅知今年，若明年之事彼豈能預知乎？幸其言不驗。一李白《古風》云「璧遺鎬池君，明年祖龍死」，則唐時所見《史記》尚無譌耳。

我聞之於孔公　又**貞臣見於國危**　六臣本「我」作「吾」，又校云五臣作「危國」。按「危國」與下韻不協，恐有誤也。

注**毛萇曰戚**　陳曰「戚」下當有「滅也」二字。

率土且弗遺　又**況於卿士乎**　六臣本「且」下有「猶」字，「況」上有「而」字，校云善本無此六字。胡公《考異》曰：尤本此處脩改乃取五臣五字以亂善，非也。孫氏志祖曰：「卿士」疑「鄉士」

之譌。

渾雞犬而亂放　六臣本「而」作「以」。

注**《尚書》曰：欲遷其社**　「書」下宜有「序」字。

范謀害而弗許　又**疏飲餞於東都**　六臣本「弗」作「不」，「都」作「門」。

駢田逼側　六臣本「田」作「闐」。

勵疲鈍以臨朝　顧氏炎武曰：漢人有以郡守之尊稱朝者，如《郭究碑》《尹宙碑》皆稱本朝，《漢書·劉寵傳》謂之郡朝，《晉書·劉琨傳》謂之府朝，此則以縣令而稱朝矣。

孟秋爰謝　六臣本「秋」作「春」，「爰」作「受」。按注引《楚辭》曰「青春受謝」，此《大招》文，五臣或據注改耳。胡公《考異》曰：李引《楚辭》但取「謝」字。岳以仲夏憑軾，及此莅職初不改歲，何言春乎？各本因注改賦，均爲失之。

百不處一　注**處一，或爲一處，非也**　濟注作「一處」。

所謂尚冠脩成　《三輔黄圖》云京兆在故城南尚冠里，又長安八街有尚冠前街。

黄棘、宣明，建陽、昌陰，北焕、南平　注**皆里名也**　又**餘未詳**　《三輔黄圖》云：長安閭里一百六十，室居櫛比，門巷脩直，有宣明、建陽、昌陰、尚冠、脩成、黄棘、北焕、南平等里。姜氏皋曰：《長安志》「漢街陌里第」章載尚冠、脩成、黄棘、宣明、建陽、北煥、南平、大昌及戚里、函里凡十，與賦多合，惟無昌陰、有大昌，北焕作北燠耳。

注 **乘風縣鐘華祠樂** 「祠」當作「洞」，六臣本作「獨」。段校云：師古作「洞」，《皇象碑》作「隫」，「獨」蓋「隫」之誤。

金狄遷于霸川 尤本「霸」作「灞」。按注皆作「霸」，尤誤。

臨危而智勇奮 六臣本「智」作「致」。

陸賈之優游宴喜 何校「宴」改「燕」，蓋以注引《毛詩》作「燕」耳。胡公《考異》曰：宴、燕字同，《廣絶交論》「陸大夫宴喜西都」注正引此。

注 **《史記》曰：司馬遷，字子長** 太史公字子長，見《法言·寡見》篇《君子》篇、《論衡·變動》篇《須頌》篇。至《太史公自叙傳》曰「有子曰遷」，《史通·雜説》篇譏叙傳不書其字爲大忘，班固仍其本傳爲守株。此引《史記》與吕向注《報任少卿書》引《漢書》云字子長，同誤。

或著顯績 六臣本「顯」作「勳」。

皆揚清風於上烈 五臣「烈」作「列」。向注：上列，上代也。

注 **胡廣曰** 「廣」下當有「書」字，後屢引皆脱。

曾不得與夫十餘公之徒隸齒 六臣本「齒」下有「名」字。

酒池鑒於商辛 《三輔黄圖》云：「秦酒池在長安故城中，《廟記》曰：『長樂宫中有魚池、酒池，池上有肉炙樹，秦始皇造，漢武行舟於池中。酒池北起臺，天子於上觀，牛飲者三千人。』又曰：『武帝作以夸羌胡，飲以鐵盃，重不能舉，皆抵頭牛飲。』〔九〕《西征賦》：酒池監於商辛，追覆車而不悟。」

注**洞門高廓**　陳曰「廓」當作「廊」，此《漢書·外戚傳》文。

注**文成將軍李少翁，五利將軍欒大，皆方術士，説武帝作宫觀，以延神仙，帝耽溺之，其雄才大略亦何在也**　六臣本以此四十字爲良注。又有李注「班固《漢書》贊曰如武帝之雄才大略。文成、五利已見上文」二十二字。凡此賦前後注爲尤本誤添誤改之處甚多，已見胡公《考異》，而此條全用五臣錯改李注致李注不復見，特訂正之。

靈若翔於神島，奔鯨浪而失水，爆鱗骼於漫沙，隕明月以雙墜　此與《西京賦》「海若游於元渚，鯨魚失流而蹉跎」意同，皆指昆明池石鯨言。《吴都賦》注引《異物記》云：鯨魚死，其目化爲明月珠。此言隕明月，亦借用也。

若循環之無賜　何曰：《詩》「王赫斯怒」箋「斯，盡也」，「斯」與「賜」同。林先生曰：《字典》引作「無儩」，解云盡也，《唐書·李密傳》云「敖庾之藏，有時而儩」皆可互證。周氏嬰《巵林》云：《維摩詰經》「如來鉢飯悉飽，衆會猶故不賜」，《太平廣記》載《啓顔録》「山東人謂盡爲賜」。朱氏綬曰：古《咄唶歌》「棗適今日賜」。

注　**號曰體輕**　「體輕」當作「飛燕」，尤本作「事由體輕」亦誤。本書《西京賦》「飛燕寵於體輕」注：荀悦《漢紀》曰：「趙氏善舞，號曰飛燕，上悦之，事由體輕而封皇后也。」此注當依彼改順。

周受命以忘身　六臣本「以」作「而」。

注　**《説文》曰：擡，拜舉手下也**　今《説文》：擡，舉手下手也。

扞矢言而不納　六臣本「不」作「弗」。何曰：矢言，直言，注引《盤庚》非。

注　**昭王，昭襄王也**　六臣本作「闇主昭王也」，是也，此解正文之「主闇」。

冀闕緬其堙盡　六臣本「其」作「而」。

注　**無償趙王城邑**　六臣本「邑」作「色」，是也。

亦狼狽而可愍　臧氏琳曰：「狽」當作「𧿒」。《説文·足部》「𧿒，步行獵跋也」，無「狽」字。

儒林填於坑穽　注　**諸生犯禁者四百六十四人，皆坑之咸陽**　衛宏《古文奇字序》曰：「秦改古文以爲篆隸，國人多誹謗，秦患天下不從而召諸生，至者皆拜爲郎，凡七百人。又密令冬月種瓜於驪山硎谷之中，温處瓜實，詔博士諸生説之，人人各異。則皆使往視之，而爲伏機，諸生方相論難，因發機，從上填之以土，皆終命也。」〔十〕顏師古曰：「今新豐縣温湯之處號愍儒鄉，温湯西南三里有馬谷〔十一〕，谷之西岸有坑，相傳爲秦坑儒處。」按《史記·始皇紀》稱坑之咸陽，而此復云馬谷，咸陽在渭北，馬谷在渭南，豈馬谷七百人、咸陽四百六十餘人故兩事乎？又按今《史記》但云四百六十餘人，此注作四百六十四人，《論衡·語增》篇作四百六十七人，而唐李冘《獨異志》又云秦於驪山下坑儒士二百四十人，其數不一，可弗深考耳！

身刑轘以啓前　六臣本「前」作「先」。

野蒲變而爲脯，苑鹿化以爲馬　注引《風俗通》，今本《風俗通》未見此文，而《藝文類聚·蒲部》〔十二〕謂出《史記》，今《史記》亦無之，莫能詳也。《唐書·蘇安恒傳》云「指馬獻蒲，先害善良」〔十三〕亦用此事。

假讒逆以天權　五臣「逆」作「賊」，向注可證。

健子嬰之果決　六臣本「健」作「逮」。何曰：《秦始皇本紀》云：於子嬰車裂趙高，未嘗不健其決、憐其志。

注**地者遠近陰易**　六臣本「者遠近」作「有近遠」，是也。

羽天與而弗取　六臣本「弗」作「不」。

注**《淮南子》曰：大道含吐陰陽而章三光**　今《淮南子·原道訓》作「橫四維而含陰陽，紘宇宙而章三光」，而本書《贈山濤》詩注所引同此。

感市閭之葴井　注**《說文》曰：葴，麻蒸也**　今《說文》「葴」字下徐鍇引此語，段曰：東方朔《七諫》「菎蕗襍於黀蒸」，王逸注「枲翮曰黀，一作葴」是也，鍇本無之，俗添之耳。

注 **即渭城賣蒸之市也** 段校「蒸」上添「麻」字。

歎尸韓之舊處 注 **恐潘誤** 《匡謬正俗》云：《趙廣漢傳》「廣漢下廷尉獄，吏民守闕號泣者數萬人，或言臣生無益於縣官，願代趙京兆死，使得牧養小民」，《延壽傳》無此語，安仁論延壽之死，所舉廣漢之請代，則用事之不審焉。

非所望於蕭傅 閻氏若璩曰：《唐書》蕭至忠嘗出太平公主第遇宋璟，璟曰「非所望於蕭傅」，司馬公《通鑑》改曰「蕭君」，便是不知出《西征賦》語。

注 **《論語》子貢曰：賜也亦有惡乎** 皇侃《論語義疏》云：子貢聞孔子説竟，云賜亦有所憎惡，「惡徼」以下説所憎惡之事也。與此引作子貢之言合。

注 **襄公之應司馬曰夷** 陳校「曰」改「目」，各本皆誤。

注 **秦名天子冢曰長山** 胡公《考異》曰：「長」字當去，各本皆衍，《水經注》十九可證。

注 **薛君《韓詩章句》曰** 此恐是「楚辭章句」之誤。

奚信譖而矜謔 六臣本「奚」作「爰」，「譖」作「讒」。

翻助逆以誅錯 注 **錯，七故切。今依韻，七各切** 袁氏文《甕牖閒評》云：安仁好借聲爲韻，如晁錯，錯本字音倉故切，乃借爲倉谷切。《漢書·鼂錯傳》注晉灼曰音厝置之厝，顔注：「據《申屠嘉傳序》云『責通請錯，非躬之故』，以韻而言，晉音是也。潘岳《西征賦》乃讀爲錯雜之錯，不可依

也。」然鼂之名無義可尋，孰是孰非亦莫能明，故《史記索隱》曰「錯音厝，一如字讀」。〔十四〕

恨過聽而無討　六臣本「而」作「之」。

注**張晏《漢書》曰：鞠，窮也**　又**一曰勒。毛萇《詩傳》注曰：勒，告也**　「書」下當添「注」字，「傳」下「注」字當去，「鞠」當作「鞫」，兩「勒」字並當作「鞫」。所引乃《詩·采芑》三章傳文。

注**《左氏》：楚令尹子上曰**　陳校「氏」下添「傳」字，各本皆脱。

欲法堯而承羞　五臣「羞」作「禪」，銑注可證。

歷敝邑之南垂　六臣本「敝」作「弊」。

注**始皇南山之巔**　陳校「南」上添「表」字，是也。

由僞新之九廟　《三輔黄圖》云：「新莽壞徹城西苑中建章、承光、包陽、大臺、儲元宫及平樂、當路、陽禄館凡十餘所，取其材瓦以起九廟，莽曰：『予卜波水之北、郎池之南惟玉食，予又卜金水之南、明堂之西亦惟玉食，予將觀築於是。』遂營長安城南，提封百頃，莽又親舉築三下。九廟：一黄帝，二虞帝，三陳胡王，四齊敬王，五濟北愍王，六濟南悼王，七元成孺王，八陽平頃王，九新都顯王，殿皆重屋。太祖廟東西南北各四十丈，高十七丈，餘廟半之，爲銅欂櫨，飾以金銀琱文，窮極百工之巧，帶高增下，功費數百鉅萬，卒徒死者數萬。」按注「陳胡王」作「陳王」，「濟南悼王」作「濟南伯王」，「元成孺王」作「元城」，餘並同。

旦似湯谷　又**列牛女以雙峙**　又**隨波澹淡**　六臣本「湯」作「暘」，「列」作「對」，「波」作「流」。

良無要於後福　六臣本「要」作「邀」。《西京雜記》：武帝作昆明池，欲伐昆明夷，教習水戰，因於其上游戲養魚，給諸陵廟祭祀。

凡厥寮司　毛本「司」誤作「師」。

注**謂品第也，謂品第其所獲也**　又**杜預《左氏傳》曰**　「謂品第也」四字當去，「傳」下當有「注」字。

鼓枻迴輪，灑釣投網　五臣「枻」作「栧」、「釣」作「鈎」，濟注可證。

注**郭璞《方言》曰**　陳校「言」下添「注」字。

注**舊説曰：輪，釣輪也。謂爲車以收釣繒也**　案注引「舊説」唯有此條。考《西征賦》李注前舊注見於《水經·河水》篇者有袁豹、崔浩兩家，又崔浩見《洛水》篇，未知此引舊説者當何屬也。

於是弛青鯤於網鉅　六臣本「網」作「綱」，校云善作「網」。胡公《考異》曰：李本亦當作「綱」，注引《論語注》必「子釣而不綱」之注，今並注中三「綱」字盡誤爲「網」，遂不見「綱」字。

雍人縷切　六臣本校云善作「雍」、五臣作「饔」。按今各本注皆作「饔」，疑李本亦當作「饔」也。

注**毛萇《詩傳》曰：南方有魚**　陳曰「毛萇詩傳」當改「鄭玄箋」。胡公《考異》曰：此節箋文，李引毛、鄭每不甚分別，蓋傳、箋久並耳。

注**獻子辭梗陽人賂**　六臣本無「賂」字，是也。

徘徊酆鎬　六臣本「鎬」作「鄗」。按下「惟酆及鄗」各本皆作「鄗」而注亦皆作「鄗」，疑李本亦當作「鄗」也。

注**企，佇也**　陳校「企」上添「翹」字，是也，此爲正文「翹」字作注。

惟酆及鄗　六臣本校云五臣作「惟鄗及酆」，按注無其證。

注**蔡邕《胡廣公頌》曰：參其二也**　胡公《考異》曰：「公」上當有「二」字，「參」上當有「莫」字，《皇太子釋奠會作詩》注所引可證。今《後漢書·胡廣傳》注及《蔡中郎集》皆作「與爲二」，誤。

沾姬化而生棘　六臣本「沾」作「治」。

注**《尚書傳》曰**　案此是《尚書大傳》文，「書」下當脱「大」字。

均之埏埴　六臣本句首有「猶」字，「均」作「鈞」。

與政隆替。杖信則莫不用情　六臣本「與」作「傳」，「杖」作「仗」。

庶免夫戾　注**戾下或有劣字，非**　何校「夫」改「大」，陳曰別本作「大」。顧氏千里曰：「夫」是「大」非，何陳皆誤，今各本亦未見有作「大」者；屑韻本有「戾」字，練結切，不必借「劣」字也。

注**然任其才信無欲之心**　陳校「才」改「杖」，是也，各本皆誤。

校記

〔一〕按禮記注云云　本段摘自翟灝《四書考異·條考十六·論語憲問》，唯增「論語作諒陰」五字并變换句序。「禕」原襲翟灝作「稗」，據翟所引《困學紀聞》卷二及《宋史·藝文志》「吴棫《禕傳》十三卷」改。

〔二〕喪容傴傴　下「傴」據《文選注》補，今《禮記·玉藻》作「纍纍」。又尤本、元槧本、毛本、胡本此條善注「《家語》曰傴乎若喪家之狗，《禮記》曰喪容傴傴，鄭玄曰傴羸貌」二十三字六臣本無。

〔三〕石巷東西長七尺　「巷」原作「卷」，據《水經注·穀水》改。

〔四〕洛景悼以迄丐云云　《史記·周本紀》《文選·西征賦》稱周敬王名「丐」，《左傳·昭公二十二年》杜注作「匄」。

〔五〕豈能捨蹇叔　「叔」據稿本及《文選注》補。

〔六〕此巷是古昔以來東西大道　「是」原作「自」，據《匡謬正俗》卷七改。

〔七〕恐有變故始移大道　「始移」原作「治」，據《匡謬正俗》卷七改。

〔八〕説詳本書蓋唐時有以卷易巷者也　「本書」當作「該書」，前引《匡謬正俗》尚有下文「後生好奇，乃輒改書本，以卷易巷，斯可正矣」，此引脱漏致不可解。

〔九〕武帝作以夸羗胡云云　「作以」原作「常欲」，據《三輔黄圖》卷四、《元和郡縣圖志》卷一改；《圖志》「低頭牛飲」今《黄圖》脱誤作「抵牛飲」。

〔十　〕衛宏古文奇字序云云　此段引自《尚書序》孔疏。

〔十一〕温湯西南三里有馬谷　「南」據《漢書注·儒林傳》補。

〔十二〕藝文類聚蒲部　「蒲」下原衍「柳」，據《藝文類聚·草部·蒲》改。

〔十三〕指馬獻蒲先害善良　「馬」原作「鹿」，據《新唐書·蘇安恒傳》改。

〔十四〕漢書鼂錯傳云云　此段摘自梁玉繩《瞥記》卷三，唯變换字眼如「案」改「然」、「安見潘非而晉是」改「孰是孰非亦莫能明」。

文選旁證卷第十三

文選卷十一

王仲宣 **登樓賦**

注 **當陽縣城樓** 六臣本、毛本「當」並誤作「富」。王氏楲曰〔一〕：「仲宣樓有謂在襄陽者，有謂在荆州及當陽者。予考之，當陽爲的。賦云挾清漳、倚曲沮，按漳水出于南漳，沮水出于房陵，而當陽適漳沮之會。又『西接昭丘』即楚昭王墓，康熙初土人曾掘得之，有碣可考；距昭丘二十里有山名玉陽，一名仲宣臺，謂即當年登臨處也。」

聊暇日以銷憂 注「暇」或作「假」 五臣「暇」作「假」，翰注可證。此正文「暇」字下注「古雅」二字是五臣音。

注 **多暇日者，其出入不遠也** 段校「暇」改「假」、「入」改「人」，蓋據今本《荀子》也。

注 **《說文》曰：屋宇邊** 朱氏珔曰：當作「宇屋邊」也，此誤倒。

注 **《荆州圖記》曰：當陽東南七十里，有楚昭王墓，登樓則見所謂昭丘** 案「則見」二字誤。

本書謝玄暉《贈西府同僚》詩「思見昭丘陽」注引《荆州圖記》曰「當陽東有楚昭王墓，《登樓賦》曰所謂西接昭丘也」。此注「則」當作「賦」，衍「見」字，彼注「曰」亦衍字。「《登樓賦》所謂」者，如《洛神賦》注稱「東阿所謂洛靈」之例耳。《水經·沮水注》云沮水南逕楚昭王墓，東對麥城，正與賦「西接昭丘」合。

注 **江之漾矣**　朱氏珔曰：《說文·永部》兩引此詩：一作「永」，《毛詩》也；一作「羕」，《韓詩》也。段茂堂謂此作「漾」乃「羕」之譌。

注 **漢中山王勝曰**　陳校「漢」下添「書」字，是也。此《景十三王傳》文，各本皆脱。

注 **公曰：樂操土風**　此本《左氏·成九年傳》文「樂操土風」云云，乃范文子語。

注 **對曰：凡人之思**　何校「對」上添「中謝」二字，此《陳軫傳》文。

注 **道德於此**　陳校「德」改「得」，是也，各本皆誤。

俟河清其未極　六臣本「清」下有「乎」字。

注 **鄭玄曰：我非匏瓜，焉能繫而不食者，冀往仕而得禄**　姜氏皋曰：何晏《集解》：「言匏瓜得繫一處者，不食故也；吾自食物當東西南北，不得如不食之物繫滯一處也。」是說意同於鄭，而皇侃《義疏》則以爲：「匏瓜，星名也，言人之才智宜佐時理務爲人所用，豈能如匏瓜繫天而不可食？」《黄氏日抄》亦主此說。惟嚴氏粲《詩緝》則謂「匏經霜葉落，取繫之腰以渡水」而不可食，故云繫而不食也。

注 **猶臣修正其身以事君也** 六臣本「以」字作「不」，於義爲長。翰注「喻修身全絜，畏時君之不用」，語意較明。

注 **毛萇曰：怛怛，猶忉怛也** 胡公《考異》曰：「忉怛」當作「忉忉」，此《齊風·甫田》傳文，猶者猶上章。

氣交憤於胸臆 林先生曰：項平甫《信美樓記》謂「此賦非但思歸之曲，仲宣少依天室，世受國恩，遯身南夏，繫志西周，冀王路之一開，憂日月之逾邁，故以是爲不可久留」云云，愚謂劉表本漢室遺胄，時劉豫州亦依荆州，曹操軍襄陽，仲宣不能勸琮與備並力拒操，乃說琮以荆州降，因遂歸操，仕至侍中。其專爲身謀，不識大義可知。茲賦之作，蓋緣不得志於劉表，藉以發其羈愁憤悶焉耳。論者謂其乃心漢室，恐未必然。

注 **杜預《左氏傳注》曰：交，戾也** 孫氏志祖曰：《左傳》「亂氣狡憤」杜注「狡，戾也」，不當改「狡」爲「交」以注賦之「交憤」，且「交」亦不得訓爲「戾」，豈李氏誤記耶？按《禮·樂記》注「血氣狡憤」，釋文云「狡本又作交，古卯反，又音交」，或狡、交古亦通，故杜云然，而李引之也。

注 **《說文》曰：臆，胸也** 今《說文》：肊，胸骨也。重文「臆」注云：肊，或作意。

注 **衛靈公泊濮水** 本書王正長《雜詩》注引「泊」作「宿」，此恐誤。

注**而聞有鼓瑟者**　六臣本「瑟」作「琴」，是也，此《韓子・十過》文。又載《史記・樂書》，亦是「琴」字。

校記

〔一〕王氏椷曰　「椷」原襲張雲璈《選學膠言》卷六作「棫」，據王椷《秋燈叢話》卷十三改。

孫興公　**游天台山賦**

蓋山嶽之神秀者也　六臣本無「者」字。齊氏召南曰：《十道志》謂之頂對三辰〔一〕、上應台宿，故曰天台。《輿地志》：天台山一名桐柏，衆嶽之最秀者也。

烏能輕舉　六臣本「烏」作「焉」。

方解纓絡，永托兹嶺　翰注：孫綽爲永嘉太守，意將解印，以向幽寂，聞此山神秀，可以長往，因使圖其狀，遥爲其賦。

注**《説文》曰：嬰，繞也**　本書謝惠連《秋懷》詩注引同。按今《説文》「嬰，飾也，從女、賏。賏，其連也」又「纓，冠系也」，此注既云「纓與嬰通」，則何不專引《説文》「纓」字訓？恐仍是今本《説文》有誤也。

嗟台嶽之所奇挺　六臣本無「所」字。

託靈越以正基　林先生曰：徐靈府《記》云：天台山，《神邕山圖》採浮屠氏説以爲閻浮震旦國極東處〔二〕，或又號靈越，即賦所云「靈越正基」者是也。

近智以守見而不之　六臣本「智」下有「者」字。

赤城霞起而建標　六臣本「而」作「以」。劉孝標《世説注》云：「赤城霞起而建標，瀑布飛流以界道」，此賦之佳處。

注　赤城山名色皆赤　胡公《考異》曰：「名」當作「石」，各本皆譌而屬上。姜氏皋曰：《太平御覽》四十一引孔靈符《記》云「赤城山土色皆赤，巖岫連沓，狀似雲霞」，不作「石色」。嘉定《赤城志》：《天台山圖》曰：赤城山，天台之南門也〔三〕。梁始置赤城郡亦因山爲名。

注　《異苑》曰：天台山石　何校「石」下添「橋」字，各本皆脱。

既克隮於九折　六臣本「隮」作「濟」。

注　道威夷者也　胡公《考異》曰：此脱「周」字，衍「者」字。

過靈溪而一濯　《天台山志》：靈溪在天台縣西北十五里福聖觀前〔四〕，今縣東三十里亦有靈溪，蓋其名適類。《太平御覽·地部六》〔五〕引《啟蒙記》云：天台山去人不遠，路經福溪，水險清泠，前有石橋。

注　《廣雅》曰：軌，跡也　今《廣雅·釋詁》「軌」作「軓」，恐誤，當據此改正。本書《閒居賦》注、《贈白馬王彪》詩注、《豫章行》注、《演連珠》注、《修張良廟教》注、《勸進表》注引並作「軌」。

注 **名耳，字聃，姓李氏**　段曰：此《史記》古本，按今本《史記》作姓李氏名耳字伯陽謚曰聃，《索隱》已謂字伯陽之非，梁氏玉繩謂伯陽句乃後人妄竄，則信有古本矣。《吕覽·重言》篇「聃」又作「耽」。

朱闕玲瓏於林間　六臣本「朱闕」作「珠閣」。

注 **玲瓏，明見貌**　胡公《考異》曰：「玲瓏」當作「瓏玲」，此《揚雄傳》「和氏瓏玲」注也，不必依正文乙轉。

五芝含秀而晨敷　余曰：《茅君内傳》：句曲山上有神芝五種：第一曰龍仙芝，似蛟龍之相負，服之爲太極仙卿。第二名參成芝，赤色有光，其枝葉如金石之音，折而續之即復如故，服之爲太極大夫。第三名燕胎芝，其色紫，形如葵，葉上有燕象，光明洞徹，服一株拜爲太清龍虎仙君〔六〕。第四名夜光芝，其色青，其實正白如李，夜視其實，如月光照洞一室，服一株爲太清仙官。第五名曰玉芝，剖食拜三官正真御史。

注 **賁隅，音番隅**〔七〕　今《山海經·海内南經》「賁隅」作「番隅」，本書《上林賦》注、《四愁詩》注引亦均作「番隅」，惟《水經注》引作「賁隅」。

注 **宁，猶積也。佇與宁同**　陳曰「宁」當作「貯」，各本皆誤。

注**陽林生於山南**　胡公《考異》曰：「林」當作「木」，此《地官・山虞》注也，不必依賦文改「林」字。

應真飛錫以躡虛　余曰：《釋氏要覽》：比丘持錫有二十五威儀，游行僧爲飛錫，安住僧爲挂錫。

騁神變之揮霍　六臣本「變」作「轡」，是也。按向注：揮霍，變易貌，言馳騁神思，有若執轡而遊，言疾也。疑作「變」者沿向注而誤。

注**《史記》曰：崑崙其上有華池**　今《史記・大宛列傳》云「其上有醴泉、瑶池」，惟《論衡・談天》篇作「玉泉、華池」。

注**《荀粲列傳》**　胡公《考異》曰：「列」當作「别」，各本皆誤，《三國・魏志・荀彧傳》注有其證也。

消一無於三幡　林先生曰：陸放翁謂李善注《頭陀寺碑》穿穴三藏、注《天台山賦》消釋三幡，至今法門老宿未窺其奥〔八〕。

校記

〔一〕頂對三辰　「頂」原作「預」，據稿本及嘉定《赤城志》卷二一改。

〔二〕林先生曰徐靈府記云云　「徐靈府」原作「孔靈符」，據嘉定《赤城志》卷二十改；「以爲」原作「正爲」，據稿本及《赤城志》改。此引徐靈府《天台山記》，涉下文孔靈符《會稽記》而誤。

〔三〕嘉定赤城志天台山圖云云　此乃《文選注》，《赤城志》作「《神邕山圖》亦以此爲台山南門」，此混之。

〔四〕縣西北十五里福聖觀前　「西北」原脱，「聖」原作「勝」，據萬曆《天台山方外志》卷三「靈溪」、卷四「福聖觀」條改補。

〔五〕地部六　原作「山部」，據《太平御覽》改。

〔六〕太清龍虎仙君　「龍」原作「神」，據《後漢書·馮衍傳》注改。

〔七〕音番隅　尤本、元槧本、毛本「隅」，胡本同六臣本作「禺」。

〔八〕林先生曰陸放翁云云　出自錢謙益《牧齋有學集》卷三九《復吴江潘力田書》，此作陸游未詳，疑「牧齋」「放翁」形近而訛，胡紹煐《文選箋證·序》襲之。

蕪城賦

鮑明遠

注**四言。集云：登廣陵故城**　「四言」兩字衍，六臣本無者是也，或連下「集云」讀更誤。陳曰「城」下當有「作」字，此依集校，是也，各本皆脱。何曰：世祖大明三年，竟陵王子誕據廣陵反，沈慶之討平之，命悉誅城内丁男，以女口爲軍賞〔一〕，昭蓋感事而賦。

注**鮑昭，字明遠**　余曰：宋子京《筆記》：今人多誤以「鮑照」爲「鮑昭」，金陵有人得地中石刻作「鮑照」。潘子真《詩話》：武后諱照，唐人因以「昭」名之。

注**臨海王子瑱**　又**子瑱敗**　案二「瑱」字皆當作「頊」。沈約《宋書》頊傳見《孝武十四王》第四十，照傳附見《宗室·道規》第十一，皆可證也。

注 **昭爲前軍**　何校此下添「行參軍」三字，是也，陳同，各本皆誤。

柂以漕渠　六臣本校云「柂」善作「弛」，非也，此注引《廣雅》「拖，引也」是李本作「拖」之明證。濟注「柂，舟具也」，蓋改之使配下句「軸」字，乃五臣作「柂」之明證。段校作「拕」。

軸以崑岡　《太平御覽》一百六十九引《郡國志》：廣陵城置在陵上，大阜曰陵，一名阜岡，一名崑崙岡，故鮑昭賦云「軸以崑岡」。

注 **《說文》曰：漕水轉穀也**　今《說文》「穀」作「轂」。

重江複關之隩　何曰宋刻《鮑集》作「重關複江之險」。按據注則集所云恐是誤倒也。

注 **南臨江曰重，濱帶江南曰複**　六臣本「臨」下有「二」字，「帶」上無「濱」字。毛本作「南臨三江」。

當昔全盛之時　王氏修玉曰：「全盛」謂吳王濞時，時臨海王子頊鎮荆州，有逆謀，鮑明遠見廣陵故城，乃吳王濞所都，濞以叛逆被滅，因感其事以諷之，中間「饑鷹」「藏虎」皆直斥臨海王也。案此說出五臣翰注，不見於沈約《宋書》。考《孝武十四王傳》，子頊至被殺時年纔十一，前此不受命、舉兵反以應晉安王子勛者，長史孔道存也(二)。則翰注謂昭以事同於濞遂感爲此賦以諷之，不過臆說附會而已，全無所出。

注 **《說文》曰：轊，車軸端**　今《說文》：軎，車軸耑也，從車，象形。重文「轊」注云軎或從彗。

注《説文》曰：閈，閭也　今《説文》：閈，門也；又閭，里門也。二訓相連，李注因而致誤耳。

孶貨鹽田　胡公《考異》曰：「孶」當作「滋」。注云「孶，蕃也」，孶、滋古字通，善必作「滋」，故有是語。五臣改爲「孶」，各本以之亂善耳。

注《字林》曰：隹刀曰劃　六臣本「隹」作「錐」，是也，《説文》可證。

注郭璞曰：《三蒼解詁》曰　陳校去上「曰」字，各本皆衍。

衮廣三墳　田氏藝衡曰：兖州土黑墳，青州土白墳，徐州土赤埴墳，此三州與揚州接。

注鋪敦淮墳　今《詩》「墳」作「濆」，二字通用。

竟瓜剖而豆分　六臣本「剖」作「割」。

注《説文》曰：魅，老物精也　今《説文》：「鬽，老精物也，從鬼、彡。彡，鬼毛。」重文「魅」注云或從未聲。

寒鴟嚇雛　何曰：《莊子·秋水》篇：「鴟得腐鼠，鵷鶵過之，仰而視之曰嚇！」姜氏皋曰：釋文及司馬注曰「嚇，怒其聲也」，李引《詩箋》及《爾雅注》未明。

注鬾，或爲䰡　䰡，當依《説文》作「彪」。

蔌蔌風威　六臣本「蔌蔌」作「莿莿」。

注爵馬同轡　「爵」當作「百」，因正文「爵馬」而誤耳。上引「大雀踆踆」，「爵」字已注，此但注「馬」

字也。〔三〕

南國麗人　五臣「麗」作「佳」，銑注可證。

豈憶同輩之愉樂　六臣本「輩」作「輦」。

注**《琴道》曰：琴有伯夷之操。夫遭遇異時，窮則獨善其身，故謂之操**　按《琴道》爲《新論》篇名。本書注雜引雍門周事已詳《西京賦》注下，其非雍門周事而係《琴道》篇者在本書注中又凡十三見：《長門賦》注亦引此條作「琴有伯夷之操，窮則獨善其身，不失其操，故謂之操」。《舞賦》注又引「琴有伯夷之操」六字。又《思玄賦》注引《琴道》曰：琴七絲足以通萬物而考治亂也。又《長笛賦》注引《琴道》曰：伯夷操似鴻雁之音〔四〕。又引《琴道》曰：下徵七絃，總會樞極。又《琴賦》注引桓譚《新論》曰：八音廣博，琴德最優。又引《琴道》曰：《堯暢》逸。又曰：堯則兼善天下，無不通暢，故謂之暢。又曰：《微子操》，微子傷殷之將亡，終不可奈何，見鴻鵠高飛，援琴作操。又引《琴道》曰：操似鴻雁咏之聲。又引《琴道》曰：《舜操》者，昔虞舜聖德玄遠，遂升天子，喟然念親，巍巍上帝之位不足保，援琴作操。又《嘯賦》注引《琴道》曰：大聲不震譁而流漫〔五〕，細聲不湮滅而不聞。又《七發》注引《琴道》曰：《堯暢》，達則兼善天下，無不通暢，故謂之暢。綜録於此，以證異同云。

邊風急兮　又**井逕滅兮**　六臣本「急」作「起」，「逕」作「徑」。

校記

〔一〕世祖大明三年云云　「大明」原作「孝建」，據《宋書·孝武紀》改。

〔二〕長史孔道存也　《宋書·孝武十四王·子項傳》作孔道存，《子房傳》《孔覬傳》皆作孔覬。

〔三〕爵當作百云云　此上當補「胡公《考異》曰」。

〔四〕伯夷操似鴻雁之音　「似」原作「以」，據《文選注》改，毛本誤。

〔五〕大聲不震譁而流漫　「譁」原作「煜」，據《文選注》改，或因毛本誤作「曄」轉訛「燁」并避諱作「煜」。

魯靈光殿賦

王文考

魯靈光殿者　張氏雲璈曰：《水經·泗水注》云：孔廟東南五百步有雙石闕即靈光南闕，北百餘步即靈光殿基，東西二十四丈，南北十二丈，高丈餘，東西廊廡別舍，中間方七百餘步。

恭王餘之所立也　何曰：《後漢·東海恭王彊傳》：「初，魯恭王好宫室，起靈光殿，甚壯麗，是時猶存，故詔彊都魯。」蓋中興以來特爲美談，而未有賦者，故文考補作，賦出而甚傳於代。

注《詩》云：**昆夷突矣**　今《詩》作「混夷駾矣」，混、昆音同，毛傳「駾，突也」，此以詁訓爲正文矣。

觀藝於魯　何曰：《博物志》「王子山與父叔師到泰山，從鮑子直學筭」，按文考一字子山。〔一〕

故奚斯頌僖　奚斯説已見《兩都賦序》。周氏必大《二老堂詩話》云：學者謂《閟宫》但曰「新廟奕奕，奚斯所作」，而無作頌之文，遂疑揚子爲誤。以余觀之，奚斯既以公命作廟，又自陳詩歸美其君亦無不可，揚子之言必有所據也。

注 **若炎唐**　「若」上當有「粤」字，各本皆脱。

配紫微而爲輔　六臣本「而」作「以」。

注 **《詩》云：秘宫有侐**　朱氏珔曰：「秘」當作「祕」，《詩》本作「閟」，鄭箋「閟，神也」蓋假閟爲祕，注從鄭義而誤以爲毛傳。

注 **《爾雅》曰：分，次也**　胡公《考異》曰：六臣本「爾」作「小」，是也，今《廣詁》「次也」條脱此字。

𡾰嵲　六臣本作「嵲𡾰」。

注 **孔安國《尚書傳》曰**　六臣本以此爲李注所引，是也。

注 **《詩》云：臨衝弗弗，崇墉屹屹**　今《詩》「弗」作「茀」，「屹」作「仡」。

注 **隆屈也**　陳曰此三字恐有脱誤。胡公《考異》曰：此當重「隆」字，以隆屈解隆，猶下注以崱嶷解崱耳，各本皆誤。

崱繒綾而龍鱗　注 **繒綾，不平貌**　此訓不知所出。姜氏皋曰：《釋文》「繒與增通」，《釋名》「綾，凌也，其文望之如冰凌之理也」，則增多凌裂，似近龍鱗意義。

狀若積石之鏘鏘　何校「鏘鏘」改「將將」，陳同，皆據注引《西都賦》語也。案注當是五臣作「鏘鏘」耳。

霳泫寥窲以崢嶸　段校云：霳，《集韻》亦無，《韻會》作「弦」。

颼蕭條而清泠　六臣本「颼」作「颾」。

注**《說文》曰：滴瀝，水下滴瀝之也**　今《說文》：瀝，浚也，一曰水下滴瀝。徐鍇引此賦語云：凡言滴瀝者，皆謂漉出而餘滴也。

殷雷應其若驚　六臣本「殷」作「音」。

注**言炫燿也。瞍瞍，目不正也**　六臣本作「瞍瞍，言炫燿而目不正也」，是也。

齊玉璫與璧英　六臣本「英」作「瑛」，恐誤。

注**琅玕，珠也，似玉**　《說文》云：琅玕，似珠者。《本草》：青琅玕，一名石珠。《山海經》郭注：琅玕子，似珠也。《爾雅注》：琅玕，狀如珠。故邵氏晉涵曰：琅玕爲石之精液凝結而成，其狀如珠，不得與璆琳並以爲玉，亦不得遂以爲珠也。

霄靄靄而晻曖　六臣本「霄」作「宵」，是也。

注**西廂，西序也**　又**東序，東廂也。互言之，文相避耳。《爾雅》曰：東西廂謂之序**　姜氏皋曰：《爾雅》作「東西牆謂之序」，不作「廂」也。《說文》「序，東西牆也」。《顧命》言西序東序，孔疏謂序者牆之別名。此引《爾雅》已誤，且《爾雅》自有「室有東西廂曰廟」之文，郭注「夾室前堂」也。《儀禮·覲禮》注：東廂，東夾之前相翔待事之處。《特牲饋食禮》「西堂，西夾之前近南」，疏曰即西廂也。是經傳自有明文，張注「互言之」而廂、序不分尤誤。

注 **踟或移字** 「或」下當有「作」字。胡公《考異》曰：《爾雅》「連謂之簃」郭注「今呼之簃廚」，簃即移也，此賦蓋本是「移廚」，亦又爲「踟廚」，故張載以爲「連閣旁小室」，李善云相連貌，五臣妄云緩步不進，然則廚字有足旁，乃善本爲所亂也。

屹鏗瞑以勿罔 五臣「鏗瞑」作「矃矇」。濟注：矃矇，視不明也。

魂悚悚其驚斯 六臣本「驚斯」作「若驚」。

注 **欲安心定意** 六臣本「欲」上有「詳謂」二字，是也。

注 **《說文》：欂櫨，柱上枅** 今《說文》「枅」作「柎」。

注 **夏屋蘧蘧，高也，音渠** 姜氏皋曰：注引《七依》，不引《詩》箋「渠渠猶勤勤也」〔二〕，以與釋「高」字義異耳；然《左氏·定十五年傳》「次于渠蒢」，《公羊傳》作「蘧蒢」，則二字亦通。

注 **《說文》曰：栭，枅上梁** 今《說文》作「栭，屋枅上標」。

枝掌杈枒而斜據 注 **《說文》曰：掌，柱也** 今《說文》：樘，衺柱也。徐鍇曰：樘之言掌也，王延壽《魯靈光殿賦》曰「枝掌杈牙而斜據」是也。段曰：此及《長笛賦》注、《長門賦》注引《說文》並無裦字，今《玉篇》亦無，是衍字也；樘字或作掌，或作撐，皆俗字耳。

互黝糾而搏負　五臣「搏負」作「負搏」，向注可證。

窋窡垂珠　尤本「窡」作「咤」，誤也。《說文繫傳》引作「竅吒垂珠」。

注**刻繒爲之**　「繒」當作「繪」，各本皆誤，本書《景福殿賦》注謂「繪五彩於刻鏤之中」可證。

注**其中菂。珠，珠之實窋窡也**　陳曰「珠之」似當作「菂之」。

注**雲節**　又**柄謂之梁**　「節」當作「楶」，此複舉正文。「梁」亦當作「楶」，此《禮器》注文。

奔虎獲挐以梁倚　五臣「獲」作「攫」，濟注可證。

注**《文字》曰：騰**　何校「字」改「子」，是也。陳曰：見第十五卷《思玄賦》注，各本皆誤。六臣本此下有「蛇無足而騰」五字，是也。

玄熊䎃錟以齗齗　六臣本「䎃錟」作「蚺蛟」。《說文繫傳》引作「丙錟」。

徒脈脈而狋狋　五臣作「徒脈脈而獮獮」，翰注可證。

儼雅跽而相對　注**儼雅而相對**　又**儼雅，跽貌**　此注中複舉正文亦當有「跽」字，「雅跽」二字連〔三〕，《漢書·何武傳》「盤闢雅拜」即雅跪也。此注似以「儼雅」連讀，誤矣。

神仙岳岳於棟間　五臣「岳岳」作「諤諤」，銑注可證。

玉女闚窗而下視　林先生曰：古人窗間多刻飾玉女，庾子山賦「倚弓於玉女窗扉」、李太白賦「玉女攀星於網户」、李玉溪詩「寒氣先侵玉女扉」是也。

注**瞟眇，視不明之貌。《説文》曰：瞟，瞭也** 今《説文》「瞟，瞭也」，此作「瞭」似誤。按《玉篇》「瞟瞭，明察也」，與李注義異。

陽榭外望，高樓飛觀 六臣本校云善無此二句。按本書《魏都賦》注引此賦注曰「榭而高大謂之陽」，今在李注中，則正文亦當有也。

漸臺臨池 《漢書·郊祀志》注云：「漸，浸也。臺在池中爲水所浸，故曰漸臺。」按「漸臺」《漢書》中凡數見，本水中臺之通名，《列女傳·貞順》《辯通》二卷並有漸臺。孫氏義鈞曰：《三輔黄圖》「漸臺在未央宫太液池中，高十丈」。又一説：漸臺，星名，法星以爲臺名」，案《史記·孝武本紀》「作建章宫，其北治大池，漸臺高二十餘丈」，是建章、未央二宫俱有漸臺。

高徑華蓋 五臣「徑」作「經」，向注可證。

中坐垂景 注**言臺之高，自中坐而垂曰景也** 據注則「垂」字當係「乘」字之誤。按此注六臣本在「善曰」下，疑注首本有「善曰」二字，尤本脱去也。

巖突洞出 注**《子虛賦》曰：巖突洞房** 「突」當作「窔」，「子虛」當作「上林」。今《上林賦》「窔」作「窔」，「窔」與「突」同。各本皆誤，銑注作「穴」並誤。

注**《論語》曰：加我數年，可以學易** 此於正文無所屬，恐有誤。

注《小雅》曰：靡靡，細也　「靡」字不當重，此《小爾雅·廣言》文。

蘭芝阿那於東西　五臣「阿那」作「婀娜」，向注可證。

注伏儼《子虛賦注》　何曰「伏儼」二字據《子虛賦》注當作「服虔」。

注瑶光得陵黑芝　六臣本、毛本「陵」下並有「出」字，是也。

崘囷蹺嶬　六臣本「嶬」作「蹝」。

歇欻幽藹　六臣本「藹」作「靄」，校云五臣作「藹」。

礧磈瓌瑋　五臣「磈」作「硌」、「瓌」作「瑰」，良注可證。

校記

〔一〕何曰云云　此乃《後漢書·王逸傳》注，「按」下是章懷按語。「師」原脱，光緒版補。

〔二〕詩箋渠渠猶勤勤也　「箋」原作「之」，據《詩·秦風·權輿》鄭箋改。

〔三〕當有跽字雅跪二字連　「跪」當從上文作「跽」，下同。

景福殿賦

何平叔

注頗有材能　六臣本無此四字，是也。一本以此上此下爲銑注，而無「散騎常侍遷」「曹爽反」等字；其李注作「《典略》曰：何晏字平叔，南陽人也，尚金鄉公主，頗有材能，爲散騎常侍，遷尚書主選。及曹爽反，誅晏，並收斬東市」四十二字〔一〕，是也。

歲三月，東巡狩 六臣本「三」作「二」，無「狩」字。孫氏志祖曰：五臣作「二月」誤。

至于許昌 林先生曰：《水經注》三十二：許昌城内有景福殿，魏明帝太和中造，準價八百餘萬。《西溪叢語》云：許昌節度使小廳是故魏景福殿〔二〕。

望祠山川 六臣本「祠」作「祀」。按《月令》「仲春之月，祀不用犧牲」，《説文》引亦作「祠」。

注**東巡狩，望祠山川** 今《禮·王制》「東巡守至于岱宗，柴而望祀山川」，此注節去「至于岱宗柴而」六字，又「守」作「狩」、「祀」作「祠」也。

注**王齊曰：隔定四方** 「齊」當作「肅」，「隔」當作「商」。此所引《家語·五帝德》注文，《史記注》亦載其語可證，各本皆誤。

注**《尚書》曰：惟五月既望** 此《召誥》文。二月，非五月。

感乎溽暑之伊鬱 六臣本句首有「相與」二字。

惟岷越之不静 何曰：岷越不静而大營宫室，此賦所爲諷也。

不飭不美 六臣本「飭」作「飾」，是也。

就海孽之賄賂 孫氏志祖曰：《魏志·公孫淵傳》「淵遣使南通孫權，往來賂遺」，此即賄賂之説也。《田豫傳》云「太和末，公孫淵以遼東叛，豫以本官督青州諸軍往討之，盡虜其衆」，景福殿作於太和六年，與豫傳「太和末」正合。又孫權遣使齎金玉珍寶立淵爲燕王事在青龍元年，即太和六年之次年也。

注 **田豫討大將** 何校「大」改「吴」，是也。六臣本亦作「大」。

垂環玭之琳琅 注 **又垂環玭及琳琅也** 余曰：《説文》「宋弘説淮水中出玭珠。玭，珠之有聲者。《夏書》玭從虫、賓」，按此對上句「流羽毛之葳蕤」，則「琳琅」當借訓佩聲，與《説文》訓亦合。李注以爲四物，於「之」字文句不協矣。

參旗九旒 許氏慶宗曰：《史記·天官書》：參西有勾曲九星，三處羅：一曰天旗，二曰天苑，三曰九游。

注 **然伐一星** 「然」下當有「參」字，各本皆脱。

髣髴退概 「概」當作「槩」。《説文》槩，稠也。韓昌黎《南海神廟碑》云「月星明槩」當本此。

注 **《毛詩傳》曰：磤，雷聲也** 「毛」字下當有「萇」字。何校「磤」改「殷」。

爰有遐狄 何曰：《魏略》云「大發銅，鑄作銅人二，號曰翁仲，列坐於司馬門外」，王氏鳴盛曰《魏志》景初元年鑄也。

綴以萬年 萬年樹即冬青，《詩疏》謂之檍，陸璣曰：葉似杏而尖，白色，皮正赤，木多曲少直，華似練而細，蘂正白，今官園有之，名曰萬歲，取名於「億」也〔三〕。

注《晉宫閣銘》曰　「銘」當作「名」，各本皆誤。

注山有紫榛　「紫」字當去，因正文而誤耳，各本皆誤。

厥庸孔多　注多當爲趨。《廣雅》曰：趨，多也　五臣「庸」作「用」，良注可證。注中兩「趨」字皆當作「趍」即「敍」字，見《廣雅·釋詁三》，《西京賦》「清酤趍」注引同。

注《説文》曰：楄，署也。扁從户册者，署門户也　上「楄」字亦當作「扁」，各本皆誤。今《説文·册部》：「扁，署也，從户、册。户册者，署門户之文也。」元王士點《禁扁》一書義取於此。

飛枊鳥躍　五臣「枊」作「昂」，銑注可證。

赴險凌虚，獵捷相加　六臣本「險」作「隘」，「加」作「和」。

騈徒增錯　五臣「徙」作「徒」，翰注可證。

注蘋與菡同　據此則正文「菡萏」當作「蘋萏」。李謂「菡萏」已見《魯靈光殿賦》，是此「蘋」字與彼「菡」字同也。

注《説文》曰：縟，采飾也　本書《月賦》注引作「縟，繁采飾也」。今《説文》：縟，繁采色也。

栱夭蟜而交結　五臣「蟜」作「矯」，翰注可證。

注《説文》曰：槐梠，秦名屋綿聯，楚謂之梠也　今《説文》：楣，秦名屋櫋聯也，齊謂之檐，楚謂之梠。又梠，楣也；槐，梠也。

夏無炎燀　五臣「燀」作「暉」，銑注可證。

其光昭昭　五臣「昭昭」作「照照」，銑注可證。

命共工使作繢　注 **繢，讀作繪**　胡公《考異》曰：正文「繢」當作「繪」，注引鄭《尚書注》可證；注中「繪」當作「會」。

注 **帝曰：垂，命汝作共工**　今《書》「帝曰：俞，咨垂汝共工」，疏云「非呼此官爲共工也，帝意言共謂供此職也」，則「作」字不當有。

注 **《尚書》曰：予欲觀古人之象，作會宗彝，以五采彰施于五色**　朱氏珔曰：此約舉其文也，但「作會宗彝」四字合並，誤與《書正義》同，殆唐時句讀如此。

注 **以思親正君**　陳曰「思」當作「恩」，是也，此《詩·沔水》箋文。

觀虞姬之容止，知治國之佞臣　六臣本「觀」作「覩」，五臣「佞」作「俟」。銑注：俟，待也，言見虞姬之狀，則知國待賢臣也。案此五臣與李大異，恐非。

注 **諸侯並侵之**　今《列女傳》脱此五字，當據此校添。

注 **宣王之后也**　又 **既出乃脱簪珥**　又 **妾不才**　今《列女傳》無「宣王之后」及「既出乃」七字，「妾」下多一「之」字，並當依此校正。

注 **願乞一見**　又 **壯勇不立**〔四〕　今《列女傳》無上四字，「勇」作「男」。此作「勇」，各本皆誤。

注《大戴禮記》曰：禮義之不儹，何恤人言　六臣本「記」作「詩」。按今《大戴禮》無此語。《左傳》子産引《詩》曰「禮義不愆，何恤人言」，亦見《荀子》，不知李注何以誤引也。

邳張　注邳或爲丕　此避文帝諱。六臣本校云五臣作「披」，然向注「大張設」仍是訓丕義也。

注劉熙《孟子注》曰：獻猶軒，軒在物上之稱也　此於《孟子》無所屬。《隋書·經籍志》載劉氏所注《孟子》僅七卷，是亦未有外書。或疑是劉熙《釋名》之誤，然今本《釋名》亦無此語。周氏廣業以爲：疑在「饋孔子蒸豚」下，鄭氏《周禮注》「古者致物於人，尊之則曰獻，通行曰饋」，則因「饋」曰「獻」未可知。

照遠戎之來庭　六臣本「照」作「昭」。

右个清晏　注杜預《左氏傳注》曰：个，東西廂也　姜氏皋曰：《禮·月令》「青陽右个」，鄭注「東堂南偏也」。《儀禮·公食大夫禮》「賓升，公揖退於箱」，鄭注以箱爲堂上東夾之前。《儀禮釋宫》云夾室之前曰箱，江氏永云夾室當云東夾西夾也，其箱亦曰東堂西堂，是也。萬氏斯大《儀禮商·廟寢圖》列東西箱在東西堂之下，如今廊廡，疑非。

遂及百子　林先生曰：《困學紀聞》謂唐錢起有《百子殿》詩即此。何曰：時繼嗣未廣，故賦及此。

注靡有不克　「克」當作「孝」，各本皆誤。

宜爾子孫　六臣本、尤本「孫子」皆作「子孫」，非也。胡公《考異》曰：此以子、敏、止爲韻，各本乃失其韻矣。

注**李聃曰**　何校「李」下添「軌注老」三字，是也，各本皆脱。

講肄之場　五臣「肄」作「肆」，濟注可證。

注**侯權《景福殿賦》曰**　胡公《考異》曰：「侯」上當有「夏」字，「權」上當有「稚」字；《安陸昭王碑》注引作「夏侯稚」，當互訂。稚權名惠，見《魏志·夏侯淵傳》。案：《玉海·殿部》亦云何晏、韋誕、夏侯惠均有《景福殿賦》，是也。

注**時襄羊以劉覽**　陳曰：「劉」當作「瀏」，「瀏覽」與《西征賦》「瀏睨」同義。是也，各本皆誤。

無物不有　又**於是焉取**　六臣本「物」作「所」，「是焉」作「焉是」。

建淩雲之層盤　何曰：《魏略》：董尋諫明帝曰：作無益之物九龍承露盤、土山淵池，其功三倍於殿舍。

睢睢白鳥　《説文》：睢，鳥之白也。今《孟子》引《詩》作「鶴鶴」，疑爲「睢睢」之誤。

沈浮翱翔　《淮南子·俶真訓》注云：鳥之高飛，翼上下曰翱，直刺不動曰翔。

注**賑，富**　「富」下當有「也」字，各本皆脱。

注**薛綜《東京賦注》曰：高昌、建城，二觀名也**　六臣本無此十五字，今《東京賦》薛注亦無此語。按賦語知高昌、建城乃魏許昌二觀名，並不在漢之東都，自然非張衡所賦，其不得有薛綜注更明，此尤本誤添。姜氏皋曰：本書《羽獵賦》「碣以崇山」李注引薛綜《東京賦注》云「碣猶表也」〔五〕，此賦「碣以高昌崇觀，表以建城峻廬」李所引必是同於《羽獵賦》注所云解碣、表二字，後之傳寫者脱落「碣猶表也」四字，以致「薛綜《東京賦注》曰」七字不可通，其實「高昌建城二觀名也」八字當在「碣猶表也」句下，不連屬《東京賦注》也。六臣本見此十五字不可通故删之，而尤本乃仍其舊耳。

注**又曰：巒，山墮**　今《爾雅》「墮」作「嶞」，注「《詩》曰嶞山喬嶽」。本書《蜀都賦》注：巒，山長而狹者。

頫眺三市　六臣本「頫」作「看」。

注**《毛詩》曰：或耘**　六臣本此注首有「謂九野也」四字。

注**鄭玄《禮記》曰**　六臣本「記」下有「注」字。

屯坊列署　六臣本「坊」作「方」，是也，注語可證。

制無細而不協於規景，作無微而不違於水臬　胡公《考異》曰：上句「而」字、下句「不」字皆衍，注文自明。

注**無細不合，皆言合也**　胡公《考異》曰：上「合」當作「協」，「皆言」當作「言皆」，各本均誤。

駢田胥附　五臣「田」作「填」，向注可證。

文彩璘班　六臣本「班」作「⿰王扁」，是也，注引《埤蒼》「璘⿰王扁」可證。

注**爚，火光也**　今《說文》「光」作「飛」。

無今日之至治　五臣「至」作「所」，銑注可證。

然而聖上　六臣本「聖」作「皇」。

猶孜孜靡忒　注**「孳」與「孜」同**　姜氏皋曰：《書》「予思日孜孜」，《史記·夏本紀》作「孳孳」。《孟子》「孳孳」張鑑音義曰「孳」與「孜」同，古字通也。

蒼龍覿於陂塘　注**《魏志·文紀》曰：青龍見於靡陂**　六臣本「陂」作「流」。何校「文」改「明」、「靡」改「摩」，陳同，依《魏志》也，各本皆誤。

龜書出於河源　余曰：孫盛《魏氏春秋》：明帝青龍三年，張掖郡删丹縣金山玄川溢涌，寶石負圖，狀象靈龜，廣一丈六尺，長一丈七尺一寸，圍五丈八寸，立於川西。

總神靈之貺祐，集華夏之至歡。方四三皇而六五帝　五臣「靈」作「明」、「華」作「中」，良注可證。六臣本無「方」字。

校記

［一］一本以此上此下爲銑注云云　該本指袁本，秀州本同，又陳八郎、秀州、明州本皆「以此上此下爲銑注」，明州本省作「善同銑注」，贛州、建州、茶陵本倒作「銑同善注」。「南陽」原作

「南鄉」，光緒版據《文選注》改。

〔二〕西溪叢語云云　此乃《西溪叢語》引《述異記》，又見于《太平廣記·草木五》。

〔三〕陸璣云云　「璣」原作「機」，曲、直原倒，「官」原作「宫」，據《詩·唐風·山有樞》孔疏改。

〔四〕壯勇不立　「立」原作「力」，據《文選注》改。

〔五〕羽獵賦注引東京賦注云碣猶表也　《東京賦》薛注各本作「揭」，《羽獵賦》注引唯毛本作「碣」。

文選卷十二上

木玄虚

海賦

注《華集》曰　何校改「廣川人」。

巨唐之代　六臣本「巨」作「臣」者是。若以巨唐爲堯，不應叙在帝嬀之後，李注既引「舜臣堯」之文，則李本亦當作「臣」，後人誤作「巨」耳。

注**桓子《新論》曰：夏禹之時，洪水滹漪**　《北堂書鈔·樂部》引桓子《新論》曰昔夏之時洪水懷山襄陵云云，未知即此異文否。

注**《説文》曰：潏，水涌出也**　今《説文》無「水」字。

迆涎八裔　五臣「涎」作「延」，翰注可證。

決陂潢而相沷　五臣「沷」作「湙」，良注：使湙蕩而通達。六臣本校云善作「湲」。胡公《考異》曰：「『沷』當作『沃』，注『沷，灌也』同，『沃』與下句『鑿』協，字譌而韻失矣。」謹按注引《說文》「沷，灌也」，今《說文·水部》無「沷」字，有「𣵀」字，云「𣵀，灌溉也」，段曰「𣵀」即「沃」之隸體。但李此注少「溉」字，或今本《說文》衍耳。

踰濟、漯　六臣本「踰」作「瀹」，蓋據今本《孟子》改，然下「於廓靈海」向注引亦作「踰」，殆李所見《孟子》本不同也。

騰波赴勢　五臣「波」作「傾」，銑注可證。

注**《廣雅》曰：墾，治也**　今《廣雅·釋詁》「治也」節無「墾」字。按《爾雅·釋訓》音義引與此同。

注**《尚書大傳》曰：百川趨於海**　今本《尚書大傳》曰「大川相間，小川相屬〔一〕，東歸於海」，《水經注序》引同，本書《長歌行》注引作「百川赴東海」，《郭有道碑》注引作「百川趨於東海」，皆即此文而小變之。

注**《淮南子》曰：塘有萬穴**　六臣本、尤本「塘」作「溏」。今《淮南子·人間訓》「塘」作「唐」，高誘注：唐，堤也。

洗滌淮漢　《二初齋讀書記》三云：漢水注江以注海，不直達於海，此《海賦》也而以漢言，取叶韻耳。

襄陵廣舄　注《史記》曰：**斥爲舄，古今字也**　五臣「舄」作「斥」，翰注可證。胡公《考異》曰：「曰」字當是「以」字誤，《西征賦》注「《戰國策》以『吴』爲『吾』」其句例也。

若乃大明摭轡於金樞之穴　趙氏曦明曰：「月稱大明」未詳所出，注引《繫辭傳》亦未安，「大」疑「夜」字之譌。

注**摭猶攬也**　五臣「摭」作「鏕」，濟注可證。按《説文》「摭，引取也」，李云「猶攬」亦以意解之耳。

注**言月將夕也**　六臣本「月」作「日」，又此五字在「大明，月也」下，其下節注作「翔陽，日也」言日初出也。

注**伏韜《望清賦》曰**　何校「韜」改「滔」、「清」改「濤」，各本皆誤。

注**《山海經》曰陽谷上有扶木者，扶桑也**　「陽」當作「湯」。今《海外東經》曰「湯谷上有扶桑」，注「扶桑，木也」。又《大荒東經》云「湯谷上有扶木」，注「扶桑在上」。文雖小異，皆作湯谷也。

彯沙　太常公曰：「彯」字義爲畫飾，與「沙」無涉，或「飄」字之誤。林先生曰：彯沙，言沙有文如畫，即下所云「雲錦散文於沙汭」也。

注**巽風不至，則大風發屋揚沙**　上「風」字當作「氣」，各本皆誤。本書《舞鶴賦》注引作「巽氣至，則大風揚沙」。

注《説文》曰：島，海中往往有山可居曰島　今《説文》「可居」作「可依止」，下「崇島巨鼇」注引亦作「可依止」。本書《旦發魚浦潭》詩注引島「海中有山」四字則省文也。

注《吕氏春秋》曰：天地如車輪，終則復始　今《吕氏春秋·大樂》篇作「天地車輪」，無「如」字。按《太平御覽·天部一》及《禮儀部三十五》引並無「如」字，此注因正文「如」字而衍耳。

渭濆淪而滀潔　六臣本「渭濆」作「汾渭」。

注川阜曰魁　「川」當作「小」。

潤泊栢而迆颺　五臣「栢」作「洦」，翰注可證。

注磊，大貌　「貌」當作「石」，翰注「磊，大石」。

纖蘿不動　五臣「蘿」作「羅」，向注可證。

潭　注以審　古「潭」與「潯」字音義並同。《淮南子·原道訓》「游於江潯」高注潯讀葛覃之覃，《漢書·揚雄傳》「因江潭而徍記兮」顏注潭音尋，並與李音合。

渤蕩成汜　五臣「蕩」作「湧」，翰注可證。

若乃偏荒速告　又飛駿鼓檝　六臣本「偏」作「邊」。五臣「駿」作「迅」，銑注可證。

注《説文》曰：掣，引而縱也　今《説文》無「掣」字。孫氏義鈞曰：按《手部》「㨖，引縱曰㨖，尺制切」，《玉篇》訓牽也，引《説文》重文摯、掣，是掣即㨖字也。

若其負穢臨深　六臣本「其」作「乃」。

注**《説文》曰：髣髴，見不諟也**　姜氏皋曰：《説文·髟部》無「髣」字，有「髴」字，曰若似也。段曰：「髴」與《人部》「佛」字義同，許無「髣」字，後人因「髴」製「髣」；又《説文·人部》「仿，仿佛，相似，視不諟也」〔二〕，是「髣髴」當作「仿佛」、「見」當作「視」。

廓如靈變　五臣「如」作「然」，翰注可證。

呵歘掩鬱　五臣「鬱」作「忽」，良注可證。

注**《説文》曰：矆，大視也**　朱氏珔曰：依《玉篇》《廣韻》即《魏都賦》「矆焉相顧」之「矆」，故《説文》别無「矆」字。

注**《説文》曰：睒，暫視也**　今《説文》「也」作「貌」。

眈踔湛瀁　太常公曰：《楚辭·七諫》「馬蘭踸踔而日加」注「踸踔，暴長貌」，「踸」與「眈」同。《廣雅·釋訓》「眈踔，無常也」，《集韻》「潭瀁，水動也」，「潭」與「湛」同。

沸潰渝溢　六臣本「潰」作「渭」。

注**瀖泋濩渭，衆波之聲**　太常公曰：字書「瀖濩，采色不定之貌」，故《魯靈光殿賦》曰「瀖濩燐亂」，此注云「衆波聲」恐未確。

或挂罥於岑嶅　五臣「岑」作「巖」，翰注可證。

注《淮南子》曰：**自西南至東南，有裸人國，黑齒民**　今《淮南子·墬形訓》作「自西南至東南方〔三〕，有裸國民；自東南至東北方，有黑齒民」。

或乃萍流而浮轉　六臣本「浮」作「蓬」。

爾其爲大量也　六臣本無「爲」字。

北灑天墟　六臣本「灑」作「洗」。太常公曰：《爾雅》「玄枵，虚也」注云「虚在正北」，又「顓頊之虚，虚也」注云「顓頊水德，位在北方」。此言「北灑天墟」蓋融會《爾雅》之意，假借而用之耳。

注**音虚**　又《**爾雅**》曰：**北陸天墟也**　尤本無「天」字，「墟」作「虚」。六臣本與此同，「天墟也」下有「音區」二字，而無正文下「音虚」二字。何曰：《爾雅》「北陸，虚也」，此注誤。胡公《考異》曰：此尤本用今《爾雅》改，非善意也，今《爾雅》郭讀「虚」如字，不得引以注此賦，必他家讀爲墟域之墟，故曰音區；又「天」字善因是《釋天》文而增之，如下引「析木謂之天津」，「天」字亦本文所無，何曰注誤亦未得其解。

注《**爾雅**》曰：**析木謂之天津**　今《爾雅》「析木謂之津，箕斗之間漢津也」，注云天漢之津梁。説詳上。

經途瀴溟　六臣本「途」作「綸」，恐誤。

所未名者若無　六臣本「所」作「及」。

惡審其名　五臣「惡」作「焉」〔四〕，銑注可證。

注**《呂氏春秋》曰：南方曰凱風，北方曰廣莫風**　今《呂氏春秋·有始》篇作「南方曰巨風」，注「離氣所生，一曰凱風」；又「北方曰寒風」，注「坎氣所生，一曰廣莫風」。本書《洞簫賦》注、潘安仁《河陽縣作》詩注引並與此注同。

瑕石詭暉　《說文繫傳》「碬」字注引此作「碬石詭光」。

注**《說文》曰：瑕，玉之小赤色者也**　今《說文》：瑕，玉小赤也。按《史記·司馬相如傳》索隱引《說文》與此同。今《說文》「也」字恐是「色」字誤。

陽冰不冶　姜氏皋曰：注「其陽則有不冶之冰」語殊滑突，即《晏子春秋》「陰冰凝，陽冰厚五寸」亦非此解。《酉陽雜俎》有云「頗梨，千歲冰所化」，《格古要論》亦曰古云千年冰化爲水晶，因疑「不冶」者或是此。

陰火潛然　楊氏慎曰：《拾遺記》「西海浮玉山穴中有水，其色如火，波濤灌蕩而火不滅〔五〕，名曰陰火」，《素問》云「澤中有陽燄」注「陽燄如火煙騰起水面」者是也。

熺炭重燔　余曰：《抱朴子》：南海中蕭丘有自生之火，常以春起秋滅。丘方千里，當火起時，此丘上純生一種木，火起正着此木，木雖爲火所着，但少焦黑，人或以爲薪，但不成炭，炊熟則灌滅之，後復更用，如此無窮。

珊瑚琥珀，群産接連，車渠馬瑙，全集如山　尤本、六臣本並無此十六字。何校「瑙」改「腦」。

魚則横海之鯨，突扤孤遊　六臣本「魚」上有「其」字，「扤」作「杌」。

注《弔屈原》曰　「原」下當有「賦」字。

注**郭璞《山海經注》曰：横，塞也**　本書左太冲《招隱詩》注、江文通《雜體詩》注引同，而今《山海經注》無此語。

鬐鬣刺天　胡公《考異》曰：「鬐」當作「鰭」，考善注引《上林賦注》各本皆作「鰭」，惟五臣濟注作「鬐」。

翔霧連軒　五臣「霧」作「鶩」，銑注可證。

擾翰爲林　五臣「林」作「霖」，銑注可證。

見喬山之帝像　胡公《考異》曰：「喬」當作「橋」，考善注引《史記》各本皆作「橋」，惟五臣良注作「喬」。

群仙縹眇　六臣本「群」作「神」。何校「縹」改「瞟」，注同，是也。胡公《考異》曰：善當作「瞟」，故注引《魯靈光殿賦》「瞟眇」，惟向注作「縹」。

翔天沼　六臣本「天」作「大」。

茫茫積流　尤本「茫茫」作「芒芒」。六臣本與此同，是也。

注　觀滄海於茫茫　《藝文類聚·海水部》引「於」作「之」。

注　李尤《翰林論》曰　陳曰：「尤」當作「充」，此見《晉書·文苑傳》，與東漢李尤時代迥殊，各本皆誤。

校記

〔一〕小川相屬　「相」據《尚書大傳·禹貢》《水經注序》補。

〔二〕説文仿佛相似視不諟也　此乃段玉裁據《文選注》補，二徐本作「仿，相似也」。

〔三〕自西南至東南方　「方」據稿本及《淮南子》補。

〔四〕惡審其名五臣惡作焉　下「惡」原作「烏」，據《文選》改。

〔五〕楊氏愼曰拾遺記云云　「有水其色如火」原作「有火其色如水」，「波濤」原作「波光」，據《拾遺記》卷一、《丹鉛餘録》卷三、《升菴集》卷七六等改；「火不滅」《拾遺記》作「光不滅」。

文選旁證卷第十四

文選卷十二下

江　賦

郭景純

浴五才之並用　胡公《考異》曰：「才」當作「材」，善注中引《左傳》作「材」可證也，五臣向注作「才」耳。

初發源乎濫觴　注**王肅曰：觴所以盛酒者，言其微也**　翰注謂江之發源流如一盞也〔一〕。丘氏光庭曰：翰注非也，濫者泛也，言其水小，裁浮泛酒盃耳。

注**《説文》曰：沬水出蜀西塞外，東南入江。沬，武蓋切**　案今《説文》「沬」字從本末之末得聲，徐鉉莫割切、徐鍇《繫傳》門撥切者是也。此李注沬字音昧，是从午未之未得聲，注中音武蓋切及《蜀都賦》注下音武蓋、《難蜀父老》「乃關沬若」注「沬音妹」皆同，是二字不能强合，必今本《説文》有誤也。《史記》《漢書·司馬相如傳》「西至沬若」皆作「沬」不作「沬」，《漢書》注張揖曰「沬出蜀廣平徼外，與青衣水合」、師古曰沬音妹，《史記索隱》曰《華陽國志》漢嘉縣有沬水，音妹。觀李、顔、小司馬既同音妹，則此字未聲無疑。唯小司馬於其下云又音末，另出末聲，意所不從。而今重脩本《玉篇》《廣韻》及《集韻》皆沬、沫兩收同解，則又在二徐《説文》已誤之後，「沬」與「沫」幾無分别矣。

注 **信陵縣西二十里有巫峽** 胡公《考異》曰：「信」當作「江」，各本皆誤，此即《郡國志》所載荆州南郡江陵縣也。謹按此似不誤，今宜昌府之歸州，三國吴時爲信陵縣，巫峽在其西，若江陵則去之甚遠矣。

躋江津而起漲 《水經·江水注》云：「江津口，江大自此始也。《家語》曰：江水至江津，非方舟避風不可涉也，故郭景純云『濟江津以起漲』，言其深廣也。」按此引「躋」作「濟」，「而」作「以」，與賦異。

總括漢泗，兼包淮湘 先通奉公曰：《左傳》「吴城邗溝通江淮」〔二〕，郭賦據此，顧亭林謂淮泗並不入江，此沿《孟子》而誤，非也。

注 **至臨淮下相縣** 毛本「相」誤作「湘」。

注 **郭璞《山海經注》曰：湘水出鄷陵營道縣陽朔山** 今《海内東經》注云：今湘水出零陵營道縣陽湖山入江。案《説文》：湘水出零陵陽海山。《地理志》云：零陵郡零陵陽海山，湘水所出。又《水經·湘水》〔三〕云湘水出零陵始安縣陽海山，注云即陽朔山也。知今本《山海經》「陽湖」

字誤。

注**應劭《漢書·地理志》曰**　何校「志」下添「注」字，陳同。胡公《考異》曰：此下所引皆班《志》文，蓋善元作「應劭《漢書·地理志注》曰沅水出牂柯，《漢書·地理志》曰」云云，今各本脱注下十二字而不可通也；引應「沅水出牂柯」與上引《山海經》「出象郡」異説，正下文「入沅，《水經》云入江」之例。

注**《説文》曰：汲，引水也**　今《説文》：汲，引水於井也。

注**《山海經》曰：景山，雎水出焉，南注于沔江。又曰：荆山，漳水出焉，而東南流注于雎。「沮」與「雎」同**　今《中山經》「荆山之首曰景山，雎水出焉，東南流注于江」，注云「今雎水出新城魏昌縣東南發阿山，東南至南郡枝江縣入江」，《水經·南沮水注》云沮水「東南過臨沮縣界，又東南過枝江縣東南入于江」，皆不云注沔江，此注「沔」字疑衍。又今《中山經》「漳水注于雎」注云「出荆山，至南郡當陽縣入沮水」。《水經》云「漳水出臨沮縣東荆山，南至枝江縣北烏扶邑入於沮」，注引《地理志》曰：「漳水『東至江陵入陽水，注于沔』非也李注「沔」字疑因此而誤，今漳水于當陽縣之東南百餘里而右會沮水也。」據此知「雎」與「沮」古實通用也。

源二分於崌崍　《水經·江水注》引作「流二江於崌崍」。

注**郭璞曰：崍山，中江所出也**　今《中山經》「崍山，江水出焉」，注「邛來山，今在漢嘉嚴道縣南，江水所自出也」，不言中江出崍山。惟《水經·江水注》有「崍山，中江所出，東注于大江。崍山，邛崍山也，在漢嘉嚴道縣」云云，李注恐涉此而誤。

流九派乎潯陽　《尚書正義》：「《尋陽地記》云：一曰烏白江，二曰蚌江，三曰烏江，四曰嘉靡江，五曰畎江，六曰源江《史記索隱》「源」作「沙」，七曰廩江，八曰提江，九曰箘江。張須元《緣江圖》云：一曰三里江，二曰五州江，三曰嘉靡江，四曰烏土江，五曰白蚌江，六曰白烏江，七曰箘江，八曰沙提江，九曰廩江，參差隨水長短，或百里或五十里，始於鄂陵，終於江口，會於桑落州。《太康地記》曰：九江，劉歆以爲湖漢九水入彭蠡澤也。」按湖漢水亦得名九江，王莽改豫章曰九江郡以此，賦言九派似當屬此。《竹書紀年》「康王十六年王南巡狩至九江廬山」，《史記·河渠書》「余南登廬山，觀禹疏九江」，又本書《吴都賦》注「九江經廬山而東」，皆可與此賦相證。

注　**應劭《漢書注》曰江自廬江潯陽分爲九也。《漢書》廬江郡有潯陽縣**　今本《漢書·地理志》注「潯」作「尋」。按秦滅楚，置九江郡，郡治壽春，兼得廬江、豫章之地，故以九江名郡。高帝更爲淮南國，尋陽縣屬焉。文帝析爲廬江郡，尋陽改爲廬江。武帝又復淮南國爲九江郡，尋陽屬廬江如故。故應氏於九江郡注曰江自廬江尋陽分爲九〔四〕。又漢尋陽在江北，故班於廬江郡尋陽注云禹貢九江在南，今黄州府蘄州東潯陽城一名蘭池城是。東晉成帝咸和中，温嶠始移於江南，則九江在縣北，今九江府德化縣西十五里是，而非漢之尋陽矣。

注　**在廣陵興縣**　何校「興」改「輿」，是也，各本皆誤。俞氏思謙《海潮輯説》云：《晉書·地理志》廣陵有興縣，無興縣。

注**五湖以漫漭**　五湖之説非一。《史記·河渠書》集解：韋昭曰五湖實一湖〔五〕，今太湖是也。又説：胥湖、蠡湖、洮湖、滆湖就太湖爲五湖。《後漢書·馮衍傳》注虞翻曰：滆湖、洮湖、射湖、貴湖及太湖爲五湖。《水經》「沔水與江合流」注云：「南江東注于具區謂之五湖口，五湖謂長蕩湖、太湖、射湖、貴湖、滆湖。郭景純《江賦》曰『注五湖以漫漭』，蓋言江水經緯五湖而包注太湖也。」《太平寰宇記》又引虞翻《川瀆記》云：太湖東通松江，南通霅溪，西通荆溪，北通滆湖，東連韮溪，謂之五湖。此數説雖名稱各殊，道里互别，皆不出太湖上下百里間，與李注所引張勃《吴録》「五湖者太湖别名，周行五百餘里」説合。然揚州其藪具區，其浸五湖，具區既即太湖，則藪浸不應複舉。惟《周禮疏》李氏圖以鄱陽、洞庭、太湖、巢湖、鑑湖爲五湖，《史記·河渠書》索隱以具區、洮、滆、彭蠡、青草爲五湖，雖洞庭、青草於揚浸不合，但與「三江」並舉惟此爲稱。《職方》舉其委，《江賦》括原委言之。伏讀《欽定周官義疏》云：「大抵楚州之射陽，洪州之彭蠡，巢縣之巢湖暨洮、滆、鑑等湖，皆爲南方之浸，或當數其尤大之五者，而具區既列，澤藪則不復數之。」最爲精審矣。

灌三江而漰沛　三江之説亦非一。《尚書音義》「韋昭曰謂吴松江、錢唐江、浦陽江」，又引《吴地記》云「松江東北行七十里得三江口，東北入海爲婁江，東南入海爲東江，並松江爲三江」。按韋昭説乃《越語注》，自越言之故分浦陽與浙爲二，此固非《禹貢》《職方》之三江，而《吴地記》語與《水經注》所謂三江口及所引庾仲初説同，孔疏不取，以爲《職方》揚州宜舉州内大川，不應舍岷山大江而記松江等小江是也。《史記·夏本紀》正義云：「三江者在蘇州東南三十里：一江西南上七十里至太湖曰松江，古笠澤江也；一江東南上七十里至白蜆湖曰上江，亦曰東江；一江東北下三百餘里入海曰下江，亦曰婁江。于其分處號曰三江口。」此亦就吴之一隅言之，不足當三江之正。至《水經注》又引郭景純「三江者岷江、松江、浙江」之説王氏鳴盛曰：璞先有《水經注》三卷，至今不傳，此所引蓋出其中，此皆在揚州之域，與《禹貢》《職方》道里正合，又爲郭璞説，似足以證此賦之三江。然松江、浙江皆不見於《禹貢》，則亦後世之所謂三江，而非三代之所謂三江。惟鄭君注《禹貢》有云左會漢爲北江，右會彭蠡爲南江，岷江居其中爲中江，此以《禹貢》明言漢自彭蠡東爲北江、江自彭蠡東爲中江，有北有中則南可知，其説最允，特南江之名仍不見於經，或猶疑之。近儒臨江李氏紱因鄭説而小變之，斷爲九江並北江、中江，蓋「彭蠡上流九水相會曰匯，而入江以後則曰九江」。以九江與岷江合流於巴陵，而江水在北，故亦稱爲南江；至漢陽而漢水自北來者又入於江，是爲北江；而岷江經流其中爲中江。此其所入之道雖皆在荆州，而實至揚州乃俱入海，故《禹貢》于荆州但言九江孔殷，言九江納錫，而于揚州則曰三江既入，蓋溯其源遠流長，則此入海之江實挾一南一北之水，故郭賦亦特叙於流宗東會之後也。

注《墨子》曰：**禹治天下，南爲江、漢、淮、汝，東流之，注五湖之處，以利荆、楚、干、越之民**

〔六〕　今本《墨子·兼愛中》篇之「注」作「注之」，「處」作「虛」。

峨嵋爲泉陽之揭　段曰：「泉陽」當作「漢陽」。漢犍爲郡有漢陽縣，故治在今叙州府南慶符縣境内。又《山海經》「聶陽西，濛水入江」，即今大渡河入江也，在今嘉定府治西，峨嵋近其處，然則作「聶陽」亦可。

玉壘作東別之標　《水經·江水注》云：又有湔水入焉，水出綿虒道〔七〕，亦曰綿虒縣之玉壘山，下注江，江水又東別爲沱，開明之所鑿也，郭景純所謂「玉壘作東別之標」者也。

注**鎮山名，安地德者也**　「山名」當作「名山」，各本皆倒。

淙大壑與沃焦　注**水聲也**　王氏念孫曰：「淙」與「灌」同，《廣雅》可證，此謂江水入海灌大壑與沃焦也，李注以爲水聲，失之。

壁立赮駮　注**赮，古霞字**　六臣本「赮」作「霞」。

虎牙嵥豎以屹崒，荆門闕竦而磐礴，圓淵九回以懸騰，溢流雷呴而電激　《水經·江水注》云：「江水又東歷荆門、虎牙之間。荆門在南，上合下開，闇徹山南，有門像；虎牙在北，石壁色紅，間有白文類牙形：並以物像受名。此二山，楚之西塞也，水勢急峻，故郭景純《江賦》云云。」今此李注云云，知《水經注》亦本盛弘之《荆州記》矣。

注**開達山南**　何校「開」改「闇」，是也，各本皆誤。

圓淵九回以懸騰　注《**説文**》**曰：騰，水涌也**　「騰」當作「滕」，今《説文》：滕，水超涌也，从水，朕聲。

碧沙瀢滟而往來 六臣本「滟」作「浛」。

潛演之所汩淈 汪氏琬《説鈴》云王博士詩有「潮勢汩三韓」句，或疑汩字無來歷，自注云《江賦》「正此汩字意，但郭語連用稍不同」。按《爾雅·釋詁》「淈，治也」，郭注云「淈，《書序》作汩，音同耳」。《説文·水部》：淈，濁也；汩，治水也。段注云：汩本訓亂，如亂之訓治。上文淈訓濁，而《釋詁》云「淈，治也」，《楚辭·天問》「不任汩鴻」王逸注「汩，治也」，《魯頌·泮水》「屈此群醜」鄭箋「屈，治也」，是汩、淈、屈三字通。

注《説文》曰：演，水脉行地中 《説文》：演，長流也；又濥，水脈行地中濥濥也。此處當是濥非演，作演者誤耳。

碕嶺爲之嵒崿 濟注：碕嶺，小山也。

幽㵎積岨 五臣「岨」作「阻」，良注可證。

礐 注力隔 又**硞** 注**客** 五臣「硞」作「硌」，良注可證。胡公《考異》曰：「客」字五臣音也。《集韻·二十一麥》有「硞」，克革切，云「礐硞，水激石不平皃」。然則上「力隔」二字乃善「硞」字音，必本是注末有「硞，力隔切」云云也，各本皆誤係之於「礐」字下，而尤本又以五臣「硌」字音音「硞」，益不可通矣。

注**楚人名淵曰潭府** 六臣本此下有「已見上文」四字，是也。當以「楚人名淵曰潭」爲句，「府已見上文」爲句，謂《海賦》之「水府」已引劉劭《趙都賦》爲注也〔八〕。

注《説文》曰：汪，廣也　今《説文》：汪，深廣也。

注孕婦三月而胚胎　六臣本無「胎」字。按此《淮南子·精神訓》語，今本作「三月而胎」。胡公《考異》曰：必善所引者作「胚」，校者改之，遂誤兩存。謹案《爾雅》釋文云《淮南子》及《文子》並云「婦孕三月而胚」可證李所引也，《文子》在《九守》篇。

注大浪踊躍　六臣本「踊」作「踽」，是也，此尤本誤。

沍淪流瀼　六臣本「沍」作「涏」。

注《臨海水土記》曰　六臣本無「臨海」二字。胡公《考異》曰：以下所引皆作《臨海水土物志》〔九〕，疑「記」當作「物志」二字也。

注郭璞曰：鮪屬　今《爾雅注》「屬」上有「鱣」字，此誤脱耳。

注王鱣之大者　胡公《考異》曰：「鱣」字應重，各本皆脱。

鯖鰊鰺鮋　注舊説曰：鰊似鱦　又舊説曰：鮋似鱓　按此賦李注多引「舊説」，如下文「潛鵠」下有「舊説曰潛鶴似鵠而大」、「蚄江」下有「舊説曰蚄江似蟹而小，十二脚」、「蜁蝸」下有「舊説曰蜁蝸小螺也」、「沙鏡」下有「舊説曰沙鏡似雲母也」、「箭灑罾罶」下有「舊説曰箭、灑皆釣名也，罾、罶皆網名也」，皆未知何人之説。

注 **鰧，其狀如鱖，居逵切，蒼文赤尾。郭璞曰** 六臣本、毛本「郭璞曰」下有「鰧音滕」三字，此脱。今《中山經》「鰧」作「鰧」，《玉篇》「鰧，如鯞，蒼文赤尾」，亦作鰧，古字蓋通。又注云「逵，水中穴道，交通者」，是「居逵」下不得有「切」字，此衍。

注 **鯩魚，黑文，狀如鮒，食之不腫** 今《中山經》「食之不腫」作「食者不睡」，「睡」與「腫」形相近。《太平御覽》九百三十九引亦作「不腫」，與此注合，未知孰是。

噴浪飛唌 注 **《説文》曰：唌，沫也** 今《説文》無此訓，《口部》「唌」字訓「語唌嘆也」，部首「次」字訓「慕欲口液也」。《一切經音義》二十五「涎洟」注云諸書作次、㳄、唌、涀四形同。孫氏義鈞曰：按《説文》「次」重文作「㳄」，注「次或從侃」，與《一切經音義》合。《爾雅》郭注作「唌」。是《説文》以「次」爲「唌」之正字，今俗作「涎」。

鮻鮆順時而往還 注 **一名石首** 先通奉公曰：韋昭《國語注》「石首成鯢」，鯢，鴨也（十）。《吴地志》亦云石首至秋化爲冠鳧，此亦順時之義。

注 **魚牛其狀如牛** 今《南山經》：柢山有魚焉，其狀如牛。

虎蛟 注 **又曰：虎蛟，其狀魚身而蛇尾，有翼，其音如鴛鴦** 此出《南山經》「浪水」節，今本無「有翼」二字。案《初學記》三十引沈瑩《臨海水土異物志》云「虎鯌，長五尺，黄黑斑，耳目齒牙有似虎形，惟無毛，或變化成虎」疑即此虎蛟也。或以《水經注·浪水》之鯌魚當之，恐非。

注 **郭璞《山海經注》曰：尾跂，在水中鈎取斷岸人** 六臣本「跂」作「岐」。案今《中山經注》「跂」作「岐」，「斷岸人」作「岸上人」。

注 **螹魚，其狀如鮒而彘尾。郭璞曰：音團，如扇之團** 今《南山經》「螹」作「鱄」，「彘尾」作「彘毛」。郭注作音如團扇之團，此「團如」誤倒。

注 **啄似鵞指爪**〔十一〕 六臣本「啄」作「喙」〔十二〕，是也。

注 **生乳海邊曰沙中** 六臣本無「曰」字，是也。

王珧 注 **亦蚌屬也** 姜氏皋曰：《東山經》郭注「珧，玉珧，亦蚌屬」，然則正文「王」字疑爲「玉」字，古「玉」作「王」，或相譌耳。《爾雅·釋魚》「蜃小者珧」注「玉珧即小蚌」，是郭氏皆作「玉」也。

注 **《爾雅》曰：大貝曰蚢** 今《爾雅·釋魚》：大者曰魧。

龍鯉一角 注 **《山海經》曰：龍鯉陵居，其狀如鯉，或曰龍魚一角也** 今《海外西經》作「龍魚陵居，在其北，狀如貍」，郭注「或曰龍魚似貍，一角」。按李注「或曰」以下蓋並引郭注「貍」作「鯉」，足訂今本之譌。孫氏義鈞曰：按《淮南·墜形訓》「硥魚」高注「硥魚如鯉魚也，有神聖者乘行九野，在無繼民之南」，疑即此龍鯉也。

奇鶬九頭 《酉陽雜俎·羽篇》曰：「《白澤圖》謂之蒼鸕，《帝嚳書》謂之逆鶬，夫子、子夏所見。寶曆中，國子四門助教史迥語成式，嘗見裴瑜所注《爾雅》言鶬麋鴰是九頭鳥。」邵氏晉涵曰：「九頭之鳥即《廣韻》引《韓詩》謂孔子渡江所見者，乃奇鶬，非麋鴰也。」郝氏懿行曰：《大荒北經》曰「大荒之中有名山曰北極天櫃，海水北注焉，有神九首，人面鳥身，名曰九鳳」，疑即「奇鶬九頭」也。

注 **三足鼈，歧尾** 今《中山經》「歧尾」作「枝尾」，古字通。

注 **郭璞曰：今吴興郡陽羡縣，山上有池，池中出三足鼈，又有六眼龜** 《太平寰宇記》「宜興縣君山在縣南二十里，山上有池，池中有三足鼈、六眸龜」，足與郭注相證。邵氏晉涵曰：《初學記》「引《宋略》曰吴郡獻六眼龜」，則吴地嘗獻之〔十三〕，郭氏《江賦》又以爲江中所有，乃沈約猶以東陽六眼龜爲符瑞，蕭子顯猶以長山六目龜爲祥瑞，當由識有所蔽耳。

赬鱉胏躍而吐璣 注 **《山海經》曰：珠鱉之魚，其狀如胏而有目，六足有珠** 又**《南越志》曰：珠鱉吐珠** 今《東山經》文同，然賦作「赬鱉」，則《東山經》及《南越志》「珠」字並應作「朱」。今《呂氏春秋·本味》篇及《初學記》八引《南越志》正作「朱鼈」也。又《初學記》引《南越志》云：海中多朱鼈，狀如胏，有四眼六腳而吐珠。今所行《山海經圖》此物亦作四目，則「有目」當爲「四目」之譌。又《南越志》言「吐珠」與此「吐璣」合，而高誘注《呂氏春秋》云皮有珠文，亦恐誤矣。

注 **《説文》曰：蜧，蛇屬也** 今《説文》：蜦，蛇屬，黑色，潛于神淵，能興風雨，讀若戾，重文「蜧」注「蜦或從戾」。

注 **其音如虎** 今《北山經》作「其音如呼」。郝氏懿行曰：《文選注》「虎」字當爲「嘑」字之譌，「嘑」

與「呼」音義並同。

青綸競糾，縟組爭映　先通奉公曰：孫綽《望海賦》云「華組依波而錦披，翠綸扇風而繡舉」，《埤雅》謂綸、組皆海藻屬，邵氏《爾雅正義》以爲即青苔紫菜，然此賦下句即係紫菜緑苔，不應複舉，似非一物也。

注**《說文》曰：研，滑石也**　六臣本引作「硯」，是也，李注此下明有「研與硯同」四字可證。今《說文》作「硯，石滑也」。

注**石帆，生海嶼石上，草類也**　《本草》引陶弘景曰石帆狀如柏。

注**《說文》曰：礦，銅、鐵，樸也**　今《說文》「磺，銅鐵樸石也，从石，黄聲，重文丱，古文礦，《周禮》有丱人」，然則「磺」即「鑛」也。《一切經音義》二十五引《說文》與此同。孫氏義鈞曰：《周禮》「丱人」鄭注「丱之言礦也，金玉未成器曰礦」，賈疏「經所云丱是總角之丱字，此官取金玉於丱，字無所用，故轉從石邊廣之字」，與許意稍異。

注**又曰：珋，石之有光者**　今《說文》：珋，石之有光，璧珋也〔十四〕。

或焆曜崖鄰　注**《說文》曰：鄰，水崖間鄰鄰然也**　「鄰」當作「粼」，今《說文》：水生厓石間粼粼也。袁本三「鄰」字皆作「粼」，蓋「粼」之別體。惟五臣作「鄰」，向注可證。

則有晨鵠天雞　注**《爾雅》曰：鶾，天雞。孫炎曰：黑身，一名莎雞**　《爾雅·釋鳥》：鶾，天雞。郭注：鶾雞赤羽。《説文》：鶾，天雞，赤羽也，一名鷐風。此賦與「晨鵠」連文，其爲羽族無疑。李注引孫炎云云，是誤以《釋蟲》之天雞當之矣。

鳺鶩鷗䲠 注《山海經》曰：**䲠，其狀如梟** 又**徒計切** 《説文繫傳》「䳇」字注引此文作「䳇似梟」，今《中山經》作「其狀如梟」，《玉篇》又云「䲠鳥似烏」，未知孰審。按《廣韻》「䳇，鳥名，音拔」，則與下「月」「聒」爲韻，作徒計切者誤矣。

陽鳥爰翔 注**彭蠡既豬，陽鳥攸居** 林氏之奇《尚書全解》疑陽鳥爲地，如衛之死鳥、鄭之鳴鴈之例。金氏履祥《尚書表注》以爲禹豬彭蠡，廢其旁地爲蘆葦，以備浸淫，故陽鳥居之也。

注**翻與猵同** 胡公《考異》曰：當作「翻獱與猵狘同」。

注**字書曰：毴，落毛也。毴與毤同** 《管子·輕重》篇云「請文皮毴服而以爲幣」。按「毴」與「毤」義同。《方言》「毤，易也」，郭璞注「謂解毤也」。《廣雅》：毤，解也。《廣韻》：毤，鳥易毛也。皆可互證。

注《**竹書**》曰：**穆王北征，行流沙千里，積羽行千里** 「羽」下衍「行」字，各本皆誤。按此三語今本《竹書紀年》爲沈約注，然《大荒北經》注引亦作《竹書》。郭在沈前，此條非注明矣。《穆天子傳》注亦引《紀年》曰：穆王北征，行積羽千里。並足訂今本《竹書》之誤。

注《**淮南子**》曰：**南遊江潯。許慎注曰：潯，水涯也** 今《淮南子·原道訓》作「遊於江潯海裔」，無「南」字。本書沈休文《應詔樂遊苑》詩注、《宋孝武宣貴妃誄》注並引許慎注云「潯，涯也」，無「水」字。

注**《爾雅》曰：紅，蘢舌**　「舌」當作「古」，各本皆誤。

注**毦與茸**　六臣本無「與」字，是也。

注**涯灌涯側叢生也**　尤本無下「涯」字，「側」作「則」，誤也。

鮻鮭跻踻於垠隒　六臣本「跻踻」作「踦䟝」。胡公《考異》曰：此五臣亂善也，善作「跻踻」，音義具在注中，尤本依而改正是矣，但所賛音切仍沿五臣，又誤其字耳。

注**《山海經》曰：鳌山，滽滽之水出焉。有獸名曰獺，其狀如鱬，其毛如彘鬣。郭璞曰：音倉頡之頡，與獺同**　陳校：「獺」當作「獱」，「鱬」當作「獳」；「與」上當有「獺」字，各本皆脱。今《中山經》作「有獸焉，名曰獱，其狀如獳犬而有鱗，其毛如彘鬣」，郭注：生鱗間也。李注删「而有鱗」三字，然獺故無鱗，獱何以與獺同，所未詳也。《中山經》又有硯水，其中多頡，郭注云如青狗，豈此頡亦即獺歟？

注**今青州呼犢爲犆**　胡公《考異》曰：「犆」當作「㸬」。下文云「犆」與「㸬」同，謂引此「㸬」與正文「犆」同也，今《爾雅》正作「㸬」。

注**犆夔牛之子也**　六臣本此上有「然此」二字，是也。胡公《考異》曰：此「犆」亦當作「㸬」。

注 **翹尾而踛**　又**司馬彪曰：踛，跳也**　此《莊子·馬蹄》篇文，《莊子音義》作「翹足而陸」，云「司馬云：陸，跳也，字書作踛。踛，馬健也」。

注 **《淮南子》曰：莫鑒於流瀠而鑒於澄水。許慎曰：楚人謂水暴溢爲瀠**　今《淮南子·俶真訓》作「人莫鑒於流沫而鑒於止水」。《説山訓》又作「人莫鑒于沫雨而鑒於澄水」，高注「沫雨，或作流潦」。此所引作「澄水」不作「止水」，蓋《説山訓》文。「流瀠」即注「流潦」之異，乃許、高兩家之不同。《俶真訓》又有「灌以瀠水」句，高注「瀠或作潦」，可以互證。俗本《淮南注》衍「瀠波暴溢也」五字，古本所無。

注 **許慎曰：瀷，湊漏之流也**　今《淮南子·覽冥訓》高注云：瀷，雨瀆疾流者。

播匪藝之芒種，挺自然之嘉蔬　楊氏慎曰：「芒種二字本《周禮》『澤草所生，種之芒種』〔十五〕，注者不知其解，王氏《農書》云即江南之架田也，一名葑田，『以木縛爲田坵〔十六〕，繫浮水面，以葑泥附木架上』，葑即菰根也，根最繁而善糾結〔十七〕，以土泥著上，刈去其蔓，便可耕種，江東、淮南二處皆有之。然王氏謂葑田即《周禮》之芒種，未有據。後讀郭璞《江賦》，曰芒種曰嘉蔬，又曰匪藝曰自然，非葑田而何哉！《周禮》之説因此可解。」姜氏皋曰：「葑田以人力縛架，俟菰根糾結著土去蔓然後耕種，不得云自然也，不可曰匪藝也。無論近世江東淮南並無架田，即有之，芒種可藝，嘉蔬未必能生，蔬宜于園圃，不宜于水田也。惟淮揚、江北一帶向來散穀，不插秧不耘稻，疑爲賦所云匪藝耳。」

注《説文》曰：**瀵，水浸也**　段曰「浸」當作「漫」，依《集韻》訂。

景炎霞火　陳曰「霞」據注當作「赮」。胡公《考異》曰：前「壁立赮駁」六臣本有校語云善作赮，五臣作霞，此必同彼，失其校語耳，後「吸翠霞而夭矯」〔十八〕亦當有誤。

朱滻丹漅　六臣本「朱」作「珠」。《水經·沔水注》云：沔水又東得滻口，其水承大滻馬骨諸湖水，周三四百里，及其夏水來同，浩若滄海。洪潭巨浪，縈連江沔，故郭景純《江賦》云「其旁則有朱滻丹漅」是也。

爰有包山洞庭，巴陵地道，潛逵傍通，幽岫窈窕　《水經·沔水注》引《吴記》云：「太湖有包山，在國西百餘里，旁有小山，山有石穴，南通洞庭，深遠莫知所極〔十九〕。三苗之國，左洞庭，右彭蠡，今宫亭湖也。以太湖之洞庭對彭蠡，則左右可知也。余按二湖俱以洞庭爲目者，亦分爲左右也，但以趣矚爲方耳，是以郭景純之《江賦》云：爰有包山洞庭，巴陵地道，潛逵旁通，幽岫窈窕。」近刻《水經注》引「逵」誤「達」。又《湘水注》云：洞庭湖中有君山、編山，君山有石穴，潛通吴之包山，郭景純所謂巴陵地道者也。

瑶珠怪石琗其表　注**琗與綷同**　五臣「琗」作「綷」，良注可證。

江妃含嚬而矊眇　注《列仙傳》曰：**江斐二女**　胡公《考異》曰：「妃」當作「斐」，注引《列仙傳》作「斐」可證，各本皆以五臣作「妃」而亂之。《吴都賦》「江斐於是往來」，五臣作「妃」，此同彼也。

注《孟子注》：嚬蹙而言　《孟子音義》云頻亦作嚬，《集注》云頻與顰同、顣與蹙同，《論衡》引作頻顣，《高士傳》引作嚬顣。按「注」字當作「曰」字，本書《靈光殿賦》注、《弔魏武文》注並作「《孟子》曰：嚬蹙而言」；《弔魏武文》下又云「嚬蹙謂人嚬眉蹙歎，憂貌也」，此方是注語，今注無之。知李注所據本正文並注皆與今異也。

注《説文》曰：宙，舟車所極覆　今《説文》「車」作「輿」。

涉人於是檥榜　六臣本「檥」作「艤」，注同，是也。

注應劭《漢書注》曰：檥，止也　按「止」當作「正」。

赴交益　六臣本「赴」作「越」。

注杜預《左氏傳》曰：氛，氣也　「傳」下當有「注」字。

注《説文》曰：雰，亦氛字也　今《説文》：氛，祥氣也，重文「雰」或從雨。

注許慎《淮南子注》曰：綄，候風也，楚人謂之五兩也。又綄音桓　今《淮南子·齊俗訓》云「譬若俔之見風也」，高注「俔，候風者也，世所謂五兩」。莊氏逵吉曰：《文選》注引「俔」作「綄」，考古「完」與「見」字形相近，本多譌別，故《論語》「莞爾」之「莞」陸德明又作「莧」，此字義當作「綄」爲是。王氏念孫曰：莊以「俔」爲「綄」之譌，是也。《道藏》本、朱本注并作「俔，候風雨也」，

「雨」乃「羽」字之譌。《廣韻》「綄，船上候風羽」，《北堂書鈔·舟部二十》引許注云「綄者，候風之羽也」，《太平御覽·舟部四》引許注云「綄，候風羽也」，則高注「雨」字明是「羽」字之譌。《文選·江賦》注作「候風也」者，亦傳寫脱「羽」字耳。

鼓帆迅越，趋漲截洞　《太平御覽·舟部四》引作「鼓帆越迅，超張絶迥」。

飛廉無以睎其蹤〔二十〕**，渠黄不能企其景**　《太平御覽·舟部四》引「睎」作「希」，「企」作「追」。

擯落江山　五臣「擯」作「濱」。銑注：落菴屋之類，言作屋於江濱山側爲菴也。

注**司馬彪《莊子注》曰：擯，弃也**　此於今本《莊子》正文無所繫。本書《辨命論》注引同。姜氏皋曰：《莊子·達生》篇「賓於鄉里，逐於州部」，注「賓同擯」，釋文「必刃切」，注或指此。

栫澱爲涔　注**《説文》曰：栫以柴木壅水也**　今《説文》「壅」下無「水」字。按《玉篇》云「柴木壅水也」，似今本《説文》脱「水」字，當依此訂正。《左傳·哀八年》「栫之以棘」，杜注：栫，擁也。

詠《采菱》以叩舷　段曰：謝靈運《山居賦》作「敂弦」，作「舷」者俗字也。舟底曲如弓，故舟邊曰弦。

傲自足於一嘔　五臣「嘔」作「軀」，向注可證。孫氏志祖曰：「嘔」與「謳」同，上文云「詠《采菱》以叩舷」，固當作「嘔」字也。

挺異人乎精魄　本書江文通《雜擬·郭弘農遊仙》注引「乎」作「之」。

注《説文》曰：**真仙人變形也**　今《説文》「變形」下有「而登天」三字。

注**海潤於千里**　何校「海」上添「河」字，陳同，各本皆脱。

注**言以綜爲喻也**　六臣本、毛本「綜」並作「織」，是也。

注《周易》曰：**錯綜群數**　今《繫辭》「群」作「其」。

陽侯遡形乎大波　注**陽后，陽侯也**　依注則正文「陽侯」當作「陽后」。翰注云「陽侯，波神」，是五臣作「侯」也。

注**高誘《淮南子注》曰：楊國侯溺死於水**　「楊」當作「陽」。案今《淮南子·覽冥訓》注云「陽侯，陵陽國侯也」，李注特節引之耳。又《氾論訓》及《説山訓》注並作陽陵國侯，未知孰是。

奇相得道而宅神　《史記·封禪書》索隱引庾仲雍《江記》云「奇相〔二二〕，帝女也，卒爲江神」，此賦義當本此。又按《軒轅黄帝傳》云「蒙氏女奇相氏竊其玄珠，沉海去爲神」，注引《蜀檮杌》云：「成都府有奇相之祠。唐英按古史：震蒙氏之女竊黄帝玄珠，沉江而死，化爲此神，上應鎮宿，旁及牛宿。郭璞《江賦》曰『奇相得道而宅神』，即今江瀆廟是也。」

注**《吕氏春秋》曰：荆有佽飛者**　今《吕氏春秋·知分》篇「佽飛」作「次非」。《漢書·宣帝紀》注如淳引作「兹非」，而《後漢書》馬融、蔡邕等傳注及《北堂書鈔》一百三十七並引作「佽飛」與此同。梁氏玉繩曰：「張華《博物志》『荆軻字次非』，注謂荆將軍墓與羊角哀鄰，地在苑陵之原，其碑將軍名軻字次非〔二二〕也。《呂覽》稱『荆有次非，赴江刺蛟，孔子善之』，則與荆卿爲二人。方氏《通雅》疑軻慕次非以爲字，或當然與？」

感文甫之喪珮　胡公《考異》曰：「喪」當作「愆」，六臣本校云善作「愆」。

注**孟子曰：水源泉混混**　「水」字衍，六臣本無。今注疏本亦作「源」。

考川瀆而妙觀　「而」當作「之」。

校記

〔一〕翰注謂江之發源流如一盞也　「盞」原襲明本《兼明書》卷四作「盃」，據《文選注》「觴，酒盞，謂初發源小如一盞」改。

〔二〕吴城邗溝通江淮　「通」原作「謂」，據稿本及《左傳·哀公九年》改。

〔三〕水經湘水　此下原衍「注」，據稿本及《水經注》改。

〔四〕自廬江尋陽分爲九　「陽」據稿本及《漢書注·地理志》補。

〔五〕集解韋昭曰五湖實一湖　「集解」原作「正義」，據《史記·河渠書》改。

〔六〕荆楚干越之民　「干」原作「于」，據王念孫《讀書雜志·墨子二》《荀子一》、王先謙《漢書補注·循吏傳》《荀子集解·勸學篇》、孫詒讓《墨子閒詁·兼愛中》等校改。

〔七〕又有湔水入焉水出綿虒道　「焉」原作「馬」，據《水經注·江水》改；「虒」據全祖望、戴震、楊守敬本《水經注》及《漢書·地理志》「益州蜀郡綿虒縣」、《後漢書·郡國志》「益州蜀郡綿虒道」補。按《水經注》殿本曰近刻脱「虒」，《後漢書·方術傳》注引亦無，蓋因唐人諱「虎」而隱，下句「綿虒縣」《水經注》諸本改「綿夷縣」同。

〔八〕當以楚人名淵曰潭爲句云云　此上當補「胡公《考異》曰」。

〔九〕臨海水土物志　《隋書·經籍志》同，《舊唐書·經籍志》《新唐書·藝文志》、《初學記》卷三十「物」作「異物」。

〔十〕石首成䳁䳁鴨也　「䳁」原作「雝」，據《國語注》卷十五改。《玉篇》「䳁，同鴨」、《廣韻》「鴨，水鳥，或作䳁」、《説文》「雝，雝鸈也」、《爾雅》「雝渠，雀屬也，飛則鳴，行則搖」可證。

〔十一〕注啄似鶩指爪　「注」下原衍「頭」，係《文選注》上句「龜形，薄頭」誤讀羼入。

〔十二〕六臣本啄作喙　「六臣本」指袁本，秀州、明州、胡本同，建州、贛州、茶陵本同尤本、元槧本、毛本作「啄」。

〔十三〕邵氏晉涵曰吴地嘗獻之　「邵氏晉涵曰」當移「太平寰宇記」上；「嘗」原作「常」，據《爾雅正義·釋魚》改。

〔十四〕璧玭也　「璧」原作「壁」，據《説文·玉部》改。

〔十五〕種之芒種　此下原衍「挺自然之嘉蔬」六字，係上行正文竄入，據稿本及《丹鉛續録》卷三改。

〔十六〕以木縛爲田坵　「爲田坵」原襲楊慎作「架爲曲田」，據知不足齋本陳旉《農書》卷上、《四庫全書》抄《永樂大典》本王楨《農書》卷十一改。

〔十七〕根最繁而善糾結　「善」原作「喜」，據稿本及《丹鉛續録》卷三改。

〔十八〕吸翠霞而夭矯　「吸」原作「汲」，據《文選考異》卷二及《文選注》改。

〔十九〕深遠莫知所極　「深」據稿本及《水經注·沔水》補。

〔二十〕飛廉無以睎其蹤　「蹤」原作「縱」，據《文選》改。

〔二一〕史記封禪書索隱奇相　《史記》局本「相」字，百衲宋本、索隱本、殿本作「湘」。

〔二二〕苑陵之原名軻字次非　《博物志》注「原」作「源」；「名軻字次非」四庫本作「名乃作軻次非字」，《古今逸史》本、士禮居本、《指海》本作「名乃作次飛字」。

文選卷十三上

宋玉　風　賦

注《物理志》曰：陰陽擊發氣也　今本楊泉《物理論》作「風者，陰陽亂氣激發而起者也」，《太平御覽》《事類賦》引亦同。

有風颯然而至　六臣本「至」下有「者」字。

注《說文》曰：**颯，風聲**　今《說文》：颯，翔風也。

枳句來巢　《詩·南山有臺》正義引此語「句」作「枸」，音義云「枳枸，木名」。段校云：《說文》有「積稶」字，殆與「枳句」同。

注《莊子》曰：**騰猿得枳棘、枳句之間**　今《莊子·山木》篇「枳棘」作「柘棘」，「句」作「枸」。

其所託者　六臣本「者」下有「因也」二字。

然則風氣殊焉　六臣本作「然則氣與風殊焉」。

注**宜都狼山縣有山，山有穴，口大數尺，爲風井**　張氏雲璈曰：《武陵記》有風門，《山海經注》屈縣有風山，不獨狼山縣也。

緣泰山之阿　六臣本「緣」下有「於」字。

迴穴錯迕　本書《西征賦》「事回泬而好還」注：《韓詩》曰「謀猶回泬」。《幽通賦》「叛回穴其若茲兮」注：「回，邪也。穴，僻也。《韓詩》曰：謀猶回穴。」此賦「回穴」當亦本《韓詩》。下文「回穴」對「衝陵」，則字同義異。

至其將衰也　六臣本校云善無此五字。

則飄舉升降　又**邸華葉而振氣**　六臣本「舉」作「忽」，「葉」作「蕚」。

注《說文》曰：**邸，觸也**　今《說文》無此訓。按《說文·牛部》：牴，觸也。《韻會》通作抵、邸、氐。

離秦蘅　注**秦，木名**　《説文》：「秦，伯益之後所封國，地宜禾。一曰：秦，禾名。」按「禾名」當爲「木名」字之誤也，蓋「榛」通作「秦」耳。姜氏皋曰：《本草綱目》秦皮一名梣皮、一名樳木、一名石檀，《廣群芳譜·藥譜八》云〔一〕「秦皮本作梣皮〔二〕，其木小而岑高故名，人訛爲樳木又爲秦木，或云木出秦地故得秦名也」，注云木名者或是此。

注**《楚辭》曰：露甲新荑飛林薄**　「甲」當作「申」，「飛」當作「死」。此《涉江》文。

迺得爲大王之風也　六臣本無「也」字，下「大王之雄風也」句同。

憯悽惏慄，清涼增欷　五臣「惏慄」作「淋漂」，銑注可證。六臣本「增」作「曾」。

注**《廣雅》曰：堀，突也**　今《廣雅·釋詁》「揬也」節無「堀」字。朱氏珔曰：《説文》「堀，突也」，《廣雅》脱「堀」字，王氏《疏證》據此注以補。

動汐堁　注**堁或爲塸，非也**　五臣「堁」作「塸」，翰注可證。

注**孔安國《尚書傳》曰：憞，惡也**　姜氏皋曰：此《康誥》「凡民罔不憝」注也。《廣韻》「憝」同「憞」。《孟子》引《書》又作「譈」。

中心慘怛　六臣本「中心」作「心中」。

得目爲蔑　六臣本「蔑」作「䁾」。《説文》：「䁾，目眵也，从目，蔑省聲。」徐鍇引此語亦作「䁾」。其注中所引《呂氏春秋·盡數》篇文及高注「蔑」皆當作「䁾」。下云「蔑與䁾古字通」者，謂賦之「蔑」

與彼「曠」通也。

唃齰嗽獲 張氏雲璈曰：《史記》「唶鄙嚄唶」，《索隱》曰「多辭句也」，唃齰嗽獲即嚄唶之聲而痛言之，所以形容中風促口嚼齒之聲也，「齰」即「唶」，「獲」即「嚄」。〔三〕

校記

〔一〕廣群芳譜藥譜八云　此八字當去或移「本草綱目」上，彼下均爲《廣群芳譜》卷一百引《本草綱目》卷三五文。

〔二〕秦皮本作梣皮　「本」原作「木」，據稿本及《本草綱目》卷三五下、《廣群芳譜》卷一百改。

〔三〕張氏雲璈云云　《選學膠言》卷七、汪師韓《文選理學權輿》卷七此節均摘自方以智《通雅》卷五。

秋興賦

潘安仁

注 **晉武帝太始十四年也** 余曰：《晉書·武紀》太始十一年改元咸寧，太始無十四年。張氏雲璈曰：安仁自晉興數至此得十四年，其實咸寧四年耳，惟賦但云「晉十四年」，未嘗誤也。

注 **疑，訪之僚屬** 又**以言之是也** 余校「疑」下添「應直與否」四字，「以」下添「此」字，「是」下添「應直」二字。

注《説文》曰：話，會合善言也　本書《安陸王碑》注引同此。《歸去來辭》注引「合」下多一「爲」字。今《説文》「會合」作「合會」。

注《毛詩》曰：帥時農夫　姜氏皋曰：《詩·噫嘻》「帥」作「率」，王伯厚《詩考》引薛君《韓詩章句》作「帥」，然則非《毛詩》。

有江湖山藪之思　六臣本句首有「而」字。

慨然而賦　注《説文》曰：慨，太息也　「慨」當作「愾」，今《説文》「愾，太息也」與李音「許既切」合。又按此注下引《字林》曰「慨，壯士不得志也」與《説文》「慨」字訓同，考本書《洞簫賦》注又引《説文》「慷慨，壯士不得志於心也」，《贈徐幹》詩注、《門有車馬客行》注、《古詩》注、《薦禰衡表》注、《馬汧督誄》注皆引《説文》「慷慨，壯士不得志也」，均與《説文》合，益證此「慨」字當作「愾」，注引《字林》以下十字應删。又本書《思玄賦》「慨含唏而增愁」注「《説文》：慨，太息也」，疑亦並當作「愾」。

注興者，記事於物　六臣本「記」作「託」，是也。

四時忽其代序兮　六臣本「時」作「運」，無「兮」字。又下文「庭樹槭以灑落兮」「蟬嘒嘒而寒吟兮」「天晃朗以彌高兮」「聽離鴻之晨吟兮」「登春臺之熙熙兮」皆同。

雖末士之榮悴兮　五臣「士」作「事」，濟注可證。

注 **有榮悴者** 「悴」當作「華」，各本皆誤。

飌瑟兮 六臣本「飌」作「蕭」，《楚辭》亦然，此作「飌」似非。

登山懷遠而悼近 六臣本「而」作「以」。

注 **包曰：逝，往也** 皇侃《論語集解》「包曰」作「鄭曰」。

注 **事有當然** 六臣本「當」作「常」。

彼四慼之疢心兮，遭一途而難忍 六臣本「疢」作「疾」，「而」作「其」。

注 **《毛詩》曰：既來既往** 六臣本作「既往既來」，是也。

諒無愁而不盡 又 **於是乃屏輕箑** 六臣本「諒」作「良」，「是」作「時」。

注 **《說文》曰：蒻蒲子以爲華席也** 今《說文》「華」作「平」。按《書·顧命》「敷重厎席」孔傳：厎，蒻苹也〔一〕。《釋名》：蒲苹，以蒲作之，其體平也。《說文》以「平」通「苹」，此因誤爲「華」耳。

蟬嘒嘒而寒吟兮 六臣本「而」作「以」。

獨展於華省 又 **慨俛首而自省** 張氏雲璈曰：顧亭林據此以爲古人不忌重韻之證，按《廣韻·三十八梗》〔二〕省字所景切，解曰省署，《四十静》省字息井切，解曰察也審也，是省字有二音二義，非重韻也。

斑鬢髟以承弁兮 五臣「髟」作「彪」，濟注可證。

注《説文》曰：白黑髮雜而髟　今《説文》「髟，長髮猋猋也」與此訓迥異。段曰：「猋猋」當依《玉篇》作「髟髟」。

注如登春臺　六臣本作「如春登臺」，是也。

注此以喻指之非指也　何校「以」下添「指」字，各本皆脱。

注《漢書》鄭明曰　陳校「明」作「朋」，是也，此《蕭望之傳》文。

菊揚芳於崖澨　六臣本「於」作「乎」。

注澨澨，遊貌也，匹曳切　《廣韻·十三祭》：澨，魚遊水也，匹蔽切。而《玉篇》云：澨，孚妙反，波浪貌。未詳。

校記

〔一〕孔傳厎蒻苹也　「孔傳」原作「馬融注」，據《尚書注疏·顧命》改，馬融注爲「青蒲」。

〔二〕廣韻三十八梗　「三」原作「二」，據《廣韻》卷三改。

雪　賦

謝惠連

注《釋名》曰：雪，媛也，水下遇寒而凝，媛媛然下也　畢氏沅曰：《説文》「凝」作「冰」，水堅也，今此用俗字。《文選·雪賦》注引「綏」作「媛」亦俗字，《集韻》與「綏」通。按《初學記》二、《廣韻·十七薛》《太平御覽·天部》皆引作「綏綏然下也」。

梁王不悅，游於兔園 《西京雜記》載：「梁孝王游於忘憂之館，集諸游士使各爲賦：枚乘《柳賦》、路喬如《鶴賦》、公孫詭《文鹿賦》、鄒陽《酒賦》、公孫乘《月賦》、羊勝《屏風賦》。」時惠連感梁園而作此賦，故篇首藉以發端。余曰：《元和郡縣志》七：兔園，宋城縣東南十里，漢梁孝王園。

注 **臣授琴而鼓之** 「授」當作「援」。

盈尺則呈瑞於豐年 向注：隱公之時，大雪平地一尺，是歲大熟爲豐年。《困學紀聞》云：「左氏於隱公云『平地尺爲大雪』，不言是歲大熟，其説妄矣。」董氏斯張《吹景集》云：《春秋考異郵》「庚辰雪深七尺」、劉璠《雪賦》「庚辰有七尺之厚」，向陋生不知引此，然此與「豐年」仍無涉，故李注皆不取。

湯谷凝 五臣「湯」作「暘」，銑注可證。

注 **謂之焦泉** 「泉」當作「溪」，各本皆誤。

北户墐扉 姜氏皋曰：《淮南子·時則訓》「自北户孫之外」高注曰：北户孫，國名，日在其北，故曰北户。《南史·林邑傳》林邑「本漢日南郡象林縣，古越裳界也」「其國俗，居處爲閣，名曰干闌，門户皆北向」，注宜引此始可與「裸壤」爲對。

連氛累靄 五臣「靄」作「藹」，向注可證。

注　**許慎《淮南子注》曰：璐，美玉也**　今《淮南子》無「璐」字，此注語不知所屬。

林挺瓊樹　六臣本注有「瓊亦玉也，瓊樹恐誤也」九字。案「亦」當作「赤」。《説文》「瓊，赤玉也」，故李以爲惠連誤用，此注不當删去。然毛萇《詩傳》則但云：瓊，玉之美者。《廣韻》亦云：瓊，玉名。

白鷴失素　朱氏綬曰：唐蕭穎士《白鷴賦》序「素質黑章，爪觜純丹」，似非純白者，惠連引用與「瓊樹」正同。

玉顔掩嫮　尤本「嫮」作「姱」，蓋因注而誤改也。

注　**范子紈素出齊**　六臣本、毛本俱無此六字，此恐有誤。姜氏皋曰：《淮南子·修務訓》「曳齊紈」，高注「紈素，齊所出」，則「紈素出齊」有所本也；「范子」或即《范子計然》，惟似脱「曰」字耳。

注　**《楚辭》曰美人皓齒，嫮與姱同，好貌**　胡公《考異》曰：「皓齒」下當作「嫭以姱，嫮與嫭同。嫮、姱，好貌」十一字。「美人皓齒嫭以姱」，《大招》文也；「嫮與嫭同」，賦之「嫮」同於《大招》之「嫭」也；「嫮、姱，好貌」，王逸注也。傳寫脱誤不可讀，尤本遂因此誤改正文爲「姱」字矣。

若乃積素未虧　五臣「素」作「雪」，翰注可證。

注　**有章尾山**　此《大荒北經》文，《海外北經》作「鍾山」。説詳《思玄賦》。

注　**《抱朴子·釋鬼》篇曰：馮夷，華陰人，以八月上庚日渡河溺死，天帝署爲河伯**　今《抱朴子》内二十篇、外五十篇皆無《釋鬼》篇，此所引未詳。

注**《説文》曰：蚌，蜃也**　今《説文》「也」作「屬」。

嗟難得而備知　六臣本「嗟」作「羌」。

折園中之萱草，擿階上之芳薇　六臣本校云善無此二句，尤本亦無之。陳氏繼儒曰：萱薇早凋，固不及雪，李本無此兩言，以睽違枝葉指所遥思，而「對」「瞻」「踐」「憐」文原比類耳。

注**薰，火煙上出也，字從黑**　案《説文·中部》熏，火煙上出也；《黑部》黑，火所熏之色也。此故曰字從黑也。「薰」通作「熏」。

念解珮而褫紳　六臣本作「念褫珮而解紳」。

豈鮮耀於陽春　《兼明書》引「耀」作「輝」，又云：銑注「鮮，寡也」，雪之光輝豈寡於陽春？非也，下文「玄陰」云云，則「鮮」謂鮮明也，言雪當見日而消，不能鮮明光輝於陽春也。

注**《孟子》曰：白羽之白也，猶白雪之白也歟？白雪之白也，猶白玉之白也歟？劉熙曰：《孟子》以爲白羽之白性輕，白雪之性消，白玉之性堅，雖俱白，其性不同**　六臣本「性輕」上無「白」字，此衍。按此與趙氏《章句》略同，馬總《意林》録《孟子》云「白羽白性輕，白雪白性消，白玉白性貞，雖俱白，其性不同也」當即據此注，或謂《意林》所録是古《孟子》，誤矣。

玄陰凝不昧其潔，太陽曜不固其節　《兼明書》引「凝」下有「沍」字，「曜」上有「暉」字。

縱心浩然　注**我善養吾浩然之氣**　「浩」當作「皓」，注同。本書《答賓戲》注引《孟子》項岱注曰「皓，白也，如天之氣皓然也」，是舊本《孟子》有作「皓然」者。

注**則塞於天地之間**　今《孟子》「於」作「于」。翟氏灝曰：「《孟子》自引《詩》《書》外皆用『於』字，此獨作『于』。宋刻《九經》本『于』字作『乎』。按《後漢書·劉愷傳》注亦引作『塞乎』。」〔一〕

注**鴻《安丘嚴平頌》曰**　「鴻」上當有「梁」字，本書《補亡詩》注亦引此可爲證。先通奉公曰：《後漢書·梁鴻傳》「仰慕前世高士，爲四皓以來二十四人作頌」，此蓋其遺句也。

校記

〔一〕于字作乎按劉愷傳注亦引作塞乎　「字」原作「自」，據《四書考異·條考廿五》改。「愷」原襲翟灝作「般」，刻本訛作「殷」，據《後漢書·劉愷傳》注「塞乎天地之間」改。按《漢書·叙傳》張晏注亦引作「塞乎」。

文選旁證卷第十五

文選卷十三下

謝希逸 **月賦**

注**年三十六** 何校「三」改「四」，陳同，是也，《南史·謝莊傳》可證。

陳王初喪應劉 顧氏炎武曰：王粲以建安二十一年從征吴，二十二年道卒，「徐陳應劉一時俱逝」亦是歲也，至明帝太和六年植封陳王。古人爲賦多假設之詞，豈可掎摭史傳以議其不合哉！庾信《枯樹賦》既言殷仲文爲太守，乃復有「桓大司馬」，亦此例也。

不怡中夜 六臣本「不」作「弗」。

注**《長歌行》曰** 陳校「長」改「傷」，是也，各本皆誤。

注**《説文》曰：懵，目不明也** 段校「懵」改「瞢」。

擅扶光於東沼 五臣「光」作「桑」，翰注可證。

注**《山海經》曰：湯谷有扶木，九日居下枝，一日居上枝。郭璞曰：扶木，扶桑也** 今《海外東經》云「湯谷上有扶桑」，注「扶桑，木也」，又云「十日所浴在黑齒北，居水中，有大木，九日居下枝，一日居上枝」。此蓋合前後引之。

注《山海經》曰：灰野之山有赤樹青葉，名曰若木，日之所入處　今《大荒北經》「灰野」作「洞野」，無「日之所入處」五字。

注《春秋元命苞》曰：月之爲言闕也，兩説蟾蠩與兔者，陰陽雙居，明陽之制陰，陰之倚陽　《太平御覽·天部四》所引同此，惟「説」作「設」、下有「以」字、「雙」作「相」，與此小異，而與本書《吴都賦》及《古詩十九首》注並同。至《五行大義·論七政第十六》引作「月者陰精，爲言闕也。中有蟾蜍與兔者，陰陽兩戾相附，抑詘合陽」云云，則文字迥殊矣。

注《論語》曰：皇皇后帝　「論語」二字當作「毛詩」，各本皆誤。

注《説文》曰：朒，朔而月見東方，縮朒然。朓，晦而月見西方也。朏，月未成光。魄，月始生魄然也　今《説文》：朒，朔而月見東方，謂之縮朒；又朓，晦而月見西方謂之朓；又朏，月未盛之明；又霸，月始生霸然也。錢氏坫曰：諸史傳皆作「朒」，惟《説文》从内。内，肉聲，不相近，當亦傳寫之譌。朱氏珔曰：「霸」爲正字，《漢志》所引《武成》《顧命》皆然，後人用魄字，而「霸」乃以爲「王霸」字矣。

注鄭玄曰：朓，條達行疾貌　《説文繫傳》「朓，行太遲；朒，行太疾」也。按朒、朓遲疾説各不同，當以《漢書·五行志》爲據，志載劉向説：「朓者疾也，君舒緩則臣驕慢，故日行徐而月行疾；仄匿者不進之意，君肅急則臣恐懼，故日行疾而月行遲，不敢迫近君也。」此與鄭説合，徐鍇説似誤。

增華台室，揚采軒宮 倪氏思寬曰：月者太陰之精，以爲臣道故曰增華台室，以爲妻道故曰揚采軒宮，此用意之妙也。

委照而吴業昌 何曰：既假託於仲宣，即不應用吴事，亦失於點勘也。按此當與篇首「陳王」一例觀之。

弛清縣 姜氏皋曰：縣，樂縣也，今與宴、殿、薦相協，是作去聲，與張平子《西京賦》「樂不改縣」句與辨、燕叶韻同也。《廣韻·一先》：縣，《説文》訓繫也，相承借爲「州縣」字。

於是絃桐練響 五臣「絃」作「絲」，翰注可證。

注**《新論》曰：神農始削桐爲琴，練絲爲絃** 本書鮑明遠《樂府》注引同此。又《琴賦》注引《新論》曰「八音廣博〔一〕，琴德最優」，又枚乘《七發》注引《新論》曰「琴隱長四十五分，隱以前長八分」，皆不標篇名，疑皆《琴道》中語。

注**侯瑛《箏賦》曰** 六臣本「侯」作「吴」，何、陳皆據之，並誤也。「侯瑛」當作「侯瑾」，見《後漢書·文苑傳》，《隋書·志》云「集二卷」，《箏賦》在《藝文類聚》及《初學記》中。本書《猛虎行》注引作「侯璞」亦誤。

注**《防露》，蓋古曲也**　六臣本「防」作「房」，是也。

注**《説文》曰：波，水涌也**　今《説文》「涌」下有「流」字，然此當引在「洞庭始波」句下。

注**《毛詩》曰：如彼遡風**　朱氏珔曰：今《詩》「遡」作「遡」；此注所引，阮氏校勘記謂當是三家異字。

美人邁兮音塵闕，隔千里兮共明月　孟棨《本事詩》引「音塵闕」作「音信闊」。《南史·謝莊傳》云：孝武帝問顔延之曰：謝希逸《月賦》何如？答曰：美則美矣，但莊始知「隔千里兮共明月」。帝召莊以延之之答語之，莊應聲曰：延之作《秋胡詩》始知「生爲久别離，没爲長不歸」。帝拊掌竟日。

臨風歎兮將焉歇　六臣本「焉」作「烏」，但傳寫誤耳。

注**《説文》曰：滿堂飲酒**　今《説文》無此語。〔二〕

獻壽羞璧　六臣本「羞」作「薦」。

注**《韓詩外傳》曰：楚襄王遣使者持白璧百雙聘莊子**　張氏雲璈曰：今《韓詩外傳》無此語。

注**原成叔曰**　「原」當作「厚」，各本皆誤。胡公《考異》曰：此引《襄十四年傳》文，本書《幽憤詩》注作「后」、《九錫文》注作「厚」，厚即后也，善引群書其字或不畫一，例如此矣。

校記

〔一〕八音廣博　「廣博」原作「廣播」，據尤本、元槧本、毛本、胡本《文選賦·琴賦》改，六臣本無此語。按清孫馮翼輯《桓子新論》亦作「廣播」。

〔二〕説文曰滿堂飲酒今説文無此語　善注「説文」當作「説苑」，見《説苑·貴德》：「今有滿堂飲酒者，有一人獨索然向隅而泣，則一堂之人皆不樂矣。」《文選·笙賦》《天監三年策秀才文》注、《白氏六帖事類集》卷十九均引之。

鵩鳥賦

賈誼

《鵩鳥賦》　柳氏宗元曰：賈誼《鵩賦》，學者以爲盡出《鶡冠子》，吾意好事者僞爲其書，反用此賦以文飾之。太史公《伯夷列傳》稱賈子曰「貪夫狥財，烈士狥名」，不稱《鶡冠子》，遷號爲博極群書，假令當時有其書，遷豈不見耶？

賈誼　注**而班固謂之未爲不達**　《漢書·賈誼傳》贊曰：夭年早終，雖不至公卿，未爲不遇也。

誼爲長沙王傅　《漢書·賈誼傳》無「王」字。《史記·屈賈列傳》作「賈生爲長沙王太傅」，正義云：「《漢文帝年表》云吴芮之玄孫差襲長沙王也，傅爲長沙王差之二年也。」

三年，有鵩鳥飛入誼舍　《漢書》「鵩」作「服」，下同；無「鳥」字。《史記》作「三年，有鴞飛入賈生

舍」。張氏雲璈曰：庚穆之《湘州記》：賈誼宅今爲陶侃廟。〔一〕

鵩似鴞，不祥鳥也　《史記》作「楚人命鴞曰服」。按《周官·硩蔟氏》疏云「鴞之與鵩二鳥俱夜爲惡聲者」，據此則鴞、鵩實二鳥。此作「鵩似鴞」從《漢書》，較《史記》義長。

誼既以謫居長沙，長沙卑溼　六臣本無下「長沙」二字，非也，《史記》《漢書》有。姜氏皋曰：顧亭林謂長沙乃衡岳之麓，洞庭鄂渚上流，而古稱卑溼者臆説耳。然《漢書·淮南厲王傳》「衡山王朝，上勞苦之曰：南方卑溼」，《地理志》衡山國後爲六安國，今江北英霍間也，亦不甚卑溼，蓋自長安而南視，總不高燥也。

誼自傷悼，以爲壽不得長　《史記》作「自以爲壽不得長，傷悼之」。《連叢子》載孔臧《鴞賦》云：昔在賈生，有識之士，忌兹服鳥，卒用喪己。

單閼之歲兮，四月孟夏。庚子日斜兮，鵩集予舍　《史記》「日斜」作「日施」，《索隱》：施猶西斜也。六臣本無兩「兮」字，《漢書》通篇無之。孔臧《鴞賦》云：季夏庚子，思道静居，爰有飛鴞，集我屋隅。按賈之《鵩》以孟夏庚子日至，孔之《鴞》以季夏庚子日至，何相類也！

注 **文帝六年**　錢氏大昕《二十二史考異》五云：《漢書·律曆志》高帝元年歲名敦牂、太初元年歲名困敦，以是推之，單閼之歲當是文帝七年，徐氏不知古有超辰之法，故云六年也。

止於坐隅兮　六臣本無「兮」字，下「發書占之兮」「野鳥入室兮」「縱軀委命兮」各句同。

異物來萃兮　《史記》「萃」作「集」。《漢書》作「崒」，孟康曰「崒音萃。萃，聚集也」。王氏念孫曰：上文祇有一服，不得言聚集也。崒者止也，其字從止〔二〕，故上文言「止於坐隅」。《廣雅》：崒，待也；止、待，逗也；逗亦止也。《楚辭·天問》「北至回水，萃何喜」，王注「萃，止也」。《史記》「崒」作「集」，集亦止也，非聚集之謂。

識言其度。曰：野鳥入室兮　《史記》「識」作「策」，「室」作「處」。

請問於鵩兮　六臣本無「兮」字。《漢書》作「問於子服」，顔注「子服者，言加其美稱」，然於文義不順，故昭明從《史記》。

注　**識問於鵩鳥也**　六臣本、尤本無「問」字。

凶言其災　案漢《柏梁臺詩》以「灾」叶「危」，《岑彭傳·輿人歌》以「災」叶「時」。張氏雲璈曰〔三〕：「災」字合讀「緇」，漢人書「災」爲「菑」，正此音也。

淹速之度兮　《史記》「速」作「數」，徐廣曰：數，速也。

鵩迺歎息　《漢書》「歎」作「太」。

請對以臆　《漢書》「臆」作「意」，師古曰：「意」合韻，宜音億。

萬物變化兮　六臣本「萬」上有「日」字，非也，《史記》《漢書》無。

斡流而遷兮　顧氏炎武曰：《賈生傳》「斡棄周鼎兮」應劭曰「斡音筦。筦，轉也」，「斡流而遷兮」

《索隱》曰「斡，烏活反。斡，轉也」，義同而音異。按《索隱》單行本卷二十云：「斡流而遷」斡音管〔四〕，斡，轉也；前「斡棄周鼎」斡，轉也，烏活反，晉灼云「斡，古管字」。與顧氏所引不同。

變化而嬗　《史記》作「變化而嬗」。《漢書》亦作「嬗」，服虔曰「嬗音如蟬，謂變蜕也」，顔注「此即禪代字，合韻故音蟬」。《索隱》引韋昭云「而，如也，如蟬之蜕化也」〔五〕，據此則仍當作「蟺」字。

沕穆無窮兮　《漢書》「窮」作「閒」。

注**顔師古曰**　六臣本「師古」作「監」，是也。

傅説胥靡兮　按《尚書傳》是言傅説代胥靡傭力，而《漢書》張晏注直云「傅説被刑，築于傅巖」與此同。姜氏臯曰：《墨子·尚賢》下：「昔者傅説居北海之洲，圜土之上，衣褐帶索，庸築於傅巖之城。」《荀子·儒效》篇「鄉也胥靡之人，俄而治天下之大器舉在此，豈不貧而富矣哉」，楊倞注：「胥靡，刑徒人也，胥相靡繫也。」是漢以前固有此説，而賈太傅亦沿之，似僞《孔傳》誤也。

何異糾纆　李氏光地曰：糾纆言糾之急則轉亦急，翻覆久而後定也；應劭以爲「如糾纆繩索相附會」〔六〕，未是。

水激則旱兮　注《鶡冠子》曰：**水激則悍**　又**悍與旱同**　又《呂氏春秋》曰：**激矢遠，激水旱**　五臣「旱」作「悍」，翰注可證。按今《鶡冠子·世兵》篇陸佃注本「悍」亦作「旱」。今《呂氏春秋·去宥》篇作「激矢則遠，激水則旱」。《説文》「旱」與「悍」同音，本可通用。然顔注云「言水之激疾則去盡不能浸潤」，是就「旱」本字爲義也。孫氏志祖曰《淮南子·兵略》《說苑·談叢》「旱」並作「悍」。

振盪相轉 五臣「振」作「震」，翰注可證。《漢書》同。

糾錯相紛 《史記》「糾錯」作「錯繆」。

大鈞播物兮 《史記》作「大專槃物兮」，《索隱》：「專讀曰鈞；槃猶轉也，與『播』義同。虞喜《志林》云：大鈞，造化之神，鈞陶萬物，品授群形者也。」《二十二史考異》云：「專與鈞，聲相轉，舌齒異音而均爲出聲，此假借之例也；槃讀爲般，補完切，般、播聲相近。」

天不可預慮兮，道不可預謀 《史記》《漢書》兩「預」字並作「與」。

遲速有命兮，焉識其時 《史記》「速」作「數」，「焉」作「惡」。《漢書》「焉」作「烏」，顔注「烏猶何也」。

注**《莊子》曰：若人之形者，萬化而未始有極** 今《莊子·山木》篇無「若人之形者」五字。

何足控摶 《漢書》「摶」作「揣」。《史記索隱》：「摶音徒端反，又本作控揣。揣者量也。」按如淳曰：「揣音團，或作摶〔七〕；控摶，玩弄愛生之意。」是《漢書》本亦有作「摶」者。本書《幽通賦》引作「揣」，亦並存異文耳。

注**度商曰揣** 段校「商」改「高」。

注**師古曰**　又**郭璞曰**　六臣本無「師古曰」三字，是也。「璞」當作「象」，各本皆誤，此《莊子·大宗師》篇注。

達人大觀兮　《史記》「達」作「通」。

注**《莊子》曰：胥士之徇名，貪夫之徇財**　六臣本、尤本「莊子」並作「列子」，誤也。《索隱》云此語亦出《莊子》，今《莊子·駢拇》篇作「小人則以身殉利，士則以身殉名」。

夸者死權兮　《史記》注應劭曰「誇，毗也，好營死于權利」，瓚曰「謂夸泰也。《莊子》曰：權勢不尤，則夸者悲也」。

品庶每生　《史記》「每生」作「馮生」，《索隱》云：「《漢書》作『每生』，音謀在反，服虔云『每，念生也』，鄒誕本亦作每，言惟念生而已。今此作馮，馮亦持念之意也〔八〕。然案《方言》『每』字合從手旁，音謀改反。」班固《敘傳》「每生有禍」又《後漢書·孔融傳》論曰「豈有員园委屈可以每其生哉」亦是。〔九〕

或趨東西　五臣「東西」作「西東」，濟注可證。《史記》《漢書》亦作「西東」，是也，《索隱》云：《漢書》亦有作「私東」，應劭云「仕諸侯爲私。時天子居長安，諸王悉在關東，小人怵然，内迫私家，樂仕諸侯，故云怵迫私東也」，李奇曰「『私』多作『西』者，言東西趨利也」。

注**爲利所誘怵也**　毛本「也」誤作「然」，尤本不誤。

意變齊同 《史記》「意」作「億」。王氏念孫曰：「意」讀作「億萬年」之億，《史記》正作億，億變猶上文言千變萬化也，此即《莊子》齊物之旨，作「意」者借字耳，良注云「意與變化齊同」失之。

注 **大人者與天地合其德** 毛本「大」字上有「文子曰」三字。

愚士繫俗兮，窘若囚拘 《史記》「愚」作「拘」，「窘若」作「攌如」。《漢書》「窘」作「僒」。本書《吴都賦》「罼礲僒束」注引此作「僒」。《玉篇》「僒」字注引此作「僒」，謂肩傴僒也。案《學林》云：攌乃攌束之意，字書「窘」亦作「僒」，然則攌、窘二字雖不同音而其義則皆有囚束拘繫之意，于文無嫌也；《文選・鵩賦》蓋用《漢書》編入，祇用「窘」字，而李及五臣注皆曰「窘，拘囚也」，然則「窘」爲「僒」可知矣。

注 **《莊子》曰：不肖繫俗** 毛本引作「不離于俗」，誤。

衆人惑惑兮，好惡積億 惑惑，五臣向注及《史記》並作「或或」。億，《史記》《漢書》並作「意」，臣瓚曰「言衆懷好惡，積之心意」。錢氏大昕曰：億，當作𢡃，《説文》「𢡃，滿也」。王氏念孫曰：言好惡積滿于中也。今按《史記》《漢書》注皆引李奇曰「所好所惡，積之萬億也」與此注同，顔注「意合韻，音於力反」，則不如仍作「億」字爲勝矣。

真人恬漠兮，獨與道息 《史記》「恬」作「淡」。六臣本「獨」作「猶」。

得坻則止 注**「坻」或爲「坎」** 《漢書》「坻」作「坎」。《史記注》徐廣曰「坻一作坎」。胡公《考異》曰：「坻」當作「坎」，善引孟康注，於首可見。

注《易》明夷則仕　六臣本「明」上有「大」字，無「夷」字。陳云別本作「明夷易」。胡公《考異》曰：各本皆誤，「《易》明夷」當作「謂夷易」，《漢書》顔注引可證也。

縱軀委命兮　六臣本無「兮」字。

其生兮若浮，其死兮若休　《史記》止有一「兮」字在「若浮」下。

澹乎若深淵之静　《漢書》「静」作「靓」，顔注「靓與静同」。

不以生故自寶兮，養空而浮　六臣本校云五臣無此二句。《漢書》「寶」作「保」。《史記》「浮」作「游」。

注**鄭氏曰**　《漢書注》「鄭氏」作「服虔」。

德人無累兮　尤本無「兮」字，下文「細故蔕芥兮」句同。

細故蔕芥兮　《史記》「蔕」作「慸」，「芥」作「葪」，《索隱》云葪音介。《漢書》作「介」，今《漢書》顔注「蔕芥，小鯁也」。《臆乘》云：世稱芥蔕或芥蔕往往字音皆未詳，按《西京賦》「睚眦蠆芥」五臣注「怒貌」，李注引張揖《子虚賦注》曰「蔕芥，刺鯁。蠆與蔕同」。

校記

〔一〕湘州記賈誼宅今爲陶侃廟　張雲璈引自余蕭客《文選音義》卷四，然《湘州記》宋時已佚，語見《齊民要術》卷十、《太平御覽》九六六引「陶侃廟地是賈誼故宅」及《水經注·湘水》「陶侃廟云舊是賈誼宅地」。

〔二〕崪者止也其字從止　《讀書雜志·漢書九》「崪」從止不從山，下同。然王先謙《漢書補注》曰：各本從山不從止，《史記》作集，《文選》訓集是也，班蓋借崪爲萃。

〔三〕張氏雲璈曰　此下及上句《岑彭傳》係《選學膠言》卷八引自《野客叢書》卷六。

〔四〕斡流而遷斡音管　下「斡」據《史記索隱·屈賈列傳》補。

〔五〕如蟬之蜕化也　「蜕」原作「脱」，據《史記索隱·屈賈列傳》改。

〔六〕如糾纆繩索相附會　「繩」據《史記集解·屈賈列傳》補。

〔七〕揣音團或作摶　《文選》作「摶」，注「摶音團，或作揣」；《漢書》作「揣」，注「揣音團」而無「或作摶」三字，此蓋反轉《文選注》而生造補入，然下句復解「控摶」，依舊牴牾割裂。觀上引《史記索隱》原作「揣音初委反，又音丁果反，揣者量也」，此引其義而避其音，然錢大昭《漢書辨疑》卷十七云：「揣無團音，必作摶字，乃與患字合韻。《文選》作『控摶』，并引如淳曰『摶音團，或作揣』，是如本作摶也，小顔變其字而仍其音，遂致讀者不可解矣。」王先謙《漢書補注》卷四八云：「專字或作耑，故摶亦變文爲揣。作摶是也，《史記》同。《文選注》展轉推尋，徒滋轇轕。」二説從「摶」是也，當援《選》改《漢》，此却引《漢》亂《選》、倒《選注》以就《漢注》，大誤。

〔八〕馮亦持念之意也　「持念」原作「親念」，稿本作「新念」，據《史記索隱·屈賈列傳》改。

〔九〕班固叙傳云云　「傳論」原作「賛」，「員园委屈」原作「圓刓委曲」，皆襲方以智《通雅》卷四，據《後漢書·孔融傳》改。

禰正平

鸚鵡賦

禰正平　《酉陽雜俎》魏肇師曰：古人託曲者多矣，然《鸚鵡賦》禰衡、潘尼二集並載，古人用意何至於此？

惟西域之靈鳥兮　又**體金精之妙質兮**　六臣本並無「兮」字。按下「性辯惠而能言兮」六臣本亦有「兮」字，則上兩「兮」係偶脱。

注**《歸藏·殷筮》曰**　今本《歸藏》「殷」作「啓」。

棲跱幽深　五臣「跱」作「峙」，良注可證。

注**《説文》曰：嬉，樂也**　本書《思玄賦》注、《洞簫賦》注引並同。今《説文》無「嬉」字，疑當作「嫛」。《説文》：嫛，悦樂也。孫氏義鈞曰：嬉，《説文》止作「娭」，訓戲也，《上林賦》「娭遊往來」注「娭，許其切」。

固殊智而異心　六臣本「固」作「故」。

配鸞皇而等美，焉比德于衆禽　六臣本「而」作「之」，「德」作「翼」。

注　餘波入於流沙　桂氏馥曰：李善注《鸚鵡賦》引《書》「餘被入於流沙」，或以「被」爲「波」之譌，按李引經每與今本不同，「被」讀如「被孟豬」之被，宜存此説。按各本無作「被」者，恐皆後人所改，桂言如此必有所見之舊本也。

寧順從以遠害　又而傷肌者被刑　六臣本「寧」作「能」，無「而」字。

注　在蜀郡五道西　何校「五」改「湔氐」二字，陳同，各本皆誤。

注　《説文》曰：馴，順也　今《説文》：馴，馬順也。

注　情慨慨而長懷　「慨慨」當作「慷慨」，六臣本尚不誤。

奚遭時之險巇　六臣本「巇」作「戲」。

匪餘年之足惜，慜衆雛之無知　余曰：曹植《鸚鵡賦》：豈余身之足惜，憐衆雛之未飛。

注　《論語》曰：君子久要不忘平生之言　今《論語》無「君子」二字。

何今日之兩絶　「兩」當作「雨」。本書王仲宣《贈蔡子篤詩》「一別如雨」、江文通《擬潘黄門詩》「雨絶無還雲」注並引此賦作「雨絶」。蓋五臣作「兩絶」，向注可證。

順櫳檻以俯仰　五臣「櫳」作「籠」，銑注可證。

注　《説文》曰：牖，穿壁以爲窗也　今《説文》：牖，穿壁以木爲交窗也。

想崑山之高嶽　六臣本「嶽」作「峻」。

徒寃毒于一隅　五臣「寃」作「怨」，翰注可證。

張茂先

鷦鷯賦

注**慨然有感**〔一〕**，作《鷦鷯賦》**　《晉書・張華傳》云：初未知名，著《鷦鷯賦》以自寄，陳留阮籍見之歎曰王佐之才也，由是聲名始著。《東坡志林》云：阮籍以華有王佐才，觀此賦，獨欲自全於禍福之間耳，何足爲王佐乎？華不從劉卞言，竟與賈氏之禍，畏八王之難，而不免倫、秀之虐，此正求全之過，失《鷦鷯》之本意。

鷦鷯，小鳥也　六臣本無「也」字。

注**《列女傳》：姜后曰：鴡鳩之鳥，猶未嘗見其乘居而匹游**　今《列女傳・周宣姜后》篇無此語，《仁智傳・魏曲沃負》云「夫雎鳩之鳥，猶未嘗見乘居而匹處也」，當即此所引。

有以自樂也　六臣本「樂」作「得」，無「也」字。

注**《説文》曰：鷲，黄頭赤目，五色皆備**　今《説文》「鷲鳥黑色多子」，通作「就」〔二〕，師曠曰「南方有鳥，名曰羌鷲，黄頭赤目，五色皆備」。

注**《山海經》曰：景山多鷲，黑色多力**　今《中山經》「景山」作「暴山」，「鷲」作「就」，無「黑色多力」四字，郭注：就，雕也。

注《西京賦》曰：**觜距爲力鈹**　此《吴都賦》語，李偶誤記耳。

有用於人也　六臣本無「有」字。

何造化之多端兮　又**惟鷦鷯之微禽兮**　《晉書》無兩「兮」字，下有「翩䴉之陋體，毛弗施于器用，鷹鸇過猶戢翼〔三〕，伊兹禽之無知，不懷寶以賈害」五句，六臣本並有「兮」字，恐皆誤衍也。

注**易曰天地造生**　六臣本「易」下有「注」字，是也。

毛弗施于器用兮　又**何處身之似智**　《晉書》「弗」作「無」，「何」作「而」。

注《**左傳**》**曰：周任有言「匹夫無罪，懷璧其罪」，吾焉用此以賈其害**　毛本「用此」作「用之」。今《桓十年傳》「周任有言」作「周諺有之」，「以賈其害」作「其以賈害也」。

静守約而不矜　五臣「約」作「性」，濟注可證。《晉書》亦作「性」。

注**青色有角**　今本《山海經·中山經》「角」作「毛」。按《玉篇》：鶡鳥似雉而大，青色，有毛角。知此注與今本《山海經》各誤脱一字。

鵠鷺軼於雲際　六臣本「軼」作「逸」。

鸜鵒惠而入籠　《晉書》「惠」作「慧」，古字通。

戀鍾岱之林野　何校「岱」改「代」，注同。按何據注引《漢書·地理志》文也，《晉書》仍作「岱」。

注**如淳曰：鍾，所在未聞**　姜氏皋曰：《水經注》「芒干水出塞外，南逕鍾山即陰山」，徐廣《史記注》云陰山在五原北。《山海經·西次三經》有鍾山，畢氏沅曰：「《北山經》鍾山之神名曰燭陰，《淮南子》燭龍在雁門北，是知鍾山在雁門北矣。今山西朔平府北塞外，西至榆林府北境，陰山是也。陰、鍾蓋聲相近也。」

海鳥鶢鶋　胡公《考異》曰：當依《晉書》所載作「爰居」，善引《國語》爲注亦是。爰居，五臣翰注乃作「鶢鶋」。

條枝巨雀　五臣「枝」作「支」，良注可證。

而形瓌足瑋也　又**而下比有餘**　六臣本無「也」字，「下」上無「而」字。

吾又安知大小之所如　六臣本「知」下有「其」字，「大小」作「小大」。

校記

〔一〕慨然有感　「然」原作「焉」，光緒版據《文選注》改。

〔二〕通作就　此三字《説文》無，當與下句互乙。

〔三〕鷹鸇過猶戢翼　「戢」原作「俄」，據《晉書·張華傳》改。

文選卷十四

顔延年

赭白馬賦

赭白馬　向注：「宋文帝爲中郎將，受武帝赭白馬之錫。及文帝受禪，其馬乃死，帝命群臣賦之，而延之同有此作。」桂氏馥曰：《宋書》「高句驪王高璉，晉義熙九年遣長史高翼奉表獻赭白馬」；「宋高祖踐阼，又遣長史馬婁等獻方物」〔一〕，案宋時所獻雖不明言有馬，以晉時方物考之，知赭白馬出高句驪也。

注**冰原嘶代馱**　六臣本「馱」下有「以韻言之，蓋馬名也」八字，是也。胡公《考異》曰：「之」下「蓋」上當有「音伏」二字。

疇德瑞聖　注**疇，昔也**　丘氏光庭《兼明書》云：疇，等也，言可以等齊君子之德、祥瑞聖人之道也。按注中「昔」字當是「等」字之誤，惟良注實作「昔」解之。

注**樂率職貢**　胡公《考異》曰：「職貢」當作「貢職」，各本皆誤。

注**《尚書》曰：玉府則有**　陳曰：王、玉互異，必有誤。

注**宋人以馬百駟**　「馬」上當有「文」字，各本皆脱。

注《周書》曰：小人無兼年之食　毛本「書」誤作「禮」，下「既剛且淑」〔二〕句注「周禮」亦應作「周書」，皆《汲冢逸書》語也。

注《説文》曰：殫，盡也　今《説文》：殫，極盡也。

維宋二十有二載　六臣本作「維宋十有四載」。案以李注「宋文帝十七年」考之，文帝以甲子歲即位，數至其十七年庚辰，加前高祖三年、營陽王一年，當爲惟宋二十有一載，方與李注之數合，今作二十有二載者有誤。若六臣本之「十有四載」又未知何出，恐不足據也。

興王之軌可接　六臣本「可」作「既」。

飛黄服皁　余曰：許慎《淮南注》：飛黄，乘黄也，出西方，壽千歲。

注《説文》曰：棶，盛也　今《説文》：棶，木盛也。

精曜協從〔三〕　六臣本句首有「是用」二字。濟注：精曜，天駟星也，謂星叶從而爲神馬。〔四〕

注函夏之大　胡公《考異》曰：「大」下當有「漢」字，餘屢引皆有。

信聖祖之蕃錫　六臣本「錫」作「賜」。

簡偉塞門　注塞，紫塞也。塞或爲寒，非也　汪氏師韓曰：馬生北地，即作寒門亦可。《楚辭·遠遊》：踔絶跟於寒門。張衡《思玄賦》：望寒門之絶跟兮。應德璉《建章臺集詩》「言我寒門來」注：《淮南子》「北極之山曰寒門」，高誘曰：積寒所在，故曰寒門。

注《左氏傳》曰：組甲三千　朱氏珔曰：《襄三年傳》文本是「組甲三百，被練三千」，此蓋誤合爲一。

進迫遮迾　五臣「迾」作「列」，良注可證。姜氏皋曰：《漢書·昌邑王傳》「取卒迾宮清中備盗賊」〔五〕，李奇曰「迾，遮也」，如馬融《圍棋賦》「緣邊遮迾」、王融詩「霜琯迾遥州」、《南齊書·佞幸傳》「遮迾清道」皆列之義也。《漢書·鮑宣傳》「男女遮迣」，晉灼曰：迣，古「列」字。

闌肆威稜　五臣「肆」作「肆」，濟注：肆，縱也。

注又曰：興言出宿　按此當在「《毛詩》曰：王于興師」下，此誤倒於引《漢書》下。

經玄蹄而雹散，歷素支而冰裂　本書曹子建《白馬篇》：控弦破左的，右發摧月支，仰首接飛猱，俯身散馬蹄。

都人仰而朋悦　六臣本校云：五臣作「朋」，善作「明」。按六臣本所見誤，尤本不誤。

凌遽之氣方屬　六臣本「屬」作「厲」。

踢鑣轡之牽制　五臣「制」作「掣」，銑注可證。

望朔雲而蹀足　《説文繫傳》引此「蹀」作「蹵」，云：今俗作「蹀」。

注**乘纖離之馬**　六臣本「離」作「驪」。

秀騏齊亍　五臣「騏」作「驥」，向注可證。《猗覺寮雜記》云：爲文用偏旁字，如此賦之「齊亍」潘安仁《射雉賦》、張平子《舞賦》並用「彳亍」字是也，彳丑亦切，亍丑録切。

注 **赤文而緑地也**　「地」當作「虵」，六臣本尚不誤。

覲王母于崑墟　毛本「墟」作「崙」，誤。

注 **見王母，樂之忘歸**　朱氏子培曰：《史記》只云「西巡狩，樂而忘歸」，無「見王母」句，善注殆因《穆天子傳》而牽引也。

注 **《列仙傳》：西王母在崑崙山**　本書謝靈運《孤嶼》詩注引「在」上有「神人名王母」五字，而今《列仙傳》無此語。

盤于遊畋　尤本「盤」作「般」。姜氏皋曰：《君奭》「時則有若甘盤」《史記·燕世家》作「甘般」，《書》「盤庚」《漢書·古今人表》及《釋文》作「般庚」，般、盤蓋古字通，且般字正訓爲樂也，然注引《書》自作「盤」。

鑒武穆　五臣「武穆」作「穆武」，是也，翰注可證。

敬備乎所未防　五臣「敬」作「警」，良注可證。

注 **皇恩綽矣**　六臣本、尤本並作「皇恩畢」，誤。

注 **《説文》曰：駔，壯也**　本書《廣絶交論》注引作「駔，壯馬也」，今《説文》作「駔，牡馬也」。按《爾雅·釋言》「奘，駔也」郭注「今江東呼大爲駔，駔猶麤也」，《方言》「秦晉之間凡人之大謂之奘，或謂之壯」，是駔有壯義。今《説文·大部》「奘，駔大也」，段氏玉裁曰：戴仲逵引唐本《説文》作「駔，奘馬也」，今本「牡」字恐誤。

注《春秋考異記》云〔六〕 「記」當作「郵」，各本皆誤。本書《長安有狹邪行》注亦誤作「記」。

注《周禮》曰：師曠 「禮」當作「書」，此《逸周書·王子晉解》文，亦見《左氏·襄二十六年傳》正義，各本皆誤。

注《漢書舊儀》曰 陳校去「書」字，是也，各本皆衍。

校記

〔一〕宋高祖踐阼又遣長史馬妻等獻方物 此誤，《宋書·夷蠻傳》「高祖踐阼，……少帝景平二年，璉遣長史馬妻等詣闕獻方物」，是在少帝時，非高祖時，與向注不合，不當引證。

〔二〕既剛且淑 「淑」原作「俶」，據《文選》改。

〔三〕精曜協從 尤本、元槧本、毛本、胡本「協」，六臣本作「叶」。據注善作「協」，五臣濟注作「叶」。

〔四〕謂星叶從而爲神馬 「叶」原作「協」，「馬」原作「焉」，據《文選注》改。

〔五〕取卒迥宫清中備盜賊 「清」據《漢書·昌邑王傳》補。

〔六〕春秋考異記云 「云」原作「曰」，據《文選注》改。

舞鶴賦

鮑明遠

偉胎化之仙禽　注未釋「胎化」。案今本《相鶴經》云「千六百年形定，飲而不食，與鸞鳳同群，胎化而產〔一〕，爲仙人之騏驥矣」，又《博物志》云「鴻鵠千歲，皆胎生」，鵠、鶴，古今字。

注**以自授王子晉**　毛本「自」作「經」。胡公《考異》曰「自」當作「目」。

注**《鶴經》曰**　「鶴」上當有「相」字。

引員吭之纖婉　《説文繫傳》云：亢，喉吭也，《舞鶴賦》引「員亢之纖婉」本作此字。

歲峥嶸而愁暮，心惆悵而哀離　六臣本「愁」作「催」。五臣「悵」作「惕」，下「更惆悵以驚思」句亦作「惆惕」，銑注可證。

注**《廣雅》曰：峥嶸，高貌**　朱氏珔曰：峥嶸即崝嵤，《廣雅·釋詁》「崝嵤，深也」又《釋訓》「崝嵤，深冥也」，無訓高貌者，惟本書《游天台山賦》注引《字林》曰「峥嶸，山高貌」，「廣雅」二字或「字林」之誤歟？

注**《易卦通驗》曰：巽氣至**　「卦通」當作「通卦」，「至」字上當有「不」字。

臨驚風之蕭條　六臣本「驚」作「清」。

矯翅雪飛　五臣「雪」作「雲」，良注可證。

注**吾導夫先路** 六臣本「吾」上有「來」字，是也。

注**二達謂之岐** 「岐」下當有「旁」字，各本皆脱。

注**奔，獨赴也** 「獨」當作「猶」，各本皆誤。

忽星離而雲罷 注**雲罷，俱止也** 五臣「罷」作「羅」，銑注可證。六臣本注無「俱」字。

燕姬色沮，巴童心耻 葉氏樹藩曰：《拾遺記》云：「燕昭王時，廣延國獻舞者二人，一曰旋娟，一曰提嫫，體輕氣馥，行無跡影。王登崇霞之臺，召二人舞，其舞名曰縈塵〔二〕、曰集羽、曰旋懷。」又《古樂録》曰：「巴西閬中有渝水，獠居其上，剛勇好舞，高祖召募以定三秦，後使樂府習其舞，曰巴渝舞。」〔三〕

校記

〔一〕胎化而産 「胎」原作「脱」，據稿本及《廣博物志》卷四四引《相鶴經》改。

〔二〕旋娟提嫫其舞名曰縈塵 「縈」原作「榮」，據萬曆《拾遺記》卷四、《太平御覽》五七四、《太平廣記》卷五六等改。又《御覽》《廣記》引二女名作旋波、提謨。

〔三〕古樂録曰云云 此乃《史記集解·司馬相如傳》《文選注·上林賦》引郭璞語，所稱「古樂録」或指「古樂府」，然《樂府詩集》卷五三引《晉書·樂志》巴渝舞云云亦不同。

幽通賦

班孟堅

注　**曰高陽，配水也**　「曰」上當有「又」字，各本皆脱。

氏中葉之炳靈　注　**因氏焉**　王氏鳴盛曰：「《史記》『五是來備』，《後漢書·李雲傳》『五氏來備』，『氏』與『是』通。《覲禮》『太史是右』注云古文『是』爲『氏』。《曲禮》『五官之長曰伯〔一〕，是職方』注云『是或爲氏』。《漢地理志》西河有鯱是，《説文》作鯱氏。又造父後有非子，『玄孫氏爲莊公』，師古曰『氏與是同』。」而於此文之「氏」亦云「以氏爲是」也，不作姓氏解，與注懸殊，然可不必。

注　**乳虎故曰炳靈**　何校「乳虎」改「虎乳」，陳同，從《漢書注》也。

飄颻風而蟬蜕兮　《漢書·叙傳》「飄」作「繇」，「颻」作「凱」。

注　**班懿避地於樓煩**　「懿」當從《漢書》作「壹」，顔注：今流俗書本多改此傳「壹」字爲「懿」，非也。

巨滔天而泯夏兮　此與下「重醉行而自耦」同一句法，説詳《西征賦》。

違世業之可懷　注　**違或作愇，愇亦恨也**　《漢書》「違」作「愇」，顔注「與韙同」。按《説文》「韙」重文「愇」，注云籀文韙從心，則「愇」即「韙」字，言是世業也，以「愇」爲「恨」未知所據。朱氏珔曰：《漢書》蕭該音義曰劉氏及《廣雅》並云「愇，恨也」，今見《廣雅·釋詁四》。

匪黨人之敢拾兮　注 **拾，更也**　桂氏馥曰：《儀禮·鄉射禮》「取弓矢拾」疏云遞取弓矢也，《禮記·投壺》「左右告矢具，請拾投」疏云賓主更遞而投也。

攬葛藟而授余兮，眷峻谷曰勿墜　《漢書》「墜」作「隧」，顔注：言入峻谷者當攀葛藟可以免於顛墜，猶處時俗者當據道義然後得用自立，故設此喻，託以夢也。

注 **吻昕，晨旦明也**　《説文》：吻，尚冥也。《玉篇》：吻，旦明也。孟康曰：吻昕，早旦也。

既訊爾以吉象兮，又申之以炯戒　《漢書》「吉」作「告」，宋祁曰「告」當作「吉」。毛本「又」作「乃」。《漢書》「訊」作「誶」。

注 **孟，勉也**　此《爾雅·釋詁》文。按《爾雅》郭注云「孟未聞」〔一〕，楊氏錫觀曰「黽本同猛聲。孟勉，黽勉也」，邵氏晉涵曰：《洛誥》「汝乃是不蘉」，蘉，孟聲之轉，馬融云「蘉，勉也」。

注 **盍，何不也**　六臣本「盍」字上有「應劭曰」三字。

惟天地之無窮兮，鮮生民之晦在　《漢書》「地」作「墬」，「鮮」作「鱻」，「晦」作「脢」。顔注「墬，古地字」，晉灼曰「鱻，古鮮字」，應劭曰「晦，無幾也」。

紛屯邅與蹇連兮　《漢書》「邅」作「亶」，顔注引《易》亦作「亶」。

上聖迕而後拔兮　注 **曹大家以寤爲迕也**　《漢書》「迕」作「寤」。胡公《考異》曰：六臣本校云「善作迕，五臣作寤」，非也，善亦作「寤」，故曰「曹大家以寤爲迕」，若作「迕」此注可通矣。

豈群黎之所禦　尤本「豈」誤作「雖」，六臣本尚不誤。

丁繇惠而被戮　六臣本「繇」作「因」。

栗取弔於逌吉兮　五臣「逌」作「由」，向注「由吉而致傷怨也」。按《漢書》顔注云「逌，古攸字也，攸亦所也」，五臣改「由」非。張氏雲璈曰：《漢書·五行志》「彝倫逌叙」、《地理志》「酆水逌同」皆即「攸」字也。

注**所也，音由**　六臣本「所也」上有「孔安國《尚書傳》曰逌」八字，在注末，其「音由」二字當是五臣注。

單治裏而外凋兮，張修襮而内逼　《吕氏春秋·情欲》篇、《必己》篇高注並引此作《幽通記》。《必己》篇注引上句作「單豹治裏不外調」，下句「張」下多「毅」字。

聿中龢爲庶幾兮　《漢書》「聿」作「欥」，顔注「欥，古聿字」。

注**孔子之徒與**〔三〕　今《論語》「孔」上有「是魯」二字，翟氏灝曰舊文本無「某」作「子」，《釋文》同。

安慆慆而不葩兮，卒隕身乎世禍　注**葩，避也**　《漢書》顔注：「子路卒不能避，乃遇蒯聵之亂，身死敵也。葩字本作腓，其音同。」

雖覆醢其何補　《漢書》「雖」作「顧」。

注**子路：行行如也。子曰：若由也不得其死然**　此與本書《座右銘》注引同。

柯葉彙而零茂　《漢書》「零」作「靈」，顔注：「靈，善也。言草木本根氣強，則枝葉盛而善美；人之先祖有大功德，則胤緒亦蕃昌也。」與六臣異解。

羌未得其云已　《漢書》「羌」作「慶」，顔注：慶，發語詞，與羌同。

恐魍魎之責景兮　「魍魎」當作「罔兩」，應劭注同。蓋六臣本作「魍魎」，李自作「罔兩」，其注中作「罔兩」者蓋李注也。《漢書》作「罔蜽」，然顔注引《莊子》仍作「兩」。

黎淳耀于高辛兮　《漢書·司馬遷傳》「火正黎司地」，顔注據此語以辨「北正」之非。説詳《思玄賦》。

嬴取威于伯儀兮　六臣本「伯儀」作「百儀」，《漢書》同，是也。毛本作「伯益」，或又作「伯夷」，並誤。孫氏志祖曰：「百儀」與「三正」對，應劭注「有儀鳥獸百物之功」正解「百儀」二字。姜氏皋曰：《史·秦本紀》「大費與禹平水土，佐舜調馴鳥獸，是爲柏翳」，《索隱》云《尚書》謂之伯益，檢尋《史記》上下諸文，「柏翳」與「伯益」是一人無疑。而《史記·陳杞世家》云「伯翳之後至周平王封爲秦，項羽滅之；垂、益、夔、龍其後不知所封，不見也」，則分翳、益爲二。羅泌《路史》遂謂翳爲少昊後嬴姓封費，益爲高陽後姬姓封梁，詎可信哉！

注　**伯益在唐虞爲**　「虞爲」當作「爲虞」，各本皆倒。

姜本支乎三趾　《漢書》「趾」作「止」。應劭曰：止，禮也。陳曰：韻書趾、時同音。《説文》曰：

時，天地五帝所基；跙，祭地也。似從三時爲長。

東鄰虐而殲仁兮　《漢書》「鄰」作「𠫭」，顔注「𠫭，古鄰字」。按《隸釋》載《安平相孫根碑》「至于東吅，大虐戕仁」蓋出于此，吅即𠫭字，戕即殲字。下「亦鄰德而助信」，《漢書》作「𠫭德」、顔注「𠫭，古鄰字」同。

注 **泠周鳩**　何校「周」改「州」，陳同，惟《漢書》顔注作「州」不誤。

注 **三年，逢公所馮**　六臣本無「年」字，毛本「三年」作「三五」，皆誤。「年」當作「所」，此韋昭《周語》注也，《漢書》顔注亦可證。

發還師以成命兮　《漢書》「命」作「性」。

震鱗漦于夏庭兮，匝三正而滅姬　《漢書》「姬」作「周」。邵氏《疑問》云：「三代建都異地，且經歷千年，寶鼎尚難稽問，矧兹木櫝漦函，既非傳世重珍，何爲藏勿敢發？卜云其吉，竟得亡周之姒；元黿新化，觸非宜孕之人。吐沫幾何，千年始變；七齡童妾〔四〕，難與黿交。左右思之，殊增迷惑。」

注 **櫝而藏之**　六臣本「藏」作「去」，本書《運命論》注引亦作「去」。

道修長而世短兮　《漢書》「修」作「悠」。

旦算祀于契龜　《漢書》「契」作「栔」，顔注：栔，刻也。《詩·大雅·緜》之篇「爰挈我龜」，挈音口計反，顔注引作「挈」，李注引作「契」，蓋同字。

妣聆呱而刻石兮　《漢書》「刻」作「刻」。胡公《考異》曰：尤本亦當作「刻」，注引應劭曰「刻其必滅羊舌氏，本或爲刻」云云可證也。濟注「刻，刻也」，蓋五臣取「或爲」之本改成「刻」字耳。蕭該《漢書音義》云曹大家本作「刻」。

雖移易而不忒　《漢書》作「雖移盈然不忒」。

信畏犧而忌鵩　《漢書》「鵩」作「服」。

所貴聖人至論兮　六臣本及《漢書》「人」下並有「之」字。

物有欲而不居兮　六臣本校云「兮」善作「乎」，非也。

注**《論語》子曰：富與貴是人之所欲**　又**貧與賤是人之所惡**　此「欲」「惡」下略去兩「也」字，本書鮑照《擬古》詩注引「是人之所欲」亦無「也」字。按本書引《論語》凡句末「也」字多略去，如《蜀都賦》注引「不如諸夏之亡」，《西征賦》《金谷集詩》《桓公九井詩》三注並引「然後知松柏之後凋」，《閒居賦》引「不可不知」，《詠懷詩》注引「古之賢人」，蘇子卿詩注引「皆爲兄弟」，《薦禰衡表》注引「無以爲君子」，《讓開府表》注引「匹夫不可奪志」，《報孫會宗書》注引「而不與立」，《與吴質書》注引「焉知來者之不如今」，《與孫皓書》及皇甫士安《三都賦序》注並引「大哉堯之爲君」，《王命論》注引「無以爲君子」，均無「也」字，似李注之例如是。然此節《論語》自《後漢書·李通傳論》《陳蕃傳》、《晉書·夏侯湛傳》、牟子《理惑論》、張弧《素履子》及《初學記》《太平御覽》所述「欲」「惡」下均無「也」字，未必不謀盡同，恐是當時傳本有如此者。

乃輶德而無累　注**曹大家曰：以乃爲内**　陳校去注中「曰」字，是也，各本皆衍。

夷惠舛而齊聲　六臣本「舛」作「異」。

注**降志辱身也**　今《論語》「也」作「矣」。

紀焚躬以衛上兮，皓頤志而弗傾　六臣本「躬」作「身」。《漢書》「傾」作「營」，顔注：無所營屈。王氏引之曰：師古説「營」字之義未當，營者惑也，言自養其志而不惑於利禄也；《文選》「弗營」作「弗傾」，蓋後人不曉「營」字之義而改之耳。

侯草木之區别兮　毛本「侯」作「俟」。

實棐諶而相訓　注**訓，或爲順**　《漢書》「訓」作「順」，顔注「言天道惟誠是輔，惟順是助」。按此或亦昭明諱「順」而改之。

謨先聖之大猷兮　注**猷，或作繇字，誤**　《漢書》「猷」作「繇」，顔注「繇，道也」，引《詩》「秩秩大繇」。朱氏珔曰：《爾雅·釋詁》「繇，道也」，《方言》亦曰「猷，道也」，二字本通，似不得云誤。

注**以明示禮度之信**　當作「有視明禮修之信」，《漢書》顔注可證，各本皆誤。

注**封其後爲紹嘉公，係殷，爲二代之客也**　何校「封」上添「漢」字、「殷」下添「後」字，陳同，《漢書》顔注可證，各本皆脱。

養流睇而猿號兮 《漢書》「流」作「游」。《吕氏春秋·博志》篇高注引此作《幽通記》。

李虎發而石開 《文館詞林》載曹子建《自誡令》曰「昔雄渠李廣武發石開」句似本此。「武」即「虎」字，避唐諱改也。

若胤彭而偕老兮，訴來哲而通情 注**當訴之來哲，與之通情，非己所慕也** 李氏光地曰：此謂没世不朽，不啻彭老之壽，可以俟百世後之人，注恐非。先通奉公曰：《漢書》注「言有繼續彭祖之志、升躡老聃之跡者，則可與言志道而通情」，解最明晰。

惟聖賢兮 六臣本及《漢書》「聖賢」並作「賢聖」，是也。「聖賢」但傳寫誤，「聖」與「命」爲韻。

亦道用兮 尤本「亦」作「以」，誤也。《漢書》亦作「亦」。

皓爾太素 又**尚越其幾** 《漢書》「皓」作「昊」，「越」作「粤」。

注**曹大家曰：大素不染** 六臣本「曰」下有「尚庶幾也越於也」七字。胡公《考異》曰有者是也。

校記

〔一〕五官之長曰伯　「長」原作「表」，據稿本及《禮記·曲禮下》改。

〔二〕郭注云孟未聞　「孟」上原衍「釗」字。《爾雅·釋詁》郭注「《方言》云『周鄭之間相勸勉爲勔釗』，『孟』未聞」，《方言》卷一「周鄭之間曰勔釗，齊魯曰勗兹」，則「勔釗」連讀，「釗」屬上句。

〔三〕孔子之徒與　「子」原作「某」，據《文選注》改，《論語》作「丘」。

〔四〕七齡童妾　原作「童妾偶遇」，據邵泰衢《史記疑問》卷上改。